LA SONRISA DE LOS ÁNGELES

SERIE ÁNGELES LIBRO 6

Vicente Raga

addvanza books

Vicente Raga

Nacido en Valencia, España, en 1966. Actualmente residiendo en Irlanda, pero mañana ¿quién sabe? Jurista por formación, ávido lector, escritor por pasión, aprendiz de guionista, viajante impenitente y amante de su familia. Viviendo la vida intensamente. *Carpe diem*.

Autor de la saga de éxito mundial de *«Las doce puertas»*, traducida a varios idiomas. Número 1 en Estados Unidos, México y España. TOP 25 en Europa, Australia y Canadá.

Autor también de la serie *«Ángeles»*, en desarrollo en la actualidad. Número 1 en España y México hasta el momento.

«No sé cómo domar mi imaginación y no puedo parar de escribir. Perdón»
Vicente Raga

SERIE ÁNGELES

MISTERIO EN EGIPTO
TRILOGÍA

LIBRO 1 EL MISTERIO DE NADIE

LIBRO 2 EL FARAÓN PERDIDO

LIBRO 3 LAS PUERTAS DEL CIELO

MISTERIO EN FLORENCIA
TRILOGÍA

LIBRO 4 PARA VIVIR HAY QUE MORIR

LIBRO 5 EL FINAL ES EL PRINCIPIO

LIBRO 6 LA SONRISA DE LOS ÁNGELES

MISTERIO EN EL PAÍS SIN REY PERO CON CORONA

LIBRO 7 LAS LLAVES DE LA CORONA

Es recomendable leer todos los libros en su orden, aunque cada misterio suponga en sí mismo una historia independiente, con sus propios personajes, trama y final.

Primera edición, noviembre de 2023

© 2023 Vicente Raga
www.vicenteraga.com

© 2023 Addvanza Ltd.
www.addvanzabooks.com

Fotocomposición y maquetación: Addvanza Ltd.
Ilustraciones: Leyre Raga y Cristina Mosteiro

ISBN: 978-1-915336-47-7

Amigos son los ángeles que nos levantan de las caídas,
cuando nuestras alas no recuerdan cómo volar.

ÍNDICE

1 CASTILLO DE STEENOKKERZEEL, BRUSELAS, BÉLGICA, 10 DE MAYO DE 1940

—¿Qué ha sido eso?

—¿No te das cuenta, Elisabeth? ¡Los malditos nazis están bombardeando el castillo! —respondió Otto.

—¡Vamos a morir!

Zita de Borbón y Parma arropó entre sus brazos a la menor de sus hijas, Elisabeth.

—Hoy no —le respondió con voz muy firme.

—¿Cómo puedes estar tan segura? —le replicó Adelheid, cuyo rostro reflejaba el pánico causado por la explosión de las bombas. El castillo parecía un barco a merced de la fuerza de los elementos. Sus sólidos muros se resquebrajaban. Más que el sonido de las explosiones, escuchaban el sonido de la muerte.

Zita estaba reunida con sus ocho hijos y su ayuda de cámara. El primogénito Otto tenía 28 años. Adelheid 26, Robert 25, Félix 24, Karl Ludwig 22, Rudolf 21, Charlotte 19 y Elisabeth 18. Todos ellos habían sido fruto de su matrimonio con Karl I, emperador del antiguo imperio austro-húngaro, fallecido en 1922 en Madeira. Desde entonces, Zita había intentado educar a todos sus hijos lo mejor que había podido.

Dios sabe que no había sido una tarea sencilla.

Su esposo murió cuando aún estaba embarazada de Elisabeth. A pesar de contar durante los primeros años con la ayuda de su primo, el rey Alfonso XIII de España, se había visto obligada a abandonar ese país a toda prisa cuando la situación se tornó inestable y peligrosa para su familia. En poco tiempo, pasó de ser emperatriz de un imperio a una simple nómada con ocho hijos a su cargo.

No, no había sido fácil.

—¡Otra más! —exclamó Otto—. El castillo no va a resistir.

—¡Cállate, Otto! —gritó Robert—. No hace falta que nos pongas más nerviosos. No olvides que todo esto es culpa tuya.

—¿Mía? ¡Te voy a partir esa bocaza de...!

—¡Ya vale! —les interrumpió Zita.

—La ambición de Otto nos va a llevar a la muerte —siguió Robert—. Solo piensa en él y jamás se ha preocupado de la familia.

—No digas eso, Robert. No es justo —Zita intentaba poner paz entre sus hijos en una situación agónica.

—Entonces, ¿por qué tuvo que enojar a Adolf Hitler? —Robert estaba enfadado y no quería soltar la presa—. Sus constantes viajecitos a Austria intentando jugar a ser rey sin corona fueron patéticos. El *Führer* se la anexionó dándose un paseo triunfal y vitoreado por el pueblo. Nadie quiere a los Habsburgo y menos a Otto, que más que un rey fue el bufón de la corte de Hitler. Precisamente por eso vamos a morir hoy.

—¿El *Führer*? —preguntó Otto, con los ojos inyectados en sangre—. ¿Te atreves a llamar así a ese hombrecillo desequilibrado y genocida? ¿Acaso estás a favor de las locuras que está cometiendo?

—Tan solo estoy a favor de que vivamos.

Otto se dispuso a abalanzarse contra su hermano. No era la primera vez que discutían sobre la figura de Hitler, pero, en estos momentos desesperados, la situación se podía descontrolar.

Zita se dispuso a interponerse entre los dos hermanos, pero no pudo. Una bomba cayó en sus proximidades. Demasiado cerca. El muro que les daba cobijo no pudo resistir y sus sólidas piedras cayeron sobre sus cabezas.

—¡Atrás! —gritó Zita—. ¡Ya!

No hizo falta el alarido. Todos retrocedieron lo más rápido que pudieron.

Entre la tremenda polvareda causada, todos se buscaron con sus miradas.

—¿Y Adelheid? —preguntó Otto.

—¿No está con vosotros? —se alarmó Zita, que sangraba abundantemente por la cabeza.

—No —respondió Robert—. Tampoco veo a Rudolf.

La situación era muy confusa.

—No se mueva —se escuchó la potente voz del general Hans Ebner. Era uno de los asesores militares de Zita y su ayuda de cámara. Sacó un pañuelo del bolsillo.

—Presione con él sobre la herida —le dijo, mientras le señalaba la profunda brecha en la cabeza—. Ya voy yo.

El derrumbe del muro había causado una considerable montaña de cascotes y una gran nube de polvo. Entre la oscuridad de la noche y la poca visibilidad, era muy complicado abrirse paso. Hans no quería pisar sobre las piedras, ya que desconocía si los desaparecidos podrían encontrarse debajo de ellas.

—¡Adelheid! ¡Rudolf! —gritó a pleno pulmón.

Nada.

Zita no se pudo contener. Siempre había sido una mujer de acción. De ninguna manera se iba a quedar sentada sobre aquella piedra, mientras dos de sus hijos estaban desaparecidos. Una simple herida en la cabeza no la iba a detener. Aunque no se tratara de «una simple herida». La brecha era considerable y le hacía perder sangre de forma abundante, pese al pañuelo.

—¡Hans! —gritó al general—. ¡Hacia la izquierda!

—¡Señora!

Otra explosión.

—El edificio no va a aguantar mucho más —dijo Zita—. Mira por la izquierda que yo me ocupo del otro lado.

El general comprendió que no la iba a convencer. Por otra parte, todo parecía a punto de colapsar. No era momento de discutir, sino de actuar. Hizo un gesto de asentimiento con la cabeza.

La intuición de Zita funcionó. Dicen que una madre tiene un sexto sentido con sus hijos. Pues Zita parecía tener ocho, uno por cada hijo.

—¡Rudolf! —gritó, al ver a su hijo debajo de unos cascotes. En apenas dos segundos estaba a su lado. Una piedra atrapaba su pierda derecha.

—No me puedo mover y me duele mucho —dijo, al ver a su madre a su lado.

—Tranquilo, que te voy a sacar de aquí —le respondió, mientras empujaba con todas sus fuerzas aquel pedazo de muro. En cualquier otra ocasión Zita hubiera sido incapaz de mover semejante peso, pero esta no era una situación cualquiera.

—¡Ahora! —gritó.

Rudolf, con la ayuda de sus brazos, fue capaz de deslizar su pierna y liberarse. Zita dejó caer el enorme cascote y observó la herida de su hijo.

—No te preocupes. Apóyate sobre mi hombro izquierdo y tu pierna izquierda. Hemos de salir de aquí lo antes posible —le dijo con voz nerviosa.

En cuanto Zita vio la herida en la pierna derecha de su hijo, supo que se trataba de una fractura abierta de tibia y peroné. Era grave, pero nada comparado con lo que le hubiera podido suceder. Zita, a pesar de la evidente preocupación, parecía hasta aliviada.

Alejó a Rudolf de la zona de la explosión y acudió a reunirse con el resto de la familia.

—Robert, toma todos los paños que tengas. Otto, busca unas maderas o algo parecido. Felix, trae toda el agua que puedas.

—Madre, tu cara está llena de sangre —dijo Elisabeth, con el rostro desencajado por el miedo.

—Me encuentro bien, no te preocupes —mintió Zita—. Escuchadme. Ya sois mayores y habéis sido educados en primeros auxilios. Quiero que limpiéis la herida de Rudolf a conciencia para evitar posibles infecciones. Luego utilizad los paños para cerrarla. Cuando acabe toda esta locura buscaremos ayuda médica. No debe perder mucha sangre.

Eso es lo que le estaba ocurriendo a Zita.

—Voy a volver a por Adelheid —les dijo, mientras desaparecía de su vista antes de que pudieran retenerla. No tenía buen aspecto.

—¡Hans! —gritó.

No veía ni escuchaba nada. Se dirigió hacia la parte izquierda del muro derribado.

Otra explosión.

La torre principal del *Castillo de Steenokkerzeel* había sido alcanzada de lleno. No hacía falta ser muy inteligente para deducir que todo su peso iba a caer sobre el propio castillo, herido de muerte.

—¡Señora! —escuchó Zita.

Se giró de inmediato. Vio a Hans echado sobre el suelo. Supuso que también estaba herido. Los cascotes que caían de la torre volaban a su alrededor y era un verdadero milagro no ser alcanzado por alguno de ellos.

—¿Te encuentras bien?

—¡Venga y ayúdeme!

Zita se aproximó al general y lo que vio la dejó helada. Hans Ebner no parecía herido, pero estaba sujetando la mano de otra persona.

—¿Adelheid? —preguntó Zita, desesperada.

—Sí —le confirmó el general—. Está inconsciente, pero aún tiene pulso. Hay que sacarla de aquí cuanto antes.

Por un breve instante, Zita se preguntó por qué Hans no lo había hecho ya. Era un hombre corpulento y de gran fortaleza física. Para su espanto, pronto comprendió el motivo. Se quedó sin palabras.

El rostro de Adelheid estaba pálido y su pequeño cuerpo parecía aplastado por una enorme piedra. Zita había liberado a Rudolf con sus propias manos, pero aquello le parecía demasiado incluso para Hans.

—¿Cómo? —preguntó, mientras prorrumpía en un llanto de completa desesperación—. Ni con nuestra fuerza combinada seremos capaces de mover semejante mole.

—Nosotros solos no, pero con la ayuda de Arquímedes quizá sí.

Zita miró a Hans como si se hubiera vuelto loco. De repente, comprendió que no lo había hecho. Su rostro se iluminó cuando recordó la célebre cita del inventor y matemático griego.

«Dadme un punto de apoyo y moveré el mundo».

Miró a su alrededor.

Pronto vio lo que necesitaba. Cascotes los había de todos los tamaños, pero también gruesas maderas que se habían desprendido del techo. En apenas un minuto habían colocado la palanca sobre la piedra que inmovilizaba a Adelheid.

—¡Ahora! —gritó Hans.

Ambos aplicaron todas sus fuerzas sobre la madera y movieron el mundo.

Adelheid quedó liberada, aunque seguía inconsciente. La reacción natural de Zita fue abalanzarse sobre su hija, pero Hans no se lo permitió. La tomó entre sus brazos y, con la mayor delicadeza y rapidez que pudo, la levantó del suelo.

—Vámonos —dijo, cuando la tuvo bien aferrada.

No recibió respuesta.

Hans se giró hacia el lugar donde se suponía que estaba Zita y no vio a nadie. «¿Qué ha sucedido?», pensó, alarmado.

— ¡Zita!

Ni con un millón de gritos.

Yacía en el suelo, inconsciente y rodeada de un gran charco de sangre. Hans sabía que no podía trasportar a Adelheid y a Zita al mismo tiempo, así que decidió poner a salvo a la joven y volver de inmediato a por Zita.

De repente, otra explosión.

El mundo que acababan de mover con la palanca de Arquímedes había saltado en mil pedazos. El *Castillo de Steenokkerzeel,* que había permanecido en pie desde principios del siglo XVI, terminó doblando su rodilla ante los bastardos nazis y se derrumbó con gran estruendo.

«Nada es para siempre, ni el presente.
Lo que creímos nuestro imperio fue un triste cementerio.
La muerte no es un cautiverio sino el principio de un misterio.
No ha nacido el demente que pueda con nuestra mente».

2 ESTADOS PONTIFICIOS, 24 DE MAYO DE 1534

—Me han dicho que tienes el diamante.

Michelangelo no pudo evitar sentir un escalofrío.

—¿A qué se refiere, Su Santidad?

Giulio de Medici, que era el actual Papa Clemente VII, miró con desdén a su paisano florentino.

—Creo que ya lo sabes. No me hagas perder el tiempo.

Michelangelo se quedó en silencio por un breve instante. Tenía claro que el Papa se estaba refiriendo al *Diamante Florentino*, que perteneció a Giuliano della Rovere, por aquel entonces Papa Julio II. Michelangelo, en un descuido del Papa, se lo había apropiado. Consideró que su extraordinaria belleza no estaba hecha para los ojos del Pontífice. Disfrutaba cada instante que lo admiraba, en su perfecta imperfección. Lo había mantenido oculto durante muchos años en el fondo de un cajón de su pensión en Roma y nadie había sospechado de él. Lo que ahora le preocupaba era como Giulio de Medici podía conocer este detalle. Julio II pertenecía al clan Della Rovere y estaban enemistados con la familia Medici. No existía ninguna relación entre ellos. Por otra parte, Julio II le confesó a Michelangelo que tan solo tres personas en Roma conocían la existencia de ese diamante. El joyero que lo trajo, que era un buen amigo de la familia Della Rovere, el propio Papa Julio II y Michelangelo. ¿Dónde encajaba Giulio de Medici en este asunto?, se preguntaba Michelangelo, preocupado.

—Su Santidad, si se refiere al *Diamante Florentino*, es cierto que Julio II me lo mostró el primer día que me mandó regresar a Roma, pero de eso hace casi treinta años.

—Ya te he dicho que no me hagas perder el tiempo. Todos esos detalles ya los conozco. Te he hecho una pregunta muy concreta. ¿Está en tu poder el *Diamante Florentino?* No intentes engañarme, que me daré cuenta.

—Yo no tengo el *Diamante Florentino*, Su Santidad — contestó Michelangelo con firmeza.

Giulio de Medici se dio cuenta de que no le estaba mintiendo.

—¿Y por qué se sospechó de ti?

—Pensaba que todo aquel desagradable incidente ya había quedado atrás. Es cierto que el Papa Julio II perdió el diamante y pensó que yo podía ser el autor de su desaparición, pero el asunto quedó aclarado poco después. Me exoneró de toda culpa y me pidió disculpas por haber sospechado de mí.

—Entonces, reformulo la pregunta. ¿Por qué Julio II sospechó de ti nada más le desapareció el diamante?

—Porque fui la primera persona en Roma que lo vio, junto con el propio Papa. Parece ser que nadie más en toda la ciudad conocía su existencia.

—Me parece un motivo muy válido para sospechar de ti.

—Quizá lo hubiera podido ser, pero resulta que no era cierto. Había una tercera persona que también sabía que el diamante estaba en Roma.

—¿Quién?

—El joyero que se encargó de su trasporte hasta la ciudad.

Clemente VII hizo un gesto con la cabeza.

—¿Acaso fue el ladrón? —preguntó, con evidente incredulidad.

En realidad, Michelangelo no sabía qué había sucedido con aquel pobre desgraciado. Julio II jamás se lo contó.

—Supongo que así lo creería el Papa, Su Santidad —se aventuró a responder.

Michelangelo tenía que ir con pies de plomo, ya que desconocía el motivo del presente interrogatorio. Porque eso era a lo que estaba siendo sometido, a un interrogatorio en toda regla.

—Eso es absurdo. Giovanni Cellini jamás pudo cometer ese robo. No me cabe en la cabeza.

Michelangelo se sobresaltó de forma evidente. Julio II tampoco le había dicho el nombre del orfebre que trajo el *Diamante Florentino* a Roma. Trabajando para Giuliano della Rovere estaba claro que debía de tratarse de alguna persona excepcional en su oficio, pero ese nombre daba un giro de ciento ochenta grados en toda la historia. El hijo de Giovanni Cellini era Benvenuto Cellini. Con poco más de treinta años de edad, ya era considerado uno de los orfebres más importantes del Renacimiento italiano.

Pero eso no era todo.

Había trabajado con Michelangelo en Roma hacía catorce años, durante el pontificado de León X. Fue una época convulsa para el artista florentino, ya que el Papa lo desterró a unas canteras en el exterior del Vaticano. Benvenuto Cellini, junto con su hermano Gismondo, fueron los únicos que acompañaron a Michelangelo en aquellos tres tristes años que precedieron a la muerte de su padre, Ludovico Buonarroti.

El Papa Clemente VII se dio cuenta de la turbación de Michelangelo.

—¿Qué te ocurre? —le preguntó.

—Que Benvenuto Cellini es mi amigo. Desconocía que su padre se vio implicado en la desaparición del *Diamante Florentino*.

—No tuvo nada que ver.

Michelangelo no entendía nada.

—¿Cómo puede estar tan seguro? —preguntó Michelangelo para ganar tiempo e intentar entender de qué iba todo aquello. Él tampoco lo creía.

—Porque Benvenuto Cellini es uno de mis protegidos. Desde la distancia de Florencia supongo que sabrás que los Estados Pontificios sufrieron el ataque del rey español hace unos años. Bien, pues Benvenuto fue uno de los más ardorosos defensores de Roma. Él mismo me dijo que mató con un arcabuz al condestable de Aragón, aunque yo creo que exagera. En cualquier caso, no me cabe ninguna duda de que luchó con valentía y es una persona de mi máxima confianza. Ni él ni su padre tuvieron nada que ver con la desaparición del diamante. Además, hace poco decidí nombrarle *«Maestro de la Ceca»*, que es un cargo de mucha responsabilidad y confianza, ya que se ocupa de acuñar nuestras monedas de curso legal. Es el custodio del dinero vaticano, no un ladrón.

Michelangelo no entendía nada.

—Si me lo permite, ¿por qué me está preguntando todo esto? Yo no tengo el *Diamante Florentino*. Es cierto que Julio II sospechó de mí en un principio, pero después me dijo que había encontrado al autor del robo. No me dijo su nombre, pero supuse que se trataba del orfebre. Sin embargo, ahora que conozco que era Cellini, dudo mucho que se refiriera a él.

—No, no se refería a él.

—¿Conoce al ladrón?

—No, por eso he comenzado preguntando si lo tenías tú. Ya me imaginaba que no, pero quería escucharlo de tu propia boca.

Michelangelo tragó saliva. No le había hecho la pregunta adecuada. Si le hubiera cuestionado acerca de que si lo había robado él, su respuesta se hubiera visto comprometida. Pero le había preguntado si lo tenía. Y es cierto que ya no estaba en su poder. Se lo sustrajo su hermano menor, Gismondo.

«¡Gismondo!», pensó de repente Michelangelo. Todos sus temores se volvieron a activar. «¿Y si el Papa ha descubierto que está en su poder? Es lógico que piense que fuera yo el que lo sustrajera en primer lugar. Gismondo no tenía acceso al Papa Julio II».

—Te vuelvo a ver alterado —notó el Papa.

—Fue un asunto muy desagradable, Su Santidad. A pesar de nuestros caracteres tan parecidos, por eso chocábamos tanto, entre Julio II y yo surgió una buena amistad que duró hasta su muerte. El simple recuerdo de ese episodio me incomoda.

—¿Así que se puede considerar que erais buenos amigos?

Michelangelo seguía sin comprender el sentido del interrogatorio, así que debía ser cuidadoso con la elección de las palabras.

—Desde luego yo lo consideraba mi amigo. Ya le he dicho que, en ocasiones, discutíamos e incluso nos gritábamos, pero eso también lo hacen los amigos. En cuanto a él, desconozco si sentía lo mismo hacia mí. Supongo que si no amistad, al menos algo de aprecio y respeto. Al fin y al cabo, él era el Papa de Roma y yo un simple escultor y pintor. No se trataba de una relación entre iguales.

Giulio de Medici se quedó mirando a Michelangelo con una expresión difícil de descifrar. Permaneció en silencio durante al menos un minuto, para la incomodidad del artista.

—¿Qué sabes del testamento papal de Julio II? —dijo, al fin.

Michelangelo se sorprendió.

—¿Qué clase de pregunta es esa, Su Santidad? ¿Acaso cree que nuestra supuesta amistad llegaba tan lejos como para que me confiara ese tipo de cuestiones tan personales?

—¿Lo era? —insistió Clemente VII.

—¡Por supuesto que no! —exclamó Michelangelo, que ahora estaba ofendido—. Me enteré de su muerte mientras visitaba la *Capilla Sixtina* por primera vez, después de haber concluido la pintura de su bóveda, apenas tres meses después de finalizarla. Aún recuerdo que me acompañaba mi hermano menor, Gismondo. El fallecido cardenal Raffaele Riario fue quién nos comunicó la triste noticia de su muerte, exactamente el 21 de febrero de 1513, es decir, hace más de veinte años. Lo recuerdo como si fuera ayer.

Clemente VII volvió a quedarse en silencio, pero esta vez no lo hizo Michelangelo.

—Su Santidad, si me lo permite, ¿por qué me está haciendo estas preguntas tan extrañas?

—Entonces, ¿niegas que visitaras al Papa Julio II poco antes de fallecer?

—¡Su Santidad! —Michelangelo estaba empezando a perder la paciencia—. Cuando concluí mis cuatro años de trabajo en la *Capilla Sixtina*, me recluí en mi pensión y apenas salí de ella. Había perdido parte de la visión de un ojo y mi cuerpo se encontraba magullado y dolorido. Es cierto que recibí multitud de mensajes de miembros de la curia romana para que los acompañara y les explicara los frescos de la *Capilla Sixtina*, alguno de ellos del propio Papa Julio II, pero decliné todas las peticiones. Sentía dolor hasta de andar. En aquel momento, era prioritario que me recuperara físicamente para poder seguir esculpiendo.

—¿Me estás insinuando que no volviste a ver al Papa Julio II desde la inauguración de la *Capilla Sixtina* hasta su muerte?

—No insinúo nada, Su Santidad. Lo afirmo.

—¿Y si te dijera que dispongo de pruebas de lo contrario?

—Le diría que estaría mintiendo —el cnfado de Michelangelo ya le nublaba y estaba perdiendo la conciencia de con quién estaba manteniendo la conversación.

Clemente VII abrió un cajón de la lujosa mesa de su despacho y extrajo lo que parecía un pergamino enrollado y lacrado. Michelangelo reconoció de inmediato el sello del lacre. Pertenecía a Giuliano della Rovere, o sea, a Julio II. Lo depositó encima de la mesa.

—Te doy una última oportunidad de contarme la verdad —dijo el Papa.

—¿Qué es lo que quiere escuchar de mis labios? Jamás había visto ese pergamino.

—Es el testamento papal de Julio II. Por eso te había preguntado antes por él.

—Pero eso no puede ser. Ese testamento lo abriría su sucesor en el papado, es decir, su antepasado Giovanni di Lorenzo de Medici, el Papa León X.

—No te niego que eso es lo que marca la liturgia católica, pero tu amigo Julio II era un bromista. Por lo visto, escribió dos testamentos papales.

—¿Para qué iba a hacer semejante extravagancia?

—Porque tenía un poderoso motivo para ello. Precisamente por eso nos encontramos sentados en mis estancias ahora mismo.

—¿Qué tengo que ver yo con todo esto? —Michelangelo ya no estaba enfadado. Ahora sentía una profunda curiosidad.

—Veo que no has observado con detenimiento el pergamino de Julio II.

Michelangelo dirigió su vista hacia la mesa. No se trataba de algo voluminoso. Diría que contenía una sola hoja de pergamino. Observó que el lacre estaba roto, aunque no lo pareciera a simple vista.

—Veo que ya lo ha abierto —apuntó Michelangelo—. Supongo que también habrá leído su contenido. Entonces, ¿qué pinto yo aquí?

—¿Te importaría tomarlo en tus manos y abrirlo por ti mismo?

Michelangelo no entendía nada, pero obedeció la orden del Papa. En realidad, su curiosidad lo estaba matando. En cuanto tomó entre sus manos el pergamino y lo desplegó, observó que no había nada escrito en su interior.

«¿Qué significa esto?», pensó, sin atreverse a expresarlo en voz alta.

En ese preciso instante, se le cayó otro pergamino decorado, que estaba sujeto al original.

El mundo se le vino encima.

—Por tu expresión, veo que reconoces ese dibujo —apuntó el Papa, que estaba pendiente de la reacción de Michelangelo.

—Sí —admitió—. Me lo mostró Julio II en este mismo despacho.

—Supongo que conoces su significado.

En realidad, Michelangelo no lo sabía con absoluta seguridad, pero no le era difícil suponer que tenía algo que ver con el *Diamante Florentino*.

—Julio II pensaba que tenía relación con el *Diamante Florentino* —respondió, midiendo de nuevo sus palabras.

—¿Y tú qué crees?

—No creo que importe lo que yo piense, Su Santidad. Desconozco quién es su autor y qué quería decir con esa representación de un triángulo.

—¿Y si a mí sí que me importara conocer tus pensamientos? —insistió Clemente VII.

—Si me lo permite, ¿qué importa mi opinión acerca de un dibujo del que no soy su autor? Por su forma, podría ser hasta una representación cristiana de la Santísima Trinidad.

—Es una representación pagana del *Diamante Florentino*.

—Sí, no niego que quizá sea lo más probable, pero, ¿por qué lo afirma con tanta rotundidad?

—Veo que el dibujo del triángulo te ha despistado y no has prestado la debida atención al propio pergamino en su totalidad.

Era cierto.

Michelangelo volvió su mirada hacia aquel pergamino de Julio II. Al principio no advirtió nada extraño, pero, de repente, se levantó de la silla como si tuviera un muelle en el culo.

—¡Es imposible! —exclamó, con una expresión de auténtico terror en su rostro.

No era para menos.

Allí había garabateada una pequeña palabra apenas visible. Michelangelo estaba seguro de que no estaba allí cuando Julio II le mostró el dibujo del triángulo, en 1505.

«Circumspice».

3 EN LA ACTUALIDAD, FLORENCIA, ITALIA, 20 DE ENERO

—¿Quién nos sigue?

—Una señora de unos *cuarentaytantos* años de edad. Rubia, ojos verdes, rasgos marcados y muy maquillada. Traje cruzado de color rojo con falda por debajo de la rodilla y tacones a juego.

—¿Tacones?

A pesar de la delicada situación en la que se encontraban, Rebeca no pudo evitar sonreír.

—¿De verdad te preocupas porque lleve tacones? —le preguntó a Carlota—. La descripción de Allison me basta para saber que no tengo ni idea de quién es esa señora, al menos que yo recuerde y tengo buena memoria. Eso es lo que me preocupa de verdad, no sus tacones.

Rebeca, Allison, Carlota y el comandante Rojas se encontraban ocultos en la *Biblioteca de la Academia de Bellas Artes,* edificio anexo a la *Galleria dell'Accademia,* donde se exponía el *David* de Michelangelo, en pleno corazón de Florencia.

—Nadie de nuestro gremio lleva tacones en una *operación de campo* —insistió Carlota—. Es de lo más inadecuado.

—Yo no soy de vuestro gremio y por *operación de campo* entiendo un domingo por la mañana de *picnic* en el parque de *St. Stephen Green* —insistió Allison—. Soy profesora universitaria en Dublín y no tengo nada que ver con los servicios secretos vaticanos, esos que llamáis *La Santa Alianza.* Para empezar, no soy católica y creo que eso es un requisito imprescindible. Soy judía, aunque no practique mi religión. Para continuar, soy mujer. Tengo entendido que tienen predilección por los hombres. Y ya para terminar, no soy europea sino estadounidense. Además, jamás he tenido el placer de visitar El Vaticano. ¡Coño, ni siquiera había estado en Italia hasta este viaje! —ahora parecía alterada.

—Bueno, no te enfades. Yo tampoco soy la subdirectora de la CIA —le respondió Rebeca, sonriente—. Los directores y subdirectores de las agencias de seguridad estadounidenses tienen que pasar un exhaustivo control, incluso tienen que comparecer ante una comisión especial del Congreso. Además, deben de ser nacionales de ese país. ¿Os imagináis entrevistando para ese cargo a una diplomática rusa? Los congresistas saldrían con el tono de piel de Donald Trump, como las naranjas valencianas. Y hablando de naranjas, de la impresión también saldrían en *estado cítrico*. ¿Lo pilláis?

—Ni pizca de gracia —respondió Carlota, muy seria.

—Entonces, ¿me creéis? —preguntó Allison, que estaba muy nerviosa.

—Aparco esa respuesta hasta tener tiempo para pensar con más tranquilidad en lo tuyo y en lo de mi hermana —dijo Carlota—. Yo sí que pertenezco al *Centro Nacional de Inteligencia* español y ahora lo que me preocupa es esa rubia cuarentañera con tacones que nos ha seguido hasta aquí. Porque estás segura de eso, ¿verdad, Allison?

—No soy una espía, pero sí muy observadora. Nos ha seguido desde que hemos salido del *Piazzale degli Uffizi,* siempre manteniendo la misma distancia sobre nosotros. No tengo ninguna duda.

—Lo de observadora es cierto —ratificó Rebeca, que ya se había dado cuenta de esa cualidad de Allison sobradamente.

El *Piazzale degli Uffizi* era el gran edificio renacentista que albergaba el museo más conocido de Florencia, la *Galleria degli Uffizi.* Estaban reformando una de sus alas y Carlota había aprovechado para habilitarlo como refugio seguro.

O al menos eso creía.

—Si tan observadora eres, ¿te has fijado en la manera de caminar de esa rubia? —le espetó Carlota a Allison.

—¿Cómo puedes saber eso si dices que no la has visto? —le preguntó Allison, con evidente sorpresa.

—Responde, por favor.

—Aunque andaba a la misma velocidad que nosotros, es cierto que parecía que cojeara un poco de su pierna izquierda.

—Desconfía de ese detalle. Es rápida como una gacela.

—¿La conoces? —preguntó Rebeca a su hermana.

—Supongo que, estando en Italia, tan solo se puede tratar de mi querida Patty —respondió Carlota.

—¿Quién es esa? —continuó Rebeca.

—Nuestra peor pesadilla. Además, no me guarda un especial aprecio desde que le disparé en esa pierna.

—¿Nos persigue una persona a la que le disparaste y ahora cojea a causa de ello? —Rebeca no salía de su asombro.

—Bueno, de eso hace ya tres años, pero la muy rencorosa no quiere pasar página.

—Ni pizca de gracia, como tú misma has dicho hace un momento —dijo Rebeca.

Carlota ignoró a su hermana y se giró hacia Allison.

—¿Y por qué te has esperado a decir que nos seguían cuando ya estábamos dentro de la biblioteca? Ahora no se me ocurre como podemos salir de aquí sin llamar la atención.

—Porque es cierto que es un buen escondite.

—En realidad, es una buena ratonera —le replicó de inmediato Carlota, que se giró hacia su compañero—. Rojas, ¿qué opciones tenemos? Me parece que somos los únicos con dos dedos de frente en esta sala. Estas dos chaladas nos deben muchas explicaciones, pero primero hay que salir de aquí. Ya sabes que lo de Patty es serio.

—¿Cómo quiere hacerlo, jefa? —le respondió el comandante—. Estamos en un sitio cerrado y vigilado. No tenemos planos de este lugar y si es cierto que Patty anda detrás de nosotros, no creo que dispongamos de mucho tiempo hasta que nos localice.

—¡Para estas situaciones nos han entrenado, joder! —Carlota no pretendía rendirse tan fácilmente—. Hemos salido de peores.

Rojas asintió con la cabeza, mientras las abandonaba.

—¿Se marcha? —preguntó Allison.

—Reconoce el lugar donde nos encontramos —replicó Carlota—. Tenemos que saber si hay otra salida diferente a la puerta por donde hemos entrado, por ejemplo.

—¡Ah, vale!

—Por cierto, hay una cosa que no consigo explicarme y quizá sea importante que la conozca —continuó Carlota—. Ahora que Rojas se ha marchado y nos ha dejado a las tres solas, ¿me podríais explicar cómo hemos conseguido entrar en esta biblioteca? Su acceso es restringido. Si no pertenecéis a ningún servicio de inteligencia ni sois personalidades de reconocido prestigio mundial, el guardia de seguridad no nos habría permitido utilizar el acceso privado al *David*. Es una cuestión de lo más curiosa.

—Yo no tengo ni la más remota idea —se apresuró a responder Allison—. Hasta hace un momento creía que el acceso era para investigadores, no para personalidades.

Carlota se giró hacia su hermana.

—Entonces, tan solo nos quedas tú. ¿Quién eres en realidad?

—Rebeca Mercader.

En momentos de máxima tensión, uno nunca sabe cómo puede reaccionar por mucho entrenamiento del que disponga. La tensión es como un muelle. Lo puedes comprimir utilizando tu fuerza, pero puede saltar por los aires en cualquier momento. Es la llamada *tensión no resuelta*, porque sabes que serás incapaz de aplicar la fuerza eternamente.

Eso le sucedió a Carlota.

De repente, soltó una carcajada cuyo eco retumbó en toda la biblioteca. Parecía que los libros fueran a caerse uno a uno de sus estantes.

Para el completo estupor de Allison, Rebeca imitó a su hermana.

—¿Qué hacéis, locas? —preguntó, escandalizada—. Va a venir el guardia.

—No hay guardia —acertó a decir Rebeca, mientras hacía verdaderos esfuerzos para detener la risa.

Allison no entendía nada y se tapó la cabeza con sus brazos, como si así fuera a dejar de oír las estruendosas carcajadas de las hermanas.

—Vale, vale —dijo Carlota, secándose la mejilla con la tela de su camisa.

—Eso no se hacc —Rebeca también estaba intentando recomponerse de ese momento de locura transitoria.

—¿Cómo lo has conseguido?

—¿Por dónde empiezo?

—Por lo de esa persona vestida de guardia.

—Se llama Alessio. Es el hijo de Nikolay Andreyev.

—¿Y quién es el *fulano* ese?

—El cónsul honorario de la Federación Rusa en Florencia. Es un antiguo coronel del KGB que está disfrutando de un retiro dorado a costa del capitalismo decadente y corrupto de occidente.

—¿Y cómo demonios podías saber que su hijo trabajaba para la *Biblioteca de la Academia de Bellas Artes* de Florencia?

—No me provoques —le respondió Rebeca, haciendo un amago de volver a reírse.

—¿Qué tiene de graciosa mi pregunta?

—Carlota, por Dios. Ya has deducido que Alessio no es ningún guardia. Sigue con el razonamiento. Tampoco trabaja para la biblioteca.

—¡Joder! —exclamó Carlota, avergonzada—. ¿Cómo no me lo había imaginado de ti?

—¿Os importa explicarme de qué habláis? —preguntó Allison, que no comprendía nada de lo que estaba escuchando.

—Que mi hermana es diplomática rusa de verdad, aunque nos lo haya negado.

—¿Y qué tiene eso que ver con el falso guardia? —continuó Allison.

—¡Por favor, Allison! El tal Alessio trabaja para ella. No quiero ni imaginarme qué le habrá sucedido al guardia de verdad —le respondió Carlota.

—¡Oye, que yo no soy ninguna asesina! —protestó Rebeca de forma airada—. El pobre alguacil auténtico tiene a su esposa enferma, postrada en la cama. Tan solo le estamos haciendo un favor cubriéndole por unos días en su puesto de trabajo. Nada importante, aunque sí muy conveniente.

—¡Tú eres del SVR! —exclamó Carlota, señalándole con el dedo.

—Me suenan esas siglas. ¿Qué significan? —preguntó Allison, girándose hacia Rebeca.

—Ya te lo había explicado —le respondió Rebeca, sonriente—. El *Sluzhba Vnéshney Razvedki,* más conocido por sus siglas SVR, es el actual servicio de seguridad exterior de la Federación Rusa. Es decir, los espías equivalentes a la CIA o el CNI, por ejemplo. Y no. Por mucho que mi hermana y mi tía estén convencidas de ello, yo no pertenezco a esa organización. Como ya había dicho hace un momento, soy simplemente una ciudadana llamada Rebeca Mercader.

—¿Y lo de diplomática? —siguió Carlota—. ¿No lo niegas?

—También. A estas alturas ya deberíais saber que no estoy destinada a ninguna legación del mundo. La diplomacia no está hecha para mí. Eso no significa que disponga de un pasaporte verde de esos tan convenientes. Cualquier problema se puede solucionar llamando a la embajada rusa del país donde me encuentre. Ya lo hice cuando nuestra tía Tote me ingresó en el *St. Patrick's Hospital,* especializado en salud mental, que lo dirige tu amiguita Dorah Marie Shackleton, la mujer maravilla.

Carlota hizo un gesto de desdén con las manos.

—¿Cómo pretendes que te crea después de este numerito? De todas maneras, ya tendremos tiempo de aclararlo todo cuando consigamos escapar de este lugar.

—No se puede —le replicó Rebeca, que ahora estaba sería.

—¿Qué?

—No mentía cuando dije que los servicios secretos vaticanos utilizan esta biblioteca para guardar documentos que no desean que se almacenen en Roma. Cuando Rojas regrese de su inspección visual, nos dirá que nos encontramos en una pequeña fortaleza con una única salida, que es la enorme puerta de roble por la que hemos entrado. También nos dirá que está cerrada.

Carlota se disponía a replicar a su hermana cuando el comandante Rojas apareció por uno de los extremos del pasillo.

—Es diabólico —comenzó a explicarse—. Aunque parezca una simple biblioteca, no lo es. Se trata de una pequeña fortaleza con una única salida cerrada por una sólida puerta de madera que no se puede abrir. Estamos atrapados.

—¡Ni una palabra! —exclamó Carlota, antes de que Rebeca comentara «te lo dije».

Ahora, se giró hacia el comandante.

—¿Opciones? —le preguntó.

—Dos —le contestó—. La primera es ocultarnos. Este espacio es enorme, alto y con multitud de recovecos. Quizá consigamos burlarlos. Además, nos encontramos en el último pasillo del final de la estancia. Quizá podamos jugar con ellos.

Carlota lo negó con la cabeza.

—Es cierto que estamos en el último pasillo y en la zona más oscura de la biblioteca, pero, aun así, nos acabarían encontrando. No olvides que Patty sabe que estamos aquí y no soltará a su presa con tanta facilidad. ¿Y la otra?

—Ya la conoces.

—¿Lo llevas contigo?

—Sí.

Carlota no pudo evitar hacer un gesto de satisfacción.

—¿No estaréis pensando lo que creo que estáis pensando? —intervino Rebeca.

—¿Acaso ahora lees las mentes? —le lanzó la pulla Carlota.

—No, pero sí leo las expresiones en vuestros rostros. Es una locura y lo sabéis.

—¿De qué estáis hablando? —intervino de nuevo Allison, que llevaba descolocada un buen rato.

—Que estos dos chalados piensan volar la cerradura de una puerta del siglo XV con explosivo militar.

—¿Lleváis de eso encima? —preguntó Allison, que iba de sorpresa en sorpresa.

—En vuestros bolsos quizá llevéis pintalabios, maquillaje y esas cosas, pero nosotros, en nuestro trabajo, también necesitamos de vez en cuando ciertos *cacharritos* —explicó Carlota—. Sirven para mantenernos con vida.

—Lo siento, pero no puedo permitir que cometáis semejante estupidez —le replicó Rebeca, muy seria.

Carlota notó que su hermana estaba en tensión. Le dio la impresión de que era una pantera, y no rosa precisamente, a punto de abalanzarse sobre su presa.

—¿Y qué piensas hacer para detenernos? ¿Utilizar tus conocimientos de artes marciales? Te recuerdo que Rojas va armado y está vez no dudará en dispararte a una pierna si no nos dejas más remedio, como yo le hice a Patty. A ella también le advertí antes y no me creyó.

En ese momento tan inoportuno, sonó el tono de un mensaje entrante en el teléfono de Rebeca. No hizo ni ademán de sacarlo de su bolso. Total, ya sabía qué significaba ese sonido.

—Te aseguro que no será necesario usar la violencia —dijo, en un tono más distendido pero igualmente firme.

—Te repito la pregunta. ¿Qué piensas hacer para detenernos? —le preguntó Carlota, retándola una vez más de forma evidente.

Rebeca no parecía alterada, más bien todo lo contrario.

—Absolutamente nada —le respondió sin inmutarse.

Justo en ese momento, los cuatro oyeron el inconfundible sonido de la puerta de roble abriéndose.

Ahora sí que estaban atrapados.

Carlota se giró hacia su hermana, que estaba sonriendo.

«¿Quién eres?», pensó.

4 EAST HARLEM, NUEVA YORK, ESTADOS UNIDOS, 9 DE MAYO DE 1945

—¿Qué te pasa esta mañana? Estás atontada.

Charlotte de Bar pareció salir del letargo y miró a los ojos de su compañera de trabajo, Evelyn Ramos.

—Nada, nada. Es que estaba pensando en mi familia.

—¿Esa que te abandonó cuando más los necesitabas? ¿En serio aún los recuerdas?

—De vez en cuando.

—Déjame que te diga una cosa. No es bueno recordar esa mierda, además no se merecen ni un minuto de tus pensamientos.

—¿Tú sigues recordando a tu familia? —le preguntó de forma impulsiva.

—Ya sabes que mi caso es diferente. Mis padres se esforzaron por darme a mí y a mis hermanos una vida mejor. Emigraron de Puerto Rico hasta los Estados Unidos, buscando un futuro decente para todos. Y ya sabes cómo acabaron. Tiroteados y muertos como perros, dejados caer en una esquina oscura de esta mierda de barrio. La policía ni siquiera se dignó a venir a nuestra casa para explicarnos por qué mis padres no volvieron esa noche. Fue el padre Brown el que tuvo que darnos la noticia al día siguiente. Entonces tenía trece años de edad, pero me daba cuenta de la mierda que pasaba a mi alrededor. Veía a esas ratas italianas entrar en nuestra casa como si fuera suya. Y en realidad lo era. Aún recuerdo como se hacían llamar, *La Mano Negra*. ¿Negra? Las debían tener rojas, de la sangre que derramaban. La cuestión es que me quedé a cargo de mis cuatro hermanos y por mis santas narices que los tenía que sacar adelante. No me importa reconocerlo porque me siento orgullosa de ello, pero saldé la deuda con aquellos malnacidos italianos vendiendo mi cuerpo.

Sí, fui puta con trece años y me acostaba todas las noches con los babosos blancos que venían a buscarme.

Charlotte de Bar se sintió incómoda. Evelyn ya le había contado su historia cuando empezaron a trabajar juntas hacía casi un año, y con su pregunta no pretendía que rememorara aquellos hechos pasados tan espantosos. Tan solo esperaba que su respuesta fuera un sí o un no.

—No quería que…

—Déjalo, blanquita —le interrumpió Evelyn—. Ya sé que es una mierda de historia, pero no me importa recordarla. Quiero creer que la muerte de mis padres sirvió para algo. Al menos nos trajeron a este país. Ahora tengo veintitrés años, un trabajo decente y, excepto mi hermano menor, que aún está estudiando, el resto se gana la vida honradamente, sin meterse en líos. Y a los capullos de los italianos esos, que les den. Te juro que si los volviera a ver los rajaría de arriba abajo con este mismo cuchillo —dijo, mientras señalaba su mano izquierda.

Y no hablaba en broma.

Charlotte de Bar, desde que conoció a Evelyn, sintió una profunda admiración por ella, y eso que su vida anterior tampoco había sido un camino de rosas.

—Ya lo sé, pero no me encuentro cómoda con esta clase de conversaciones.

—¡Habló la remilgada! —exclamó Evelyn, soltando el cuchillo con el que estaban abriendo la enorme pila de cajas que tenían enfrente de ellas—. ¿Sabes? Si te quedas la mierda dentro, acabarás reventando y yo no quiero estar cerca de ti cuando eso ocurra. No hay que pensar en la mierda, sino dejar que salga por nuestra boca.

Charlotte de Bar ya se había arrepentido varias veces de la dichosa pregunta, pero ahora no podía rehuir la conversación.

—¿Quieres decir que es mejor hablar de lo malo que pensar en ello? —preguntó.

Evelyn hizo uno de esos gestos que tanto le gustaban. Abrió la boca y se rascó la lengua.

—¿Qué es mejor, escupir o sorber? —le respondió—. La mierda siempre para fuera.

Charlotte de Bar se quedó pensativa por un momento. «Quizá Evelyn tenga razón», se dijo.

—No he conocido la felicidad en mi vida. Mi padre nos abandonó muy pronto y mi madre se desentendió de mí. Sí, es cierto que tenía un plato de comida caliente todos los días, pero eso era todo. Al cabo de un tiempo, hasta eso terminó. Mi madre se acabó rindiendo. La vida le había pasado por encima. A pesar de todo, no le reprocho nada. Fueron tiempos muy difíciles.

—¡Pues si tienes que mandar a la mierda a tu madre, lo haces y ya está! —exclamó Evelyn—. Y si está con Dios, que se aparte.

—No, no —respondió Charlotte de Bar—. No siento que deba hacerlo. Sé que lo intentó y no le reprocho que no lo consiguiera. Además, ya sabes que no soy creyente.

—Pues haces muy mal. En los malos momentos reconforta pensar que hay alguien que cuida por ti, aunque no puedas verlo.

—A mí no me reconforta eso.

—Entonces, ¿por qué estás pensando en tu familia?

—Supongo que, como todo el mundo, tengo días mejores y peores.

—¿Y cuál de los dos es este? —le preguntó Evelyn, mientras intentaba animarla, dándole un pequeño empujón.

—¡Oye! —protestó Charlotte de Bar—. Como tiremos esta pila de cajas, va a venir el señor Morales y ya conoces su malhumor.

—Dirás «Don Diablo» —se rio con estrépito Evelyn.

Héctor Morales era el encargado y su jefe directo. Además de ser un cascarrabias, tenía una pronunciada barba y unas ojeras permanentes que le daban un aspecto algo siniestro. Evelyn, desde el primer día, le había puesto ese mote.

—Como te escuche, me parece que la que va a comer mierda vas a ser tú —le respondió Charlotte de Bar.

—¡Vaya con la blanquita! —exclamó Evelyn, que no había perdido su sonrisa—. Me está costando, pero veo que ya vas aprendiendo.

Ambas se abrazaron y rieron juntas.

Evelyn tenía esa cualidad. Se había criado en las más infectas cloacas del *East Harlem*, «una mierda de barrio», como le gustaba llamarlo, pero, a pesar de todo, trasmitía una felicidad contagiosa. En secreto, Charlotte de Bar la admiraba, pero no se lo quería decir porque seguro que se burlaba de ella.

—Creo que deberíamos volver a trabajar —dijo.

—Sí, vayamos a abrir esa montaña de cajas, que no se termina nunca. Para mí que tienen vida propia y por las noches chingan como conejas. Son más putas que yo con trece años.

Charlotte de Bar se volvió a reír de las barbaridades que soltaba Evelyn. A pesar de ello, cuando salían de su boca, no sonaban tan bárbaras. Había mucho más detrás de ellas, toda una personalidad hecha a sí misma.

Ambas cogieron sus cuchillos especiales y volvieron a abrir aquellas interminables cajas de madera, sujetas por unos puñeteros clavos que no parecían querer soltarse.

El esfuerzo que tenían que hacer era notable.

«No está mal para una blanquita escuchimizada», pensó Evelyn.

«No está mal para un montón de mierda», pensó Charlotte de Bar, sonriendo para ella misma.

Ese era el «efecto Evelyn».

Era capaz de ver un pequeño rayo de luz entre la oscuridad.

5 CASTILLO DE STEENOKKERZEEL, BRUSELAS, BÉLGICA, 10 DE MAYO DE 1940

—Siempre he intentado ser una buena cristiana, pero, al final, no he podido ni siquiera cuidar de mis hijos. No merezco entrar en el Reino de los Cielos.

—Tranquila, que estás al lado de Dios.

—¿Qué tonterías le estás diciendo? —preguntó Otto al general Hans Ebner, en susurros.

Ebner tomó por un brazo Otto y se lo llevó aparte.

—Escucha, tu madre está delirando. Ha perdido mucha sangre y aquí no tenemos ninguna clase de equipo médico. No podemos hacer nada más por ella que esperar. Ella cree que ha muerto y está en el Cielo. Pues eso es lo que le diré. Intentaré reconfortarla en los que, quizá, sean sus últimos momentos en este mundo.

Otto bajó la cabeza y, para sorpresa del general, se puso a sollozar un su hombro.

—¿Qué haces? —dijo Hans, apartando a Otto de su lado—. ¿No te das cuenta de que te pueden ver tus hermanos? Como primogénito de la familia debes de comportarte como el príncipe que eres.

—Cuesta —le respondió de forma escueta, secándose las lágrimas con su manga.

—Ya me lo imagino. Zita siempre ha antepuesto vuestros intereses a su propia vida. Ahora pende de un hilo. Es momento de ser valientes, como ella lo ha sido y todavía lo es.

Hans tenía toda la razón.

Cuando Zita de Borbón y Parma se enteró de que su hijo Otto estaba en Austria, justo cuando los nazis la invadieron y se la anexionaron, no dudó en viajar a Viena y enfrentarse al mismísimo Adolf Hitler. Concertó una entrevista con el que consideraba su amigo y aliado en Austria, el arzobispo de

Viena, el cardenal Theodor Innitzer. Se citaron en la *Catedral de San Esteban*. Su sorpresa fue mayúscula cuando, en su lugar, se presentó el propio *Führer*. Se le vino el mundo encima. En ese preciso instante compendió que el cardenal había apoyado la invasión de Austria y que su hijo era prisionero del enano nazi. Sintió una profunda vergüenza de que una institución como la Iglesia Católica hiciera la vista gorda con el genocida de Hitler, pero su misión en Austria era rescatar a su hijo. Para su sorpresa, después de aguantar la disparatada retórica de aquel trastornado hombrecillo, le devolvió a su hijo y les permitió abandonar Austria de una manera segura. Para Zita aquello no había tenido ningún sentido. Era cierto que los Habsburgo habían perdido toda la ascendencia que llegaron a gozar en su época imperial y que el pueblo austriaco los miraba con desapego y desprecio, pero aun así, a ojos de los legitimistas, Otto era el príncipe sucesor a la corona austriaca. ¿Por qué Hitler los dejaba con vida? Por más vueltas que Zita le daba, no conseguía encontrar una respuesta coherente. Cargó con ese miedo durante dos años.

Pero a la vida no hay que pedirle una carga ligera, sino una espalda fuerte para soportarla, y de eso Zita iba sobrada.

Hacía apenas unas horas que Hans Ebner había informado a Zita que Hitler había iniciado la esperada invasión de los Países Bajos y Bélgica. En un principio la noticia no le alarmó, pero cuando el general nombró la palabra *Luftwaffe,* el rostro de Zita pareció trasmutarse. Otto se dio cuenta de la reacción de su madre y Zita le puso la excusa de que la *Aéronautique Militaire Belge* estaba completamente desfasada y nada podría hacer contra la moderna aviación alemana.

Pero no era eso lo que la había alarmado.

Por fin, Zita había comprendido el motivo por el que Adolf Hitler les había permitido marcharse con vida de Viena. En aquel momento ya tenía en mente la invasión de Bélgica y pensaba matar a todos los Habsburgo de un solo golpe, bombardeando el *Castillo de Steenokkerzeel*. No pudo evitar pensar que Lenin, a su manera, también había hecho lo mismo con la familia imperial rusa y había asesinado a todos los Románov, hacía ya veintidós años.

Reunió a toda su familia y abandonaron el castillo lo más rápido que pudieron. No había mucha luz y buscaron refugio en el antiguo cobertizo, una edificación separada unos doscientos metros del propio castillo, al abrigo del bosque que lo rodeaba. La frondosa vegetación lo hacía invisible desde el aire. Además, hacía un año que lo habían rehabilitado. Ya no se utilizaba como almacén de aperos, ya que lo habían habilitado como casa de invitados para las visitas que recibían. En consecuencia, no disponían de las comodidades del propio castillo, pero tampoco necesitaban más.

Así pensaba Zita que salvarían sus vidas del demonio nazi.

Pero no todo había salido según lo planeado. Adelheid había recuperado el conocimiento cuando una bomba derribó un muro y sus cascotes la dejaron atrapada, pero necesitaba atención médica. Rudolf tenía una fractura abierta de tibia y peroné.

Y, mientras tanto, a Zita se le escapaba la vida entre los dedos de su mano.

Hans, después de tranquilizar a Otto, volvió al lado de Zita. Parecía que había dejado de delirar, pero seguía sin recuperar el conocimiento.

—¿Va a morir? —preguntó Elisabeth.

—¿Tu madre? —le respondió Hans—. No ha nacido todavía la persona que pueda acabar con su vida.

El general intentaba dar ánimos, pero la situación era desesperada. Seguían oyendo las explosiones a su alrededor, aunque ya ninguna parecía próxima a ellos. El castillo había sido destrozado por completo, así que supusieron que, una vez logrado el objetivo, la *Luftwaffe* se retiraría.

Y así fue.

Diez minutos después ya no se escuchaba nada.

—¿Qué vamos a hacer? —preguntó Adelheid, con la voz temblorosa.

—De momento, esperar a los designios del Señor —le respondió Hans.

—¿Quieres decir esperar a que mi madre se muera? —le preguntó Elisabeth de nuevo.

Justo en ese instante, Zita abrió los ojos. No pronunció palabra alguna, tan solo miró a su alrededor.

—¡Mamá! —exclamó Elisabeth.

—No era un sueño —dijo Zita, tomando por la mano a su hija pequeña—. Recuerdo que estaba en las puertas del cielo y que nadie salía a recibirme. De repente, aparecisteis todos vosotros y me abrazasteis. Me dijisteis que estabais vivos y que tenía que descender a la tierra. Y ahora, os tengo delante de mí. Ha sido un verdadero milagro.

Adelheid se acercó a su madre y le dio un fuerte abrazo.

—¡Estás viva! —exclamó Zita—. La última vez que te vi estabas inconsciente en brazos de Hans.

—¡No hay quien pueda con una Habsburgo! —le respondió, recordando las palabras del general.

Zita no pudo evitar sonreír.

—Es cierto, como también lo es que mientras Hitler campe a sus anchas en Europa, no estaremos seguros.

—¿Ni en un momento así te puedes olvidar de Hitler? —le reprochó Hans—. Hace apenas treinta segundos ni siquiera sabíamos si sobrevivirías. Te he suturado las heridas con la ayuda de la aguja y el hilo de la rueca del rincón y no perdías más sangre, pero temía una infección. Aquí no disponemos de medicamentos para tratarte.

Zita intentó levantarse, pero lo único que consiguió fue golpearse con la madera de la cama. Se anticipó a las protestas de sus hijos alzando la mano, como ordenando silencio. Se quedó mirando a todos ellos, con mirada determinada. No parecía que se acabara de despertar. Se dirigió a ellos.

—¿No lo comprendéis? Hitler es un maniaco ególatra al que no le cabe en su cabeza que una operación planeada por él no salga como había previsto. Incluso sus generales le tienen miedo y, en ocasiones, no le cuentan la verdad. Pero mira por dónde, los Habsburgo, al final, hemos sido más listos que él. Esta operación ha sido un rotundo fracaso. Aquí seguimos todos, maltrechos pero vivos. El enano no es infalible.

Justo en ese momento oyeron unos golpes en la puerta.

—Debe ser alguien del pueblo que ha visto la destrucción del castillo —dijo Otto—. Un ataque de esta envergadura no puede pasar desapercibido.

—Seguramente tendrás razón, Otto, pero permitidme que abra yo la puerta —dijo el general, mientras sacaba una pistola de su cinto.

Se aproximó a la puerta y, a través de una pequeña rendija, intentó observar el exterior del cobertizo.

Nada.

La oscuridad no permitía ver nada, pero lo que estaba claro es que fuera quien fuese el que estaba llamando a la puerta, estaba solo. No se apreciaba ningún movimiento de gente.

Hans hizo el gesto de silencio, llevando el pulgar a sus labios, mientras se disponía a abrir la puerta.

Nada más hacerlo, cayó de bruces al suelo.

Justo en ese instante, Zita pensó que quizá Hitler no había fracasado en su plan.

Lo tenía todo previsto.

«Estamos muertos», se dijo Zita, que era la viva imagen del terror.

Una vez se desembarazó del general, el visitante se quedó observando el interior del cobertizo, sin poder ocultar su sorpresa.

«Los Habsburgo tienen más vidas que un gato», pensó.

Los antiguos egipcios tenían la creencia que los gatos se reencarnaban una y otra vez, hasta consumir su séptima vida. Lo que el visitante desconocía era que, en el caso de los Habsburgo, quizá fuera alguna más.

6 ESTADOS PONTIFICIOS, 24 DE MAYO DE 1534

—¿Qué significa eso? Estoy seguro de que no estaba en el dibujo original.

Clemente VII sonrió.

—No, no lo estaba —le respondió con seguridad.

Michelangelo era una persona de carácter fuerte y decidido, pero ahora no sabía qué pensar. Para empezar, ¿cómo podía conocer el actual Papa que esa palabra que aparecía en el dibujo del triángulo no formaba parte del original que le mostró Julio II hacía casi treinta años? Él sí que lo sabía, ya que había sido testigo de ello, pero no Clemente VII. En aquella época, Giulio de Medici, nombre del actual Papa, ni siquiera había sido ordenado sacerdote.

Michelangelo se encontraba ante un verdadero dilema. Su curiosidad hacia lo desconocido le empujaba a continuar con la conversación. Demasiadas preguntas sin respuesta, pero conociendo a Giulio de Medici, tenía la impresión de que estaba jugando con él, y eso no le gustaba.

Al final, como casi siempre, le pudo la curiosidad.

—Su Santidad, como supongo que ya sabrá, esa palabra se corresponde con la caligrafía de Julio II.

—¿Me tomas por tonto? ¡Pues claro que lo sé!

Michelangelo navegaba por aguas turbulentas y lo sabía.

—La palabra en latín «*circumspice*» se podría traducir como «mira a tu alrededor» o algo así, pero el pergamino que acompañaba al dibujo está en blanco. O al menos eso me ha parecido.

—Sí, está en blanco y no contiene ningún tipo de mensaje secreto. Como comprenderás, ya me he asegurado de ese extremo antes de llamarte a mi presencia —le confirmó Clemente VII.

—Si me lo permite, Su Santidad, ¿por qué aún permanezco en esta sala? Supongo que le habrá quedado claro que yo no tengo el *Diamante Florentino* y que las sospechas iniciales de Julio II se demostraron infundadas. Usted afirma que lo que me ha mostrado, este dibujo del triángulo, es el segundo testamento papal de Julio II. Aunque así lo fuera, cosa que no comprendo, es un asunto que no sería de mi incumbencia.

—Ahora te equivocas.

—¿En qué exactamente? —Michelangelo tenía la fuerte sensación de que no debía seguir por ese camino, pero no lo podía evitar.

Clemente VII abrió uno de los cajones de la mesa de su despacho y extrajo un paño negro. A Michelangelo le dio un vuelco el corazón. Ya había visto ese mismo paño hacía casi treinta años.

Aquello no podía estar sucediendo.

El Papa extrajo del ese paño un pequeño objeto y lo depositó encima de la mesa.

—En esto te equivocas —le respondió el Papa, que lucía una sonrisa ante el completo desconcierto de Michelangelo, que no sabía dónde esconderse. Por otra parte, no era una opción quedarse en silencio.

—¿Es el auténtico *Diamante Florentino*? —preguntó, para ganar algo más de tiempo.

—Te preguntabas por qué permanecías aún en mi despacho. Pues aquí tienes el motivo. Tú eres la única persona en Roma aún viva que lo había visto con anterioridad. Quiero que me lo digas tú.

—Su Santidad, sabe que, al contrario que la mayoría de mis compañeros de oficio, yo jamás he sido orfebre. En Roma hay gente con más conocimiento que yo para darle una opinión, por ejemplo, nuestro común amigo Benvenuto Cellini.

Clemente VII volvió a sonreír. Cada vez que lo hacía, Michelangelo se estremecía.

—¿No crees que si hubiera querido pedir un dictamen a un orfebre cualificado ya lo habría hecho? Como te había dicho antes, lo que me interesa es tu opinión.

La mente de Michelangelo estaba en plena ebullición. Aquella gema no podía tratarse de la auténtica, ya que estaba en poder su hermano Gismondo en Florencia.

«¡Florencia!» «¡Gismondo!», pensó aterrorizado cuando comprendió la posible conexión. La familia gobernante en Florencia eran los Medici, a cuya cabeza estaba el actual Papa, Clemente VII. «¿Y si han hecho preso a mi hermano en Florencia y ha confesado?», se preguntó, un pasito más allá del absoluto espanto.

—Pareces asustado —observó el Papa.

—No es eso, Su Santidad. No he podido evitar retroceder hasta 1505 y recordar a Julio II —intentó salir del paso Michelangelo.

—Está claro que vuestra relación era más estrecha de lo que estás dispuesto a reconocer.

—Ya le he dicho que yo lo consideraba mi amigo, pero él era el Papa de Roma y un cascarrabias como yo, si me lo permite. ¿Cree que si me hubiera considerado su amigo me lo hubiera dicho? Yo era un simple escultor y pintor a su servicio para mayor gloria de Dios, nada más.

Clemente VII volvió a sonreír. Ya era la tercera vez seguida que lo hacía y la tercera vez que Michelangelo se sobresaltaba.

—Quizá yo tenga respuestas a alguna de las preguntas que te estarás haciendo ahora mismo, pero, antes de continuar la conversación, quiero que examines la gema y me digas si es la misma que te mostró Julio II en su día —insistió el Papa.

Michelangelo comprendió que no serviría de nada seguir protestando, así que la tomó en sus manos.

—Mármol de Carrara —dijo Michelangelo, como ausente.

—¿Qué dices? Eso no es mármol —le respondió Clemente VII.

—No, por supuesto que no —se maldijo Michelangelo por haber expresado sus pensamientos en voz alta. Ahora debía darle una explicación al Papa y tenía que ser la verdad. No tenía tiempo de urdir una patraña.

—Eso es lo que le dije a Julio II, sentado en esta misma silla, hace casi treinta años. Los diamantes se extraen en bruto de minas, al igual que el mármol de Carrara lo hace de sus canteras. Luego es la mano del hombre la que les imprime su belleza. Sin embargo, yo siempre he pensado que esa belleza ya se encontraba en la propia piedra antes de ser trabajada. Cuando esculpo, con la ayuda de Dios, extraigo esa belleza de su interior para mostrarla al mundo. Supongo que algo parecido sucederá con los diamantes.

—Una bonita reflexión, pero no has respondido a mi pregunta. ¿Se trata del diamante auténtico? Con un sí o un no me basta —insistió Clemente VII.

Michelangelo lo tenía muy claro desde que lo había tomado entre sus manos. En la anterior ocasión, le había pedido a Julio II una lente de aumento para poder observar su *imperfecta perfección* en todo su esplendor, pero ahora no le hacía falta. Sabía dónde mirar. Ahí radicaba la extraordinaria belleza del *Diamante Florentino*, en sus pequeñas imperfecciones que lo hacían único, junto con su elegante y majestuoso tono amarillo.

—Si no se trata del auténtico, desde luego se asemeja mucho —dijo, después de observarlo durante un par de minutos. Michelangelo tenía claro que era el auténtico, pero aún estaba ganando tiempo para comprender cómo había llegado hasta la mesa del Papa.

—¡Lo sabía! —exclamó Clemente VII, haciendo un gesto de aprobación con su mano.

—Su Santidad, yo no le puedo confirmar que...

—No me hace falta, ya he visto la respuesta en tu mirada.

Giulio de Medici estaba contento y no se preocupaba por disimularlo. Sin embargo. Michelangelo estaba completamente abatido. Era perfectamente consciente de que ese diamante ya les había pertenecido en tiempos de Cosimo Medici, a mediados del siglo pasado, que lo adquirió a los banqueros alemanes Fugger. Nunca lo exhibieron en público ya que, dado su elevado valor económico, lo utilizaron como garantía en operaciones comerciales. Lo que los Medici jamás pudieron imaginar es que fueran expulsados del poder de la República Florentina, y con ello, perdieran también el control sobre el diamante. Sucedió en 1494, cuando Piero de Medici se vio obligado a ceder el gobierno de la república ante la inminente invasión de las tropas francesas. Hasta principios del siglo siguiente, en 1512, no lograron recuperar el control de Florencia, con Giovanni de Medici. Fue durante ese intervalo de fechas, más concretamente en 1505, cuando Giuliano della

Rovere, el Papa Julio II, se hizo con el *Diamante Florentino*. Las familias Medici y el clan Della Rovere eran, en la actualidad, enemigos declarados, así que Michelangelo supuso que, para la familia del Papa, ese diamante tendría un significado más allá de su valor económico. Supuso que sería un símbolo de su supremacía en Roma frente al decadente clan Della Rovere.

—Toma —le dijo el Papa, entregando a Michelangelo la piedra preciosa.

—Ya he podido observar su extraordinaria belleza, Su Santidad. No necesito verla más.

Clemente VII sonrió de nuevo. Michelangelo ya había perdido la cuenta.

—No me has comprendido. He dicho que la tomes porque es tuya.

Si faltaba alguna alarma por encenderse en la cabeza de Michelangelo, ahora ya no. Se quedó inmóvil, sin poder reaccionar.

—¿Acaso no la quieres? —insistió el Papa.

«Lo sabe todo», pensó Michelangelo. «Si la tiene en su poder es porque han apresado a mi hermano Gismondo en Florencia y este les ha confesado que me lo sustrajo en Roma». Sin embargo, si reflexionaba un poco más, tampoco esa hipótesis tenía demasiado sentido. «¿Por qué me la devuelve si sabe que se la sustraje a Julio II? Aquí está sucediendo algo muy extraño».

De repente, la mente se le iluminó.

«¡Porque no sabe que la robé!», pensó a gritos. Pero eso le planteaba algunos interrogantes más. Quizá Gismondo no hubiera confesado y el Papa se la estaba devolviendo a su hermano mayor.

«¡Valiente estupidez!», se dijo. «¿Por qué me iba a regalar un diamante tan valioso que había pertenecido a su familia desde mediados del siglo pasado?».

—Parece que estés discutiendo contigo mismo —observó el Papa.

Michelangelo tenía que escoger las palabras con sumo cuidado.

—Disculpe mi silencio, Su Santidad, pero comprenda mi turbación. Si me permite la pregunta, ¿por qué me hace semejante regalo?

—No soy yo el que te lo regala.

—No le entiendo.

—Porque no has mirado a tu alrededor, como indicaba esa palabra garabateada en el dibujo que representa al diamante.

—Sigo sin comprenderle.

Clemente VII hizo una pequeña pausa.

—Parece que hoy soy la única cabeza pensante en esta habitación. Anda, junta conmigo todas las piezas. Te he dicho hace un buen rato que el Julio II dejó un segundo testamento papal secreto. Te lo he mostrado. En su interior había dos pergaminos, uno completamente en blanco y otro conteniendo ese dibujo haciendo referencia al *Diamante Florentino*. En su anverso el Papa garabateó la palabra en latín *«circumspice»*, que, cómo buen dominador del latín, has traducido por «mira a tu alrededor», pero también tiene otros significados, como, por ejemplo, «mira detrás de ti».

Michelangelo comprendió lo que el Papa quería decirle. Aquello lo cambiaba todo. Tomó de nuevo el dibujo del diamante y le dio la vuelta.

Lo que vio allí jamás se lo esperaba. Era el segundo testamento de Julio II y gran parte estaba dedicado al propio Michelangelo. Lo leyó todo lo rápido que pudo hasta llegar al final.

—¡Esto es imposible! —exclamó cuando concluyó.

—No, no lo es —le respondió Clemente VII—. Supongo que Giuliano della Rovere pensaría que esta parte de sus últimas voluntades sería encontrada poco después de su muerte. De hecho, dejó los pergaminos en la parte superior del cajón de su propio escritorio, sin ocultarlos. Lo que sucedió a continuación no lo pudo prever. Al llegar al papado mi antepasado, Giovanni Medici, León X, quiso imprimir un nuevo estilo y romper con el pasado del clan Della Rovere. Eso supuso que todos los muebles de las estancias papales fueran renovados. Han estado acumulando polvo desde hace veinte años en un oscuro almacén. Hace un par de semanas, por verdadera casualidad, me tropecé con ellos. Tengo que reconocer que mi vanidad me pudo y quise recuperarlos para mi despacho personal. Sentarme en el mismo sillón que un día ocupó Giuliano della Rovere me produjo un placer especial. Así fue como encontré esos papeles.

Michelangelo no se había creído ni una sola palabra de la explicación de Clemente VII. Le pareció un auténtico cuento.

—¿Qué quiere de mí? —le preguntó directamente.

—Que cumplas con la última voluntad de Julio II.

Michelangelo se escandalizó.

—Sabe de sobra que no puedo hacerlo —afirmó Michelangelo—. Se supone que sus últimas voluntades tendrían que haberse ejecutado hace veinte años. Ahora ya no es posible.

—Nada es imposible, aunque supongo que esto te marcará hasta el final de tus días.

—¡Pero no puedo retroceder veinte años en mi vida! — exclamó Michelangelo, que no podía creer que Clemente VII le estuviera pidiendo eso.

—Nada más termines con la pintura del altar de la *Capilla Sixtina*. ejecutarás la voluntad de Julio II. *El Juicio Final* es lo más importante para mí en estos momentos.

Michelangelo se echó las manos a la cabeza.

—Su Santidad, sigo siendo el mismo artista que quiere servir a Dios hasta la extenuación, pero ya no tengo la juventud de antaño. Aunque no quiera reconocerlo, ya me acerco a los sesenta. La pintura de la bóveda de la *Capilla Sixtina* me llevó cuatro años. Ahora me enfrento a un reto mucho mayor. No solo se trata de pintar. Hay que remodelar el altar, tapiar las ventanas y construir un nuevo muro. Será una labor de seis o siete años. Cuando la concluya, estaré más cerca de los setenta. ¿Le parece que estaré en condiciones de cumplir los deseos de Julio II?

—Soy tan solo tres años más joven que tú y pienso verlo — insistió Clemente VII—. Además, has cobrado por adelantado. Julio II quiso que te quedaras con el *Diamante Florentino* en pago por tus trabajos. Ni yo mismo me atrevo a contradecir las últimas voluntades de un Papa, aunque fuera Giuliano della Rovere.

—Un diamante que no poseía porque se lo habían robado. Eso me lleva a la siguiente pregunta, ¿fingió su robo y ha encontrado el diamante junto a los pergaminos?

Michelangelo sabía que eso no podía ser cierto, ya que él mismo sustrajo el diamante, pero decidió que había llegado el momento de la verdad. Puso a prueba a Clemente VII. Ahora no le quedaba más remedio que sincerarse.

—No, el diamante no lo encontré en el cajón.

Michelangelo se arrepintió de inmediato de forzar la conversación. El diamante tan solo podía haber salido de su hermano Gismondo y eso no podía significar nada bueno.

—Ya hablaremos más adelante —concluyó Clemente VII.

7 EN LA ACTUALIDAD, FLORENCIA, ITALIA, 20 DE ENERO

—¿Dónde han entrado?

—Esa no es la pregunta adecuada. Debería ser, ¿cómo han conseguido entrar?

—No te entiendo, Patricia. Por la forma, parece que se trata de algún museo o biblioteca. Rebeca Mercader es historiadora. Supongo que tendrá acreditación como investigadora.

Patricia Cullen se permitió una tímida sonrisa.

—No, Ryan. Es cierto que ese edificio custodia la *Biblioteca de la Academia de Bellas Artes* de Florencia, pero no es accesible al público. Se trata de un espacio restringido. Es cierto que cuando visitan Florencia autoridades de talla mundial, como reyes o jefes de Estado, utilizan esta entrada para acceder al *David* de Michelangelo de una forma discreta y segura, pero no creo que Rebeca Mercader sea la reina de ningún país.

—Pues el guardia les ha franqueado el acceso a todos ellos con una sonrisa en el rostro. No parecía asustado ni amenazado por Rebeca.

—Ese es un misterio para el que no tengo respuesta... de momento —dijo, mientras se dirigía a la puerta exterior del edificio de la biblioteca.

Ryan Clarke la siguió.

—¿Qué piensas hacer? —le preguntó.

—¿Tú que crees? ¡Pues entrar!

—Acabas de decir que es un acceso para reyes y jefes de Estado. Tú no eres eso.

—Pues seré reina por un día —dijo, mientras llamaba al timbre de la puerta.

No tuvieron que esperar demasiado. En menos de medio minuto ya estaba el guardia abriendo la puerta.

—¿Qué desean los señores? —les preguntó.

—Entrar —respondió secamente Patricia.

—Disculpe, pero este acceso es restringido.

—Sí, ya lo sé, pero he advertido que acabas de dejar entrar a cuatro personas.

—Señora, se trataba de la jefa de un Estado en visita de incógnito, acompañada de dos amigas y de su guardaespaldas. ¿Quiénes son ustedes?

—¿Jefa de Estado? ¿De cuál?

—Me temo que debo pedirles que se marchen. Saben que no puedo facilitar esa información a desconocidos.

—¿Cómo te llamas? —preguntó Patricia, con un tono de autoridad que no había exhibido hasta ahora. Incluso el guardia notó el cambio de actitud.

—Alessio, señora.

—Pues yo soy Patricia Cullen, embajadora de la República de Irlanda en Italia y estoy aquí en representación del presidente de mi país —dijo, mientras abría el bolso y le mostraba su documentación.

El guardia observó los papeles. Ryan notó que dudaba.

—Y yo soy Ryan Clarke, comandante de los servicios de inteligencia irlandeses y protejo a Su Excelencia —dijo muy serio, mientras le mostraba su acreditación.

Alessio parecía abrumado. Él no era el guardia de la biblioteca y aquello le venía muy grande. Pensaba que su misión se iba a limitar a facilitar el acceso a Rebeca y sus acompañantes, pero ni se le había pasado por la cabeza que tuviera que lidiar con una situación así.

—¿Desean acceder al *David*? —les preguntó.

—¡Por supuesto! —respondió Patricia, con un tono de voz calculadamente impaciente—. ¿Qué crees que hacemos aquí?

—No tenía programada su visita —Alessio intentaba ganar tiempo—. Me temo que tendré que consultarlo con mis superiores.

—¿Tus superiores? —repitió Patricia, ahora con un tono claramente intimidatorio—. Escúchame bien, Alessio. No es la primera vez que visito en *David* y accedo por esta puerta, pero sí que es la primera vez que te veo. ¿Quién cojones eres? ¿Quieres hablar con tus superiores? No te preocupes, que ahora mismo llamo al presidente de la República Italiana a ver qué opina de esta afrenta hacia nuestro país, Irlanda —dijo, mientras echaba mano a su bolso y extraía su móvil.

—No se preocupe, Su Excelencia. No será necesario —dijo Alessio, claramente asustado.

Patricia se acercó al guardia y le dio un pequeño abrazo, para sorpresa tanto del propio Alessio como de Ryan.

—Escucha, Alessio —comenzó a decirle Patricia—. No tengo nada en contra de ti y no daré parte de este incidente tan desagradable, pero tienes que entender una cosa. No me gusta que me importunen. Ya sé cómo llegar hasta la puerta privada de la *Galleria dell'Accademia* y, por lo tanto, no te quiero ver a nuestro alrededor haciendo de niñera. ¿Te ha quedado claro?

—Por supuesto, Su Excelencia. Me retiraré a mi puesto y les dejaré recorrer la distancia hasta la puerta en solitario.

Alessio les franqueó el acceso y se apartó de su camino. Había hecho todo lo posible por evitar la entrada de aquella pareja, pero ya no tenía argumentos. Además, lo último que deseaba era causar un conflicto con las autoridades locales. Eso sí, cuando los perdió de vista, mandó un mensaje al móvil de Rebeca. Era lo acordado en el supuesto de que sucediera alguna situación imprevista como la presente. Rebeca era muy concienzuda y le gustaba tener todas las posibilidades cubiertas, incluso las más improbables.

—¿No te crees que te has pasado un poco con ese guardia, a pesar de ese pequeño y ridículo abrazo final? —preguntó Ryan, cuando ya se habían alejado lo suficiente.

—¿Guardia? —repitió Patricia—. Ese tiene de guardia lo que yo de monja. Es cierto que ya había entrado a ver al *David* por este acceso. Los guardias de la *Biblioteca de la Academia de Bellas Artes* son todos personal cercano a la edad de jubilación procedentes de otros cuerpos policiales. ¿Te parece que el joven Alessio encaja con esa descripción? Ni siquiera ha sido guardia en toda su vida. No sé cómo se las habrá apañado Rebeca Mercader para dar el cambiazo, pero es preocupante. Supongo que el leve acento ruso del tal Alessio tendrá algo que ver.

Ryan torció el gesto.

—¿En serio crees que Rebeca tiene el poder de hacer eso? De dar por buena esa idea tuya, ¿no crees que nos enfrentamos a algo que no nos esperamos?

—No lo esperarás tú, que eres un ingenuo y la Rebeca esa te tiene atontado —le respondió Patricia, con una leve sonrisa picarona—. De todas maneras, a mí no me preocupa tanto tu amiguita como una de sus acompañantes.

—¿La que secuestraron y trajeron a Italia con aquel falso avión medicalizado? ¿La tal Allison Adelman?

Cuando Ryan Clarke investigó la desaparición de Rebeca Mercader de Dublín, consiguió las imágenes del hangar del aeropuerto desde donde había partido el avión «secreto» con destino a Florencia. Para su absoluta sorpresa, se trataba de un avión medicalizado que tan solo trasportaba dos pasajeros. Uno era un hombre con una bata de médico, que era un miembro del CNI español y el otro era una joven desconocida en una camilla. Más tarde averiguó su nombre, Allison Adelman, pero no la conocía de nada. Lo que estaba claro es que no había ni rastro de Rebeca Mercader en aquel avión. Aún desconocía cómo había podido salir de Irlanda y entrar en Italia.

—¡No, idiota! Me refiero a la hermana de Rebeca —le espetó Patricia.

—¿A Carlota? ¿Qué tiene que ver ella en todo este asunto?

—Lo primero, que se supone que murió hace más de dos meses y yo la acabo de ver con un aspecto bastante saludable. *«Los muertos que vos matáis gozan de buena salud».*

—¿Mataste a Carlota? —preguntó un pasmado Ryan.

—¡Claro que no! —exclamó Patricia, riéndose—. Aunque no me hubiese importado hacerlo. Esa frase es un viejo proverbio que se usa en España, pero que está extraído de la obra *El mentiroso*, del dramaturgo francés Pierre Corneille. Hay muchas traducciones de sus palabras, pero la anterior es la más teatral. Algunos también la han traducido de manera libre, teniendo en cuenta el sentido que Corneille quiso imprimir a su frase original *«Les gens que vous tuez se portent assez bien»*. Así, en 1947, una de sus primeras traductoras, Maria Alfaro, la interpretó como *«Observo que vuestros muertos gozan de una salud envidiable»*. Ni que decir tiene que ha prevalecido la primera traducción. Es más potente.

—¿Cómo puedes saber todo eso? —preguntó Ryan, todavía más sorprendido.

—¿Te crees que mi cobertura diplomática siempre ha sido como embajadora en Italia? Hace unos años fui la agregada cultural en la embajada de Irlanda en Madrid. De esa época conozco a Tote. Y también a Carlota —respondió, con un tono de cierta amargura.

—De todas maneras —continuó Ryan, que no entendía nada—, ¿qué tonterías me estás contando de Corneille y de muertos con buena salud? ¿A qué viene todo ese cuento?

—No es ninguna tontería. Quizá no lo sepas, pero Carlota es una de las responsables de los servicios de inteligencia españoles.

—¿No te confundes? ¿Esa no es su tía, Margarita Rivera?

—Bueno, también, pero te aseguro que no es ni la mitad de interesante ni peligrosa que Carlota. Créeme que me alegré cuando me enteré de su muerte, y ahora descubro que está más viva que nosotros. ¡Ese es mi verdadero objetivo, no Rebeca!

Ryan pareció enojarse.

—O sea, que me has utilizado. ¡Yo no sabía eso! —Ryan estaba claramente indignado.

—No, no lo he hecho, pero ahora lo estoy compartiendo contigo. La unión de Carlota con Rebeca es muy inquietante. Sé perfectamente quién es Carlota, pero no tengo ni la más remota idea de quién es su hermana. Al parecer, ni yo ni nadie. Ella es la que ha conseguido entrar en este lugar restringido y vigilado con aparente sencillez, así que hemos de suponer que es peligrosa, tanto o más que su hermana Carlota.

—Es diplomática rusa —dijo Ryan—. ¿No crees que quizá se te esté *yendo la pinza* con Rebeca? Puede haber usado sus credenciales diplomáticas para entrar, por cierto, igual que lo acabas de hacer tú ahora mismo.

—Con la pequeña diferencia de que yo no podría sustituir a un guardia de la *Biblioteca de la Academia de Bellas Artes* por un colega ruso. Anda, no perdamos más tiempo y vayamos en su búsqueda.

—Este recinto es muy grande —dijo Ryan, mirando los jardines que les rodeaban—. ¿Cómo piensas encontrarlas? Lo lógico es que hayan hecho uso de la entrada reservada a la *Galleria dell'Accademia* y hayan aprovechado la multitud del *David* para huir.

—¿Para huir de quién? Recuerda que no saben que estamos siguiendo su pista.

Ryan se permitió dudar de esa afirmación, aunque evitó hacer ningún comentario.

—Además —continuó Patricia—, piensa que ellos no están huyendo. Están buscando un refugio seguro donde ocultarse, una vez descubierta su madriguera del *Piazzale degli Uffizi*. Eso fue mérito tuyo y lo tengo que reconocer. Ahora, continúa usando tu cerebro privilegiado. De todos estos edificios, ¿dónde te ocultarías si fueras Rebeca?

Ryan lo tuvo muy claro.

—¡En la biblioteca! —exclamó.

—¡Pues claro! —le respondió Patricia, dándole una palmada en el hombro—. Si nos damos prisa, aún seremos capaces de descubrirles antes de que hayan tenido tiempo de prepararse. Apenas nos llevan un par de minutos de ventaja.

A paso rápido pero sin correr para evitar llamar la atención, accedieron a la entrada que daba acceso a la gran escalera monumental. Al final de ella se encontraron con una enorme puerta.

—Detrás de esta mole de madera se encuentra la famosa aunque discreta *Biblioteca de la Academia de Bellas Artes* de Florencia —dijo Patricia.

—¿Famosa y discreta en la misma frase? —cuestionó Ryan.

—Bueno, es complicado de explicar, además no viene al caso. Lo importante es que hemos de entrar.

—Está cerrada con llave —observó Ryan, tras intentar abrir la puerta.

—Eso ya lo suponía. No es una biblioteca pública.

—¿Y cómo piensas entrar? ¿Llamando a Alessio y diciéndole que el presidente de la República Italiana ha cambiado de idea y ahora quiere que accedas a la biblioteca?

—No será necesario —le respondió Patricia, sonriendo.

—¿Vas a forzar la cerradura? Tendrá como quinientos años.

—¿Quién necesita forzar cerraduras si tiene la llave?

Ryan no comprendía nada.

—¿No me digas que tienes la llave de la biblioteca y no tenías la llave de la entrada a todo este recinto?

—Bueno, ahora las tengo todas —le respondió Patricia, mientras le mostraba un manojo de llaves.

—¡El abrazo ese tan fuera de lugar! —exclamó Ryan.

—Elemental, querido Clarke. ¿Para qué iba a abrazar al idiota ese del guardia si no era para sustraerle las llaves? —le respondió, mientras buscaba la llave adecuada. Tenía que tratarse de una de considerable tamaño y muy antigua. Afortunadamente, tan solo había una de esas características. Se la mostró a Ryan, sin dejar de sonreír.

Ryan, sin embargo, no parecía compartir la alegría de su compañera.

—Vale, tienes la llave y podemos entrar —comenzó a argumentar—. ¿Y qué haremos después? Has dicho que Carlota es peligrosa y te aseguro que Rebeca sabe defenderse. Además, está el gorila ese que tiene una pinta de militar que echa para atrás. Seguro que va armado. Eso sin contar a la cuarta persona, esa extraña desconocida. Nosotros somos dos y desarmados. ¿Piensas decirles que se rindan en nombre del presidente de la República Italiana?

—Conozco esta biblioteca. La visité en una ocasión. Se trata de una estancia monumental con bóveda de cañón, de forma alargada y de grandes proporciones. Hay un gran pasillo central y está dividida lateralmente por enormes estanterías llenas de libros, a derecha e izquierda. La bóveda presenta aperturas en forma de ventanas circulares sobre cada pasillo lateral, para iluminar las mesas que se encuentran en los extremos. A pesar de los ventanales superiores, la biblioteca está medio en penumbra. Los cristales son traslúcidos, no trasparentes, y no se esmeran demasiado en su limpieza.

—Peor me lo pones. En cuanto entremos, el sonido de esta enorme puerta los alertará de nuestra presencia. Nosotros estaremos expuestos y ellos escondidos tras cualquiera de esas grandes estanterías llenas de libros. Seremos una presa fácil.

Patricia no había perdido la sonrisa.

—Hay dos factores a nuestro favor. El primero es que no nos esperan. Seguramente no estarán escondidos porque creen estar seguros en su interior. El segundo es que tan solo hay un acceso a esta biblioteca, que es a través de esta puerta. Están atrapados.

—Cuatro contra dos —objetó Ryan—. Y nosotros no vamos armados.

—Ellos son los fugitivos, no lo olvides. No pueden montar un escándalo en el interior de esta biblioteca. Vendrían los guardias de verdad y a ver qué explicaciones daban las hermanitas de su presencia en el interior de esta biblioteca, por no hablar de ese tal Alessio, que no sé de dónde se lo habrán sacado.

—¿Estás insinuando que crees que no opondrán resistencia?

—Estoy segura. Esta vez no pueden.

—¿Y qué propones que hagamos? —Ryan no estaba del todo convencido.

—Muy simple. Abrir la puerta y entrar.

Dicho y hecho. Patricia introdujo la llave en la cerradura. Antes de abrirse, el mecanismo ya causó un fuerte ruido, eso sí, nada comparable al estruendo de los goznes de hierro de la puerta al moverse.

—Ya saben que hemos entrado —susurró Ryan, que a pesar de su entrenamiento, estaba visiblemente inquieto.

Patricia le hizo dos gestos con la mano. El primero indicaba que anduvieran por el pasillo central. El segundo, que ella controlaría la parte derecha y Ryan la izquierda.

Primer pasillo, segundo, tercero, cuarto... ya estaban llegando al final y no había ni rastro de presencia humana en el interior de aquella lúgubre biblioteca. No se escuchaba ni un solo ruido.

—¿Y si nos hemos equivocado y no están aquí? —susurró de nuevo Ryan.

Patricia se limitó a señalar con el dedo la bóveda de la biblioteca. En un principio, Ryan no la comprendió. «Es imposible que se hayan encaramado hasta el techo, ni siquiera que se oculten encima de las estanterías. Están demasiado altas», pensó, aturdido. Apenas un instante después se dio cuenta de que Patricia no señalaba exactamente la bóveda, sino uno de sus ventanales circulares. En concreto el último de ellos.

Estaba cegado.

No había cristal, lo habían tapiado y, en consecuencia, esa zona era la más oscura de la biblioteca. Si los habían escuchado entrar, lo más probable es que se hubieran intentado camuflar entre las sombras de aquel oscuro pasillo.

—Quédate detrás de mí —susurró Patricia al oído de Ryan.

Como un fantasma, recorrió los escasos metros que le separaban de aquel lugar.

—¡Ya os tengo! —gritó a pleno pulmón.

8 CASTILLO DE STEENOKKERZEEL, BRUSELAS, BÉLGICA, 10 DE MAYO DE 1940

—¿Quién es usted?

Evidentemente, la pregunta de Zita era retórica. No conocía a aquel hombre, pero sí identificaba su uniforme. Era un aviador de la *Luftwaffe* alemana.

—Ahora entiendo al *Führer* —se limitó a responder.

—No me nombre a ese chalado —le respondió Zita, intentando ponerse en pie. Aunque a duras penas, al final lo consiguió.

—Pues ese al que usted llama «chalado» había previsto lo que iba a suceder, a pesar de mi incredulidad. Me dio órdenes de que no me limitara a destruir el *Castillo de Steenokkerzeel*. Ni siquiera reducido a escombros se fiaba de que hubieran fallecido.

—¿Y ha aterrizado con su avión para matarnos o secuestrarnos?

—No he llegado hasta aquí con un avión y lo deberían saber ya que no habrán escuchado ningún motor. Lo he hecho con un DF-230, que es un planeador silencioso.

—¿Un planeador? —Zita no daba crédito.

—Sí, pero si no han escuchado ningún motor, me pregunto por qué han buscado refugio en este cobertizo, en el exterior del castillo. Menos mal que han dejado restos de sangre. De lo contrario, dudo mucho que les hubiera encontrado.

Cuando Zita escuchó la palabra «planeador» ya sabía que iban a morir. La misión de aquel oficial de la *Luftwaffe* era suicida. No tenía manera de regresar y su trabajo tan solo podía consistir en matarlos.

—No hace falta oír el ruido de un motor de avión, tan solo la radio. En cuanto he escuchado que había comenzado la invasión de Bélgica con un ataque aéreo, ya sabía que el enano no se olvidaría de los Habsburgo. No deja de ser un sanguinario asesino como Lenin. Nosotros somos su particular familia Romanov.

—No sé quiénes son ni me importa, pero tengo órdenes muy claras que usted ya ha deducido. Si colaboran, los mataré de una forma rápida e indolora, uno a uno, sin que tengan que presenciar todos la muerte de todos.

Zita dio un paso al frente. Tembloroso, pero un paso al frente.

—Muchacho, ¿tienes familia?

—No, señora. Apenas tengo 23 años y he dedicado mi vida a servir al *Reich*, pero no crea que no estoy preparado para mi misión.

—Antes de que acabes con todos nosotros, ¿tendrás el honor de decirme a manos de quién vamos a morir?

Otto miraba a su madre sin comprender a qué venía toda esa conversación. Todavía entendía menos esa especie de sumisión que notaba en su voz. Zita jamás había sido así. Además, ellos eran siete, descontando a Rudolf y al general Ebner, que seguían inconscientes, y aquel nazi estaba solo con su pistola. Puestos a morir, si se abalanzaban sobre él, quizá pudiera disparar a tres o cuatro como mucho, pero no a todos.

—Soy el *Oberleutnant* Kurt Welter.

—¿Un teniente? —siguió Zita, que conocía de sobra la graduación de aquel aviador por sus insignias—. ¿Hitler ha mandado matar a los Habsburgo a un simple teniente? Al menos, Lenin ordenó la ejecución de los Romanov a manos de un pelotón de bolcheviques al mando de una persona de su máxima confianza, Yákov Yurovski. No se ofenda, pero no me puedo creer que una persona de su edad pueda pertenecer al círculo cercano del enano.

—¡Deje de llamar al *Führer* así! —exclamó el aviador.

—Y si no lo hago, ¿qué? ¿Me matará?

Otto seguía sin comprender toda aquella conversación. Se giró hacia sus hermanos. Robert y Felix le devolvieron la mirada. En sus ojos también apreció la incomprensión de lo que estaba sucediendo.

—No necesito pertenecer al círculo del *Führer* para matar a una familia de ratas. Soy una persona de la máxima confianza de Hermann Göring y eso es suficiente —respondió Kurt Welter, que no sabía por qué estaba dando tantas explicaciones a aquella señora. Tampoco entendía a qué venía aquella absurda conversación.

Pronto lo entendió.

Lo único que pretendía Zita era ganar tiempo.

De repente, el teniente notó un fuerte golpe en la parte trasera de su cabeza y cayó al suelo. Zita había advertido que el general Hans Ebner, caído a espaldas del teniente, estaba recuperando el conocimiento y tenía que conseguir que se levantara. Era la única persona que estaba fuera del campo de visión de aquel nazi.

Pero no todo trascurrió como Zita había previsto.

El general, nada más derribar al teniente, volvió a perder el equilibrio y cayó al suelo. Estaba claro que no se había recuperado del todo y que el esfuerzo que acababa de hacer había sido demasiado para sus mermadas fuerzas.

Otto vio que el teniente se iba a levantar, pero, a causa de la caída, había perdido su pistola *Walther P38*. Se abalanzó sobre ella, pero Kurt Welter fue más rápido. Durante un pequeño instante forcejearon, pero la fortaleza física del teniente nazi era muy superior a la de Otto, que acabó en el suelo también.

Viendo que su hermano había caído, Robert se lanzó también contra aquel aviador. En un principio consiguió derribarle, ya que lo pilló desprevenido, pero, una vez en el suelo, la pelea fue desigual. Robert terminó inconsciente.

—¡Ni se os ocurra ninguna tontería más! —exclamó en teniente, magullado pero en pie. Estaba claro que era un soldado bien entrenado—. Tenía previsto ser magnánimo con vuestras muertes, pero ahora vais a sufrir.

Zita no dejaba de mirar al general Hans Ebner, que estaba consciente en el suelo, pero no parecía en condiciones de volver a levantarse. Se giró para observar al resto de su familia. Los que aún estaban conscientes eran la viva imagen del terror.

El teniente buscó su pistola en el suelo, pero no la vio. Durante la pelea, probablemente se habría desplazado bajo cualquiera de los muebles de aquel cobertizo. Pero eso no le importó. Los soldados alemanes siempre llevaban dos armas, así que el teniente Kurt Welter sacó la pistola de reserva.

Se escuchó el espantoso estruendo que causa un disparo en una estancia pequeña.

Era el sonido de la muerte.

55

Quizá el teniente sí que hubiera tenido que preocuparse cuando no vio en el suelo de la estancia su *Walther P38.*

Ahora ya no importaba.

El Oberleutnant Kurt Welter yacía muerto en el centro de la estancia.

Elisabeth estaba como hipnotizada, empuñando la pistola del nazi.

De inmediato, Zita sacó fuerzas de dónde no había y se abalanzó sobre su hija pequeña, le quito el arma de las manos y se abrazó a ella. Adelheid, Felix, Kurt y Charlotte se unieron al abrazo familiar. Todos se pusieron a llorar. Incluso el general Ebner, desde el suelo, parecía que también lo hacía.

—Eres toda una heroína —le dijo Zita a Elisabeth, comiéndola a besos—. Nos has salvado.

Elisabeth no parecía reaccionar. Nunca había empuñado un arma y menos disparado a una persona.

—Dejádmela a mí —les dijo Zita a sus otros hijos—. Atended a Otto, Robert y a Hans.

Así lo hicieron.

Hans no necesitó ayuda. Se incorporó del suelo y se sentó en una de las sillas del cobertizo, todavía mareado. Sin embargo, Otto y Robert permanecían inconscientes.

—Levantadles la cabeza y echadles agua en la cara —dijo Hans.

Adelheid y Charlotte fueron a por cubos de agua, mientras Felix y Karl permanecieron junto a sus hermanos. Cuando les mojaron la cabeza, tal y como había predicho el general, parecieron recuperar el conocimiento.

En apenas diez minutos ya estaban todos sentados alrededor de la mesa, excepto Rudolf, cuya herida le mantenía inconsciente.

—Necesitamos ayuda médica urgente —comenzó Hans—. Yo estoy bien, pero cuatro de ustedes han recibido fuertes golpes en la cabeza.

—¿Quieres que abandonemos nuestro escondite? —preguntó Charlotte—. ¿Y si hay más nazis en los alrededores?

—Lo dudo mucho —le replicó el general—. Acabamos de escuchar al teniente de la *Luftwaffe* que ha llegado hasta aquí en un planeador, no en un avión de combate. Esos modelos son monoplazas y se utilizan sobre todo en tareas logísticas de trasporte. Después del bombardeo ya sabemos qué trasportaba ese planeador en concreto. Tan solo bombas, pero no personas. Además, no es una opción. Hemos de buscar ayuda médica para la fractura de Rudolf y que les echen un vistazo a todos ustedes, sobre todo a la señora, que ha perdido mucha sangre, y a Adelheid por su golpe en la cabeza. Podrían tener algún tipo de herida interna y eso es peligroso.

—¿Y no lo es salir? —insistió Charlotte.

Zita soltó a Elisabeth y abrazó a Charlotte.

—Hans tiene razón —le dijo—. Tan solo nos refugiamos en este cobertizo para evitar el bombardeo del castillo, pero no podemos permanecer aquí eternamente.

Charlotte pareció reconfortada con el abrazo de su madre y no intervino más.

—No quiero parecer antipático, pero mi misión es manteneros con vida y casi fallo a la primera —continuó el general Ebner—. Sabemos que el ejército alemán ha comenzado la invasión de Bélgica. Necesitamos llegar al pueblo lo antes posible. La *Wehrmacht* vendrá después de la *Luftwaffe* y no creo que les cueste mucho tiempo derrotar a los belgas.

—La lesión de Rudolf es grave —intervino Otto—. No creo que pueda caminar en meses. Los nazis llegarán antes.

—Si hace falta lo cargaré a mis espaldas, después de que un médico de verdad haya reducido su fractura y limpiado la herida —le replicó con determinación el general.

—¿Y de qué servirá? Siempre nos perseguirán —intervino Felix, que, a pesar de no haber sufrido daño físico, anímicamente estaba destrozado y se le notaba su rostro desencajado—. Después de recuperarnos brevemente en el pueblo de Steenokkerzeel, ¿dónde iremos?

—No olvidéis que no solo somos la familia Habsburgo. Yo soy Zita de Borbón y Parma, y esos apellidos aún significan algo en la Europa actual. Pediré ayuda a mis hermanos, como siempre he hecho en momentos de apuro.

—¿Y dónde iremos? ¿A otro castillo o palacio europeo? —continuó Felix—. ¿Te crees que eso detendrá a Hitler?

Zita tomó por una mano a su hijo.

—No, no lo hará —le respondió con sinceridad—, pero ahora no es momento de discutir esas cuestiones. Debemos llegar al pueblo lo más rápido que podamos y buscar ayuda médica. Hans tiene razón.

Zita quiso dar ejemplo levantándose de la silla con energía. Quizá con demasiada, ya que tuvo que volver a sentarse del mareo que la invadió.

Antes de que sus hijos volvieran a protestar, Zita alzó la mano en señal de silencio.

Terca como una mula, o como una Borbón, se volvió a levantar de la silla. Esta vez permaneció en pie.

—Hans, construye una camilla aunque sea rompiendo las patas de esta mesa. Felix y Karl llevarán la camilla. Adelheid y yo nos ayudaremos mutuamente a andar. Hans, Otto y Robert os ocuparéis de la vigilancia. Aunque Hans nos haya asegurado que no hay más nazis en los alrededores, no quiero más sorpresas desagradables. Charlotte y Elisabeth llevarán algo de provisiones y bebida —dijo Zita, con una voz que parecía más autoritaria que la del propio general.

Todos asintieron con la cabeza.

En menos de diez minutos habían abandonado el cobertizo en dirección al pueblo. No era un trayecto muy largo, apenas tres kilómetros, pero, en su estado, era todo un desafío.

«Los Habsburgo ya nos podemos considerar unos auténticos nómadas, aunque también unos verdaderos supervivientes», iba pensando Zita.

—Sabe que Felix tiene razón, ¿verdad?

Zita salió de sus pensamientos.

—¿Qué dices, Hans?

—Que Felix está en lo cierto. Cuando Hitler se entere del fracaso de su misión, ordenará de inmediato otra más.

Zita se quedó mirando al general, la persona fiel que, durante estos últimos años de su vida, siempre había permanecido a su lado.

—¿Sabes lo que estaba pensando? —le preguntó Zita, que se autorrespondió—. Que los Habsburgo somos unos supervivientes natos. Hemos sido objeto de ataques por los austriacos, por los húngaros y ahora por los alemanes. Y aquí estamos, maltrechos pero todos vivos.

Hans se atrevió, por primera vez, a poner su mano sobre el hombro de Zita.

—Señora, mientras Hitler campe a sus anchas en Europa, lo que sé es que no estarán seguros en ningún lugar del continente. Por mucho que sus hermanos intenten protegerlos, Hitler les dará caza.

—Te conozco muchos años, Hans. ¿Qué me estás intentando decir? —le preguntó Zita, poniendo su mano sobre la del general.

—Que deben marcharse de Europa si quieren permanecer con vida. Es la única opción que se me ocurre.

Zita se permitió una tímida sonrisa por primera vez en varias horas.

—No es cierto. Se te ocurre otra, pero no te atreves a decírmela.

El general puso cara de sorpresa.

—¿A qué se refiere?

—A que hay otra manera de estar seguros, sin necesidad de abandonar Europa. Vamos, es muy simple.

Para su completo espanto, Hans comprendió lo que Zita quería decirle.

Matar a Hitler.

9 EN LA ACTUALIDAD, DUBLÍN, IRLANDA, 20 DE ENERO

—Benny, ¿sabes quién es Alexei Golubev?

—Pues claro, jefa. Era un miembro de la temible *«Oficina S»* de la rama exterior del servicio de inteligencia ruso, el *Sluzhba Vnéshney Razvedki*, más conocido entre nosotros por el SVR. Operaba en la clandestinidad en España y lo destapamos gracias a su sobrina Carlota. ¿Cómo no lo iba a saber? Fue un gran éxito conocido por todos los miembros de *La Casa*.

Margarita Rivera, a quién todo el mundo llamaba Tote, era la directora de inteligencia del CNI, los espías españoles. Benito Ivorra, más conocido por Benny, era el director de la oficina de *La Casa* en Irlanda, cuya sede ocupaba el ala este del último piso de la Embajada de España en Dublín.

La Casa era como se conocía coloquialmente al CNI. Todos los servicios de información del mundo tenían una palabra que los definía. Por ejemplo, la inteligencia militar rusa, el GRU, era conocido por *El Acuario* por la forma de los edificios que lo albergaban en Moscú. El Mossad israelí lo llamaban *El Instituto*, porque su nombre completo en hebreo es *«HaMosad leModi'in v'leTafkidim Meyuhadim»*, que traducido significa *«Instituto de Inteligencia y Operaciones Especiales»*. El MI6 británico, el servicio secreto exterior, era conocido como *Legoland*, por el peculiar edificio que lo alberga en *Vauxhall Cross*, en Londres. A la CIA estadounidense se referían como *La Granja*, por su sede en Langley, en el estado de Virginia. Del mismo modo llamaban *El Fuerte* a la NSA, la *Agencia de Seguridad Nacional*, encargada de la seguridad de las comunicaciones. Su central está en Fort Meade, en estado de Maryland. La DGSE francesa también era conocida por *La Piscina*, porque sus instalaciones en el *Boulevard Mortier* de París se encuentran al lado de las piscinas de *Tourelles*, pertenecientes a la *Federación Francesa de Natación*. Y así la lista era interminable.

En el mundo de los servicios de inteligencia, todo parecía tener dobles nombres.

Hasta las personas.

—Esta mañana a primera hora he estado hablando con Golubev —continuó Tote.

Benny se sorprendió.

—¿Para qué?

—Me ha contado una historia muy inquietante. Afirma que no fue apresado por Carlota, sino que se entregó voluntariamente tres días antes de lo que figura en los informes oficiales.

—¿Y cree a ese traidor?

—Al principio tenía mis dudas, pero sí, terminé creyéndolo.

—Pero eso supondría que Carlota mintió y falsificó toda la documentación. ¿Para qué iba a hacer semejante cosa? Si fuera otra persona le diría que quizá quiso marcarse un buen tanto para ganarse un ascenso, pero, ¿Carlota? Ella no necesitaba eso. Ya tenía todo lo que quería y, en sus años de servicio, ya se había labrado un gran prestigio y ganado el respeto de todos sus compañeros. ¿Qué sentido tendría para ella arriesgarse con una tontería así?

—¿Y si no fue «una tontería así», como tú dices?

—¿A qué se refiere?

Tote hizo una pequeña pausa.

—Benny —comenzó a hablar, mirándole fijamente a los ojos—. ¿De verdad no tienes nada que contarme?

El agente tragó saliva. Ya había pasado una situación similar en el pasado.

—¿A qué se refiere? —acabó preguntando.

—A que tu firma aparece en parte de la documentación del expediente de Golubev.

—¡Por supuesto! —exclamó Benny—. No es ningún secreto que estaba destinado a ese departamento cuando se produjo su detención. Me limité a firmar donde debía hacerlo.

—¿Quién era tu agente al mando?

—¿De verdad piensa hacerme preguntas cuyas respuestas ya conoce? Sabe de sobra que era su sobrina Carlota. Ella me informó de todo lo que ocurrió y yo redacté ciertos informes y los firmé junto con ella. Ya sabe que ese es el procedimiento establecido. Nada fuera de lo común.

—Desde luego sería «nada fuera de lo común» sino fuera por el pequeño detalle que todos eran falsos.

—¿Falsos? —Benny había cambiado su actitud. Ahora ya no parecía tan sumiso con su superiora como antes. Estaba enfadado—. ¿Acaso me está acusando de falsificar documentación oficial del CNI? Mire, quizá sea mi jefa y le deba obediencia, pero no le permito que cuestione mi...

—¿En serio soy tu jefa? —le interrumpió.

Benny sabía de sobra donde quería llegar Tote, pero no estaba dispuesto a acompañarla en ese viaje.

—¿Qué sucede aquí? —le preguntó—. Acaba de llegar a Dublín en un viaje urgente no programado. Nada más entrar en las oficinas, me suelta una serie de tonterías acerca de un agente ruso destapado hace algún tiempo y me acusa de no sé qué conspiración.

—Yo no he empleado esa palabra, pero es curioso que lo hayas hecho tú.

«¡Joder!», pensó Benny.

—¿Es esto un interrogatorio? ¿Necesito un abogado? —Benny se defendía como podía.

—Sabes de sobra que, entre nosotros, nunca hay abogados de por medio. Además, relájate. No te estoy acusando de nada. Lo único que quiero de ti es que me ayudes a resolver algunas cuestiones que no comprendo —dijo Tote, en un tono más amable.

Lo que sucedía es que Benny no quería ayudarla. Debía ser cauto en la elección de sus palabras.

—Quizá no tenga las respuestas que usted busca. Piense que ser el responsable de *La Casa* en Irlanda es el puesto más alto que he alcanzado en mi carrera. Hasta llegar aquí, siempre he estado bajo el control de otro agente.

—De Carlota.

—Bueno, sí, ella fue la última pero no la única.

—¿Cómo te sentías estando bajo la supervisión de una chiquilla quince años más joven que tú?

Benny, a pesar de su juventud dentro del escalafón del CNI, no era un novato. El truco que pretendía utilizar Tote era muy viejo.

—Carlota ha sido la mejor supervisora que he tenido en mi vida. Durante el año que trabajamos juntos, aprendí más que en los cuatro anteriores con Fernando Morales.

—No es una comparación muy justa —dijo Tote, permitiéndose la primera sonrisa de la reunión—. Morales es un buen agente, pero no se parece en nada a Carlota. El sentido de mi pregunta no iba por ahí. Carlota ni es militar ni pasó por ningún curso específico de formación. Sin embargo, con doce años ya era la subdirectora de análisis. Con quince ya dirigía su propio equipo y con dieciocho ya no solo estaba en su despacho y formando a agentes, sino que participaba en operaciones especiales de campo. Además, sentía predilección por la unidad subacuática, una de las más especializadas dentro de *La Casa*, cuyas misiones siempre son muy peligrosas y delicadas. Yo hacía la vista gorda porque sus superiores me hablaban maravillas de ella, pero me consta que llegó el momento en que la superiora era la propia Carlota, y todo eso cuando no había cumplido los veinte años de edad. ¿Me quieres decir que tenía tiempo para ocuparse de un agente como tú?

—No solo lo tenía, sino que me consta que disfrutaba hablando conmigo y compartiendo puntos de vista.

—O sea, que se puede decir que sois muy amigos.

«¡Joder!», volvió a pensar Benny. Tote lo estaba acorralando con habilidad.

—Somos compañeros que se respetan —respondió, volviendo a medir las palabras—. Nuestra relación es profesional. Yo no sé qué pensará Carlota de mí, pero si me pregunta qué pienso yo de ella, le diré que es la mejor en lo suyo.

—¿Qué entiendes por «lo suyo»?

—Supongo que usted conoce mucho mejor a su sobrina que yo. Ya sabe que pone el alma en todo lo que hace. Es la agente más resolutiva que he conocido en todos estos años, pero también la más hermética en ciertas cuestiones. Cuando algo parecía completamente imposible, primero nos convencía de que era simplemente improbable. Y a las veinticuatro horas nos anunciaba que ya estaba resuelto. Como un buen mago, rara vez nos revelaba sus trucos. Ya conoce el lema oficial del CNI, *«Si es difícil, está hecho; si es imposible, se hará»*. Pues esa es Carlota.

Tote hizo un aspaviento con la mano. Ya había asumido hace tiempo que no conocía a Carlota como ella se creía.

—¿Cómo lo de volar entre países sin que nadie sepa cómo lo hace? —preguntó.

—Por ejemplo —admitió Benny—. Parece imposible que, hoy en día, con toda la seguridad aérea que existe, alguien se pueda subir a un avión y se desplace a otra nación, sin que el país de origen del vuelo ni el de destino se enteren de nada. ¿A qué suena increíble? Pues, como le decía, Carlota ha convertido lo imposible en improbable, porque lleva años haciéndolo sin que nadie sepa cómo lo consigue.

—Está claro que debe recibir ayuda de alguien —resolvió Tote—. No es posible hacer todo eso en solitario. ¿Tienes alguna idea de quién puede estar con ella?

«¡Joder!», pensó Benny por tercera vez. En cada ocasión que parecía que se zafaba de Tote, le volvía a acorralar con alguna pregunta que no quería contestar. Llegados a este punto, tuvo claro que debía de facilitarle alguna información. Además, cuanto antes lo hiciera, mejor. No podía permitir que este interrogatorio se prolongara mucho más.

Decidió darle un mendrugo de pan para que lo royera.

—¿Sabe quién es Lorena Mendoza? —le preguntó.

—Claro. Es la agregada cultural de la Embajada de España en Roma, y también la jefa de *La Casa* en Italia.

—Sí, pero no me refiero a eso. Le repito la pregunta. ¿Sabe quién es Lorena Mendoza?

Tote se quedó en silencio durante un breve instante, intentando comprender lo que quería decir Benny con esa pregunta.

Apenas le costó un minuto atar cabos.

—¡Joder! —exclamó, pegando un manotazo encima de la mesa—. ¡Eso lo cambia todo! ¿Cómo no se me había ocurrido antes?

«Porque yo no se lo había insinuado hasta ahora», pensó Benny, que tenía sus dudas. No sabía si había actuado correctamente. «Espero que el sacrificio de un peón no arruine la partida de ajedrez. Aunque ahora que lo pienso mejor, Lorena no es un simple peón. Es un caballo y quizá pueda saltar por encima de Tote».

Salió como una estampida de bisontes de la oficina de Benny, sin despedirse siquiera.

Tote era perfectamente consciente de que Benny le estaba ocultando muchas cosas y que se había visto obligado a darle alguna información que consideró de poca importancia.

Estaba muy equivocado.

Tote había abierto los ojos.

10 ESTADOS PONTIFICIOS, 14 DE OCTUBRE DE 1534

—Señor, el Papa desea verle.

Michelangelo levantó la mirada y observo la presencia en el interior de la habitación de un miembro de la Guardia Suiza.

—¿Cómo has entrado? —le preguntó.

—He llamado a la puerta hasta en cinco ocasiones. Como no me respondía y no escuchaba ningún ruido en el interior de sus aposentos, me he permitido abrir la puerta para dejarle una nota. No esperaba verlo. Disculpe por la intromisión.

Michelangelo hizo un gesto con la cabeza, aceptando las disculpas de aquel atribulado guardia.

Por otra parte, no le extrañaba.

Había tenido tiempo suficiente para reflexionar acerca de la última conversación que había mantenido con el Papa, hacía casi cinco meses. En un principio no supo qué pensar de aquello. Todo había sido muy extraño, desde el testamento de Julio II, supuestamente encontrado por el Papa Clemente VII, pasando por la entrega del *Diamante Florentino*. Estaba hecho un lío, así que decidió que debía aclarar sus ideas antes de acometer el proyecto de *El Juicio Final*. Comenzó por el principio, el testamento de Julio II. No le cabía ninguna duda de que era auténtico. Conocía de sobra su caligrafía. En él se especificaba que debía concluir su mausoleo. Recordaba hasta la fecha exacta que Julio II se lo encargó por primera vez, el 27 de febrero de 1505. Hacía casi treinta años de aquello, pero lo recordaba como si fuera ayer. El proyecto le entusiasmó desde el principio, ya que suponía esculpir más de cuarenta figuras para el que sería, probablemente, el mausoleo más grandioso de Roma. «Entraremos en la eternidad de la mano», no se cansaba de repetirle. Pero las cosas no fueron tan sencillas. Los acontecimientos que siguieron a aquella fecha demoraron su comienzo. El primero, la muerte de Ludovico Buonarroti, el padre de Michelangelo. Se marchó a Florencia para asistir a sus honras fúnebres y se quedó más tiempo del previsto. Cuando regresó a Roma, las finanzas vaticanas ya no eran tan boyantes. Las aventuras militares de Julio II, unido al comienzo de la construcción de la nueva *Basílica de San Pedro* habían mermado las arcas vaticanas. A todo eso se le unió la inquina personal que tenía contra él su arquitecto, Angelo Bramante. Convenció al Papa de que Michelangelo era el artista adecuado para pintar la bóveda de la *Capilla Sixtina*. Eso no era cierto, ya que Michelangelo no dominaba en absoluto esa técnica de pintura, al menos en ese momento. Además, era una elección completamente absurda, ya que tenían a su disposición a Rafael Sanzio, que estaba pintando al fresco algunas estancias del *Palacio Apostólico*. Le quedó claro que la intención de Bramante era verlo fracasar y cortar las alas a la joven promesa del Renacimiento italiano. Pero Michelangelo era una persona de retos, y aceptó. Tras cuatro años, concluyó su magna obra, que fue aclamada por todos. A los pocos meses de culminar su trabajo, el Papa Julio II falleció y, para desgracia de Michelangelo, su sucesor en el trono de San Pedro fue Giovanni de Medici, un antiguo amigo de su época florentina. De hecho, fueron algo más que amigos, lo que condenó a Michelangelo a volver a Florencia. León X, que era el nombre que adoptó el nuevo Papa, no lo quería en Roma. Aun así, le permitió a Michelangelo trabajar fuera de El Vaticano, esculpiendo algunas estatuas para la tumba de Julio II. Pero tuvo que abandonar Roma camino de Florencia en 1527. Michelangelo no regresó a Roma hasta finales de 1533, después de que las revueltas populares en Florencia fueran sofocadas. Le reclamó Clemente VII, otro miembro de la familia Medici. Y precisamente ahora trabajaba para él.

¿Por qué Julio II dejó escrito en su testamento que, a cambio de concluir su mausoleo, gratificaría a Michelangelo con el *Diamante Florentino*? Eso era imposible, ya que Julio II no lo tenía. Ese fue el primer dilema al que se enfrentó Michelangelo y a la conclusión a la que llegó no le gustó, pero se trataba de la única posible. Si echaba la vista atrás, tuvo que reconocer que Julio II ya se lo había insinuado. En una ocasión le dijo que no tenía por qué preocuparse, ya que conocía quién le había robado el diamante. No quiso decirle el nombre del autor del robo y dejó caer la sospecha de que quizá pudiera haber sido el joyero que se lo llevó hasta Roma. Pero ahora Michelangelo sabía que eso no era posible. Clemente VII le había revelado que aquel orfebre había sido Giovanni

Cellini, padre de Benvenuto Cellini. Era una familia de joyeros de gran prestigio en toda Italia y Michelangelo era amigo personal de Benvenuto. No era posible que ellos sustrajeran el *Diamante Florentino.*

En ese preciso instante, a Michelangelo se le ocurrió una idea malvada. ¿Y si el Papa Julio II había averiguado que él era el ladrón y se lo había callado? Desde luego tenía sus motivos para actuar así. El Papa quería que Michelangelo pintara la *Capilla Sixtina* y que concluyera su mausoleo. No se podía permitir bajo ningún concepto que Michelangelo fuera apresado. Esta teoría explicaría el motivo por el que Julio II le otorgaba formalmente la propiedad del diamante. Sabía que Michelangelo ya lo tenía y buscaba la manera de legalizar el robo para que pudiera terminar sus encargos sin mayores sobresaltos. ¿Qué mejor forma que redactar un testamento de su puño y letra y dejar claro quién era el propietario del diamante? En el caso de que la joya fuera descubierta en poder de Michelangelo, nadie podría cuestionarle, ya que era su legítimo dueño.

Una vez le quedó claro ese extremo, vino otro problema aún mayor que echaba por tierra la teoría anterior. En realidad, Gismondo, el hermano de Michelangelo, le había sustraído el diamante el año pasado para retornar a Florencia. En ese caso, ¿cómo era posible que Clemente VII se lo hubiera entregado hacía unos meses?

La respuesta también le quedó clara.

Tan solo podía haber llegado a las manos del Papa de su hermano Gismondo, que era el que lo tenía. ¿Y cómo podía haber sucedido eso? El hermano menor de Michelangelo, al contrario que él, era amante de las juergas y de las noches de vino hasta altas horas de la madrugada. Supuso que, bajo la influencia de alcohol, presumiría de la posesión de semejante joya. Florencia estaba controlada con mano de hierro por los Medici, a los que seguro que les llegó la bravuconada de Gismondo. Pero lo malo para Gismondo era que no se trataba de una fanfarronada, sino que era la realidad. Michelangelo le había enviado dos misivas para saber de él, pero ninguna de ellas había obtenido respuesta. La conclusión era obvia.

Los Medici lo tenían en prisión y le habían sustraído el *Diamante Florentino.* Por eso lo tenía en su poder Clemente VII, el patriarca de la familia.

Pero lo que le quedaba por deducir a Michelangelo quizá fuera la cuestión más importante.

¿Por qué Clemente VII se lo había entregado? A ojos de Michelangelo, eso no tenía ningún sentido. Se trataba de una joya de gran valor que había pertenecido a la familia Medici desde el siglo pasado. Les fue arrebatada por Julio II, perteneciente al clan Della Rovere, enemigos declarados de los Medici. ¿Qué escondía esta inexplicable acción de Clemente VII?

A Michelangelo le costó muy poco deducirlo.

Clemente VII conocía que el ladrón del *Diamante Florentino* había sido Michelangelo. La desaparición de su hermano Gismondo así lo confirmaba. Entonces, ¿por qué se lo había regalado? Michelangelo no se había creído ni una palabra de la explicación de Clemente VII. Jamás le entregaría semejante joya porque Julio II, la persona que se lo apropió, aprovechando una etapa de debilidad de los Medici, lo dejara escrito.

Eso no tenía ningún sentido, salvo que la motivación de Clemente VII fuera la misma que tuvo en su día Julio II.

Quería que Michelangelo pintara el altar de la *Capilla Sixtina*, para robarle protagonismo a Julio II, que era recordado como el Papa que encargó a Michelangelo los fabulosos frescos de la bóveda.

Pero no solo se trataba de un juego de vanidades.

Michelangelo estaba convencido de que, cuando concluyera la pintura de *El Juicio Final*, ya no habría más. Giulio de Medici, Clemente VII, tenía pensado deshacerse de él y recuperar el *Diamante Florentino*. No le importaba absolutamente nada la voluntad del difunto Julio II, enemigo de su familia. Se había aprovechado de su testamento secreto para hacerle creer todo ese conjunto de idioteces. Michelangelo sabía que esta era la única hipótesis que convertía en razonable lo imposible.

A pesar de haber llegado a esa macabra conclusión, Michelangelo se estaba preparando a conciencia para el trabajo que le había encargado Clemente VII. Pensaba pintar el altar de la *Capilla Sixtina*, a pesar de ser consciente de que sería asesinado al día siguiente de que terminara *El Juicio Final*. Hasta le pareció algo poético que su último trabajo fuera a llamarse así.

—Señor, ¿se encuentra bien?

Michelangelo salió de sus pensamientos y su alma retornó a su cuerpo. Volvió a ver a aquel Guardia Suizo plantado delante de él.

—¿Qué decías?

—Señor, el Papa desea verle de inmediato.

—¡Ah, sí! —exclamó Michelangelo, aún con la mente en otra parte—. ¿Y se puede saber el motivo? Sabe que estoy trabajando en el encargo que me hizo y no me gusta ser molestado.

Efectivamente, aquella estancia estaba repleta de bocetos y dibujos en aparente desorden. La gente pensaba que Michelangelo no planificaba sobre el papel sus obras, porque muy pocos bocetos de ellas se han conservado. Pero no era cierto. Lo que sucedía es que Michelangelo tenía la costumbre de quemarlos para que no quedara ninguna prueba de sus motivaciones, muchas veces alejadas de la doctrina y los dogmas de la Iglesia Católica, representados por unos papas alejados del espíritu original de la Iglesia. Durante su participación en las revueltas de Florencia, había abrazado secretamente las ideas del Luteranismo. Martín Lutero, sacerdote y profesor de teología en la universidad de Wittenberg en el Sacro Imperio Romano Germánico, había publicado sus «95 tesis», que eran un conjunto de proposiciones para un debate académico con el objeto de reformar la decadente Iglesia Católica. Michelangelo creía firmemente en ellas. Además, la actitud de los papas de la familia Medici, León X y, sobre todo, el actual Clemente VII, habían prendido de nuevo esa mecha en él. Su opinión del actual Papa, a pesar de haberle perdonado su apoyo a los rebeldes florentinos, no podía ser más negativa. Incluso pensaba que su pontificado había sido el peor de toda la historia. En el fondo, aunque intentaba no hacerlo, lo despreciaba profundamente, y no porque tuviera la certeza de que iba a terminar asesinándolo, sino porque no había conocido Papa que hubiera hecho tanto daño al catolicismo como él lo entendía.

—Señor, ¿acaso cree que Su Santidad comparte esa información con nosotros? —le preguntó aquel Guardia Suizo.

Michelangelo, para desconcierto del guardia, se permitió una tímida sonrisa. «Esta misma situación ya la viví en el pasado», pensó.

—Tienes razón —le respondió—. Si ni siquiera la comparte conmigo, dudo mucho que lo haga con vosotros. Está bien, acompáñame a su presencia.

El guardia asintió con la cabeza, aliviado. El malhumor de Michelangelo era ampliamente conocido en Roma, sobre todo cuando le importunaban en su trabajo. Era muy celoso de su intimidad y en el pasado ya se había enfrentado a otros guardias. A uno de ellos incluso le arrojó escaleras abajo en la misma pensión en la que se encontraban ahora.

Salieron del edificio y se dirigieron hacia la entrada del *Palacio Apostólico*.

«¿Habrá decidido el Papa que debo morir hoy?», pensaba Michelangelo, mientras caminaba. «Clemente VII, por muy valiente que quiera parecer, en el fondo es un cobarde. Si esa ha sido su decisión, supongo que no lo veré esta noche. Será mi verdugo el que esté esperándome».

Ambos entraron en el palacio. El guardia le hizo un gesto a Michelangelo para que esperara, mientras él anunciaba al Papa su presencia. Al cabo de un par de minutos, el guardia volvió a aparecer, haciendo un gesto a Michelangelo para que entrara en el despacho papal.

Nada más cruzar la puerta, Michelangelo ya supo cuál iba a ser su destino.

—¿Quién es usted y qué hace aquí?

Aquella persona no era Clemente VII.

11 EAST HARLEM, NUEVA YORK, ESTADOS UNIDOS, 9 DE MAYO DE 1945

—¿Te puedo hacer una pregunta personal?

—Inténtalo —le respondió Charlotte de Bar a su amiga Evelyn Ramos.

Estaban en su pausa de mediodía para comer. Entraban a las seis de la mañana y paraban a la doce. A esa hora disponían de veinte minutos libres. Luego regresaban al trabajo para salir a las seis de la tarde. Casi doce horas diarias de lunes a sábado. Y cuando entraba un cargamento grande, incluso trabajaban algún domingo. Tenían que aprovechar para charlar cada precioso minuto del que disponían.

—Siempre he tenido curiosidad por saber cómo acabaste en este barrio. Nunca en estos tres años hemos hablado de eso. Nosotros éramos de Puerto Rico, así que esta mierda nos pareció de primera, pero tú ya vivías aquí. ¿Por qué no trabajas en cualquier otro lugar?

—Porque no quiero. Este es mi hogar.

—Perdona, pero eso no me lo creo ni borracha.

—¿Por qué?

—Espera, espera. ¿No serás descendiente de los primeros emigrantes que poblaron esta zona? El padre Brown me enseñó que el *East Harlem* no siempre fue así. En el siglo XIX fue colonizado por alemanes, irlandeses y por judíos del este de Europa, gente muy pobre pero trabajadores honrados, un poco como nosotras.

—Que yo sepa, no.

—Ahora que te miro mejor, tienes rasgos del este de Europa. Tu pálido rostro y tus ojos azules te delatan. ¿Acaso no lo quieres reconocer porque tienes ascendencia judía? Ya sé que están matando a los tuyos en Europa y que ahora mismo no sois muy populares, pero yo no comparto esas chifladuras.

El payaso de Hitler me recuerda a Charlie Chaplin. ¿Has visto su película *«El gran dictador»*? Es tronchante.

Charlotte de Bar hizo un gesto negativo con la cabeza.

—No, ¿a qué exactamente? —insistió Evelyn.

—A que nunca he ido al cine —respondió Charlotte de Bar, seria.

—¿Una estadounidense que jamás ha pisado un cine? —le preguntó Evelyn, fingiendo un exagerado asombro—. Creo que serás la única. ¿No serás puertorriqueña y me lo estás escondiendo, marrana?

—Marranos son como llaman los nazis a los judíos —le dijo Charlotte de Bar, cuyo rostro se trasmutó, reflejando una profunda tristeza.

Evelyn comprendió que había metido la pata una vez más. Le gustaba hablar y hablar hasta cansarse, pero a veces se pasaba de la raya, y esta parecía ser una de ellas.

Se echó en brazos de su amiga.

—Disculpa, blanquita. Tengo por cabeza un melón boricua y no sé nada de vuestro pueblo. Siento de verdad lo de Europa. Te juro que si tuviera a Hitler enfrente de mí, también lo rajaría, como con los italianos de mierda que mataron a mis padres.

Esta vez fue Charlotte de Bar la que le pegó un empujón a su amiga y se echó a reír.

—¡Que no soy judía, tonta! —exclamó—. Eso sí, tampoco me hace ninguna gracia la matanza que Hitler está cometiendo contra ellos. No creo que tarde en llegar el día que pague por todos sus crímenes.

—Me parece que no entiendes cómo funciona la vida. Esos tipos nunca pagan por nada. Ellos están aquí arriba —dijo, levantando el brazo por encima de la cabeza—, y nosotras estamos aquí abajo —ahora se tocó la punta de los zapatos—. A veces me pregunto si somos de la misma especie, ya sabes. El padre Brown me enseñó no sé qué de la evolución de las especies. Igual nosotras no estamos evolucionadas del todo y nos falta un hervor.

Charlotte de Bar se volvió a reír.

—El que formuló esa teoría se llamaba Charles Darwin. Lo que viene a decir que somos descendientes del mono.

—¿Del mono? —ahora se rio Evelyn también—. Entonces los que no están evolucionados son los de arriba, que han llegado como mucho a chimpancés. Bueno, y algún gorila también anda suelto por ahí.

—Me estoy imaginando a nuestro jefe con el culo colorado como un babuino.

Las dos se echaron a reír de nuevo.

—No tengo ni idea que es un babuino, pero ha sonado muy gracioso —reconoció Evelyn.

—Son una especie de primate que habita en las sabanas de Egipto sobre todo y que...

—No me interesan una mierda los puñeteros babuinos —le interrumpió Evelyn—, pero aún no me has contestado en serio a mi primera pregunta. ¿Qué haces aquí? Y no me vengas con el cuento de que este es tu hogar, porque no me lo trago.

Charlotte de Bar se quedó mirando a su amiga, con una sonrisa incierta en su rostro.

—No me refiero a que este sea mi hogar en sentido físico, sino que me siento en mi hogar. ¿Comprendes la diferencia?

—Ni papa.

—Que estoy donde quiero estar y con quien quiero estar, es decir, en el *East Harlem* y contigo. ¿Me entiendes mejor ahora?

—¡Y luego dicen que soy yo la chiflada! —exclamó Evelyn, sonriendo—. ¡A ti sí que te falta un tornillo, pero de los grandes!

—¿Por qué te extrañas tanto? Ya sabes que nunca he tenido nada en la vida y, por lo menos, ahora tengo un trabajo del que vivir y una amiga.

—No te vengas arriba, ¿eh, blanquita? Lo del trabajo vale, pero, ¿quién te ha dicho que sea tu amiga?

Ambas se enzarzaron a golpes, simulando una pelea que no era.

—Anda, volvamos al trabajo. Aunque aún falten cinco minutos para entrar, seguro que Héctor ya nos estará buscando —habló la voz sensata de Charlotte de Bar.

—¡El imbécil ese de «Don Diablo»!

—El imbécil ese nos paga cada semana y nos permite vivir.

—El baboso ese nos paga una porquería y lo sabes de sobra. Los hombres cobran más que nosotras. El capullo dice que es porque producimos menos. ¡Y una mierda! Lo que de verdad le gustaría es levantarnos la falda. Me sorprende que no te haya metido mano todavía.

—¿Lo ha hecho contigo? —se sorprendió Charlotte de Bar.

—No, porque sabe que le zurraría bien fuerte. Además, no soy su tipo. Soy mulata, de culo gordo y respondona. Ni blanca ni delgada ni sumisa, como a ese cerdo le gustan.

—¿Y crees que yo soy todo eso?

—Bueno, lo de blanca no lo puedes negar y desde luego estás delgada. En cuanto a lo de sumisa, eso no lo tengo tan claro. ¿Le dejarías meterte su sucia y húmeda lengua en tu boca?

—¡Qué asco! —exclamó Charlotte de Bar, imaginándose la escena.

Con ese repugnante pensamiento entraron en el almacén.

—Anda, vayamos a abrir más cajas —dijo Evelyn, mientras se dirigía a su puesto de trabajo.

—¿Llegando tarde como siempre? —escucharon una voz por encima de sus cabezas.

—Aún falta un minuto exacto para nuestra hora de entrada —le respondió Evelyn.

Era Héctor Morales, su jefe.

Descendió las escaleras de sus oficinas y acudió al encuentro de ambas.

—Eso es llegar tarde —se encaró con Evelyn—. Vosotras no deberíais tener derecho a esa estúpida pausa para comer.

Evelyn se giró hacia el almacén. No había ningún trabajador en su interior.

—El almacén está vacío —insistió—. ¿Les va a decir a los chicos lo mismo que a nosotras o no tiene cojones?

Héctor encajó el golpe.

—Siempre has sido una descarada que no sabe cuál es tu lugar en la vida, por eso jamás serás nada. A lo máximo que aspiras es a un trabajo como este, a casarte con cualquier negro y ponerte a parir hijos como si no tuviéramos ya bastantes.

Era un insulto muy serio, pero Evelyn se contuvo. Sabía que la estaba provocando para tener un motivo para despedirla y eso no se lo podía permitir.

—Señor Morales, creo que la señorita Ramos cumple con su trabajo y, desde que yo llegué, jamás ha faltado ni un solo día —intervino Charlotte de Bar—. Está sacando adelante a cuatro hermanos menores y, a pesar de ello, aquí la tiene, con su cuchillo en la mano, dispuesta a abrir cajas.

Héctor se acercó a Charlotte de Bar.

—No me gusta lo que dices, pero sí cómo lo dices, y eso también es importante. Al menos me muestras respeto, no como esta sucia amiga tuya que no merece que la defiendas. Estoy seguro de que sabe hacerlo muy bien solita.

Seguía provocando a Evelyn, que estaba haciendo verdaderos esfuerzos por contenerse.

—De todas maneras —siguió Héctor dirigiéndose a Charlotte de Bar—, no he bajado por ella, sino por ti.

—¿He hecho algo mal?

—No, todo lo contrario. Me he fijado en tus refinados modales. No pareces una chica como las de por aquí. Bueno, voy al grano. Resulta que Gladys, mi secretaria, se ha despedido esta mañana sin avisarme. La muy zorra me ha dejado colgado con un montón de papales y dentro de tres días tenemos una inspección del sindicato. Necesito ayuda y quizá me fueras de utilidad en las oficinas.

Charlotte de Bar no se esperaba aquello.

—¿Me está proponiendo que sustituya a Gladys?

—Te estoy proponiendo que lo intentes. No te prometo nada, pero si lo haces bien, te podrías quedar en su puesto.

Charlotte de Bar se quedó mirando a su amiga, que le rehuyó la mirada. Aquello parecía un ascenso, pero ya no trabajaría al lado de Evelyn. Llevaban más de un año una al lado de la otra.

—Acepta —le dijo la propia Evelyn.

Charlotte de Bar asintió con la cabeza.

—Bueno, pues deja las herramientas y pongámonos a trabajar, que hay mucho por hacer —le dijo, mientras le señalaba las escaleras que conducían a la zona de oficinas.

Evelyn la tomó por su mano y, con un gesto de aprobación, se despidió con la mirada. «Quizá yo no llegue a nada más en esta vida, pero el imbécil ese no sabe de dónde he venido», pensó.

Tomó de nuevo su cuchillo especial para quitar clavos y se puso a ello, como si no hubiera un mañana.

De repente, Evelyn vio entrar en el almacén a Gladys, la secretaria que supuestamente se había despedido. Se alarmó de inmediato. «¿Qué significa esta mierda?», pensó, a toda velocidad.

Se quedó en completo silencio. Ningún trabajador había llegado al almacén todavía y no se escuchaba ni el zumbido de una mosca.

—¡Mierda, mierda! —exclamó, cuando lo comprendió.

Salió corriendo en dirección a las escaleras y las subió casi levitando. Cuando abrió la puerta de las oficinas, vio lo que no quería ver.

—¡Qué haces, guarro! —exclamó.

Héctor había levantado el vestido a Charlotte de Bar y le estaba sobando todo su cuerpo.

Sin perder ni un solo segundo, se abalanzó sobre él y le clavó el cuchillo en la pierna. Héctor hizo un amago de defenderse, arrojándose sobre Evelyn, pero se zafó y acerco su boca a su oreja. Después de unos interminables segundos de forcejeo, se la arrancó de un bocado.

Héctor se cayó al suelo, chillando y sangrando abundantemente.

—¡Vámonos de aquí! —le gritó a una pasmada Charlotte de Bar, que se recompuso como pudo y la acompañó escaleras abajo.

Corrieron hasta que no pudieron más.

—¿Qué demonios le estabas permitiendo hacerte a ese degenerado? ¿Por qué no te has defendido o, al menos, has gritado? Hubiera subido como un cohete y le hubiera metido su polla por su boca.

—Quizá porque, como tú has dicho antes, sea una sumisa.

—¡Y una mierda! —exclamó Evelyn, indignada—. Nos conocemos más de un año y sé de sobra que no lo eres.

Entonces, cayó en la cuenta.

—¡No me jodas! ¿No me digas que ibas a permitir que ese cerdo abusara de ti para que yo no hiciera lo que he hecho?

Charlotte de Bar levantó la vista y miró a su amiga.

—Acabas de perder el trabajo con el que mantienes a tus hermanos. Y quizá no solo el trabajo. ¿Qué pasará si Héctor te denuncia a la policía? ¿A quién piensas que van a creer los agentes? ¿A un respetado empresario blanco o a una mulata puertorriqueña? ¡Venga ya, que estamos en Harlem!

—No me denunciará, por eso estate tranquila. Antes de arrancarle la oreja le dije que si intentaba algo contra mí o contra ti, le mataría. Y sabe que soy capaz de hacerlo. En el fondo, todos los cerdos son iguales. Van de machitos y valientes por la vida, pero luego, cuando alguna le planta cara de verdad, se cagan en los pantalones.

—Pero has perdido el trabajo, eso no lo puedes negar.

—¡Por Dios! —exclamó Evelyn, que ahora parecía enfadada—. ¡Eres más imbécil de lo que me imaginaba! Nunca dejes que nadie te pisotee, y te lo dice una que ha estado debajo de los zapatos de muchos hombres. Es algo que no se olvida jamás, por muchos años que pasen. Ahora ya basta de reproches. Me preocupas tú. ¿Cómo te encuentras después del ataque de ese puerco?

Charlotte de Bar se había hecho la valiente demasiado tiempo. No pudo evitar derrumbarse y echarse a llorar.

—Mal —se limitó a responder.

—Anda, ven a mis brazos, pequeña —la acogió Evelyn—. Lo que estabas intentando hacer por mí ha sido tan bonito como estúpido, pero me quedo con lo primero. Ya eres parte de mi familia.

Charlotte de Bar seguía llorando.

—Esta noche no la pasarás sola. Vente a mi casa.

—¡Pero si sois cinco! —protestó tímidamente Charlotte de Bar—. No tendréis espacio para mí.

—Te haré un hueco en mi cama. Donde duerme una, pueden dormir dos.

Charlotte de Bar levantó la vista y se lo agradeció con su mirada. La verdad es que no tenía ganas de estar sola.

—Nos acostaremos juntas pero no revueltas. ¡Nada de guarradas de esas! —exclamó Evelyn, haciéndose la digna.

Incluso en los momentos más oscuros, era capaz de encontrar ese rayo de luz. Consiguió arrancar una tímida sonrisa a su amiga.

—No olvidaré nunca que me acogiste en tu casa cuando más lo necesitaba —le dijo.

Desde luego que no lo olvidó.

12 EN LA ACTUALIDAD, FLORENCIA, ITALIA, 20 DE ENERO

—¿Y ahora qué hacemos?

Patricia Cullen estaba mirando al frente, paralizada. Lo que tenía delante de sus ojos no se lo esperaba. Estaba tan aturdida que no respondió a Ryan Clarke.

—¡Patricia! —gritó Ryan.

—Están aquí.

—No, Patricia. Aquí tan solo hay una mesa y seis sillas. No hay nadie. Está claro que tu teoría tiene un agujero por alguna parte. La biblioteca está vacía.

—¡No, no puede ser!

—¡Sí, y tanto que puede ser! —Ryan empezaba a impacientarse—. Escucha, hemos recorrido pasillo por pasillo y nos encontramos en el final de esta estancia. No hemos visto ni oído nada. Cuatro personas no pueden desaparecer de esta manera sin dejar ningún rastro.

—Tienen que estar aquí dentro. No existe otra explicación lógica a todos los hechos.

Ryan hizo un gesto negativo con su cabeza.

—Hasta ahora te he hecho caso porque tu teoría me parecía plausible, pero ahora me toca a mí. La biblioteca no era la única opción y lo sabes. Quizá la mejor, pero no la única y eso lo tienes que reconocer. Si lo piensas bien, ¿cómo podrían pensar que un lugar así sería capaz de sustituir a su escondrijo del *Piazzale degli Uffizi?* Aquella estancia era un palacio en obras que llevan paralizadas y abandonadas varios meses. La *Biblioteca de la Academia de Bellas Artes* está en activo. Supongo que no será un espacio muy concurrido, pero observo que se encuentra en perfecto estado de conservación. Aquí entra gente, bien los limpiadores o bien investigadores a consultar alguno de sus volúmenes. ¿Cómo pretendes que esta estancia sirva de refugio a cuatro personas y que consigan que nadie note su presencia? Convendrás conmigo que es muy poco probable que eso suceda.

Patricia pareció reaccionar.

—Están aquí —insistió—. Me parece que te olvidas de algunos detalles. Para empezar, ¿para qué tomarse la molestia de colocar a un falso guardia para vigilar el acceso a este recinto? Eso es demasiado arriesgado. Por otra parte, no tiene ningún sentido que hayan huido a través del acceso privado al *David*. ¿Para qué? Ya te he dicho que no estaban escapando de nadie, sino buscando cobijo. No tienen ni idea de que vamos detrás de ellos.

—Quizá no sospechen de nosotros, pero te olvidas que Rebeca Mercader tiene una tía que se llama Margarita Rivera. Sabe que se ha escapado de mi apartamento en Dublín y que se encuentra en paradero desconocido. Incluso se plantea la posibilidad de que haya sido secuestrada. ¿Crees que se habrá quedado de brazos cruzados, con todos los recursos de los que dispone?

—¿Insinúas que Tote está buscando a su sobrina?

—¿Acaso lo dudas? ¡Pues claro! Hemos de asumir que no somos los únicos en esta partida de ajedrez.

Patricia tenía que reconocer que no había pensado en esa posibilidad. Ryan tenía razón.

—Aun dando por buena tu teoría, la prioridad de los cuatro debe ser encontrar un escondite —razonó Patricia—. Toda la policía italiana tiene retratos de Rebeca y de la tal Allison Adelman, después de su *numerito* registrándose en un hotel con pasaportes diplomáticos rusos. Saben que no pueden caminar con tranquilidad por las calles de Florencia. Serían reconocidas más pronto que tarde.

—Ahora que sacas ese tema, ¿por qué haría Rebeca eso del hotel? Sabía perfectamente que iba a llamar la atención de los servicios de inteligencia italianos. ¿Para qué ponerse una diana en el centro de su rostro cuando se supone que desea pasar desapercibida?

—Tú mismo te has contestado. Tan solo hay una posible respuesta a esa pregunta. Está claro que no quiere pasar desapercibida. Y no me preguntes el motivo porque no tengo ni idea.

La mente de Ryan estaba en plena ebullición.

—Para hacernos un pequeño resumen de la situación en la que nos encontramos. Resulta que Rebeca Mercader se fuga de forma clandestina de mi apartamento en Dublín. Abandona Irlanda, que es una isla, sin utilizar ningún barco ni avión, es decir, como si fuera un auténtico fantasma capaz de teletransportarse a su antojo. Nadie sabe nada acerca de su paradero y, de repente, reaparece en Florencia acompañada de una desconocida, que los servicios de inteligencia españoles habían trasportado en secreto en un avión medicalizado. Además, resulta que la tal Allison Adelman es una persona de interés para la CIA. A continuación, lo primero que hace Rebeca es agitar una bandera roja en toda la cara de la policía italiana. ¿Le ves algún sentido a todo este galimatías?

—No, la verdad es que no —reconoció Patricia.

—¿Y si no estamos viendo la situación desde la perspectiva adecuada?

—¿Qué quieres decir?

—¿Y si Rebeca no está huyendo? ¿Y si lo que quiere es que la sigamos, tanto su tía Tote como yo? Entonces, quizá cobrara sentido todo lo que ahora no lo tiene.

—¿Para qué querría hacer semejante estupidez? —preguntó Patricia, que, sin embargo, estaba calibrando seriamente la reflexión de Ryan.

—Está claro que, o nos faltan piezas para completar este rompecabezas, o no las estamos sabiendo ver. Quizá nos venga bien un poco de aire fresco.

—¡No pienso abandonar esta biblioteca! —exclamó Patricia, que ahora parecía enfadada.

—No me refería a esa clase de «aire fresco», pero, ¿por qué te empeñas en negar la evidencia?

—Mi instinto me grita al oído que esta biblioteca es importante.

—Y mi razón grita al mío que está vacía. ¿Qué pretendes que hagamos? ¿Qué la volvamos a recorrer pasillo por pasillo?

Patricia no contestó a Ryan. Se sentó en una de las sillas de la mesa que se encontraba al final del pasillo. Parecía que se disponía a reflexionar acerca de la situación en la que se encontraban. De repente, dio un pequeño salto.

—¡Lo sabía! —exclamó, con una expresión de fiereza en sus ojos.

—¿Qué? —preguntó Ryan, sobresaltado.

—Esta silla ha sido usada recientemente. Aún conserva cierto calor. Ya habrás notado que en el interior de esta biblioteca la temperatura no cambia. Sus muros son muy gruesos y ni hace frío en invierno ni calor en verano. Eso ayuda a la conservación de sus valiosos libros.

—Vale, la silla ha sido usada. ¿Y qué? Lo importante es que la persona que se haya sentado en ella ya no está en el interior de esta sala.

Patricia se volvió a sentar en ella. De nuevo se quedó pensativa por un instante.

—¿Qué hubiera hecho yo de ser Carlota y verme atrapada en el interior de esta biblioteca?

—¿Ahora hablas sola? —se burló Ryan.

—No, tonto. Pienso en voz alta.

—Pues Carlota no sé cómo actuaría en una situación así, ya que apenas la conozco, pero sí sé lo que no haría Rebeca Mercader. No se sentaría en una silla para dar una pista de su paso por esta biblioteca. Es de idiotas y Rebeca no lo es.

—Carlota tampoco. ¿Acaso estás insinuando qué lo han hecho adrede para despistarnos?

—No lo sé, pero hay otra cuestión que tampoco me encaja. Levanta la vista y mira a tu alrededor.

Patricia hizo caso a Ryan.

—¿Qué se supone que tengo que ver?

—Que estamos en un rincón de la biblioteca, con una pared a nuestras espaldas y tan solo una posible vía de escape. Además, nos encontramos en el extremo opuesto de la única salida de la estancia. No sé, si yo tuviera que ocultarme, desde luego no elegiría este lugar.

—¿Qué harías tú si fueras la presa y no el cazador? —le preguntó Patricia, ahora con evidente curiosidad.

—Depende. Si mi intención fuera un enfrentamicnto directo, buscaría un emplazamiento que me diera cierta ventaja operativa, por ejemplo, un lugar en el centro de la sala con amplia visión. Pero, si por el contrario, mi intención fuera escaparme sin ser visto, me convertiría en un fantasma, como Rebeca lo sabe hacer.

—¿Qué crees que haría tu amada Rebeca?

—Tomarnos el pelo.

—¿Cómo?

—Precisamente como te lo hubiera tomado a ti, de haber estado aquí dentro. Te haría caminar con sigilo por toda la sala, pensando que se ocultaba en el lugar más oscuro, pero también más obvio. Mientras tanto, también con el mismo sigilo, poco a poco iría desplazándose hasta el lugar más importante de esta biblioteca.

—¿Y qué lugar es ese?

—¡Cuál va a ser! ¡La única salida! —exclamó Ryan, que se notaba que estaba disfrutando con su explicación.

—¡Mierda y mierda! —explotó Patricia, mientras daba un sonoro puñetazo en la mesa, que resonó en toda la biblioteca.

Ryan estaba haciendo verdaderos esfuerzos por no reírse, pero no lo consiguió.

—¿De qué te ríes, imbécil? ¡Vámonos, que tan solo nos llevan un par de minutos de ventaja! —gritó Patricia, mientras echaba a correr desbocada hacia la salida.

Ryan la siguió, sin perder la sonrisa en su rostro.

Y no era para menos.

Estaba claro que Ryan Clarke no era Rebeca Mercader.

13 CASTILLO DE BUSSET, FRANCIA, 13 DE MAYO DE 1940

—Te agradezco una vez más tu ayuda, hermano. Ya lo hiciste en el pasado, intentando parar la absurda Gran Guerra, cuando eras joven y te enrolaste en el ejército belga. Mi difunto esposo Karl siempre te recordó con mucho cariño. Aquello no salió bien por el cabezota del Kaiser alemán Wilhem II, pero tú y Sixto os arriesgasteis mucho por nosotros.

—Ya sabes que siempre fuiste mi hermana favorita —le respondió con una sonrisa el príncipe Xavier de Borbón y Parma—, pero no lo hice por vosotros. Lo hice por la paz.

Zita le dio un cariñoso abrazo. Era cierto que la guerra ya se había convertido en una carnicería sin sentido en aquellos días. Además, después de la entrada en el conflicto de Estados Unidos, todos tenían muy claro de qué lado iba a caer la contienda.

—Quiero que seas la primera persona en saber que me voy a alistar de nuevo en el ejército belga.

Todos sabemos que el ser humano es el único animal que tropieza dos veces en la misma piedra. Ahora mismo, estaban asistiendo a una repetición de la Gran Guerra de principios de siglo. La segunda piedra y la segunda guerra en Europa en apenas veinte años. Una auténtica locura.

—¿Qué? —preguntó Zita, elevando su tono de voz de forma notable. No es que estuviera sorprendida por la decisión de su hermano. Al fin y al cabo, ya había servido en la anterior Gran Guerra, pero las circunstancias no eran las mismas.

—¿Acaso te parece mal que luche por los ideales de libertad en los que siempre he creído? —intentó justificarse Xavier.

—¡Pero si el ejército belga ya ha sido machacado por las tropas nazis! Ahora la batalla se comienza a librar en Francia.

—Lo sé, por eso no puedo quedarme de brazos cruzados.

—¿Se lo has dicho a Madeleine?

—No.

—¡Por Dios, Xavier! ¡Está embarazada de tu sexto hijo! Tienes cuatro hijas y un hijo de corta edad. Ya no eres aquel joven veinteañero sin compromisos familiares de hace más de dos décadas. No sé si eres consciente de que dentro de unos días cumplirás 51 años. ¿Te has mirado al espejo?

—¡Claro que sé que no soy la misma persona! —exclamó Xavier, algo enfadado—. ¿Te crees que voy a luchar en las baterías de artillería en primera línea de combate? Sé perfectamente la edad que tengo y, si me miro al espejo, veré la incipiente barriguita que no tenía hace 25 años. Quizá no disponga de la fortaleza física de entonces, pero ahora tengo mucha más sabiduría... y contactos.

—¿Qué quieres decir con eso?

—Como tú bien has dicho, ya no soy la misma persona. Ya no valgo por mi valor y mi fuerza en combate, sino por mi experiencia y conocimientos.

—¿La resistencia clandestina? —preguntó Zita, que ahora sí que estaba sorprendida de verdad.

—No en un principio, pero los dos sabemos que Hitler acabará conquistando Francia, y no tardará demasiado. De hecho, recibo información casi en tiempo real acerca del avance de las tropas nazis. Hemos de estar preparados para evacuar este castillo cuando sea evidente que ni los belgas ni los franceses pueden con el ejército alemán.

—Y con lo que me estás contando, ¿aún te quieres alistar en el ejército belga? No entiendo nada —le respondió Zita, haciendo gestos de incomprensión con su cabeza.

—Cuando eso suceda, que me temo que será muy pronto, dejaré el ejército belga y volveré a Francia para hacer lo que mejor se me da ahora mismo.

Zita lo miraba sin terminar de comprenderlo.

—Siempre has sido un gran diplomático, pero con el enano nazi de nada sirven las palabras. Mira cómo le va al primer ministro británico, Neville Chamberlain. Después de la invasión nazi de Noruega y ahora camino de París, no es difícil adivinar que le queda muy poco tiempo en su cargo.

—En realidad, no le queda nada. Desde hace tres días, es decir, desde el inicio de la invasión nazi de los Países Bajos y Bélgica, Chamberlain ya no es el primer ministro del Reino Unido. La reina Isabel ha nombrado a Winston Churchill.

—¡Por fin una buena noticia! —exclamó Zita—. El pusilánime de Chamberlain tenía que haber sido destituido de ese cargo hace tiempo. ¡Qué digo! Jamás tuvo que ser nombrado. Al contrario que el idiota ese, Churchill no dudará en enfrentarse militarmente al *Reich*, si consigue que los miembros de su propio partido, los conservadores, dejen de ponerse zancadillas entre ellos. De los laboristas poco apoyo puede encontrar hasta que no ponga orden en su propia casa.

—Tienes razón —reconoció Xavier—. ¡Menudo gallinero tiene en su patio! No lo va a tener nada fácil. Por otra parte, dejando a los ingleses de lado, estos últimos años tampoco han sido nada fáciles para mí.

Xavier bajo la cabeza, al mismo tiempo que Zita ponía los brazos en jarras.

—¡No será que no te lo advertí! —exclamó—. ¿A quién se le ocurre apoyar al general Franco en su golpe de Estado? ¿Qué te prometió? ¿Ser rey de España bajo su yugo? Ya me escapé de Lekeitio hace años porque veía que se aproximaba un gran conflicto de inciertas consecuencias. Y, a la vista de los acontecimientos, parece que no me equivoqué.

—Ahora es fácil decirlo, pero tenía que tomar una decisión y lo hice. Además, no me arrepiento. Nuestros principios religiosos estaban en peligro. Los marxistas y los anarquistas campaban a sus anchas, asesinando a sacerdotes y monjas. Había que parar a esos demonios.

—¿Y crees que la mejor manera fue unirte a otro?

—Tampoco te creas que tuve elección. Es cierto que firmé la orden para que los *Tercios de Requetés* entraran en combate para apoyar el alzamiento nacional del general Franco, pero si no lo hubiera hecho, creo que el resultado hubiera sido el mismo. Deseaban combatir con o sin mi autorización. España se había convertido en un gran polvorín.

El pretendiente al trono carlista en España, Alfonso de Borbón, fue atropellado por un camión el año 1936 en Viena. Xavier de Borbón presidió su entierro y, en ese momento, se convirtió en el nuevo caudillo de la *Comunión Tradicionalista* y primero en la línea sucesoria carlista al trono de España. En mayo de 1937, en plena guerra civil española, se reunió con el general Franco para reprocharle que no estuviera cumpliendo con las condiciones que habían convenido. Franco le expulsó de la zona nacional en apenas 24 horas. A pesar de ello, no se rindió. Volvió en el mes de octubre con idéntico resultado. Franco amenazó su vida y lo desterró de España. Desde entonces, el príncipe Xavier de Borbón y Parma vivía en su actual residencia en Francia, el *Castillo de Busset*, que era propiedad de su esposa. Franco terminó ganando la guerra y persiguiendo al movimiento carlista, olvidándose que le había apoyado con más de 50.000 combatientes. Prohibió sus actividades y embargó todos sus bienes.

No, desde luego no habían sido buenos tiempos para los Borbón y Parma.

—¿Por qué estás pensando en la futura resistencia francesa? —preguntó Zita.

—Creo que hay que luchar contra el tirano desde dentro.

—¿Desde dentro de Francia?

—¿No pretenderás que lo haga desde dentro de Alemania? Allí no se puede acceder de ninguna manera, pero si los nazis toman Francia, será como combatir en su territorio.

—¡Valiente estupidez! —la expresión le salió del alma a Zita—. Si quieres combatir contra Hitler, tan solo hay una manera de hacerlo.

—¿Cómo?

—Matándolo.

—¿Te has vuelto loca? —se escandalizó Xavier.

—Sé que existe cierto descontento en parte del estamento militar contra Hitler. Algunos lo llaman de forma despectiva *«Böhmischer Gefreiter»*, que ya sabes que significa algo así como el «soldado o cabo bohemio», en relación con sus orígenes humildes.

—¿Cómo sabes tú eso? Creía que habías estado aislada en el *Castillo de Steenokkerzeel.*

—Sí, pero los días se hacían interminables sin nada que hacer. Solía pasar las tardes con Hans Ebner en el salón de la chimenea del castillo belga y me mantenía entretenida contándome anécdotas militares. Tengo que reconocer que lo de Hitler me hizo mucha gracia.

Xavier miró a su hermana de arriba abajo, sin saber si creerla o no.

—¡Vaya con el general! —exclamó Xavier—. ¿Y esa estúpida idea de matar a Hitler es tuya o de él?

—Mía, te lo aseguro. Nada más terminar mi reunión con el enano en la *Catedral de San Esteban* ya estaba pensando en cómo cargarme a ese desgraciado.

—¿Te reuniste en persona con Hitler? —Xavier no daba crédito a lo que escuchaba.

—Fui a salvar a mi hijo Otto, que se había metido en problemas en Austria. Lo de Hitler no estaba previsto, pero sucedió.

Xavier aún estaba asombrado. Sabía que su hermana era valiente y que había pasado de una vida de lujos como aristócrata y emperatriz en Europa a otra vida de penurias y peligros, siempre luchando por sobrevivir con sus ocho hijos. Estos últimos años había sido el perfecto ejemplo de la madre coraje, pero jamás se podía imaginar que se hubiera atrevido a enfrentarse a Hitler en persona. Quizá ahora comprendiera mejor el bombardeo del *Castillo de Steenokkerzeel.*

—¿Te ha contado Hans algo más de Hitler? —le preguntó Xavier.

—¿A qué te refieres exactamente?

—Supongo que sabrás que esa idea de matar a Hitler no es original.

—Bueno, ya me imagino que no soy la primera en pensarlo.

—Ni la segunda, ni la tercera y así podría seguir contando hasta cansarme. Y no solo lo han pensado. Lo han intentado.

—¿Qué? —ahora la sorprendida era Zita—. Eso no lo sabía.

—Es lógico. Ese tipo de noticias no aparecen en la prensa ni son de público conocimiento.

—¿Y cómo las sabes tú? —Zita tenía sus dudas.

—Porque mi trabajo es conocer esas cuestiones.

Zita pareció comprender lo que le quería decir su hermano y le asustó.

—Tú no trabajas para el cuerpo diplomático, ¿verdad?

—Trabajo para lo que estudié.

—¿Ingeniero agrónomo? Lo siento, me cuesta creerte.

—No. Trabajo para lo «otro» que estudié. Aunque no lo sepas, me gradué en Ciencias Políticas en 1914.

—¡Nunca me lo dijiste! —exclamó Zita, que iba de sorpresa en sorpresa—. Ya sé que siempre te ha gustado la diplomacia y, ahora que lo pienso mejor, me resulta hasta lógico. Pero, ¿por qué me guardaste ese secreto?

—No es un secreto, pero es cierto que tampoco lo aireé. Ahora ya lo conoces. Digamos que mi ocupación actual, una vez que Franco me ha expulsado de España y me temo que será muy difícil que llegue a ser rey algún día, es hacer gestiones «discretas» entre gobiernos.

—¡No me digas que eres un espía!

—No exactamente, aunque mis funciones son bastante parecidas. No pertenezco a ningún servicio de inteligencia del mundo. Digamos que voy por libre. En este momento, es Francia la que requiere de mis servicios. Ese es el motivo por el que voy a alistarme en el ejército belga para acabar en la futura resistencia francesa a Hitler, utilizando mis contactos. ¿No comprendías mi decisión? Aquí tienes la justificación.

—¡Un espía en mi familia! —volvió a exclamar Zita—. Eso no me lo hubiera podido imaginar jamás.

Xavier no pudo evitar sonreír.

—Pues hasta en eso te equivocas.

—¿Qué quieres decir?

—Bueno, creo que consideras al general Hans Ebner como de la familia, aunque no sea un Habsburgo-Lorena ni un Borbón-Parma. Quizá deberías hablar con él.

—¿Qué estás insinuando?

—Vamos, hermana. Llevas con Hans bastantes años. ¿No has observado en ninguna ocasión nada extraño en él? No lo puedo creer. Tú eres muy perspicaz.

Zita se quedó pensativa. Su hermano tenía razón. Hans disponía de un moderno equipo de comunicaciones en el sótano del *Castillo de Steenokkerzeel*. Cuando Zita lo descubrió, el general alegó que era el cuartel general de su hijo Otto, en sus ambiciones por recuperar el trono de Austria. Zita no lo había dudado ni por un instante, pero ahora que lo pensaba mejor…

—¡Cómo puedo haber sido tan idiota! —exclamó, enfadada.

—No lo has sido. Los partidarios de los Habsburgo no te asignaron a un general cualquiera para que fuera tu ayuda de cámara y cuidara de ti. Eligieron lo mejor de lo mejor. Es un militar entrenado para ejercer su labor sin que nadie de su alrededor advierta nada extraño. Tú no eres eso y no podías adivinarlo.

De repente, Zita pareció cambiar de humor. Su rostro pasó de una expresión mezcla de sorpresa y enfado a una amplia sonrisa indisimulada.

—Por eso me preguntabas si Hans me había contado más cosas sobre Hitler aparte de la anécdota de ese apodo ofensivo del cabo bohemio. Eso es porque sabe mucho más que no me ha dicho.

—¿Y eso te alegra?

—¿No te había contado que quiero matar a Hitler?

14 ESTADOS PONTIFICIOS, 14 DE OCTUBRE DE 1534

—Le repito la pregunta, ¿quién es usted?

Michelangelo, cuando se dirigía hacia el *Palacio Apostólico*, pensaba que quizá hoy sería el último día de su vida. Clemente VII se la tenía jurada, pero aquella persona no parecía un verdugo.

—¿Quién piensa que soy? No creo que sea una pregunta muy difícil de responder.

Michelangelo estaba analizando la situación todo lo rápido que su turbada mente le permitía. Lo único que pudo percibir era que aquel hombre desprendía autoridad.

—¿El secretario de Estado de Clemente VII? Supongo que tan solo una persona de ese rango tendrá acceso a este despacho.

—Buen intento —sonrió el desconocido—. Y no le falta razón. A este despacho tan solo tienen acceso tres personas. El Papa, el secretario de Estado y una tercera que no le puedo revelar.

—¿Es usted esa «tercera persona»?

Ahora, la sonrisa del desconocido se convirtió en una sonora carcajada.

—¿Sabe que es usted muy gracioso? Sin duda, algo de tercera persona sí que tengo, aunque no era eso lo que quería decir.

Michelangelo estaba empezando a perder la paciencia. No le hacía ninguna gracia que se rieran de él en su cara, aunque fuera el mismísimo Papa.

—Mire, no me gusta perder el tiempo, y menos cuando el Papa me ha encargado un trabajo colosal. Si tiene alguna instrucción que darme de su parte, le ruego que lo haga cuanto antes. En caso contrario, regresaré a mi pensión a continuar con mi labor.

El desconocido seguía divertido con la zozobra de Michelangelo.

—Por lo que veo, es cierto todo lo que me habían contado acerca de usted, cosa que me alegra, incluido su carácter. Veo que se está entregando a fondo con el trabajo que le encargó el Papa.

—Siempre pongo mi alma en cada una de mis obras, con la ayuda de Dios —respondió Michelangelo—. Acostumbro a encerrarme y pido no ser molestado. La única excepción que he puesto en toda mi vida ha sido al propio Papa.

—Entonces, parece que nos entenderemos. Mi nombre es Alessandro Farnese.

—¿Se supone que debo de conocerlo?

De nuevo, el desconocido sonrió.

—Le decía que tenía su gracia eso de la «tercera persona», porque he elegido el nombre de Pablo III.

A Michelangelo le dio un vuelco el corazón.

—¿Qué le ha sucedido a Clemente VII? —fue lo primero que se le ocurrió preguntar a Michelangelo. Quizá había sonado un tanto irrespetuoso, pero la sorpresa que se había llevado era monumental.

—Me parece que ha estado encerrado demasiado tiempo. Giulio de Medici falleció el mes pasado. Ayer mismo, el Colegio Cardenalicio decidió que yo fuera el sucesor de Clemente VII.

Michelangelo se sobresaltó. Giulio de Medici era tres años más joven que él y la última vez que lo vio no le dio la impresión de que estuviera enfermo.

—No lo estaba —dijo Pio III, para la absoluta sorpresa de Michelangelo.

—¿Cómo sabía que estaba pensando eso?

—Porque Giulio de Medici murió a consecuencia de la ingesta accidental de una seta venenosa, la *Amanita phalloides*. Sufrió durante dos días hasta que el Señor tuvo a bien acogerle en su seno.

«¿Accidental?», pensó de inmediato Michelangelo. «Siendo un Medici, cualquier cosa menos eso». De todas maneras, seguía sin entender qué hacía en la presencia del nuevo Papa, apenas el día después de ser elegido.

—¿También sabe lo que estoy pensando ahora? —le preguntó Michelangelo.

Pablo III sonrió.

—Su rostro es todo un festival de expresividad —le respondió—. No se lo tome a mal, eso es bueno. Está claro que la palabra «accidental» y «Medici» no se llevan bien, pero le aseguro que nadie le quitó la vida. Nunca es motivo de alegría la muerte de una persona, pero es el sentimiento más cercano que siento con Clemente VII. Sí, ya sé que no sonará muy cristiano, pero ya ve que estoy siendo sincero con usted.

—No se preocupe por eso, Su Santidad. No tengo ningún reparo en reconocer que ha sido el peor Papa que he conocido, y eso que comencé por Rodrigo de Borgia, el Papa Alejandro VI, que puso el listón muy difícil de superar.

Pablo III volvió a sonreír.

—Veo que nos vamos a llevar bien. Ahora, responderé a su segunda cuestión. ¿Por qué le he hecho llamar justo al día siguiente de mi elección? Los papas suelen emplear este día en nombrar a su secretario de Estado, si lo desean sustituir como yo lo he hecho, y a reunirse con esa «tercera persona» que no le puedo revelar. Luego, se retiran a la capilla a rezar a Dios para que nos dé la fuerza necesaria para cumplir con nuestra gran responsabilidad. Bueno, y algunos también a llorar. Es al segundo día cuando asumes la realidad de nuestro nuevo compromiso.

Michelangelo le gustaba la forma de ser que aparentaba el nuevo Papa. Desde luego, sus modales no rezumaban la arrogancia de Giulio de Medici.

—¿Y por qué estoy aquí? —le preguntó.

—Porque esta mañana he abierto el testamento papal de Clemente VII y le nombra de forma reiterada.

A Michelangelo se le encogió el corazón. Aquello no podía significar nada bueno. Clemente VII sabía que era un ladrón y lo más normal es que advirtiera a su sucesor de ese detalle.

—¿Y por qué haría semejante cosa? —preguntó Michelangelo, fingiendo sorpresa.

—Me parece que ambos sabemos muy bien el motivo.

—Disculpe, Su Santidad, pero tenía entendido que los testamentos papales eran reflexiones personales y hablaban acerca de cuestiones espirituales y de su legado.

—No solo eso —le corrigió Pablo III—. También pueden dar consejos a su sucesor, entre otras cuestiones.

—¿No me diga que Clemente VII le ha dado algún consejo sobre mí? —Michelangelo seguía con esa sorpresa impostada.

—Pues sí. Y no me diga que se extraña de ello, porque sé que no lo hace.

—No, no lo hago —reconoció Michelangelo. Ya le había quedado muy claro que no le podía ocultar sus pensamientos.

—Entonces, ¿por qué le noto tan desosegado? —le preguntó Pablo III.

—Ya sabrá que Clemente VII me hizo un gran encargo hace menos de un año, la pintura del altar de la *Capilla Sixtina*. No era mi amigo ni me caía bien, pero él era el Papa de Roma y yo un artista a su servicio, para mayor gloria de Dios. Quiero que comprenda bien mis palabras y no las malinterprete. Para ello, permítame que le ponga un ejemplo. Entre el Papa Julio II, que me encargó pintar la bóveda de la *Capilla Sixtina*, y yo, existía cierta complicidad en lo personal. Me permitía que le llevara la contraria e incluso hasta no era infrecuente que discutiéramos. Con Clemente VII eso jamás sucedió.

—¿Y qué opina de ese encargo? —siguió el Papa.

—Que comprenderé si Su Santidad desea cancelarlo. Quizá yo no sea la persona adecuada para llevar adelante un trabajo de semejante magnitud.

Michelangelo se estaba preparando para la estocada, aunque la actitud del Pablo III le tenía desconcertado.

—Todo lo contrario —dijo el Papa—. Clemente VII, en su testamento, le pide a su sucesor, o sea, a mí, que continúe con la pintura de *El Juicio Final*. Además, indica claramente que el único artista capaz de llevar a cabo ese gran encargo es usted.

Michelangelo se sorprendió de nuevo.

—¿Quiere que continúe?

—Por supuesto. Soy consciente de mis virtudes pero también de mis carencias. Clemente VII era un Medici, proveniente de una familia de mecenas del arte desde el siglo pasado. Yo no tengo esa sensibilidad. Mis virtudes están más relacionadas con la espiritualidad y el sentimiento de familia. Aunque yo tampoco fuera amigo de Giulio de Medici, no me atrevería a contradecirle en el plano artístico.

Michelangelo estaba muy despistado con la actitud de Pablo III. Había algo que no terminaba de encajar en su personalidad, así que decidió ir al grano.

—En su testamento, ¿nombra el *Diamante Florentino*?

El Papa se extrañó de forma evidente.

—¿Debería? —le preguntó.

—No, no —respondió Michelangelo—. Se trata de una joya que me pertenece y sé que era del agrado de Clemente VII, ya que había pertenecido a Cosimo de Medici, el fundador de la familia.

—Pues no. No la nombra —respondió con seguridad Pablo III.

Michelangelo no pudo evitar sentir un gran alivio. Como supuso que el Papa lo iba a advertir, se anticipó.

—No sabe lo feliz que me acaba de hacer. Pensaba que iba a cancelar el proyecto del altar de la *Capilla Sixtina* y que Clemente VII le iba a pedir en su testamento que me ordenara devolver ese diamante a su familia.

—¿Por qué tenía que hacer semejante cosa? —se extrañó el Papa—. Yo jamás lo hubiera consentido. Una cosa es pedirme que usted continúe con su legado de la pintura de *El Juicio Final*, para mayor gloria de Dios y de la Iglesia, y otra muy distinta es que le sustraiga una propiedad que le pertenece para entregársela a los Medici.

—Me ha quitado un peso de encima —afirmó Michelangelo, que, de una manera sibilina, había salido airoso del paso, sin que el Papa se sorprendiera por su repentino alivio.

—No solo eso —continuó el Papa—. Quizá yo no sea Julio II, pero me tiene a su disposición para lo que desee. Créame si le digo que espero con ansia el día que muestre al mundo su gran obra. Eso significará que la reforma iniciada hace medio siglo por el Papa Sixto IV de la entonces llamada *Capella Magna,* por fin, ha concluido. Me parece que hemos dejado pasar demasiado tiempo.

A pesar de que Michelangelo deseaba creer a Pablo III, las cosas no podían ser tan bonitas. Nada lo era en El Vaticano.

Decidió ponerle a prueba.

—Disculpe mi atrevimiento, pero ¿era necesario hacerme llamar ante usted el día siguiente de su elección como Sumo Pontífice para comunicarme esto? Ya estaba trabajando en el proyecto. Podría haber hablado conmigo cualquier otro día.

Pablo III sonrió.

—Me ha pillado —confesó—. Sí, hay otra cosa. Clemente VII dice algo más de usted en su testamento, pero considero que se trata de una cuestión de prioridades. Ahora debe centrarse en acabar *El Juicio Final*. Ya hablaremos más adelante.

Michelangelo sintió que un escalofrío recorría toda su columna vertebral. Esas eran exactamente las últimas palabras que había escuchado en boca de Clemente VII. Y, en aquella ocasión, no presagiaban nada bueno.

El Papa se le quedó mirando. Estaba claro que había advertido la palidez de Michelangelo. Tenía que salir de alguna manera de aquella incómoda situación. Decidió jugársela. «Total, ¿qué tengo que perder?», pensó.

—Si me lo permite, Su Santidad, ya que se ha puesto a mi disposición, sí que hay una cuestión que me gustaría pedirle.

—Adelante —dijo el Papa, con evidente curiosidad.

Michelangelo se lo explicó de la forma más clara posible, para que no quedara ni la más mínima duda.

—Por supuesto, no habrá ningún problema. Cuente con ello —le respondió el Papa, sin perder la sonrisa.

Michelangelo ya lo tenía claro.

Pablo III era un mentiroso.

Le había pedido una cosa que era imposible de conseguir y no le había puesto ningún problema.

«¿Se deshará de mí cuando termine *El Juicio Final,* como tenía previsto Clemente VII?».

Ya hablaremos más adelante.

Esas palabras resonaban en su cabeza.

«No hay caminos para vivir.
La vida es el camino».

15 EN LA ACTUALIDAD, ROMA, ITALIA, 20 DE ENERO

—¡Señora Rivera! ¡Qué inesperado placer! Si me llega a haber anunciado su visita con antelación me hubiera limpiado la agenda para todo el día.

—Hola, Lorena. Yo también me alegro de verte, pero no necesitaré todo el día.

«Y además no pensaba ponerte sobre aviso de este viaje», se dijo Tote.

Ambas se dieron un par de besos.

—¿Qué tal por España? —le preguntó Lorena.

—Lo mismo de siempre, ya sabes, aunque ahora no vengo desde España sino de Irlanda.

Tote empezó con el primer golpe, pero Lorena Mendoza, jefa del CNI en Italia, pareció no acusarlo.

—¿Qué cuenta Benny? ¿Sigue viviendo solo con su gata o ya ha socializado algo más?

La verdad es que Tote no tenía ni idea de que Benny tuviera una mascota.

—Está como siempre, cara al ordenador y poco más. Ya sabes que no es precisamente la alegría de la huerta —respondió para salir del paso.

—No, desde luego que no —rio Lorena—, pero es un buen tío.

Después de intercambiar una serie de frases sin ninguna trascendencia, Tote consideró que había llegado el momento de ir al grano. No sabía el tiempo del que disponía.

—¿Qué sabes de mi sobrina?

Lorena pareció sorprendida.

—¿No ha recibido mi informe? Se lo envié ayer a mediodía.

Tote no esperaba esa respuesta.

—Ayer por la tarde no estuve en *La Casa*. Ni siquiera esta mañana. De Madrid a Dublín y ahora a Roma, sin tiempo ni para comer. Ahora que lo pienso, tengo hambre.

Lorena se quedó mirando a su superiora.

—Entonces, si le parece bien, le invito a comer.

—No te molestes, Lorena. La comida puede esperar. Tenemos que hablar de un tema importante.

—Por eso precisamente le estoy invitando a comer —insistió Lorena, mirando a su alrededor.

Tote pareció comprenderla.

—Está bien, pero tendrá que ser algo rápido.

—Aquí siempre vamos con prisas, ya sabe. Cuando queremos comer bien y rápido, elegimos la *Taverna Ripetta*. Está a poco más de 500 metros de la Embajada. Ahora llamo a Fabio para que nos tenga preparada una mesa. En menos de cinco minutos estaremos sentadas —dijo Lorena, mientras cogía el teléfono.

La Embajada de España en Roma está situada en la primera planta del *Palacio Borghese*. Es un edificio histórico construido en siglo XVI, que fue adquirido por el cardenal Camillo Borghese, que, poco después, se convertiría en el Papa Pablo V. En este momento el edificio se convirtió en la residencia privada de sus hermanos. Si bien fue remodelado posteriormente, no perdió su encanto inicial de la arquitectura manierista, representativa de los últimos coletazos del Renacimiento italiano.

—Todo resuelto —dijo Lorena, mientras se levantaba de su mesa y tomaba el abrigo—. Ya podemos irnos.

—¿No coges una copia del informe que me enviaste?

—No creo que sea necesario —le respondió, señalándose la cabeza.

Tal y como Lorena había indicado, en cinco minutos exactos estaban en el restaurante. Tote se sorprendió. Era pequeño y se notaba que lo llevaba una familia. A pesar de que Fabio, que era el hijo del propietario, les había sentado en un rincón, no había apenas separación entre las mesas.

—¿Crees que esté es el sitio adecuado para hablar de temas confidenciales?

—No, pero le aseguro que es mejor que en la embajada.

Tote se abstuvo de preguntar el motivo, aunque se lo pudo imaginar.

Tote abrió la carta del restaurante y Lorena se la cerró.

—*Linguini al pesto* —le dijo—. Es su especialidad. Aunque no lo crea por lo pequeño del restaurante, los romanos vienen a comer aquí adrede. Tomasso, el padre de Fabio, es uno de los mejores cocineros de la ciudad y esa es su especialidad. Parece un plato sencillo de cocinar, pero él lo lleva a otro nivel. Además, se ofendería si traigo a una invitada y no los prueba.

—Pues que así sea —aceptó Tote, que estaba algo desconcertada por la situación.

Lorena Mendoza y ella no eran amigas. Tampoco enemigas, pero no tenían una relación fluida, por decirlo de una manera suave.

Tote se opuso a que el CNI la destinara a Roma, ya que le pareció que era muy joven y ella prefería a un hombre con mayor experiencia, sobre todo para una de las grandes capitales europeas. Cuando parecía que el nombramiento de Carlos Soler era inminente, Carlota convocó un *Comité de Inteligencia.* Tote no sabía qué pretendía su sobrina, pero pronto lo adivinó. Puso encima de la mesa el expediente de Lorena Mendoza y dijo que era un error nombrar a una persona de sesenta años como Carlos Soler para semejante puesto. Que se necesitaba a alguien más joven y dinámico. Cuando la mayoría del comité alegó la poca experiencia de Lorena, Carlota les invitó a que le echaran un vistazo a la última parte del expediente que acababa de dejar encima de la mesa.

Uno a uno lo fueron leyendo y, como esperaba Carlota, su opinión acerca de Lorena sufrió un significativo cambio a tenor de la expresión en sus rostros. Podía ser joven, pero experiencia no le faltaba.

Cuando votaron, todos lo hicieron a favor de Lorena excepto Tote, que mantuvo su voto a Carlos Soler.

Su enfado fue monumental, y no porque su sobrina le hubiera llevado la contraria en público. Eso era habitual y, en *La Casa,* todos estaban acostumbrados a sus discusiones. Su enfado se debió a que Tote no tenía ni la más remota idea de esa parte del expediente de Lorena. Lo primero que pensó es que quizá fuera una de las tretas de su sobrina y que hubiera exagerado lo que allí ponía. Al fin y al cabo, Carlota había sido su mentora y no era una idea descabellada. Pero no le costó nada averiguar que todo era cierto, punto por punto. Carlota no había «adornado» nada.

En ese preciso momento, su enfado subió de nivel. ¿Cómo era posible que ella, que era la que autorizaba las operaciones, no supiera nada de todo aquello? Se encaró con Carlota, que le respondió con desprecio. Dijo que ese expediente había estado a su disposición desde hacía un año y ni se había molestado en mirarlo, ni siquiera cuando propuso a Carlos Soler para el puesto en Roma. Le echó la culpa del *«incidente»* en el *Comité de Inteligencia* e incluso le acusó de dejadez por no comprobar los méritos de Lorena Mendoza y su idoneidad para ese cargo antes de la votación. También le dijo que no podía anteponer sus amistades personales, en este caso con Carlos Soler, un antiguo policía nacional de la vieja escuela como Tote, a los intereses del *Centro Nacional de Inteligencia.*

Aquello le pareció demasiado a Tote, que tuvo una bronca más con su sobrina.

Pero, como solía suceder, Carlota se salió con la suya.

A pesar de no haber empezado con buen pie su relación con Lorena Mendoza, lo cierto es que, para sorpresa de Tote, durante los dos años que llevaba destinada en la ciudad, había cumplido de forma profesional con la responsabilidad del cargo. Tote jamás había tenido una mala palabra hacia ella y Lorena le había tratado con respeto y eficiencia. Tuvo que reconocer que Carlota había tenido buen ojo.

Pero había un detalle significativo que Benny, el responsable del CNI en Irlanda, le había recordado de forma muy acertada.

La primera vez que Carlota burló los controles aéreos, al menos que Tote tuviera constancia, fue durante una operación en Chipre. Se trató de destapar una red de empresas que se aprovechaban de la laxa legislación chipriota, que permitía constituir sociedades cuyos propietarios son a la vez otras empresas que ocultaban su verdadera identidad. Era legal en Chipre, pero permitía evadir impuestos a corporaciones de todo el mundo. En el caso de la operación del CNI, se trataba de una red de blanqueo de capitales cuya base de operaciones estaba en Málaga. El equipo de su sobrina entró y salió de Chipre, que también es una isla como Irlanda, sin que nadie supiera cómo lo habían logrado.

Lorena Mendoza estaba destinada en Chipre en aquellas fechas. Y la misma Lorena Mendoza estaba ahora destinada en Italia, donde se encontraba su sobrina, que había entrado en el país sin que nadie supiera cómo.

¿Casualidad? Tote no lo creía.

Quizá el interés de Carlota por colocar a su amiga al frente del CNI en Roma tuviera otros motivos ocultos, aparte de su brillante expediente y del intachable desempeño en su labor.

«Si Carlota se las apaña para operar de forma clandestina, sin duda Lorena debe ser uno de sus peones», pensaba Tote, mientras se servía un poco de agua de la jarra del centro de la mesa.

—En la embajada casi todo el mundo la conoce —comenzó a explicarse Lorena—, por eso no es deseable que nos vean juntas. La gran mayoría de trabajadores no sabe que me dedico a algo más que a organizar exposiciones y coordinar el *Instituto Cervantes*.

—Ya lo había comprendido —se limitó a responder Tote, que aún estaba sumida en sus pensamientos.

—Además, lo que tengo que decirle es importante. Me sorprende que no la avisarán de Madrid. Mandé la información a través de la «jaula».

Para evitar que la información sensible fuera interceptada, los diferentes servicios de inteligencia del mundo disponían de una instalación especial, basada en tecnología del siglo XIX, pero plenamente vigente. Se trataba de una especie de jaula, instalada en el centro de una habitación. Esta jaula está basada en el principio de la «caja» de Faraday. Michael Faraday fue un científico británico que, en 1836, demostró que un contenedor recubierto por materiales conductores de electricidad, como planchas o mallas metálicas, funciona como un blindaje contra los efectos de un campo eléctrico proveniente del exterior. Es decir, los materiales conductores, ante la presencia de campos eléctricos externos, siempre ordenan sus cargas en su superficie de manera tal que el campo eléctrico interno sea cero.

Como resumen, cuando una persona quiere mantener una conversación o enviar un mensaje sin temor a ser escuchada por medios electrónicos procedentes del exterior, debe hacerlo dentro de una jaula de Faraday. A consecuencia de ello, ya como costumbre, entre los servicios de inteligencia de todo el mundo siempre se referían a las comunicaciones ultrasecretas como provenientes «de la jaula».

Tote se preocupó aún más.

—¿Qué está sucediendo, Lorena?

—Es largo de explicar, pero voy a empezar por el final.

—Adelante.

—Su sobrina corre un gran peligro y yo no la puedo ayudar.

—¿Qué? —se sorprendió Tote.

—Supongo que ya sabe que se encuentra en Florencia, así que me voy a saltar esa parte de la historia. La cuestión es que quieren matarla y están muy cerca de conseguirlo. He enviado a un agente a la ciudad, pero no la localiza. Si no lo hace en las próximas 24 horas, quizá ya sea inútil. Nuestros informantes nos han advertido que los planes para deshacerse de ella están en la recta final.

—¿Quiénes?

—¿De verdad que no se lo imagina? —le preguntó Lorena, cuyo rostro encarnaba una profunda preocupación.

«¡Joder!», se dijo Tote, pensando en *La Santa Alianza*. Estaban en Italia y jugaban en campo contrario. Eso complicaba todo.

—¿Cuál fue la última pista que tuvo su informante acerca de Carlota?

—¿De Carlota? —ahora Lorena parecía sorprendida.

—Sí, claro. De mi sobrina —afirmó malhumorada Tote. No estaba para perder el tiempo.

—Señora, ¿se encuentra bien? —la cara de Lorena ya no reflejaba sorpresa, sino desconcierto.

—¿Por qué me haces estas preguntas tan estúpidas?

—Carlota murió el año pasado en Dublín en un desgraciado accidente —dijo Lorena, con cierta vergüenza, ya que estaba constatando un hecho obvio.

De repente, Tote lo comprendió todo. Lorena Mendoza no tenía por qué conocer que Carlota estaba viva y no había fallecido en Dublín en aquel montaje que organizó para engañar a *La Santa Alianza*. Tote había compartido esa información con muy pocas personas y, desde luego, una de ellas no era Lorena.

—Entonces, ¿qué demonios me estás contando?

—Me temo que se confunde de sobrina. Yo no le estoy hablando de Carlota Penella, sino de Rebeca Mercader.

Tote empezó a toser como si fuera a perder la vida.

De eso se trataba, de perder la vida.

16 EN LA ACTUALIDAD, FLORENCIA, ITALIA, 20 DE ENERO

—Creo que me debéis muchas explicaciones.

Esa era exactamente la misma pregunta que iban a formular Rebeca y Carlota, pero fue Allison la que se les adelantó.

—¿Qué explicaciones? —le preguntó Carlota, fingiendo inocencia.

—Para empezar, acabo de escuchar decir a la tal Patty y a Ryan Clarke que fui secuestrada por un miembro corpulento del CNI vestido de médico. Supongo que serías tú —dijo Allison, señalando al comandante Rojas—. A continuación, escucho que tú —ahora apuntaba a Rebeca—, no viajabas en el mismo avión que yo y que no saben cómo saliste de Irlanda y entraste en Italia. ¿Qué quiere decir todo eso?

—A mí no me mires que no tengo ni idea —se anticipó Rebeca—. Yo viajaba narcotizada como tú. Eso es cosa de mi hermana.

—Ya os dije que tuve que sacaros de Dublín lo más rápido que pude —se defendió Carlota—. Los métodos que utilicé son secreto profesional y, además, no son de vuestra incumbencia. Lo importante para vosotras es que quizá ahora me comprendáis mejor. Habéis escuchado la conversación entre esos dos. ¿Tenéis claro quién son vuestros enemigos?

—La verdad es que no —le respondió Allison—. ¿Por qué he escuchado que la CIA me vigila? ¿A mí? Soy una ciudadana estadounidense trabajando de profesora universitaria en Dublín. No tengo amigos ni vida social. De la universidad a casa y viceversa. Esa es mi gris, anónima y aburrida existencia. Ni siquiera me han puesto una mísera multa de tráfico en toda mi vida. ¿Qué les puede interesar de mí?

—No tengo respuesta a esa pregunta —dijo Carlota—, pero tampoco es difícil imaginarse el motivo. Supongo que serás lo que llaman una «persona de interés». A la que realmente estaban intentando seguir la pista es a mi hermana. No olvides que es una diplomática rusa que se mueve como un fantasma. Además, os registrasteis en un hotel de Florencia con dos pasaportes diplomáticos rusos auténticos. Me temo que para la CIA, ahora sois una especie de *«pack»*. Supondrán que trabajáis juntas, sea en lo que sea. ¿Habéis visto la película *Thelma y Louise*? Pues algo parecido.

—¡Nosotras no somos dos fugitivas! —protestó Allison—. Además, ese pasaporte no es de verdad. ¡Díselo, Rebeca!

—Ya te dije que tanto tu pasaporte como el mío eran auténticos. Por supuesto que tú no eres ciudadana de la Federación Rusa, pero estamos hablando del documento en sí, no de la nacionalidad.

Allison no pareció conformarse.

—Pero...

—Ahora me toca a mí pedir explicaciones —la interrumpió Carlota.

—De eso nada —le respondió Rebeca, que ahora estaba claramente enfadada—. Yo también tengo algunas preguntas que hacerte. Para empezar, ¿quién es la tal Patty?

Antes de responder, Carlota se tomó un par de segundos.

—Es mi homóloga en los servicios de inteligencia irlandeses.

—¿En cuáles? ¿En los militares o en los civiles?

—En todos, pero eso no es lo importante. En realidad, es una colaboradora de la CIA.

—¿De la CIA? —repitió Rebeca—. ¿No me digas que Ryan Clarke también pertenece a la agencia?

—No que yo sepa. Él dirige una pequeña unidad de élite de la inteligencia militar irlandesa y, de paso, está infiltrado en inteligencia civil a través de la *Garda*.

Rebeca puso cara de incredulidad.

—Sí. Lo que te acabo de decir es cierto. ¿Para qué te iba a mentir? —insistió Carlota—. ¿Te crees que entre ellos no se espían? Igual que lo hacen en España la Policía Nacional y la Guardia Civil, por ejemplo, aunque no se hable de ello. Por otra parte, no creo que Ryan Clarke sepa a qué dedica su tiempo libre Patricia Cullen, que es el nombre real de mi querida amiga Patty.

—¡Patricia Cullen! —exclamó Rebeca, sorprendida—. ¡Yo la conozco! Es la embajadora de la República de Irlanda en Italia.

—Buena tapadera, ¿verdad? Está situada en el corazón de Europa con máxima cobertura diplomática. ¿Y de qué la conoces?

—Las preguntas las hago yo —continuó Rebeca, que no se le había pasado el enfado—. Patricia ha dicho que Tote me está buscando. Trabajáis juntas en el CNI. ¿Qué sabes de este asunto? Nuestra tía siempre le ha gustado que la minusvaloren, pero te aseguro que es muy inteligente. Si se propone encontrarme, quizá podría acercarse demasiado.

—Eso ya lo sé.

—¿Entonces?

—Tote y yo trabajamos en el CNI, pero lo de juntas... quizá no tanto. No tengo ni idea lo que está haciendo en este momento, pero te aseguro que esa es la menor de nuestras preocupaciones.

—¿Y cuál debería ser nuestra preocupación, según tú?

—¡Menuda pregunta más estúpida! —exclamó Carlota—. ¡Pues los de siempre!

—¿*La Santa Alianza*?

—Entre otros —respondió Carlota—. Mi teatral muerte en Dublín les engañó, pero ahora deben estar haciéndose muchas preguntas. No hace falta que te recuerde que estamos en Italia y jugamos en su campo.

—¡Porque tú nos has traído aquí por no sé qué diamante!

—No me hagas repetirme. Por supuesto que encontrar el *Diamante Florentino* es importante, pero esa maldita gema es la causa de que tuviera que sacaros de Irlanda con urgencia.

—¿Qué dices? —intervino Allison—. Hasta ayer que nos explicaste la historia de ese diamante, jamás había oído hablar de él. ¿Para qué tenías que sacarme de Dublín por un diamante que ni conozco?

—Me temo que es una historia muy larga que no os puedo contar ahora. Tan solo os pido que confiéis en mí.

—¿Confiar? —Allison no entendía nada—. ¿Por qué? ¡Lo único que has hecho es secuestrarme de mi casa e insinuar que soy una fugitiva de la justicia!

Rebeca estaba extrañamente callada.

—Lo comprenderás todo a su debido tiempo.

—O sea, ¿cuándo a ti te dé la gana?

—Te aseguro que no depende de mí —respondió Carlota, de forma enigmática.

—¿Y de quién depende?

103

—Bueno, ya está bien —zanjó el tema Carlota—. Creo que es mi turno de pedir explicaciones, que también tengo unas cuantas. ¿Qué has hecho, hermanita?

Rebeca se permitió una tímida sonrisa.

—Pues si no me equivoco, acabo de evitar un enfrentamiento con tu amiga del alma, la tal Patty, y Ryan Clarke, que, por cierto, no me has dicho qué hace en Florencia y qué pinta en toda esta historia.

—No cambies de tema —siguió Carlota, que era su turno de preguntas—. Para empezar, sabías que iban a entrar en el esta biblioteca antes de que escucháramos abrirse la puerta. En ese preciso momento te estaba observando. Me quedó muy claro que los esperabas.

Rebeca no había perdido la sonrisa.

—Eso tiene una explicación muy simple. Alessio, el guardia de la entrada, tenía instrucciones de que, si éramos seguidos hasta la *Biblioteca de la Academia de Bellas Artes* de Florencia, me mandaría un mensaje al móvil. Por eso sabía que alguien iba a entrar. Era una medida de protección muy básica. Ya ves que no tiene ningún misterio.

—¿Y se puede saber por qué te imaginabas que nos iban a seguir hasta aquí?

—¿En serio me preguntas eso? —Rebeca puso los brazos en jarras—. Nos buscan todos los cuerpos de seguridad de Italia y, por lo que acabas de insinuar, también de otros países. ¿Y te parece extraño que nos intenten seguir? Te recuerdo que salimos del *Piazzale degli Uffizi* a través de una rejilla de ventilación subterránea, enfrente de centenares de turistas. Tan solo que uno de ellos no fuera un turista sino otra cosa, idea nada descabellada, ya teníamos el lío montado. A la vista de lo que acaba de suceder, parece que no iba tan desencaminada.

—¿Por qué habías estado con anterioridad en esta biblioteca? ¡Y no me pongas como excusa tus estudios de historia, que no va a colar!

—¿Cuándo he dicho yo que he estado en esta biblioteca con anterioridad a hoy? Es la primera vez en mi vida que la piso.

—¿Y cómo podías saber que…?

Rebeca la interrumpió.

—No hace falta haber estado en la *Biblioteca de la Academia de Bellas Artes* de Florencia para darse cuenta de que se trata de un espacio muy peculiar. Una gran bóveda de cañón con 28 ventanales circulares para dotarla de luz natural. En su interior, 56 estanterías casi de suelo a techo conteniendo miles de libros. En el extremo de cada uno de los pasillos que forman las estanterías, una mesa y seis sillas. Todo rezuma armonía. ¡Ah, no! ¡Espera! Todo no. Hay un detalle que me desconcertó nada más verlo. Es cierto que hay 28 ventanales. Si su única utilidad es iluminar la biblioteca, ¿por qué uno de ellos está tapiado? Además de romper la magnífica estética renacentista, ¿qué sentido tiene?

—Eres historiadora y sabes que este edificio ha sufrido numerosos cambios a lo largo de su historia. Primero fue un hospital que acogía a personas sin recursos. La estructura básica que ahora se puede contemplar data de más de un siglo después de su fundación, y fue obra del arquitecto renacentista Giorgio Vasari. Ya en el siglo XVIII, fue saqueada por Napoleón. Después de eso, fue restaurada en varias ocasiones, la última de ellas en el siglo pasado. ¿Y me preguntas por qué hay una ventana tapiada? —se explicó Carlota.

Rebeca volvió a sonreír.

—¡Vaya con la persona que no le gustaba la historia! —exclamó, divertida—. La cuestión es que no te estoy preguntando por la ventana tapiada. Te pregunto por el sentido de la ventana tapiada.

—Con todo lo que te acabo de explicar, que me imagino que una *sabionda* como tú ya conocía, ¿cómo quieres que lo sepa?

—Porque es elemental. Te acabo de decir que la utilidad de los ventanales es iluminar los pasillos de la biblioteca. En consecuencia, la utilidad de un ventanal tapiado es no iluminar una zona de un pasillo en concreto de la biblioteca.

Carlota también sonrió.

—O sea, que según tu hipótesis, nos encontramos ante 27 ventanales que dan luz y uno que da sombra. ¿En serio te parece eso relevante? —preguntó Carlota con recochineo.

—Más que eso. Me parece un detalle revelador. Además, sin darte cuenta, tú también lo habías advertido.

—¡Y un cuerno!

—Entonces, ¿por qué cuando entramos en la biblioteca nos condujiste directamente a este lugar?

Carlota señaló con un dedo a su hermana.

—Ya sé lo que intentas hacer, confundirme. Os traje a este lugar porque estaba en penumbra, sin más connotaciones ocultas.

—¿Lo ves? Me estás dando la razón —Rebeca seguía divertida.

—Ya te he dicho que conmigo no te van a funcionar tus *truquitos*. Si jamás habías estado en esta biblioteca, como has reconocido, ¿qué hacemos aquí? ¿Pretendes que crea que he sido yo la que he abierto la puerta a esta especie de armario camuflado en la pared? Todos los presentes somos testigos que has sido tú.

—No conocía la existencia de este «armario», como tú lo llamas, pero he supuesto que debería existir —dijo Rebeca.

—¿Porque hay un ventanal tapiado?

—Exactamente por eso.

Carlota hizo un aspaviento con la mano.

—¡Venga ya! —exclamó.

—Nos has contado que esta biblioteca es usada por *La Santa Alianza* para guardar documentos que no desean almacenar en Roma. Ahora razona conmigo. ¿Crees que sus miembros entran por la puerta principal, saludan a los posibles usuarios de esta biblioteca y se sientan a leer sus ejemplares secretos en mesas con seis sillas? ¿En serio?

—¿Qué quieres decir?

—Que eso no se lo cree nadie. Convenientemente cegaron uno de los ventanales, y curiosamente el que está más alejado de todo. A continuación, construyeron lo que estamos viendo.

—Ya sigo tu razonamiento. Una estancia para leer sin ser importunados. ¿Y eso lo supusiste en apenas unos segundos?

—Tenía claro que esta construcción debía de existir. Tan solo faltaba averiguar su emplazamiento más adecuado. Para eso hasta me sobró tiempo. Tú me llevaste hasta él. De todas maneras, lo importante es que ahora estamos a salvo.

A Carlota le cambió el gesto.

—¿De verdad te crees eso? El truco de tu falso guardia se habrá descubierto ya. No te relacionarán con el tal Alessio porque supongo que después de enviarte el mensaje de alerta a tu móvil habrá desaparecido, pero ahora los verdaderos guardias harán un reconocimiento de todo el complejo. No creo que tarden en entrar en esta biblioteca. Aquí dentro no podemos permanecer eternamente. ¿Te parece que nos has salvado?

—Sí —le respondió Rebeca—. Tan solo pretendía que nos ocultáramos aquí para evitar el enfrentamiento con Patricia y Ryan, como ya te había dicho antes, pero no pienso permanecer ni un minuto más. De hecho, vamos a salir.

—¿Te has vuelto loca? —Carlota no comprendía a su hermana—. Te recuerdo que por la puerta de la biblioteca será por donde vengan los guardias. Nos tropezaremos con ellos.

—No me refería a esa puerta.

Carlota se quedó mirando a su hermana como si hubiera perdido la razón. De repente, cayó en la cuenta.

—Esto no es una sala de lectura, ¿verdad?

Rebeca volvió a sonreír.

—La biblioteca no solo tiene una puerta de acceso. Esta es la otra, la que supongo que utiliza *La Santa Alianza*.

17 EAST HARLEM, NUEVA YORK, ESTADOS UNIDOS, 10 DE MAYO DE 1945

—Despiértate de una vez, dormilona.

Evelyn Ramos se giró hacia el otro lado de la cama, medio dormida, y se encontró con el rostro de Charlotte de Bar.

—Para un día que no tenemos que madrugar, ¿para qué quieres me despierte tan pronto? —le preguntó, con una inmensa pereza.

—Algo ha pasado.

Ahora sí, Evelyn pareció reaccionar.

—¿A mis hermanos?

—No, ellos hace rato que se han marchado. Por cierto, son un cielo. Se nota que han tenido a una madre formidable.

—No me hagas la pelota por despertarme, blanquita. ¿Qué mierda dices que pasa?

—Eso es lo que me sorprende, que no lo sé.

Evelyn se quedó mirando a su amiga con cara de querer arrancarle la cabeza, pero ya había conseguido despertarla. El mal ya estaba hecho.

—Creo que voy a preparar algo de café —le dijo—. Quizá lo necesites tú más que yo.

Ambas se levantaron de la cama y salieron a la pequeña cocina. Mientras Evelyn se encargaba del café, Charlotte de Bar se asomó por el pequeño ventanal.

—¿No te das cuenta? —le preguntó.

—¡Pero si esa ventana da a la pared del edificio de enfrente! Casi ni entra luz y no se ve una mierda.

—No es lo que se ve, es lo que se escucha.

Evelyn, por segunda vez en menos de cinco minutos, se quedó mirando a su amiga sin comprender lo que le quería decir.

—Lo que siempre se escucha por esa ventana es un ruido insoportable. Por eso la tengo cerrada, pero ni aun así.

—Pues parece que haya una fiesta en la calle.

—¡Pero si hoy es jueves! —exclamó Evelyn, incrédula.

—Si no me crees, asómate por ti misma y escúchalo.

Evelyn se acercó al pequeño ventanuco y sacó la cabeza a través de él.

—¿Qué mierda pasa ahí afuera?

—¿Qué tal si nos vestimos y bajamos a comprobarlo por nosotras mismas?

Después de tomarse una buena taza de café, se dispusieron a salir a la calle. Se llevaron una buena sorpresa. Parecía un domingo, excepto que la gente no parecía ir a las iglesias. En su lugar, estaban bebiendo y bailando en medio de la calle.

Ambas se quedaron mirando sin comprender nada ni saber qué hacer.

Evelyn tomó la iniciativa.

—Vamos a visitar al padre Brown. Es de las pocas personas de las que me fío —dijo.

—Nunca te lo he preguntado, pero, ¿qué clase de padre es ese?

—¿Qué idioteces dices? ¡Pues uno de los líderes de la *Asamblea de Dios*!

—No me entero mucho de temas religiosos, ya sabes. ¿Qué creencias tiene esa asamblea?

—¿De verdad llevas viviendo más de un año en el *East Harlem* y no lo sabes? —preguntó sorprendida Evelyn—. Todo el mundo va a la Iglesia cada domingo. Bueno, todo el mundo menos tú. Es algo purificador. Esas tres horas que permanecemos en su interior quizá sean las mejores de la semana.

—¿Tres horas? —preguntó sorprendida Charlotte de Bar—. Tenía entendido que las misas no duraban tanto.

—Las católicas duran una hora y son un tostón, pero las evangélicas las disfrutas cada segundo. Cantamos, lloramos, alzamos la voz contando nuestras penas y problemas, y sientes que la comunidad te abraza y te reconforta.

—¿En serio?

—Creo que deberías conocer al padre Brown. No sé qué idea tienes acerca de los pastores de la iglesia, pero este se preocupa de verdad por nosotros. Cuando, hace seis años, toqué fondo en mi vida, le pedí ayuda. La verdad es que no confiaba ni en que me escuchara. Yo era una sucia puta más de las muchas que hay en este barrio de mierda. ¿Por qué me tendría que ayudar a mí precisamente? Pues no solo me escuchó, sino que me consiguió una nueva vivienda social y un trabajo. Sí, ya sé que la casa es una mierda, pero eso evitó que los servicios sociales me quitaran a mis hermanos. También me consiguió el trabajo que perdimos ayer, pero siempre me trató con mucho respeto. Quizá cambies de opinión acerca de la religión cuando lo conozcas.

Charlotte de Bar lo dudaba mucho, pero no quiso entrar en ese tipo de discusión con Evelyn. Lo importante es que se había portado bien con ella y con eso era suficiente.

Anduvieron por la calle 115 en dirección hacia la avenida Lexington.

—¿Hay alguna iglesia en esta calle? —preguntó Charlotte de Bar—. He pasado muchas veces por aquí y no recuerdo haber visto ninguna.

Evelyn sonrió.

—¿Qué te esperas encontrar? ¿Una gran catedral católica? Ya sabes que somos un barrio pobre de gente humilde. Estamos acostumbrados a apañarnos con las sobras de los demás —dijo, mientras se detenía frente a un local que parecía que se iba a caer a pedazos. Miró a su amiga y comprendió lo que estaba pensando. Se anticipó a su esperada pregunta—. La grandiosidad no la vas a encontrar en los viejos muros de esta planta baja, sino en el corazón de las personas que están en su interior.

«¡Vaya con Evelyn!», pensó sorprendida Charlotte de Bar. «Es capaz de pronunciar algo bonito sin la palabra «mierda» de por medio».

La puerta estaba abierta, así que entraron sin más.

Y aquí llegó la primera sorpresa de Charlotte de Bar. El aspecto exterior cochambroso no se correspondía con lo que estaba viendo. Lo que se suponía que era el altar no tenía ninguna imagen religiosa y tan solo había en el centro un pequeño atril. A su alrededor había unas veinte sillas, que rodeaban dos órganos que parecían en buen estado. Se giró hacia la parte posterior. Calculó que en los bancos de madera podrían caber sentadas cerca de quinientas personas.

—Mil —le dijo Evelyn, que sabía perfectamente lo que estaba pensando su amiga. Todos los que entraban por primera vez a la iglesia reaccionaban igual.

—Ahora me vuelves a contar el cuento ese de la humildad y la pobreza.

—No te equivoques. Todos contribuimos a la conservación de este lugar. Quizá a final de mes tengamos que comer pan y agua, pero nada le faltará a la casa del Señor.

Justo en ese instante vieron cómo se acercaba hacia ellas un hombre de unos cuarenta años, de raza negra, delgado y vestido con una indumentaria que a Charlotte de Bar le pareció inapropiada para el lugar donde se encontraban. «Los pantalones y la chaqueta debieron pertenecer a los primeros colonos del barrio», pensó, divertida. Pero, a pesar de eso, tuvo que reconocer que su rostro le resultaba atractivo.

Evelyn y aquella persona se abrazaron con cariño.

—Padre Brown, te presento a mi amiga Charlotte de Bar.

Para su sorpresa, el padre Brown la abrazó también.

—Bienvenida a la casa del Dios. Evelyn me ha hablado mucho de ti. Es un honor conocerte en persona.

«¿Este es el padre Brown? ¿Y qué demonios le habrá contado Evelyn de mí?», pensó Charlotte de Bar, que intentó esconder sus pensamientos luciendo su mejor sonrisa. En su mente, un sacerdote era una persona de avanzada edad, por lo general grueso y vestido con algún tipo de túnica sagrada.

—Lo mismo digo, padre Brown. Evelyn también me ha hablado de usted —se escuchó responder.

—Nada de «usted» —le replicó el padre—. Aquí todos somos iguales, como los hijos del Señor.

«Este sitio es muy raro», volvió a pensar Charlotte de Bar. «No me imagino a un sacerdote católico hablar y comportarse de esta manera».

—Ya sé lo que estás pensando —continuó el padre—, pero, a pesar de ser el fundador de esta iglesia, soy uno más entre mi rebaño. Mi puerta siempre está abierta para cualquiera que desee hablar conmigo. Me da igual sí cree en Dios o no. Mi única misión es intentar ayudar a las personas en este barrio tan difícil en el que vivimos. En realidad, todos nos ayudamos a todos, porque somos una gran familia.

«Hoy todos adivinan lo que estoy pensando», se dijo Charlotte de Bar, fastidiada, pero tuvo que reconocer que le había impresionado.

—Nunca había entrado en una iglesia como esta, padre — intentó arreglarlo.

—No te disculpes —sonrió el padre Brown—. ¿A qué se debe el placer de vuestra visita?

Para el absoluto bochorno de Charlotte de Bar, Evelyn le narró todo lo que había sucedido ayer en el trabajo, sin omitir ningún detalle.

«¡La mato!», pensó. «No habíamos venido para esto».

—¡Ese sucio asqueroso de Héctor! —exclamó el padre Brown—. Dejó de venir por la iglesia hace un par de años y me habían llegado rumores de que abusaba de sus empleadas, pero nunca pensé que fueran ciertos. ¡Qué idiota! ¡Es culpa mía! Debí sacaros de ese lugar hace tiempo.

—No es culpa tuya, padre. Yo estuve trabajando con Héctor seis años y también escuché ese rumor, pero jamás vi nada raro hasta ayer mismo. ¡Le hubiera arrancado su polla!

Charlotte les estaba escuchando, absolutamente abochornada.

—Desde luego que la única que no tiene ninguna culpa eres tú y no tienes por qué avergonzarte —dijo el padre Brown, dirigiéndose a Charlotte de Bar. Interpretó su rostro colorado como una señal de culpa, cuando lo que sentía era vergüenza de que otros conocieran lo que le había sucedido. Sentía que aquello era un asunto privado—. Cerdos como Héctor los hay por todas partes y siempre atacan a las mujeres más vulnerables. Son unos desgraciados. ¿Cómo estás?

—Mejor, padre.

—Me alegro. Como ya te había dicho, siempre tendrás las puertas de mi casa abiertas, por si deseas hablar conmigo. Y no pienses que voy a intentar convencerte para que creas en Dios, tan solo quiero ayudarte, eso sí, si deseas ser ayudada.

Charlotte de Bar se vio desarmada por aquella persona. Jamás se hubiera imaginado que existieran esa clase de sacerdotes.

—Sí, hay algo que me gustaría pedirle, pero no es para mí —dijo.

—Adelante.

—Estoy profundamente agradecida a Evelyn por lo que hizo, pero por mi culpa perdió el trabajo, ese que le buscaste y que sostenía a su familia. No te pido que me ayudes a mí, sino que lo vuelvas a hacer con ella.

—¡Oye, blanquita! —exclamó Evelyn, enfadada—. ¡Qué no hemos venido a importunar al padre con eso!

—¡Tampoco a que contarás lo que me pasó ayer! Tú has empezado primero.

—¡Vale, vale! —exclamó el padre Brown, intentando poner paz—. De eso hablaremos después, pero primero tengo una gran duda. Si no habéis venido por eso, ¿qué hacéis aquí?

Ambas amigas se miraron, como decidiendo quién hablaba primero. Se adelantó Charlotte de Bar, que no quería más encerronas.

—Padre, ¿por qué está todo el mundo en la calle de celebración y no en el trabajo? ¿Qué ha pasado?

Para sorpresa de las dos, ahora el padre Brown se rio.

—Seréis las únicas que no os habéis enterado —les dijo, mientras rebuscaba entre una cesta con papeles—. Mirad.

—¿Ha terminado la guerra? —preguntó una incrédula Charlotte de Bar—. ¿En serio?

—En realidad, si te fijas en la fecha del periódico, terminó hace unos días. Ya sabéis que en el *Harlem* las noticias siempre llegan con retraso. Dicen que Hitler se suicidó en su búnker hace poco más de una semana. La gente parece se ha enterado ahora y están de celebración. Si lo pensamos bien, es completamente lógico. Pensad que una parte importante de los jóvenes de este barrio estaban combatiendo en esa guerra. Ahora volverán a sus casas, junto a sus familias.

—¡Eso son magníficas noticias! —exclamó Charlotte de Bar, sinceramente emocionada.

—¿Magníficas? —intervino Evelyn—. ¡Son jodidamente fantásticas! Lo único que siento es que el carnicero ese de Hitler no haya sido capturado con vida para enfrentarse a la justicia. ¡Cerdo cobarde hasta el final! Para empezar, yo le hubiera metido un palo por el culo hasta sacárselo por la boca. Esa hubiera sido mi justicia.

—¡Evelyn! —se escandalizó Charlotte de Bar.

—¿No te dije que los de arriba siempre encontraban la manera de rehuir a la justicia? Pues aquí tienes un ejemplo más de una rata cobarde.

El padre Brown interrumpió el diálogo entre las dos amigas.

—Bueno, ahora que ya estáis enteradas de la gran noticia, podemos continuar con la conversación importante.

—Padre, ya me apañaré —intervino Evelyn—. No te puedo pedir que hagas nada más por mí.

—Es que no lo voy a hacer —le respondió—. En realidad es al revés. Me vais a hacer vosotras un favor a mí.

«¿Qué?», pensó Charlotte de Bar, que no se esperaba esa respuesta.

Sin duda, hoy era un día de sorpresas.

18 CASTILLO DE BUSSET, FRANCIA, 14 DE MAYO DE 1940

—¿Tienes algo que contarme?

—¿A qué se refiere, señora?

Zita de Borbón y Parma y su ayuda de cámara, el general Hans Ebner, se encontraban en el salón de la chimenea del castillo.

—¿Por qué has mirado instintivamente a tu alrededor? — continuó Zita—. Si es porque temes que alguien nos escuche, puedes estar tranquilo. Estamos solos y no nos molestará nadie en una hora. Mi hermano Xavier se ha encargado de ello.

—¿Por qué ha hecho eso? —Hans intentaba mantener la calma, pero a duras penas lo conseguía.

—Tranquilo, Hans. Sé que siempre has cuidado de mi familia con gran diligencia y cariño. No entiendas que estoy cuestionando tu lealtad, pero ahora ya no estamos en Bélgica. Nos encontramos en un castillo de un país que va a ser invadido en los próximos días. No nos quedaremos mucho tiempo aquí. Comprenderás que nuestra situación no es la misma. Y ahora te voy a repetir la pregunta. ¿Tienes algo que contarme?

El general se quedó mirando a Zita e inmediatamente supo que algo no iba bien. Durante estos últimos años había sido capaz de compaginar sus dos labores sin que nadie de su entorno lo advirtiera, pero su instinto le gritaba que la situación había cambiado. Consideró que no debía mentir a Zita, ya que, si desconfiaba de él, no podría seguir desempeñando sus dos trabajos. Aun así, tenía que ser muy cuidadoso con la elección de las palabras.

—¿Por qué me hace esa pregunta? —Hans andaba con pies de plomo.

—Porque debo conocer la respuesta. Te aseguro que es muy importante para mí.

Hans estaba mirando fijamente a los ojos de Zita. Lo que vio le alarmó.

—¿Qué pretende hacer, señora? —Hans seguía a la defensiva.

Para sorpresa del general, Zita se rio.

—Primero, que respondas a mi pregunta. Y después, matar al loco ese de Hitler.

—¡Señora! —exclamó escandalizado Hans—. Eso es imposible.

—¿Qué es imposible? —Zita seguía sonriendo—. ¿Qué respondas a mi pregunta o matar a Hitler?

Zita lo había acorralado hábilmente. Ahora no le quedaba más remedio que comenzar a explicarse.

—Supongo que el moderno sistema de comunicaciones del *Castillo de Steenokkerzeel* me ha delatado. Nunca debí permitir que lo viera. Fue un descuido por mi parte.

—No creas. Te aseguro que lo hiciste muy bien. Hasta ayer mismo no caí que ese detalle pudiera significar algo más.

Hans sabía que había llegado el momento. Desde que se hizo cargo de la protección de los Habsburgo era consciente que, un día, debería contarle a Zita la verdad. Y era ahora. Levantó la mirada.

—Soy general del antiguo ejército del Imperio austrohúngaro, pero mi verdadera actividad no estaba en el frente de guerra, sino detrás de ella.

—¿Qué quieres decir?

—Que era el responsable de la inteligencia militar.

—Hablas en pasado, pero tus ojos reflejan el presente.

Hans no se había equivocado con aquella mujer.

—Después de la desintegración del imperio, aproveché mis conocimientos para seguir defendiendo mis ideales.

—¿Y cuáles son esos?

—La fe verdadera.

—¿No me digas que trabajas para la Iglesia Católica? —ahora Zita sí que se había sorprendido de verdad. Aunque su hermano Xavier ya le había insinuado la doble vida del general, aquello no se lo esperaba.

—Ya sabe que la Iglesia no reconoce que disponga de servicios de inteligencia al estilo de cualquier Estado del mundo. Si se piensa bien, es cierto pero tan solo en parte.

—¿Me estás insinuando que el Vaticano ha montado una red de espías?

—No, no lo ha hecho. La Iglesia Católica está presente en todos los rincones del planeta desde hace muchísimos siglos. ¿Para qué necesitaba crear nada si ya dispone de esa red? Simplemente le dio un uso adicional.

—¿Por qué?

—¿De verdad me pregunta eso? —Hans parecía un poco indignado—. La Iglesia siempre ha tenido poderosos enemigos a lo largo de su existencia. Usted es una persona formada y culta. Sabe que incluso los Estados Pontificios fueron invadidos en varias ocasiones por diferentes países, expulsando al propio papa de la ciudad de Roma. A la fuerza tuvimos que aprender que la información supone poder, y que necesitábamos conocer lo que sucedía a nuestro alrededor.

—¿Eres sacerdote?

Ahora fue Hans el que sonrió.

—No, no lo soy. Es cierto que la mayoría de informantes de la Iglesia lo son, pero también existen personas como yo. En el convulso mundo en el que vivimos, si el Vaticano confiara tan solo en sus sacerdotes, me temo que tendría una visión parcial de lo que le rodea, y eso no es lo que pretende.

—Entonces, ¿eres un espía de la Iglesia?

—Ya le he dicho que el Vaticano no reconoce oficialmente que disponga de ningún servicio de información, pero soy lo más parecido a eso. Además, a pesar de ser un antiguo general del ejército, esta labor la hago sin armas. Simplemente defiendo la fe verdadera.

Zita parecía desilusionada.

—Entonces, me temo que no me podrás prestar la ayuda que necesito.

—¿Se refiere a lo que ha dicho antes?

—Sí, a matar a Hitler. Ya sabes que soy una ferviente católica, pero no te puedo negar que últimamente me haya cuestionado alguna de las decisiones del Papa y de sus cardenales. ¿Por qué la curia romana colabora con el régimen nazi? Es algo que escapa de mi comprensión.

—¿Quién le ha dicho eso?

—Nadie. Para mi desgracia, fui testigo en primera persona. Theodor Innitzer facilitó la anexión de Austria por el *Reich* alemán. Y no solo eso, sino que utilizó su púlpito para predicar a favor del nacionalsocialismo y pedir a los católicos austriacos que aceptaran a Hitler como su salvador —Zita aún estaba resentida con el cardenal, al que siempre había considerado su amigo.

Hans hizo una pequeña pausa para valorar qué podía contar y qué no. Al final decidió que Zita merecía saber la verdad.

—No conoce toda la historia. Después de sus desafortunadas acciones y palabras, el arzobispo de Viena fue llamado de inmediato a Roma por el secretario de Estado vaticano. Al día siguiente se disculpó y se retractó de forma pública.

—No sería tan pública cuando ni yo lo sabía —Zita no pensaba ponérselo fácil—. Además, ¿eso es lo que vale Austria para la Iglesia? ¿Una simple petición de disculpas? Lo siento, pero me parece un insulto.

—¿Sabe quién era el secretario de Estado vaticano en aquel momento?

—Ya conoces que no. Estábamos aislados en el *Castillo de Steenokkerzeel.* Bueno, ahora que lo pienso, la que estaba aislada era yo. Desde luego tú no, con tu equipo de comunicaciones.

Hans pasó por alto el último comentario. No deseaba quitar el foco de la conversación principal.

—Era el cardenal Eugenio Pacelli.

—¿No me digas? —se sorprendió Zita. Aquello tampoco se lo esperaba.

—Sí, el actual Papa Pío XII —le confirmó Hans.

—¿Eso significa que la iglesia ha dejado de ponerse de perfil con el mal que está causando el demonio de Hitler y le va a poner remedio?

—Enfrentarse a Hitler ya lo hizo el anterior Papa, Pío XI, en sus últimos años de pontificado. Pero claro, me dirá que tampoco lo sabía porque estaba aislada.

Zita hizo un gesto de enojo con su mano.

—La parte importante de mi pregunta era la última. ¿La Iglesia Católica le va a poner remedio o se va a limitar a condenarlo en alguna encíclica papal o algo así?

Hans pareció valorar la situación. No sabía si debía hacer partícipe a Zita de determinadas cuestiones sensibles.

—¿No piensas contármelo? —Zita le sacó de sus pensamientos.

—Hay cuestiones que son muy delicadas y que no puedo revelar, pero sí que le puedo responder a su pregunta. Y es con un sí rotundo. El Vaticano ha intentado terminar con la locura nazi. Y no solo en pasado. También lo está haciendo en estos momentos.

—¿Y pretendes que me crea que la Iglesia ha dado un giro tan brusco sin que me des algún detalle? Porque yo veo a los nazis cada vez más envalentonados y con más poder —a pesar de que Hans parecía sincero, Zita seguía sin creerle.

El general no podía revelar las operaciones que estaban en marcha en la actualidad, pero quizá sí que pudiera contarle a Zita algo del pasado.

—Está bien —dijo—, pero lo que voy a relatarle es secreto. Lo hago porque creo que nos debemos lealtad el uno para el otro.

—Por el motivo que tú quieras, pero cuéntame —dijo Zita, que ahora sí que estaba verdaderamente interesada.

—El régimen nacionalsocialista de Alemania, el mismo día que se enteró del nombramiento del nuevo Papa, tomó una decisión muy importante. Ya estaba enfrascado en contiendas militares por Europa, pero ese mismo día le declaró la guerra al Vaticano. No se trataba de una guerra convencional sino secreta. Hitler se propuso destruir a la Iglesia Católica de forma definitiva.

—¿Y cómo pensaba hacerlo? Casi veinte siglos la contemplan.

—Hitler podrá ser un loco megalómano, pero cuando se propone algo, pone toda su podrida alma en ello, y ya sabemos que eso es muy peligroso. Se le ocurrió reclutar a un grupo de exsacerdotes católicos y creó un equipo dentro de la *Schutzstaffel,* más conocidas como las temibles SS. Llamó a ese grupo *«Unidad II/B»* y puso al frente de ella a Albert Hartl.

—¿Quién es esa persona? Jamás había oído hablar de ella.

—Otra encarnación del diablo. Es un exsacerdote alemán que, al mismo tiempo que ejercía su ministerio y predicaba la fe católica, era un activo miembro del Partido Nazi desde 1933. Al año siguiente se unió al *Sicherheitsdienst*, los servicios secretos de las SS. Hasta que nos enteramos y lo expulsamos, fue capaz de recopilar mucha información acerca de nuestras estructuras.

—Bueno, me dices que era tan solo un simple sacerdote. No estamos hablando de un cardenal ni nada de eso. Por mucho que pudiera saber, sacerdotes y exsacerdotes los hay a miles.

—La «*Unidad II/B*» está al mando directo de Reinhard Heydrich.

—¡No me fastidies! —exclamó Zita, que comprendió de inmediato la gravedad del tema.

Reinhard Heydrich era considerado uno de los principales ideólogos de la persecución y exterminio de los judíos, es decir, de lo que se vino a llamar de forma macabra «la solución final». Era una de las personas más cercanas a Adolf Hitler, que le tenía en gran estima. La gente decía que no tenía corazón, y no lo afirmaban en términos metafóricos. El propio Hitler dijo en una ocasión que tenía un corazón de hierro, como dando pábulo a ese dicho popular. En definitiva, era lo peor de lo peor, la misma calaña y a la misma altura de su mentor. Estaba claro que si Heydrich estaba el mando de esa pequeña unidad, era porque quizá fuera pequeña, pero también despiadada y temible.

—Por su expresión, veo que comprende lo mismo que hicimos nosotros el año pasado —dijo Hans, levantándose de la silla—. Aquello era toda una declaración de guerra, aunque formulada de una manera muy sibilina.

—¿Y cuál fue la reacción del Papa al enterarse?

A pesar de todo lo que estaba escuchando, Zita no terminaba de creerse que el Vaticano se hubiera tomado en serio a Hitler.

—Pío XII hizo lo mismo —contestó Hans—. Respondió a su declaración de guerra con otra, pero fue mucho más sibilino que el propio Hitler.

—¿Qué hizo? —a pesar de su incredulidad, Zita seguía interesada. Este tipo de historias son las que jamás divulga ningún medio de comunicación y no son de público conocimiento.

—Si no conoce a Albert Hartl supongo que tampoco lo hará con Joachim Birkner.

—¿Otro exsacerdote?

Hans sonrió.

—Tiene algo en común con Albert Hartl, pero no es eso. Birkner trabaja en los *Archivos Secretos Vaticanos*, un lugar muy sensible y en un puesto de gran responsabilidad. Se preguntará qué puede tener en común con el traidor de Hartl, ¿verdad? Pues es muy sencillo. También pertenece a la «*Unidad II/B*».

—¿Qué? —Zita no daba crédito—. Sabiendo eso, ¿por qué el Papa lo mantiene en semejante puesto? Eso es mucho más peligroso que lo del exsacerdote ese, Hartl. Birkner está en activo y filtrará a los nazis toda la información que pueda extraer de los *Archivos Secretos Vaticanos*.

—Filtrar, usted ha pronunciado la palabra clave en todo este asunto —le respondió Hans, con una ligera sonrisa en su rostro—. El Papa lo recibió en audiencia privada y, a propósito, forzó que la conversación girara en torno a las ideas del movimiento nacionalsocialista alemán. Como era de esperar, Joachim Birkner expresó su rotundo rechazo. Eso entraba dentro del guion. Pío XII no pretendía que confesara, sino confesarse él mismo. El Papa le dejó muy claro lo que él pensaba. Que Hitler iba a perder la guerra y que el régimen nazi iba a saltar por los aires. Que el propio *Führer* iba a acabar muerto sin ningún honor, en algún agujero y abandonado por los suyos. Y lo más importante, que no se trataba de su simple opinión. Que había tenido una revelación en la que el propio Dios era el que iba a terminar con él.

—¿Por qué te parece tan importante eso?

—Porque sabía que Birkner informaría a Reinhard Heydrich y, a su vez, este a Adolf Hitler. Las palabras exactas del Papa las eligió de forma deliberada y muy estudiada. Hitler, en una de sus últimas arengas a su pueblo, manifestó que *«no queremos ningún otro Dios que no sea Alemania»*. Textual. Así que, si Dios no existe para Hitler, el mensaje que el Papa le estaba trasmitiendo era que su representante en la Tierra, es decir, él mismo, una persona de carne y hueso, iba a terminar con él.

—¡Caramba con Pío XII! —exclamó Zita, cuyas reticencias iniciales iban cayendo—. Muy *florentino*.

—Muy claro y directo, pero, al mismo tiempo, con cierta elegancia. Le estaba devolviendo su declaración de guerra envuelta en una sotana con un lacito púrpura.

—¿Y cómo reaccionó Hitler cuando se enteró?

—¿Cómo cree? Pues intentando asesinar al Papa antes de que Pío XII se atreviera a intentarlo con él. Afortunadamente esperábamos esa reacción. Ellos tienen sus espías en el Vaticano, pero también nosotros estamos infiltrados en sus altas esferas.

—El Papa sigue vivo y Hitler también.

—En cuanto al Papa, le aseguro que está muy protegido, aunque no se note. Y en cuanto a Hitler, se imaginará que también lo está. No es sencillo, pero ya se ha intentado. Cada vez nos acercamos más.

—¡Hablas en presente! —exclamó Zita, levantándose también de la silla.

—Sí, pero de eso no le puedo contar nada. Lo que le he narrado son hechos pasados, pero entienda que ni yo mismo estoy al día con lo que está sucediendo ahora mismo. Me encuentro en Francia y no en Roma. Como comprenderá, por radio no se puede hablar de ciertos temas muy sensibles.

Zita no se daba por vencida.

—Así que el problema es que no estamos en el Vaticano. Pues eso tiene fácil solución. Tomemos un avión y marchémonos a Roma.

Hans pareció escandalizarse.

—¿Se ha vuelto loca? —preguntó, con la tez completamente roja—. Italia está controlada por Benito Mussolini, que, como sabrá, es un aliado de los nazis. ¿Cree que no se enterará del viaje?

—No, no lo hará.

—¿Por qué cree eso?

—Porque tengo la manera de entrar en Italia sin llamar la atención.

Hans se echó las manos a la cabeza.

—Y supongo que querrá una audiencia papal. ¿En serio cree que es tan sencillo? Para empezar, Pío XII sabría que le he contado cosas que no debía.

—¿Te crees que no cuenta con eso? ¡Vamos, Hans! Llevamos juntos demasiados años y ya lo sabrá.

—¿No cree que deberíamos preocuparnos de otras cuestiones? Las tropas nazis están a escasos días de llegar aquí. Lo que tendríamos que hacer es preparar un plan de escape y pensar dónde nos vamos a refugiar, porque cada vez quedan menos países dispuestos a acogernos, aunque nos convirtamos en refugiados de guerra.

—Eso ya lo tengo previsto —respondió Zita, con aparente tranquilidad—. Ahora debemos centrarnos en lo importante. Ya te he dicho que tengo una manera de entrar en Roma. Además, el viaje tan solo nos llevará un par de días como mucho.

—Aunque así fuera, ¿para qué?

—Porque sé cómo deshacerme de Hitler.

—Me dijeron que te encontraría aquí.

Michelangelo se giró y se llevó la sorpresa de su vida. Es cierto que había soñado mucho tiempo con este momento, pero ya no confiaba en que se convirtiera en realidad.

—¡Gismondo! —exclamó el artista.

Se dieron un prolongado y cariñoso abrazo. Ninguno de los dos parecía querer separarse. Michelangelo sentía debilidad por su hermano menor, a pesar de que no siempre fue así. Durante su infancia le hizo responsable de la prematura muerte de su adorada madre, Francesca de Neri, que ascendió a los cielos con tan solo 23 años. Falleció poco después del nacimiento de Sigismondo, que era el nombre completo de Gismondo. «Nunca debiste nacer, eso la mató», recordaba que pensaba cuando Michelangelo apenas tenía seis años. Pero las cosas cambiaron mucho cuando creció. A pesar de tener otros tres hermanos, nunca se relacionó con ellos. Ludovico se hizo religioso y abandonó el hogar familiar muy joven. Giovan era un parásito que tan solo se acordaba de Michelangelo para que pagara sus deudas o lo sacara de los constantes líos en que se metía. A pesar de ello, jamás oyó ni una sola palabra de cariño o de agradecimiento hacia él. Buonarroto simplemente se había limitado a ignorarlo hasta su muerte, en 1528. Sin embargo, con Gismondo su relación había pasado de un odio inicial a un verdadero amor de hermano. Michelangelo se lo había llevado de Florencia a Roma para buscarle un trabajo y sacarle de la pobreza y el hambre que le perseguían, obligándole a robar para poder comer. Después de varios intentos fallidos para que trabajara como sirviente de acaudaladas familias romanas, tuvo que rescatarle una vez más, ya que, a pesar de que ya no necesitaba robar para comer, se había convertido en un vicio. Al final, acabo trabajando para Michelangelo, siendo su ayudante, durante más de veinte años.

Sus caminos se habían separado el 10 de diciembre de 1533. Además, cuestiones del destino, en el mismo lugar donde ahora se habían reencontrado, casi año y medio después.

En la *Capilla Sixtina*.

Y esa había sido precisamente la causa de su separación. Gismondo le recordó a su hermano que había prometido no trabajar otra vez en aquella capilla, y Michelangelo le dijo que había aceptado el encargo del Papa Clemente VII para pintar su altar. Gismondo conocía las motivaciones de su hermano y no eran otras que burlar al Papa, ya que esta vez se trataba de uno de los Medici. Era una cuestión personal entre ellos, y Gismondo sintió que ya no pertenecía a ese universo. Se sintió un extraño viviendo con Michelangelo y comprendió que había llegado el momento de que sus vidas se separaran.

Regresó a Florencia con un regalo muy especial de su hermano. Bueno, no fue exactamente un regalo, ya que Gismondo se lo robó, pero Michelangelo se lo tomó como el pago por dedicarle veinte años de su vida, ayudándole siempre con absoluta fidelidad. Era la única persona en la que había confiado en Roma y se merecía poseer el *Diamante Florentino*. Michelangelo pensó que, dado su elevado valor económico, su hermano lo vendería y así podría vivir de forma holgada durante el resto de sus días.

Pero, en algún momento, esta historia con final feliz se había torcido. Michelangelo había tratado de contactar con su hermano para saber cómo le iba la vida y había sido imposible. Incluso había recurrido a algunas viejas amistades de su época florentina para que lo buscaran, pero todos le dijeron lo mismo. Que Gismondo no estaba en Florencia. Nadie lo había visto en mucho tiempo. Michelangelo sabía que eso no era posible, por dos motivos. Florencia era la patria de Gismondo y sabía que era feliz allí. Durante su prolongada estancia en Roma sabía que echaba de menos su ciudad natal. Por otra parte, Gismondo era cualquier cosa menos discreto. Al contrario que Michelangelo, que siempre había sido una persona austera, Gismondo le gustaba disfrutar los placeres de la vida y explorar sus excesos.

Gismondo no se hubiese marchado de Florencia jamás, pero si nadie lo había visto... eso era lo que desesperó a Michelangelo. Tan solo había dos opciones posibles, a cuál peor. La primera es que hubiera sido arrestado por Alessandro de Medici, actual gobernante de Florencia, y estuviera pudriéndose en alguna de sus infectas mazmorras. En la segunda casi ni quería pensar. Que hubiese muerto.

En cualquier caso, necesitaba conocer qué le había sucedido a su hermano, por lo que cuando se le presentó la ocasión de poner sus condiciones al nuevo Papa, Pablo III, para que continuara el proyecto de la pintura de *El Juicio Final*, la primera fue que necesitaba a su lado a su hermano Gismondo. Su ayuda durante la pintura de la bóveda de la *Capilla Sixtina* había sido decisiva para el éxito del trabajo. Así se lo hizo saber a Pablo III, que aceptó esa condición. Un par de meses más tarde de ese primer encuentro, habían rubricado el contrato del encargo de *El Juicio Final*, donde Michelangelo forzó una cláusula en la que decía que no comenzaría la pintura hasta que su hermano estuviera a su lado. También el Papa puso sus condiciones, alguna de ellas del profundo desagrado de Michelangelo, pero lo importante para él es que cumpliera con el tema de su hermano.

Siempre había pensado que el Papa jamás cumpliría esa promesa, aunque estuviera plasmada por escrito, y que trataría de burlarlo de una manera o de otra. El actual Papa Pablo III era Alessandro Farnese, perteneciente al poderoso clan de los Farnese. Su abuelo ya fue capitán general de la Iglesia, es decir, el jefe del ejército vaticano. Sin embargo, el actual Papa fue nombrado cardenal por Alejandro VI de Borgia, ya que su hermana, Giulia Farnese, era su amante favorita. Ni que decir tiene que los Medici eran sus enemigos declarados. El odio entre ambos clanes venía de lejos. En ese caso, «¿cómo piensa rescatar Pablo III a Gismondo, si en Florencia gobiernan los Medici?», pensaba Michelangelo.

Era de locos.

Sin embargo, allí estaban los dos hermanos reunidos de nuevo.

El Papa había cumplido su palabra, aunque Michelangelo no supiera cómo lo había logrado.

Después del prolongado abrazo, la curiosidad natural de Michelangelo volvió a imponerse.

—Antes de hablar yo —le dijo a Gismondo—, quiero que me cuentes qué te pasó en Florencia para que desaparecieras.

Gismondo tomó del brazo a su hermano y se sentaron en dos sillas que había en el altar.

—¿Le importaría dejarnos a solas? —Michelangelo se dirigió a una persona de adusta figura que se encontraba de pie, justo debajo de la puerta de entrada lateral de la *Capilla Sixtina*—. Es mi hermano y vamos a hablar de temas personales, nada de trabajo.

Aquel hombrecillo miró a Michelangelo con desprecio, pero le hizo caso. Salió de la capilla y los dejó a solas.

—¿Quién es ese individuo de aspecto siniestro y qué hace contigo en la *Capilla Sixtina*?

—Es el *cerimoniere*.

—¿Eso qué es?

—Es el maestro de ceremonias papal.

—¿De ceremonias? ¡Pues serán fúnebres!

Michelangelo no pudo evitar sonreír. Él había pensado exactamente lo mismo cuando Pablo III se lo presentó.

—Cuando renegocié con el actual Papa el acuerdo para pintar el altar, digamos que cada uno puso sus condiciones. Una que tuve que aceptar es la presencia de ese pedante y engreído sacerdote llamado Biagio Martinelli, más conocido por Biagio da Cesena, por la ciudad donde nació.

—Pues se podría haber quedado allí. Da muy mala espina. ¿Y cuál es su función, si se puede saber?

—Vigilarme a todas horas.

Gismondo se sorprendió.

—Tú nunca has aceptado eso de ningún Papa, ni siquiera cuando pintaste la bóveda de esta capilla. Recuerdo que hasta me hiciste contratar a una persona de los bajos fondos de Roma para que no dejara entrar a nadie. Bramante se quiso colar en varias ocasiones y lo expulsaste sin miramientos. ¿Y ahora has aceptado que ese hombrecillo te supervise? ¿Qué ha cambiado desde entonces?

—Tú —le respondió Michelangelo—. No respondiste a mis cartas y nadie en Florencia te localizaba.

—¿No me digas que aceptaste que te supervisen a cambio de que el Papa me localizara?

—Algo así.

—¿Y no pensaste que si no me localizabas era porque no quería que lo hicieras?

—Al principio sí, pero hubo una cuestión que me alarmó.

—¿Cuál?

Michelangelo no quería revelarle a su hermano que esa «cuestión» era el *Diamante Florentino.* No quería que supiera que volvía a estar en su poder.

—Eso no viene al caso. Lo que quiero es escuchar tu historia.

Gismondo asintió con la cabeza.

—Supongo que tienes derecho a ello, aunque antes de comenzar quiero que respondas a una pregunta. ¿Qué te hizo pensar que Pablo III iba a ser capaz de localizarme?

—No lo pensaba. Siempre creí que era una misión imposible, tratándose de un Farnese, cuya familia no tiene ningún poder en Florencia. Pero creí que era mi única opción. Ya había recurrido a todos mis contactos y no te localizaron en Florencia.

—Y tan listo que te crees, ¿de verdad que no te imaginas el motivo?

—No, no lo hago —respondió Michelangelo, que estaba empezando a impacientarse con su hermano.

—Porque no estaba en Florencia.

—¿Qué? —preguntó, sorprendido.

—Lo que acabas de escuchar. Apenas estuve una semana en Florencia. Luego me marché a Nápoles.

—¿Qué se te había perdido en Nápoles? ¿Alguna mujer? —Michelangelo seguía desconcertado.

—No, un hombre. Juan de Valdés.

—¡Lo conozco! —exclamó Michelangelo, cuya sorpresa se había trasformado en verdadero asombro—. Me lo presentó Clemente VII. Es un seguidor de Erasmo de Róterdam. El Papa me dijo que lo había acogido temporalmente en Roma porque el primer libro que escribió fue calificado de «hereje» por la *Inquisición Española* y buscaba refugio. Por lo visto, Clemente VII no mantenía buenas relaciones con la Inquisición, a pesar de haber sucedido al Papa Adriano VI, que fue el inquisidor general de España y presidente del *Consejo de la Suprema Inquisición*.

—¿Has sabido algo de él últimamente? —le preguntó Gismondo, con aparente indiferencia.

—La verdad es que no. ¿No me digas que acabó quemado por la Inquisición?

—No, acabó en Nápoles y yo lo seguí hasta allí.

—¡Caramba! Eres una caja de sorpresas, Gismondo. Creía que lo de seguir a los hombres era cosa mía —bromeó Michelangelo. Gismondo era la única persona que conocía su secreto. En la época de las revueltas florentinas le había descubierto con Dante, uno de los jóvenes revolucionarios. A pesar del estigma social que suponía ese comportamiento, a Gismondo no le importó en absoluto. «Supongo que tampoco soy un modelo moral a seguir», le dijo, con una sonrisa en los labios. Michelangelo siempre le agradeció profundamente tanto su comprensión como su discreción.

—Cuando falleció Clemente VII, Juan de Valdés fue expulsado de Roma por el actual Papa. Después de una breve estancia en Florencia, partió hacia Nápoles y yo le seguí. Además, estoy seguro de que tú también hubieras hecho lo mismo —explicó Gismondo.

—¿Por qué crees eso?

—¿No te lo imaginas? Juan de Valdés es un gran orador y un hombre muy sabio. Alzó la voz contra los abusos del Vaticano. No solo es un seguidor de Erasmo, también lo es de Lutero. Clama contra lo que él llama el «secuestro» del Nuevo Testamento por la corrupta curia romana. Quiere abrirlos al pueblo y que sean reinterpretados con total libertad.

Michelangelo no salía de su asombro.

—¡Eso es lo mismo que hacen los judíos con la *Torah* a través del razonamiento talmúdico y la perspectiva que aportan los seis libros de la *Misnah*! —exclamó.

—Algo así, supongo. No sé si sabes que Juan de Valdés proviene de una familia de judeoconversos. Creo que me contó que un tío suyo por parte de madre fue quemado en un *«auto de fe»* de la Inquisición en la ciudad española de Cuenca, donde nació. Pero lo más importante es que proclama que cualquier cristiano tiene derecho a interpretar la Biblia hasta el nivel que considere adecuado. Así, según sus palabras, quedaría «iluminado espiritualmente» por los textos sagrados. Por eso su movimiento se conoce como el *«iluminismo»*.

—¡Pero eso es una herejía para la actual Iglesia Católica!

—¡Venga, hermano, que sé qué piensas lo mismo! Además, en Nápoles coincidí con ciertas personas que me hablaron muy bien de ti. ¿Te suenan los nombres de Pietro Aretino, Pietro Carnesecchi o Giulia Gonzaga?

Michelangelo se levantó de la silla, como si hubiera visto a un fantasma.

—¡No vuelvas a pronunciar esos nombres! —exclamó—. Todos ellos son enemigos del actual Papa. No sabía que se hubieran organizado.

—Bueno, más que organizados digamos que se han unido. ¿Sabes una cosa? Cuando éramos jóvenes, jamás comprendí tu amor por vivir en el palacio de Lorenzo de Medici. Pensaba que te sentías atraído y deslumbrado por una vida de lujos materiales. Esos ropajes de lino blanco, esos banquetes con viandas inacabables, esos excesos de los sentidos... Ahora comprendo que no era eso. Estar rodeado de personas sabias que se expresan en libertad es algo nuevo para mí. Tengo que reconocer que la explosión de ideas y de conocimientos sin ningún tipo de censura es tan excitante como una noche de juerga con cuatro o cinco mujeres.

Michelangelo aún estaba de pie, observando a su hermano.

—Pareces otra persona.

—Es que lo soy. En la vida, creo que hay momentos para todo y ahora entiendo mejor el mundo que me rodea. Eso no quiere decir que haya dejado de gustarme salir alguna noche de tabernas a beber vino, ¿eh?

Michelangelo se volvió a sentar. Mientras él se temía que Gismondo estaría encerrado en cualquier mazmorra florentina pudriéndose, resulta que se encontraba en Nápoles con grandes pensadores.

El mundo al revés.

De repente, se volvió a levantar de la silla, esta vez de forma violenta.

—¿Qué pasa? —le preguntó Gismondo, sorprendido.

—¿El Papa te localizó en Nápoles? —le preguntó, muy nervioso.

—Bueno, un mensajero suyo me dijo que me necesitabas en Roma. No me secuestró ni nada de eso, si es a lo que te refieres. Vine por mi propia voluntad.

—¡Ese no es problema! ¿No lo comprendes?

—No, hermano.

—¿En qué momento te diste cuenta de que te habían robado el *Diamante Florentino*?

—¿Cómo puedes saber eso? —ahora Gismondo también se levantó de la silla—. No recuerdo habértelo contado.

—Desde el principio —dijo Michelangelo, sentándose otra vez en la silla y cubriéndose el rostro con sus manos.

—Hermano, de verdad que no entiendo nada.

—Que, desde el principio, Pablo III ha ido dos pasos por delante de mí. Siempre tuve la incómoda sensación de que algo extraño estaba sucediendo a mi alrededor. Esas amables palabras, esa voluntad de ayudarme incluso buscándote en Florencia... todo era impostado. ¡Qué imbécil he sido!

—¿Qué insinúas?

—Que hay que prepararse para lo peor.

Las palabras *«ya hablaremos más adelante»*, que había pronunciado Pablo III en su reunión, resonaban con estruendo en la cabeza de Michelangelo.

Pero ahora tenían sentido.

20 EN LA ACTUALIDAD, FLORENCIA, ITALIA, 20 DE ENERO

—Yo no veo ninguna puerta en esta sala.

Allison, Carlota, Rojas y Rebeca se encontraban atrapados en una pequeña estancia, con una mesa en un rincón. Habían accedido a ella a través de un panel de madera que escondía una puerta camuflada, en un extremo de la *Biblioteca de la Academia de Bellas Artes* de Florencia.

—Tampoco la veías en la biblioteca y mira donde estamos. Supongo que sabrás el significado de la palabra «secreto». Una de sus acepciones, según el Diccionario de la Real Academia, es «lugar escondido difícil de descubrir» —dijo Rebeca, en tono burlón.

—No te hagas la graciosa, hermanita. Quizá esto parezca un pequeño estudio de lectura porque se trata de un pequeño estudio de lectura.

—¿En serio? ¿Con solo una mesa? ¿Y qué se suponen que hacen los miembros de *La Santa Alianza* cuando quieren leer algún documento confidencial? ¿Lo toman de la estantería de la biblioteca, entran en este pequeño cubículo con apenas luz, lo depositan sobre la mesa y lo leen de pie, porque no hay sillas?

—No tengo ni idea de lo que hacen, pero estamos rodeados de sólidas paredes y nada más —le respondió Carlota, enfurruñada.

—¡Claro! —casi gritó Rebeca—. ¡La mesa!

—¿Qué pasa con la mesa? —preguntó Allison—. Es exactamente igual que las de la biblioteca.

—Que es lo único que desentona en esta estancia —le respondió Rebeca, mientras se acercaba a ella—. De hecho, es lo único que hay. Debe significar algo.

—Es una mesa cualquiera. ¿Qué quieres que signifique? —preguntó Carlota.

Rebeca permaneció en silencio durante un par de segundos. Debía reconocer que su hermana tenía razón. De repente, una chispa se le encendió en su cabeza.

—¿Qué es lo que me has preguntado? —le inquirió a Carlota.

—¿Qué demonios quieres que signifique una mesa? —le respondió, mirándola de un modo extraño—. ¿Te encuentras bien o se te ha soltado algún tornillo?

—¡Eso es! —exclamó Rebeca, girándose para mirar a sus tres acompañantes—. No es lo que la mesa signifique para nosotros, sino lo que significa para los miembros de *La Santa Alianza*.

—Definitivamente se te ha soltado un tornillo —le replicó Carlota—. Una mesa significa lo mismo para todo el mundo.

—Jesucristo, según los evangelios, antes de sentarse a la mesa de la *Última Cena*, dijo: *«Con ansia he deseado comer esta Pascua con vosotros antes de padecer; porque os digo que ya no la comeré más hasta que halle su cumplimiento en el Reino de Dios»*. ¿No lo entendéis?

—¿Qué la presunta agnóstica sabe más de la Biblia de lo que quiere reconocer?

—¡No seas idiota! Ya sabes que estudié Historia de las Religiones. A lo que me refiero es al significado espiritual de la frase. Jesucristo les estaba diciendo a sus apóstoles que ya no se volvería a sentar a la mesa con ellos porque ascendería al Reino de los Cielos.

Los tres miraban a Rebeca como si se hubiera vuelto loca de verdad. No comprendían ni una sola palabra de su razonamicnto.

—Creo que es hora de buscar el tornillo que se te ha caído —dijo Carlota, haciendo ademán de escudriñar en el suelo de la pequeña estancia.

—¿Os lo tengo que dar todo machacadito? —preguntó Rebeca—. No hay que mirar a las cuatro paredes, que, como Carlota ha apuntado, parecen sólidas, sino al Reino de los Cielos. En resumen, que hay que mirar hacia arriba.

Los tres inclinaron su cabeza hacia el techo de inmediato.

—¡Es madera! —exclamó Carlota.

—Y ahí tienes la utilidad de una mesa sin sillas —le respondió Rebeca, luciendo una sonrisa de oreja a oreja—. Subirse encima de ella para empujar en algún lugar concreto del techo. Estoy segura de que debe existir alguna trampilla. Es más, os recomiendo que miréis al fondo a la izquierda.

Efectivamente.

Aunque no se veía ninguna trampilla, a simple vista se apreciaba que la madera de ese lado estaba bastante más desgastada que el resto.

—¿Insinúas que el deterioro de la madera se debe a que la empujan para salir y entrar por alguna oquedad que oculta? —preguntó Carlota.

—¿Por qué no lo comprobamos? —le replicó Rebeca, moviendo la mesa y situándola justo debajo de la madera desgastada. A continuación, se subió a ella y apoyó sus manos contra esa parte del techo.

—¿Qué? —preguntó Carlota, impaciente.

Rebeca no le contestó. Se limitó a empujar hacia arriba y retirar la madera a un lado. Todos pudieron observar una especie de escalera, formada a base de peldaños de piedra adosados a la pared.

—¿A qué esperamos? —dijo Rebeca, mientras ascendía la primera por sus peldaños.

Allison, Rojas y Carlota la siguieron, por ese orden.

—¿Qué es esto? —preguntó Allison.

Habían accedido a otra sala, esta vez de mayores proporciones. Tampoco se observaba ninguna puerta, pero eso no era lo que llamaba su atención.

Estaban en otra biblioteca.

—En respuesta a tu pregunta, Allison, creo que estamos en la verdadera biblioteca secreta de *La Santa Alianza* —afirmó Rebeca—. Ni siquiera se querían arriesgar a que sus secretos estuvieran ocultos entre los demás volúmenes de la *Biblioteca de la Academia de Bellas Artes*. Construyeron la suya propia.

Todos se quedaron admirando la estancia. Era de reducido tamaño, pero preciosa en su ornamentación. Estaba claro que fue construida durante el Renacimiento, por su inconfundible estilo.

Mientras todos parecían abrumados, Carlota se acercó a su hermana con cara de malas pulgas.

—Esto ya lo sabías —le dijo—. Nos has tomado por idiotas. Todo ese numerito que acabas de montar acerca del significado de la mesa era una auténtica *milonga*.

Rebeca sonrió.

—Saber, saber… digamos que me lo imaginaba. ¿De verdad creías que *La Santa Alianza*, quizá la organización más hermética del mundo, iba a guardar documentos secretos al alcance de cualquiera, aunque fuera en la discreta y vigilada *Biblioteca de la Academia de Bellas Artes* de Florencia? Me apuesto lo que quieras a que esta estancia no aparece en los planos oficiales de este conjunto de edificios. Como tú nos has contado, han sido reformados en numerosas ocasiones a lo largo de los años, pero esta biblioteca no ha sido tocada en siglos. Me apostaría a que su constructor fue el mismísimo Giorgio Vasari y estamos contemplando su obra original. Vasari tenía fuertes lazos con la familia Medici, que le encargaban trabajos con bastante frecuencia, tanto en su faceta pictórica como arquitectónica. No olvides que, en aquellos años, los Medici no solo controlaban Florencia, sino también Roma, a través de papas como León X o Clemente VII. No me extrañaría nada que el propio Vasari fuese un colaborador de *La Santa Alianza*. Construir algo así y ocultarlo no debió ser una tarea sencilla.

Carlota aprovechó la explicación de su hermana para echar un vistazo a su alrededor.

—Tengo que reconocer que es impresionante.

—¿Mi capacidad deductiva o la biblioteca?

—¡Idiota! —exclamó Carlota, que volvía a sonreír después de muchos minutos en tensión—. De todas maneras, lo único que has conseguido es que pasemos de una biblioteca a otra. Seguimos encerrados.

—Creo que, de momento, no nos vendría mal esperar un poco. Aquí no nos buscará nadie y cuanto más tiempo trascurra, más mareados estarán nuestros perseguidores, pensando cómo hemos podido desaparecer sin dejar ningún rastro.

—Entonces, ¿qué propones que hagamos?

—No sé. Yo nunca he estado en un lugar rodeado de documentos secretos vaticanos. ¿Y si aquí descubrimos la verdad acerca de los *Illuminati*?

—Eso ya te lo cuenta Dan Brown en su libro «*Ángeles y Demonios*».

—Dan Brown es un petardo, además me apuesto lo que quieras a que jamás ha estado en un lugar como este.

—¿De qué estáis hablando? —preguntó Allison, mientras se acercaba a las hermanas, acompañada de Rojas.

—Hemos decidido que, de momento vamos a quedarnos aquí dentro un poco más —respondió Rebeca—. Es un lugar seguro. Esperemos que, mientras tanto, nuestros perseguidores se dispersen.

«Eso lo has decidido tú solita», se dijo Carlota, sin atreverse a expresar en voz alta sus pensamientos.

—Pero en algún momento tendremos que salir de aquí —intervino Allison.

—Claro, no nos vamos a quedar a vivir en esta biblioteca. Tan solo se trata de ganar algo de tiempo. Además, cuando salgamos, deberemos ser creativos —dijo Rebeca.

—¿A qué te refieres exactamente? —le preguntó su hermana, con las orejas tiesas.

—Ya llegará el momento de eso, pero lo que está claro es que las soluciones convencionales no nos van a servir. Habrá que hacer justo lo contrario a lo que esperan que hagamos.

—¿Entregarnos? —preguntó Carlota, en un tono claramente burlón—. Si te parece, buscamos entre la multitud a Patty y a Ryan y les preguntamos si les está gustando Florencia. A continuación, nos ofrecemos como sus guías turísticos.

Rebeca sonrió.

—Aunque no lo creas, no vas muy desencaminada —le respondió, sonriendo de una manera incierta.

Carlota intentó comprender la expresión en el rostro de su hermana, pero no lo consiguió.

—¿Y qué hacemos mientras tanto? —siguió Allison.

—Distraernos de alguna manera. Por ejemplo, Carlota y Rojas, que tienen formación militar, podrían reconocer este lugar en busca de la puerta de salida, que seguro que existe y no está tan camuflada como la de la biblioteca grande de la que venimos.

—¿Cómo puedes saber eso? —le preguntó Carlota a su hermana.

—Muy sencillo. ¿Para qué? Ya es muy difícil penetrar hasta aquí. Posiblemente seamos las primeras personas que lo hacemos ajenas a *La Santa Alianza* en cinco siglos. Ya veréis cómo encontráis la puerta en menos de diez minutos. Además, os voy a dar una pista. Apuesto a que esa puerta da al interior de la *Galleria dell'Accademia*. ¿Qué mejor lugar para entrar y salir sin llamar la atención? Es un lugar muy concurrido y todo el mundo tiene puesta su atención en el *David*. Así que ya sabéis dónde tenéis que buscar.

Carlota no parecía muy convencida.

—Y mientras nosotros buscamos, ¿qué vais a hacer vosotras dos? ¿Leer algún libro?

—Precisamente eso —respondió Rebeca, que no había perdido la sonrisa—. Tanto Allison como yo somos historiadoras y este lugar es como un parque temático para nosotras.

—Cuando te lo propones, eres insoportable —dijo Carlota, mientras le daba la espalda a su hermana y tomaba del brazo al comandante Rojas.

Una vez solas, Allison se dirigió a Rebeca.

—¿De verdad quieres que leamos algún libro de este lugar?

—Sí, bueno, eso también.

—¿Qué te propones?

—Quería quedarme contigo a solas.

—¿Por qué?

—Anda, toma cualquier documento o libro de la estantería de enfrente y hablemos.

Allison hizo caso a Rebeca, sin saber muy bien qué pensar. Depositó el primer legajo que pilló encima de la mesa, sin ni siquiera mirarlo.

—¿Qué quieres de mí? —le preguntó a Rebeca, intrigada.

—Te he estado observando desde que entramos en la *Biblioteca de la Academia de Bellas Artes* de Florencia. Te tengo que confesar que me pareciste sincera cuando negaste tu pertenencia a *La Santa Alianza*, pero...

—¿Pero qué? —le interrumpió Allison, esta vez enfadada—. Me daba la impresión que ya había dejado ese extremo muy claro.

—Sí, sí —dijo Rebeca—, no es por eso. Déjame terminar. Te estaba diciendo que, hasta ese momento, me pareciste sincera. Pero a partir de ahí, vi cosas que no me esperaba.

—¿Qué?

—Por ejemplo, cuando os descubrí la pequeña sala en la que nos refugiamos de Patricia Cullen y de Ryan Clarke, estaba muy pendiente de vuestras reacciones. Carlota y Rojas se sorprendieron, sin embargo, tú no lo pareciste. Cuando os indiqué la trampilla que existía en el techo de madera para acceder a esta pequeña biblioteca secreta, no abriste la boca para preguntar absolutamente nada hasta que ya estábamos dentro de aquí. ¡Venga ya, que sé que eres muy curiosa!

Allison bajó la cabeza.

—Tienes razón —dijo—, pero no es lo que tú estás pensando.

—¿Cómo sabes lo que estoy pensando?

—Te han vuelto las dudas acerca de mi pertenencia a *La Santa Alianza* y eso no es cierto. La verdad es que razoné como tú, pero me salté la parte de la mesa. Nada más entrar en aquel pequeño cubículo ya supuse que debía existir una salida. Por las cuatro paredes que nos rodeaban era imposible, así que levanté la mirada hacia el techo antes que vosotros lo hicierais. Vi la madera desgastada en un extremo e hice mis propias deducciones, que luego fueron las tuyas. Ya sabes que soy muy observadora.

«Demasiado para una simple profesora universitaria», pensó Rebeca, cuyo instinto le gritaba que había algo que no estaba bien.

—¿Seguro que no tienes nada más que contarme? —continuó Rebeca—. Es el momento. Ahora estamos las dos solas y ni Carlota ni Rojas nos escuchan.

Allison bajó la mirada.

—Bueno, en realidad, sí que hay algo —respondió, tras unos segundos en silencio—, pero no sé lo que significa.

—¿Qué me quieres decir?

—Mira —señaló Allison.

Rebeca tuvo que hacer verdaderos esfuerzos para seguir sentada en la silla.

Aquello era lo último que se esperaba.

«¿Cómo puede ser?», pensó Rebeca, que ahora estaba asustada.

«Las casualidades son las cicatrices del destino. No hay casualidades, somos títeres de nuestra inconsciencia».
Carlos Ruiz Zafón.

21 CASTILLO DE BUSSET, FRANCIA, 14 DE MAYO DE 1940

—Quiero que trasmitas un mensaje.

—¿Cómo? Le recuerdo que el equipo de comunicaciones fue destruido en el *Castillo de Steenokkerzeel*.

—No sé por qué, pero supongo que mi hermano tendrá algo parecido en este castillo. No será tan sofisticado como el tuyo, pero para lo que vas a decir seguro que es suficiente.

Cada minuto que pasaba, el general Hans Ebner se arrepentía un poco más de haberse sincerado con Zita.

—¿Por qué iba a tener algo semejante? No sé si lo sabrá, pero Guillermo Marconi, que inventó hace unos años un instrumento llamado radio, trabaja para el Vaticano desde los últimos años del papado de Pio XI. Tenemos medios avanzados de comunicación y cifrado. No pienso trasmitir nada a Roma por un supuesto equipo del que no me fío y todavía menos en abierto y sin codificar. Es una auténtica locura, por no decir un suicidio.

Zita no pensaba confesarle a Hans que su hermano era algo parecido a un diplomático que trabajaba para los franceses. Por eso estaba segura de que dispondría de algún sistema de comunicaciones.

—Lo de que trasmitas en abierto me da igual. Es precisamente eso lo que quiero. Pero te equivocas en una cosa. El destinatario del mensaje no es nadie de Roma, sino una persona que vive en Alemania —dijo Zita, pretendiendo quitar importancia a las palabras que acababa de pronunciar.

—¿Se ha vuelto loca? Tanto el *Sicherheitsdienst*, los servicios secretos de las SS, como la *Abwehr*, la inteligencia alemana, disponen de sofisticados equipos de escucha. Seguro que interceptan el mensaje, triangulan la señal y descubren nuestra posición exacta.

—¿No te he dicho que eso es lo que quiero?

—¿Para qué?

—Para que vengan a recogernos.

—¿Un alemán? —Hans no salía de su asombro.

—Algo así.

—Con perdón, señora. Ha perdido la razón. No puedo creer lo que estoy escuchando.

Zita puso su mano derecha sobre el hombro del general.

—Confía en mí. Ahora debo preguntarle a mi hermano si nos presta su equipo de comunicaciones por un momento.

—¿Y si no tiene ninguno?

—Lo tendrá —dijo Zita, abandonando el salón y haciendo un gesto a Hans para que se sentara en una silla y le esperara.

No tardó en regresar ni cinco minutos.

—¿Ha hablado con su hermano? —le preguntó el general nada más verla aparecer. Estaba visiblemente alterado. Como militar de la vieja escuela, no le gustaba nada improvisar y todavía menos sentir que no tenía el control de la situación.

—No, pero no importa —le respondió Zita—. Sé dónde guarda ese equipo.

—¿Cómo lo puede saber si hasta desconoce si existe o no?

—Como siempre, preguntando al servicio. Ellos lo saben todo —le respondió Zita, con una amplia sonrisa en su rostro—. Y no, no me mires con esa cara de espanto. Conozco a Xavier y sé que no se trataría de algún lugar oscuro y subterráneo. Él no es de esos. Siempre dice que la mejor manera de ocultar algo es a la vista de todos, pero eso no significa que no tomara alguna medida de precaución. Por ello, mi pregunta al servicio doméstico no ha sido, «¿me podrían decir dónde oculta mi hermano su equipo de comunicaciones»? Eso hubiera sido una auténtica estupidez. Les he preguntado acerca de cuál es el único lugar de este castillo donde mi hermano no les permite limpiar. Xavier no se arriesgaría a que fuera descubierto de forma accidental. No te negaré que se han sorprendido de que supiera la existencia de ese lugar en el que no les está permitido limpiar, pero he conseguido mi objetivo. Me han indicado dónde está ese equipo sin preguntárselo de forma directa. La verdad es que tengo que reconocer la brillantez de Xavier. Ha logrado sorprenderme.

—¿Dónde está ese lugar? —Hans estaba inquieto, pero al mismo tiempo le picaba la curiosidad.

—Aquí mismo —dijo Zita, haciendo un gesto como si quisiera abrazar el salón de la chimenea.

—¿No me diga? —exclamó sorprendido Hans, cuando lo comprendió—. Este salón debe ser el lugar más concurrido de todo el castillo. No se me ocurre un lugar más inapropiado.

—Precisamente por eso. Supongo que mi hermano utilizará su equipo de comunicaciones en horario nocturno, cuando todo el castillo duerme.

Hans miró a su alrededor.

—¡Pero si aquí no hay nada que se parezca a un telégrafo o algo similar!

—¡Pues claro! —exclamó Zita, que no había perdido la sonrisa—. ¿Qué pretendías? ¿Qué mi hermano situara el equipo de comunicaciones en el centro del salón con un cartel indicador que dijera «equipo secreto de comunicaciones»?

—No se ría de mí, señora, pero tengo formación como radiotelegrafista y no se puede ocultar un equipo tan voluminoso con tanta facilidad como cree.

—¡Porque no está oculto, ya te lo he dicho! —exclamó Zita, divertida—. Me he dado cuenta de que, nada más te he dicho que estaba en este salón, has hecho un rápido reconocimiento visual y no has sacado ninguna conclusión. Eso es porque miras lo que no debes y no miras lo que debes.

—¿Usted ya sabe dónde está? —Hans seguía asombrado.

—Me hago una idea. Vamos a ver, ¿qué objeto desentona de forma notable en este salón?

Hans volvió a mirar a su alrededor, con idéntico resultado. No veía nada. Se limitó a encoger sus hombros en señal de desconocimiento.

—¿Alguna vez has visto una máquina de coser tan limpia e impoluta como la de aquel rincón? —preguntó, mientas la señalaba—. Parece que no haya sido usada jamás. Además, ¿para qué la iban a poner en este salón si el castillo dispone de su propia sala de costura?

—¿Decoración?

—¿Una máquina de coser? ¿En serio te parece un objeto apropiado para ocupar un espacio en el salón principal de cualquier castillo o palacio? Un busto, un reloj o un jarrón es lo más recurrente. En esta materia tengo más experiencia que tú, y ya te digo que no. Eso no pasa.

Hans debía reconocer que desconocía cómo se solían decorar los palacios, así que aceptó la palabra de Zita.

—¿Vamos? —preguntó, más animado.

En apenas un par de minutos ya habían descubierto el radiotelégrafo camuflado.

—Ahí lo tienes —le dijo Zita, triunfal—. Supongo que tú sabrás manejarlo porque yo no tengo ni idea.

—Sí, claro —respondió Hans, que aún estaba sorprendido por el hallazgo.

—Bueno, pues siéntate a sus mandos, que voy a indicarte el destinatario del mensaje y su contenido.

Zita se lo dijo.

Cuando Hans lo escuchó, casi se cae de la silla.

—¡Ni hablar! —exclamó, escandalizado—. No pienso ser cómplice de esta locura, signifique lo que signifique.

—Tan solo es un mensaje a un viejo amigo.

—No, no es eso y lo sabe.

Zita se separó de Hans con un gesto de disgusto.

—¿Sabes? —comenzó—. Pensaba que el hecho de ser un general del antiguo Imperio austrohúngaro te habría dado una visión menos simplista y más realista de lo que sucede en Europa. La gente piensa que Alemania y sus ciudadanos son todos nazis. Ni mucho menos. La clase alta, en una gran parte, tolera a Hitler por obligación, pero, si pudieran, se desharían de él. No consideran que sea «uno de los suyos» y tampoco lo ven preparado para llevar las riendas de un país como Alemania, que acaba de salir de una guerra muy dolorosa y se encontraba en medio de una nueva. La clase media se ha acomodado y está dividida, pero donde ha prendido la mecha del nacionalsocialismo ha sido entre la clase trabajadora y, sobre todo, en la juventud. Compran el discurso de hacer Alemania el país más poderoso de Europa e incluso rivalizar con Rusia y los Estados Unidos. Hitler ha sabido tocar como nadie la fibra sensible de un país deprimido y levantarles el ánimo cuando más lo necesitaban. Después de la Gran Guerra, Alemania era un país hecho pedazos, en lo emocional y en lo económico. Hitler ha puesto el país a trabajar pero con un matiz muy importante. Con orgullo. Ya no son los parias de Europa, sino la nación más poderosa y eso hay que demostrárselo al mundo. Ha cambiado el himno nacional, el *Das Deutschlandlied*, del que solo permite entonar su conocida primera estrofa, «*Deutschland, Deutschland über Alles*», por el himno del Partido Nazi, el *Horst Wessel Lied*. Las dos primeras estrofas del himno nacionalsocialista ya son toda una declaración de intenciones: *«Die Fahne hoch! Die Reihen fest geschlossen!»*, que, como sabes, significa *«¡La bandera en alto! ¡Las filas firmemente cerradas!»*. Además, por ley, cuando suena esta estrafalaria canción, todos deben escucharla con el brazo derecho hacia el frente, el saludo fascista.

—No me está contando nada que no sepa —respondió Hans, muy serio—. Por más empeño que ponga, eso no justifica en absoluto el envío del mensaje que me ha dicho.

—Lo justifica todo. Yo pasaba en Bohemia los meses estivales junto con mis padres y mis hermanos. Allí conocí al que sería mi marido, el archiduque Karl, que visitaba con frecuencia a su tía, que también tenía una residencia en la región. Pero esa historia ya la conoces. Lo que quizá ignores es que uno de mis mejores amigos de mi niñez y parte de mi juventud fue el hijo de un acaudalado empresario alemán, que también disfrutaba de los veranos en Bohemia junto con su familia. A pesar de que era cinco años mayor que yo, pasábamos mucho tiempo juntos y nos divertíamos. Era un joven muy educado y culto, y, como yo, hablaba seis idiomas. No sé qué hubiera pasado entre nosotros si la Gran Guerra no nos hubiera separado. Él volvió a Alemania y retomó su carrera militar en la Armada Imperial Alemana, luego en la *Riechsmarine* durante la *República de Weimar*, para terminar en la *Kriegsmarine* nazi. Mientras tanto, yo me convertí en la emperatriz del Imperio austrohúngaro. Supongo que estarás pensando algo así como «de amigos a enemigos en cinco segundos», pero no es verdad. Es cierto que la guerra nos separó físicamente, pero lo que quizá no sepas es que mis hermanos Xavier y Sixto, cuando hicieron los esfuerzos para detener la Gran Guerra y convencer al Kaiser Wilhem para que parara aquella locura y que aceptara la paz que le proponía mi difunto esposo Karl, nuestro interlocutor alemán fue él. Se la jugó por nosotros. Estaba claro que, a pesar de la distancia, seguíamos siendo amigos. Cuando la guerra terminó retomamos el contacto. Luego llegó Hitler al poder y todo se complicó, pero aun así, no nos hemos olvidado el uno del otro.

—¡Por favor, señora! Supongo que sabrá qué cargo ocupa en la actualidad en el *Reich* alemán.

—Claro que lo sé. Precisamente por eso recurro a él.

Hans se echó las manos a la cabeza.

—Hitler se enterará de inmediato —dijo.

Zita sonrió.

—Ahí está la gracia. Me da igual que se entere, ya que Hitler sabe de sobra que somos amigos. Aunque los servicios secretos alemanes intercepten ese mensaje, que lo harán porque va dirigido a ellos, no le darán ninguna importancia porque conocen nuestra relación de amistad lejana. Además, no es la primera vez que nos comunicamos desde la llegada de los nazis al poder. Este será un mensaje más de cortesía entre amigos, como tantos otros que ha habido con anterioridad. Y, por si no fuera suficiente, me debe un buen favor. En 1916, en plena Gran Guerra, le pedí el favor a mi primo Alfonso XIII para que le permitiera establecerse en Madrid durante una temporada.

—¡Fue usted! —se sorprendió Hans—. ¿Le dijo para qué quería estar en Madrid?

—No se lo pregunté. Me pidió el favor y me limité a hacérselo. Y eso mismo voy a hacer yo con él ahora. Tampoco me hará preguntas.

—Para que lo sepa —Hans no salía de su asombro—. Se dedicó a montar una infraestructura logística de bases secretas por todo el mediterráneo para los submarinos *U-Boot*.

—No me extraña —Zita parecía impasible—. Sé que fue el comandante de algunos submarinos alemanes durante la Gran Guerra.

—Lo que quizá no sepa es que gran parte de esas bases permanecen sin descubrir en la actualidad y los nazis las están utilizando en esta guerra —Hans estaba escandalizado.

—Bueno, supongo que por eso alcanzó su actual puesto en la estructura del *Reich* y Hitler confía en él. Y por eso mismo puedes enviar con total tranquilidad el mensaje que te voy a dictar. Anda, enciende el radiotelégrafo.

Hans era un torbellino de emociones encontradas, pero con su formación militar comprendió que quizá no fuera la idea descabellada que parecía.

—Está bien —se limitó a responder, mientras conectaba el radiotelégrafo.

—Mejor pensado, voy a escribirte la nota, ya que debes utilizar exactamente las palabras indicadas. Un simple error y no conseguiré lo que pretendo —dijo, mientras tomaba una pluma y escribía en un pequeño trozo papel. Total, lo que tenía que decir era muy breve.

«Almirante Wilhelm Canaris

Jefe de la Abwehr
Cuartel General de la Wehrmacht
Berlín, Alemania.

Hola, Wilhem. Sé que sigues felizmente casado con tu esposa Erika y me alegro mucho. Mándale un afectuoso saludo y un beso para tus dos hijos. Si algún día todo esto acaba, ya sabes dónde encontrarme.

Zita de Borbón y Parma».

Hans leyó la nota y todavía se escandalizó más.

—¿Pretende en serio que trasmita este mensaje? ¿En qué nos va a ayudar esta tontería?

—Para empezar, Wilhelm no está felizmente casado con Erika Waag. Fue un matrimonio concertado en 1919 porque su padre también era un importante industrial alemán. Supuso la fusión de dos fortunas mermadas por la guerra. Jamás hubo amor, ya que aquello fue simplemente un contrato empresarial. La única verdad de esa nota es que tuvieron dos hijos. Llevan años manteniendo las apariencias de matrimonio ejemplar por su posición social. Además, debe de cubrirse las espaldas porque, desde hace casi diez años, mantiene una relación secreta con la joven Halina Szymańska. Supongo que te imaginarás cuál sería la reacción de Hitler si se llegara a enterar.

—Bueno, supongo que no le gustaría que Canaris le hubiera mentido, pero se trata de un asunto personal. Tampoco es el primer nazi que finge un matrimonio feliz mientras tiene una amante. El propio Hitler, aunque no esté casado, tuvo una amante de dieciséis años llamada Maria Reiter. Aquello no acabó bien.

—Sí, pero la tal Reiter era una auténtica alemana que cumplía los cánones de la raza aria, pero resulta que Halina Szymańska es judía. Además, aún hay más. También es una espía polaca y Canaris lo sabe. ¿Qué crees ahora que pensaría Hitler de su jefe de la inteligencia militar?

La mente prusiana del general Hans Ebner se encontraba en plena ebullición por todo lo que estaba escuchando. No explotaba porque tenía un cráneo de un tamaño considerable.

—¿Cómo puede conocer todos esos detalles? —acertó a preguntar.

—Ya te he dicho que somos buenos amigos y que, a nuestra manera, hemos mantenido el contacto.

—Tengo que reconocer que me ha sorprendido. Le daré un voto de confianza y mandaré ese mensaje, aunque crea que estamos poniendo una diana sobre este castillo. Lo que no consigo comprender es cómo nos va a ayudar Canaris con el trasporte a Roma, que es lo que pretende con esa amable nota, supongo.

Zita sonrió de nuevo. Tenía que reconocer que se estaba divirtiendo a costa de la turbación del general.

—Desde bien joven a Wilhelm le gustaban los acertijos, por eso ahora es un criptógrafo de reconocido prestigio al frente de la *Abwehr*. Recuerdo que jugábamos a enviarnos notas con un lenguaje aparentemente simple para quedar y vernos sin que nuestros padres se enteraran. Siempre era más ingenioso que yo y me ganaba, pero aprendí algo de él que está en ese mensaje.

—Si ha utilizado alguna técnica de cifrado que le enseño Canaris, también la conocerán los nazis— apuntó Hans.

—Esta te aseguro que no —dijo Zita, que ya no quería regodearse más del general—. En ese mensaje pone que necesito trasporte para dos personas desde este castillo y te aseguro que no hay manera que nadie sepa cuál es su verdadero significado. Siempre lo hemos hecho así. Además, aunque Wilhelm siempre ha pertenecido a la Armada, mantiene una estrecha relación con la *Luftwaffe*.

—¿Me está insinuando que el jefe de la inteligencia militar alemana va a mandar un avión de la *Luftwaffe* hasta este castillo para recogernos? —Hans ya no estaba asombrado. Su estado ya no se podía definir con palabras.

—¿No te parece la forma más segura de llegar a Roma? También tiene algo de poético, no lo puedes negar. Mussolini no sospechará nada ni ningún policía nos importunará. Anda, prepárate que no creo que tarde en aterrizar nuestro vuelo.

Sin saber muy bien el motivo, Hans confió en Zita.

Estaban tranquilos porque no sabían lo que les esperaba.

¿Quizá la muerte?

«Es desconocido el lugar e incierto el tiempo donde te espera la muerte; por lo tanto, debes esperar que la muerte te encuentre, en todo momento y en todo lugar».

Lucio Anneo Séneca, año 50 d. C.

22 EN LA ACTUALIDAD, FLORENCIA, ITALIA, 20 DE ENERO

—¡Joder! —exclamó Patricia Cullen—. La hemos cagado por todo lo alto.

Ryan Clarke se quedó mirando a la embajadora de Irlanda en Italia.

—Como has dicho hace un momento, tan solo nos llevan un par de minutos de ventaja. No pueden haber huido muy lejos —le dijo.

—No creo que los viéramos ni aunque estuvieran a tres metros de nosotros. Estamos rodeados de cientos de personas.

—Claro. Nos encontramos en la misma entrada de la *Galleria dell'Accademia*. Quizá sea el lugar más concurrido de Florencia a estas horas. Deberíamos tomar algo de distancia.

—¿En qué dirección? —le preguntó Patricia, que estaba claramente enojada—. Sería imprudente por su parte volver hacia el *Piazzale degli Uffizi,* donde han estado escondiéndose hasta ahora. Sin embargo, también sería imprudente ir en sentido contrario, ya que eso los llevaría en dirección al centro de la ciudad. Teniendo en cuenta que toda la policía de Florencia está buscando a Rebeca y a Allison, me parece una auténtica locura.

—Entonces, la solución está muy clara —dijo Ryan, sonriendo—. Cuando has descartado todas las opciones, la que queda, por increíble que parezca, debe ser la verdadera.

—¿Y cuál es esa opción?

—Hemos de ir hacia arriba.

Patricia se enojó aún más.

—¿Me tomas el pelo? —preguntó—. Que yo sepa, no tenemos alas como los ángeles, ni ellos tampoco.

—No me has entendido. Si no pueden ir ni hacia el norte ni hacia el sur, ¿qué queda? Ya te lo digo yo, no moverse de esta zona. Tú misma has dicho que con esta multitud es muy complicado identificar a cualquiera. Conociendo un poco a

Rebeca, la idea que se le habrá ocurrido es separarse. Cuatro personas juntas llaman la atención, pero cuatro supuestos turistas separados, camuflados entre tanta gente, pasarían desapercibidos. Por eso te digo que debemos buscar algún emplazamiento elevado y mirar desde arriba. A ras del suelo, como estamos ahora, si lo conseguimos es de verdadera casualidad.

Patricia sonrió.

—A veces se te ocurren ideas brillantes —le dijo—, pero no veo en esta pequeña plazoleta ningún lugar elevado. No podemos escalar un muro.

—Mira esos bolardos de metal —dijo Ryan, señalándolos—. No son muy altos, pero si nos subimos encima de ellos, seremos capaces de mirar por encima de la multitud, aunque sea tan solo por un minuto.

A Patricia no le hizo demasiada gracia la idea.

—¿No crees que si lo hacemos llamaremos la atención? La gente se fijará en nosotros. Y cuando digo «la gente» incluyo a esos cuatro. Nos verán antes que nosotros a ellos.

—Quizá —reconoció Ryan—, pero en ese caso, ¿qué piensas que harían? No pueden huir ni calle arriba ni calle abajo. Tratarán de camuflarse algo más, pero son cuatro. Tan solo con que veamos a uno de ellos tendremos suficiente. Por otra parte, ¿se te ocurre alguna idea mejor?

—No, la verdad es que no —reconoció Patricia—. Venga, hagámoslo cuánto antes. Tú súbete al más próximo a la *Galleria dell'Accademia* y yo lo haré al más alejado. Así tendremos más ángulo de visión.

Dicho y hecho.

En menos de un minuto ya se habían encaramado a dos bolardos. Ryan oteó a la multitud desde arriba. No debía de ser muy difícil identificarlos desde allí. Rebeca, Carlota y Allison medían más de 1,80 y la cuarta persona, aunque no tan alta, era muy corpulento.

En un principio, Ryan no vio nada que le llamara la atención. Se giró a mirar a Patricia. También estaba buscándolos. Al cabo de un minuto sus miradas se cruzaron. Patricia le hizo un gesto a su compañero queriéndole decir que se bajaran de los bolardos.

—Es inútil —le dijo a Ryan—. Aunque tu idea ha sido brillante, está claro que no estabas en lo cierto. No están entre esta multitud.

—¡Claro, qué idiota! —exclamó Ryan—. No están entre esta multitud porque están en otra multitud.

—¿Qué quieres decir?

Ryan señaló hacia la puerta de la *Galleria dell'Accademia*. Patricia no daba crédito.

—¿Crees que han entrado a ver el *David*? ¿En serio? ¡Pero si ese lugar es una ratonera! —exclamó.

—¿A qué es el último lugar donde los buscarías? —le preguntó Ryan, sonriente.

—¡Pues claro! ¿Para qué iban a hacer semejante estupidez? A las seis de la tarde cierra y desde luego no es un lugar como la *Biblioteca de la Academia de Bellas Artes*, discreto, oscuro y poco concurrido. El *David* es todo lo contrario.

—¡Esa es Rebeca! —exclamó Ryan—. Poco convencional con sus ideas.

—¿Poco convencional? —preguntó Patricia, incrédula—. Yo más bien diría que muy estúpida. Se supone que están buscando un refugio seguro. Lo más idiota que se me ocurre es que sea en el *David*. Ahí no se pueden ocultar. Hay cámaras de vigilancia por todas partes y una legión de guardias.

—¿No lo entiendes? Ahora mismo, su prioridad no será buscar ese refugio seguro, sino ganar tiempo para despistarnos. ¿Qué sería lo más lógico que hubiéramos tenido que hacer nada más salir de la biblioteca? Que nos hubiéramos separado y cada uno se hubiese marchado en direcciones opuestas por la *Via Ricasoli*, a toda velocidad.

—Desde luego, y no lo hemos hecho por tu insistencia en quedarnos en este lugar.

—Y Rebeca habrá supuesto que hemos actuado así, por lo que estará esperando que nos dispersemos para salir de su escondite. Una vez crea que ya nos hemos alejado lo suficiente, tan solo entonces, saldrá de donde se encuentre y, una vez se nos haya quitado de encima, buscará junto con sus acompañantes un lugar seguro donde ocultarse.

Patricia se quedó en silencio, valorando las palabras de Ryan Clarke.

—Es posible que tengas razón, pero, si nos equivocamos y han escapado, lo único que les estaremos dando es más tiempo para ocultarse.

—No se han escapado —dijo Ryan con total seguridad—. Tú misma has dicho hace un momento que sería una auténtica locura para ellos andar por Florencia, ya que toda la policía italiana tiene las fotografías de Rebeca y Allison. ¿Crees que la policía los buscará dentro de la *Galleria dell'Accademia?* Ni de coña. Simplemente esperarán a que escampe y oscurezca. En ese momento saldrán. Es su mejor opción, dadas las circunstancias.

—No sé por qué te estoy haciendo caso todo el rato, pero vamos a entrar —concluyó Patricia—. Esta vez no nos separaremos. Ellos son cuatro y quiero que nosotros sigamos siendo dos.

—¿Qué crees que nos van a hacer en el interior de la *Galleria dell'Accademia* y junto al *David*? ¿Atacarnos tirándonos flores? —preguntó Ryan en tono burlón.

—Puede que creas que conoces a Rebeca, pero desde luego no tienes ni idea de qué es capaz Carlota. Ya tuve en el pasado un encuentro desagradable con ella y no quiero que se vuelva a repetir aquella situación.

—¿Qué te hizo?

—Eso no es de tu incumbencia, pero te aseguro que es peligrosa. No te fíes de su apariencia de niña inocente y alocada. Esa es la imagen que quiere trasmitir, pero no dudará en dispararte si lo considera necesario.

Ryan observó con la amargura con la que se había expresado Patricia. No tenía ni idea qué había sucedido entre Carlota y ella, aunque supuso que nada bueno.

—Vale, lo tendré en cuenta —se limitó a responder Ryan.

—Por si acaso, ponte tú a la cola y yo me quedaré observando la entrada, no sea que se les ocurra salir antes de tiempo. Cuando estés a punto de entrar me uniré a ti.

Así lo hicieron. La cola era larga, así que, después de media hora de espera, accedieron al interior de la *Galleria dell'Accademia*.

—Ten mucho cuidado —insistió Patricia—. Puede que vayan armados.

—¿Armados? ¡Pero si para entrar aquí te hacen pasar por un arco de seguridad!

—Eso si entras por la puerta principal. Ya sabemos que hay otra.

—¿De verdad crees que si nos encontramos a cualquiera de ellos nos va a disparar aquí dentro, un lugar de máxima seguridad y rodeado de guardias?

—No, no lo creo, pero nos pueden encañonar de forma disimulada, por ejemplo. Por otra parte, ¿cuál crees que será su reacción si los localizamos? ¿Acudir a nuestro encuentro y saludarnos de forma amistosa?

—No, supongo que no —dijo Ryan, pensativo.

Cuando entraron, la aglomeración de gente del exterior les pareció de risa. Aquello sí que era una verdadera marabunta de gente. Apenas podías avanzar unos metros cada minuto.

—Anda, vayamos por los extremos —dijo Patricia—. Esto es insoportable.

De repente, alguien se tropezó de forma ostensible con Ryan y Patricia. Se les quedó mirando a la cara.

—¡Caramba! —exclamó—. ¡Menuda sorpresa encontraros en Florencia haciendo turismo! Me alegro de veros.

Patricia y Ryan se quedaron pasmados. Creían que estaban preparados para cualquier situación, pero no era cierto. De la impresión, no fueron capaces ni de responder.

—¡Ah, espera! Me parece que igual no es una sorpresa del todo, ¿verdad? Y tampoco estáis de turismo, ¿no?

23 EAST HARLEM, NUEVA YORK, ESTADOS UNIDOS, 10 DE MAYO DE 1946

—¿Te imaginabas hace un año que ahora estuviéramos así?

—¡Por favor, Evelyn! Ni en el más optimista de mis sueños.

—Pues yo sí.

—¡Venga ya! No me lo creo.

—Siempre he sabido que eras un ángel.

——No creo que sea eso —le respondió Charlotte de Bar, sonriendo pícaramente.

Hace un año, con motivo del fin de la guerra mundial y el retorno a sus casas de miles de soldados, el padre Brown supuso que iba a ver una avalancha de peticiones de ayudas sociales. Mucha gente vendría traumatizada por los horrores de la guerra y necesitaría apoyo, tanto psicológico como económico, para adaptarse de nuevo a la vida civil. En el *East Harlem* tan solo había una pequeña oficina que iba a ser claramente insuficiente. Y precisamente eso fue lo que sucedió. Se abrieron dos oficinas nuevas que precisaban personal del barrio, que conocieran sus problemas reales y que empatizaran con la gente. El padre tuvo muy claro que tanto Evelyn como Charlotte de Bar eran las candidatas perfectas. A través de la *Asamblea de Dios*, una potente organización que disponía de experiencia e influencias, logró colocar a ambas en una de esas nuevas oficinas. No es que trabajaran menos horas, ya que el horario era parecido al de su antiguo empleo, pero cobraban por igual hombres y mujeres y el ambiente de trabajo era muy bueno. Además, para ellas fue un salto cualitativo muy notable. Pasaron de un sucio almacén abriendo cajas a estar sentadas detrás de una mesa, ayudando a la gente. Casi nada.

—«*El Señor mandará sus ángeles a ti, para que te cuiden en todos tus caminos. Ellos te llevarán en sus brazos, y no tropezarán tus pies con ninguna piedra*». Antes de que me lo preguntes, es un Salmo de la Biblia que cantamos en la Iglesia del padre Brown. Dios te envió a mí para que me ayudaras y eso has hecho.

—¿Ayudarte? Te recuerdo que, por mi culpa, te despidieron de tu antiguo trabajo.

—No quiero volver a escucharte decir esa mierda. Sabes que no fue por tu culpa, sino por el cerdo de Héctor. Te juro que me arrepiento cada día de no haberle cortado la polla.

—Vale, lo acepto, pero si estamos aquí y ahora no es gracias a mí.

Era cierto que las había colocado el padre Brown, pero era igualmente cierto que fueron las habilidades de Charlotte de Bar las que les ayudaron a mantener el trabajo. Cada una de las dos tenía sus cualidades. Evelyn Ramos se había criado en el barrio y conocía a todo el mundo, pero con esas mismas referencias había mucha gente en el barrio deseando ese empleo. Sin embargo, Charlotte de Bar quizá conociera menos el *East Harlem*, pero tenía una habilidad oculta. Era formidable con los números. A los seis meses ya era la encargada de llevar las cuentas de toda la oficina, donde trabajaban más de veinte personas. Pronto, ambas se hicieron imprescindibles. Una se ganó el corazón de todos sus compañeros y la otra su total apoyo profesional por su extraordinaria competencia. Se podría decir que Evelyn era el alma de la oficina y Charlotte su cerebro.

—Quizá tú pienses eso porque no crees en Dios, pero, como dice el Salmo, el Señor te mandó a mi lado para que cuidaras de mí.

Charlotte de Bar no puedo evitar sonreír.

—¿Cuidar yo te ti? ¿Qué mierda es esa? Que yo sepa, te has apañado muy bien desde que eras una simple niña.

—¡Has dicho «mierda»! —bromeó Evelyn—. Es la primera vez que te escucho decir esa palabra.

—Y también la última.

—Por cierto, hablando de mierdas, ¿te has fijado lo cañón que está William? A ese sí que le metía la lengua hasta el...

—¡Para! —le interrumpió Charlotte de Bar, que se imaginaba la barbaridad que iba a continuación—. Sí, claro que me he fijado en él. No estoy ciega.

—Me he dado cuenta de cómo te mira. ¿Por qué no te insinúas? En media hora estaríais encamados.

Charlotte de Bar la estaba esperando.

—Ya lo he hecho.

—¿Qué estoy oyendo, bandida? No me lo creo —le respondió Evelyn, aunque tenía que reconocer que nunca había pillado a su amiga mintiendo.

—Fuera del trabajo no le gusta que le llamen William — continuó Charlotte de Bar—. Prefiere Liam. Me contó no sé qué historia germánica acerca del significado de su nombre, algo así como «protector apasionado».

Evelyn se levantó de la silla como si tuviera un muelle en el culo.

—¡No me jodas, blanquita! ¡Va a ser verdad! ¿Es tu protector apasionado? Ahora mismo me estoy imaginando como te protege —dijo, mientras hacía movimientos obscenos con su cadera.

—No sigas —respondió Charlotte de Bar, intentando contener la risa.

—No seguiré si me cuentas todo con pelos y señales.

—No pienso hacer semejante cosa, pero creo que ya te he demostrado lo que quería. No soy ningún ángel.

—¿Te crees que los ángeles no follan? Sí, es cierto que dicen que no tienen un sexo definido, pero quizá así sea más divertido.

—¿Te estás escuchando? —Charlotte de Bar estaba haciendo verdaderos esfuerzos por no llorar de la risa—. Pareces una blasfema.

—Parezco una idiota que se acaba de enterar de que su mejor amiga se ha echado novio.

—¡Para el carro! Liam no es mi novio.

—¿Por qué? ¿Acaso te da vergüenza que la gente sepa que tu pareja es de raza negra? Supongo que para una blanca como tú debe ser complicado mantener una relación así. No podréis ir juntos a determinados lugares ni mostrar vuestro amor en público, ya que os enfrentáis a la hipócrita sociedad neoyorquina. Se creen que porque tuvieron durante doce años a un alcalde con antepasados italianos y nacido en el Bronx ya han cubierto su cupo moral de integración social. El exalcalde Fiorello La Guardia no hizo una mierda por nosotros. Todos le guardan un buen recuerdo porque hizo cosas por la ciudad, pero no se acordó de sus paisanos del Bronx ni de los de Harlem. Aquí seguimos con la misma mierda de siempre.

—¡Caramba, menudo discurso! ¿Por qué no te presentas a las elecciones a la alcaldía?

—Muy graciosa. Ya sabes que tan solo las mujeres blancas pueden inscribirse para votar. Mucha lucha por el sufragio femenino, pero en algún lugar de esa lucha se les olvidó que las mulatas y las negras también somos mujeres y nos excluyeron de ese derecho. Todo un ejemplo de libertad. Esta sociedad está podrida, incluso entre nosotras.

—Era broma —dijo Charlotte de Bar—. Disculpa si te he ofendido, pero pocas veces te había visto tan seria. Está claro que no valgo para comediante.

—¡Cómo que no! Has conseguido burlarme. ¿Cómo es posible que viviendo en la misma casa te hayas echado novio y no me haya enterado?

Desde que Charlotte de Bar se marchara a la casa de Evelyn, después de aquel incidente tan desagradable con su antiguo jefe, no se habían vuelto a separar. Era cierto que ya no vivían en el mismo piso que le facilitaron los servicios sociales. Ahora, entre el salario de las dos, se habían mudado a uno un poco más grande y cómodo de tres habitaciones. La hermana de Evelyn, la mayor, utilizaba uno, los tres hermanos se apañaban con otro y ellas seguían compartiendo cuarto, pero ya no cama. Cada una tenía la suya.

—Liam y yo no nos hemos encamado, como tú dirías.

Evelyn se echó a reír.

—Definitivamente estás chalada, blanquita. Con semejante cuerpo, si me dejaras a mí, a lametazos lo volvía blanco.

Charlotte sonrió imaginándose la escena.

—Ese es el caso. Que te lo dejo.

—¿Qué?

—Es cierto que hemos salido un par de veces, pero a pasear por *Central Park*. Y no, no nos hemos perdido por esos caminos ocultos donde las parejitas van a fornicar.

—No me estarás tomando el pelo otra vez, ¿verdad? Te llevas a un pedazo de tío que está loquito por ti a *Central Park* y, ¿solo paseáis? ¡Seríais los únicos del parque! Me estoy imaginando a todo el mundo señalándoos y diciendo: «esta es la parejita que siempre viene a pasear y no a follar. Son unos raritos y unos mierdas».

—¡Para, que me vas a hacer reír! —le respondió Charlotte de Bar—. Además, parece que no me escuchas. He dicho que te lo dejo todo para ti. En realidad, no estaba interesado por mí en ese sentido. Supongo que salir con una blanca era una experiencia nueva para él, pero la que le gustas eres tú.

Evelyn se volvió a reír, pero esta vez su risa sonaba nerviosa.

—Tú misma acabas de decir que no sirves para comediante y tienes toda la razón. Esta broma no tiene ninguna gracia.

—Esta vez no se trata de una broma. He aprendido que no solo los blancos tienen prejuicios raciales contra los negros. Me he enterado que también sucede a la inversa. A Liam le caigo bien como amiga porque lo trato como un igual y eso no es común en esta ciudad, pero ni él ni los suyos aceptarían a una blanca en su familia. Sin embargo, tu caso es diferente. Que sepas que me ha hablado muy bien de ti. Sabe quién eres y lo que has hecho por tus hermanos. Te admira.

—¡Mentirosa!

Charlotte de Bar sabía que su amiga pensaba que no sabía mentir. Era cierto, pero sí que era capaz de contar ciertos detalles con algo de creatividad, por decirlo suave. Se aprovechó de ello.

—¿Por qué no lo intentas y sales de dudas? Como me decías al principio de la conversación, insinúate. ¡Y no se te ocurra llamarlo Liam, porque sabrá que hemos hablado entre nosotras!

—¿Lo dices en serio, blanquita?

—Y tanto, mulata.

Evelyn le dio un abrazo a su amiga de forma espontánea. Todos los compañeros del trabajo se quedaron mirándolas, extrañados por esa repentina muestra de afecto.

—No hacía falta esto —le susurró Charlotte de Bar, avergonzada.

—¡Es mi mejor amiga y quiero que todos lo sepáis! —gritó Evelyn.

Para mayor bochorno de Charlotte de Bar, todo el personal de la oficina se puso a aplaudirlas. Aunque ya lo supieran, les tenían cariño.

—Esta no te la perdono —le susurró al oído de Evelyn—. Además, ahora no podrás insinuarte a William. Si lo haces, pensará que hemos estado hablando de él.

Cuando se separaron, Charlotte de Bar se quedó mirando a los ojos a su amiga. Estaba radiante.

—¡Ni se te ocurra! —le dijo.

—¡Pues resulta que sí! —le respondió—. El amor no conoce de esperas. Además, la vida me ha enseñado a que si espero a estar lista para hacer algo, esperaré para siempre.

—¿De dónde has sacado esta estúpida frase? La paciencia siempre ha sido la madre de todas las virtudes —protestó.

Evelyn ni la escuchó.

Charlotte de Bar no era creyente, pero ahora le pidió a Dios un poco de ayuda para su amiga.

Evelyn se la merecía.

24 ESTADO DE LA CIUDAD DEL VATICANO, 15 DE MAYO DE 1940

—¿Quién es usted?

Aquel sacerdote se quedó mirando a Zita, con una sonrisa indisimulada en su rostro.

—¿Acaso esperaba reunirse con el Papa? —le preguntó.

—Pues sí. Pensaba que ayer se había acordado una audiencia privada con Su Santidad.

El sacerdote no paraba de sonreír y aquello exasperaba a Zita. Esperaba reunirse con Eugenio Pacelli, más conocido como Pío XII.

—Pues no —le respondió el sacerdote—. Como comprenderá, Su Santidad atiende los asuntos espirituales de la Iglesia Católica, pero no se ocupa de las cuestiones en materias mundanas. Para eso me tiene a mí.

—¿Y se puede saber quién es usted?

—Soy Robert Leiber, secretario y asistente personal de Su Santidad.

Zita se quedó mirando a aquel extraño.

—¿Cómo sé que me puedo fiar de usted? —le preguntó.

—Sé a qué ha venido a Roma. Por eso estoy presente en esta reunión con usted y no el propio Papa. Supongo que lo comprenderá. Por otra parte, soy secretario de Su Santidad, Eugenio Pacelli, desde hace 16 años, cuando ocupaba la nunciatura apostólica en Alemania, con sede en Múnich. El 19 de diciembre de 1929, el Papa Pío XI le nombró cardenal y le ordenó regresar al Vaticano. Unos meses después el Papa le confió la secretaria de Estado vaticana, y continué a su lado como asistente personal. Cuando fue elegido Papa, seguí con él. Como comprenderá, soy una persona de su máxima confianza.

—Perdone que parezca desconfiada, pero me cuesta creer que el secretario privado de Su Santidad sea un simple sacerdote. Pensaba que tendría la dignidad de cardenal.

Robert Leiber no había perdido la sonrisa desde el principio de la conversación.

—No se equivoque conmigo. Es cierto que soy, como usted dice, «un simple sacerdote», pero estoy perfectamente cualificado para la labor que desempeño. Además, soy catedrático de Historia de la Iglesia en la Universidad Gregoriana de Roma.

—¿Y qué labor desempeña exactamente en mi caso?

El sacerdote hizo una pequeña pausa.

—A través de mi subordinado, el general Hans Ebner, tengo entendido que viene a proponer algún tipo de conspiración para terminar con la vida de Adolf Hitler.

En ese preciso instante, Zita comprendió enfrente de quién se encontraba.

—Entonces, ¿es cierto que existe *La Santa Alianza*?

—No sé dónde habrá escuchado esa expresión, pero no existe ninguna *Santa Alianza* en las estructuras de la Iglesia Católica en el Vaticano ni fuera de él.

Zita también lo entendió.

—Vale, no me lo puede decir, pero su presencia en esta sala junto a mí me basta —comenzó Zita—. Sí, es cierto que le dije a mi ayuda de cámara y también subordinado suyo, Hans Ebner, que el motivo de mi viaje a Roma era ese.

—¿Está insinuando que ahora no lo es? —preguntó el sacerdote, extrañado.

—¡Pues claro que no! —exclamó Zita, que ahora se reía en su interior comprobando la turbación del jefe de *La Santa Alianza*—. Sé que han intentado asesinarlo en varias ocasiones y que todas las tentativas han acabado igual, en un rotundo fracaso. Hitler es un paranoico y terminar con su vida requeriría de un complot que implicara a militares de alta graduación dispuestos a inmolarse, además pertenecientes a su círculo íntimo. Fíjese que he empleado el plural. ¿Tiene su servicio secreto acceso a un mínimo de tres personas muy cercanas a Adolf Hitler con el valor suficiente para intentar asesinar a su *Führer* y asumir las consecuencias de sus actos? Porque tienen que tener en cuenta que se trataría de una misión suicida, tanto si tuvieran éxito como si fracasaran.

—Comprenda que no puedo contestar a esa clase de preguntas.

—Ya lo ha hecho. No las tiene. A pesar de que Hans Ebner me comentó que Su Santidad se había enterado de forma directa pero secreta a Hitler, no los veo demasiado motivados para llevar a cabo una misión de estas características.

—¿Dice que nos falta motivación? —Robert Leiber parecía molesto con el comentario de Zita—. Hay ciertas cuestiones que quizá no debería compartir con usted, pero ya que veo en sus ojos que ha deducido quién soy, lo voy a hacer de forma somera. Después de escucharme, espero que comprenda que tenemos motivación de sobra. La primera es que Hitler ya ha intentado acabar con la vida del Sumo Pontífice. Si no llega a ser por el chivatazo de última hora de «*El mensajero*» podría haber tenido éxito. Y no, no me pregunté el nombre de esa persona. Se trata de un activo de nuestro servicio infiltrado en las altas esferas nazis. Le revelo su nombre en clave porque es como el propio Hitler lo llama. No le estoy revelando nada que no se sepa. Además, debería saber que Hitler intentó manipular el Cónclave donde se eligió Papa a Pío XII. Encargó el trabajo a un miembro de un equipo que han formado con exsacerdotes llamado «*Unidad II/B*».

—¿No sería a Albert Hartl? —le preguntó Zita, recordando las explicaciones de Hans.

—¿Dónde ha oído ese nombre? —se sorprendió el sacerdote—. Bueno, supongo que me lo puedo imaginar. Pero no. No fue al jefe de esa unidad, sino a un individuo mucho más peligroso y el nombre que los nazis le pusieron a esa operación fue «*Eitles Gold*».

—¿Oro puro? ¿Qué tiene eso que ver?

—Todo. Cuando falleció Pio XI, Albert Hartl encargó a Taras Borodajkewycz, un católico austríaco con muchos contactos en El Vaticano, que manipulara la elección del nuevo Papa mediante sobornos con oro puro. Bajo ningún concepto podía ser elegido Papa Eugenio Pacelli. Lo conocían de sobra de sus tiempos de nuncio en Alemania. Querían como nuevo Papa a figuras más cercanas a sus ideas, como el arzobispo de Turín, Maurilio Fossati, o el arzobispo de Florencia, Elia dalla Costa. Lo malo es que lo detectamos de pura casualidad. Para que determinados cardenales pudieran aceptar ese soborno, antes debían de fundir los lingotes de oro con el sello nazi y sustituirlos por otros con el sello vaticano. Eso no era una tarea sencilla en Roma, así que se dirigieron a Venecia, en concreto a las fábricas de cristal de la isla de Murano. En sus hornos lo consiguieron, pero un trabajador local nos advirtió de lo extraño de esa acción. Eso nos puso en alerta y fuimos capaces de desembarazarnos a tiempo de Taras Borodajkewycz.

—¿Desembarazaros?

—Lo maté con mis propias manos, si es lo que pregunta. Así que me parece del todo inadecuado que cuestione nuestra motivación para acabar con el régimen nazi.

Zita se quedó un momento en silencio. La historia le había parecido sincera.

Robert Leiber aprovechó y continuó la conversación.

—No quiero sonar descortés con usted, pero ha aterrizado en la Roma de Mussolini con un avión de la *Luftwaffe*. No sé cómo se las habrá arreglado para conseguirlo, pero seguro que no ha sido nada sencillo. Y ahora me dice que ha engañado a Hans Ebner acerca del objeto de su viaje. Perdone, pero no la comprendo.

—No le he engañado acerca del objeto de mi viaje. Sigo queriendo socavar los cimientos del *Tercer Reich*, pero no es tan simple como matar a Hitler.

—Soy todo oídos —dijo el sacerdote, echándose hacia atrás en el sillón, como preparándose para una larga explicación.

—No se equivoque conmigo. Adolf Hitler es la mismísima encarnación del demonio en la Tierra, y nada me alegraría más que su muerte, pero, ¿cree que eso haría desaparecer el régimen nacionalsocialista de Alemania? Ya le digo yo que no. Supongo que si está tan informado conocerá lo que sucedería a continuación.

—¿La revuelta del pueblo alemán contra los nazis que han secuestrado la voluntad de Alemania?

—No me tome por imbécil —le respondió Zita con contundencia—. No olvide que Hitler llegó al poder a través de las urnas y, desde entonces, tiene atontado al pueblo alemán. Sé que hay una parte de la sociedad que estaría encantada si desapareciera, pero la otra no, y tenemos que reconocer que son mayoría. Lo que pasaría si Hitler fuera asesinado es que lo convertirían en un mártir de la religión nacionalsocialista. Sí, me ha escuchado bien. El nacionalsocialismo no es una ideología política más. Ha trascendido mucho más allá de eso y una gran parte de los alemanes ven a su *Führer* como su salvador, pero al estilo de Jesucristo, no al estilo de un líder político.

—Sí, desde luego no le falta razón —le respondió el sacerdote—, pero aún no me ha dicho nada que no supiera ya.

—Lo que quiero decirle es que no hay que matar a Hitler sino a su sucesor. Le aseguro que es mucho peor que él. No me cabe ninguna duda que Hitler acabará muerto, pero no podemos permitir que esa persona le suceda, porque las cosas no solo no mejorarían, sino que irían a mucho peor.

—¿Se refiere a Hermann Göring? Hitler lo ha nombrado su sucesor de forma pública. Aunque sea un individuo despreciable, no veo en qué podría empeorar a Adolf Hitler.

—¿Göring? ¡Por favor! —exclamó Zita con una más que evidente indignación—. Anda, no me haga perder el tiempo.

—¿Reinhard Heydrich?

—¡Por supuesto! —exclamó Zita—. Me repugna que sea el verdadero ideólogo del genocidio que están cometiendo con el pueblo judío. Sí, ya sé que los monseñores de la curia no quieren ni escuchar esa palabra, pero es lo que está sucediendo delante de sus narices. Heydrich es un objetico mucho más realista y su eliminación daría un golpe de muerte al *Tercer Reich*. Sé que Heinrich Himmler o Hermann Göring acumulan mucho poder, pero el verdaderamente peligroso es Reinhard Heydrich.

—¿Y a eso ha venido hasta Roma? ¿A sugerirnos que nos encarguemos de Heydrich?

—A mucho más que eso —respondió Zita, con un tono muy grave—. He venido a proponerles cómo llevar a cabo esa acción de un modo efectico y sin que puedan relacionarles con su muerte.

—¡Caramba con la emperatriz! —exclamó Robert Leiber—. Parece poca cosa, pero tiene carácter.

—¿Carácter? —repitió Zita, sacando su genio—. Me he convertido en una paria en Europa, siempre buscando refugio de un lugar a otro. Han intentado asesinar a mi familia varias veces y, a pesar de ello, he sido capaz de criar a ocho hijos sin apenas ayuda. No cometa el error de menospreciarme.

—No, le prometo que no lo haré —dijo Leiber, que, aunque tenía un informe completo de Zita de Borbón y Parma, no era lo mismo leer un expediente que tratar con ella—. ¿Le importa contarme su plan?

—Para eso he venido —le respondió, aún con malas pulgas—. La primera cuestión que tiene que quedar muy clara es que la operación no se puede llevar a cabo en suelo alemán. Hay que buscar un tercer país. Todos sabemos que la conquista de Francia es cuestión de días. Los franceses son un pueblo orgulloso y tengo conocimiento directo que ya están trabajando en el día después. Saben que quizá no puedan librar y vencer en una guerra convencional contra el ejército alemán, pero sí que pueden llevar la guerra a un terreno más favorable para ellos.

—¿La resistencia clandestina que están preparando?

—Veo que está bien informado. Conociendo quiénes están implicados en ella, sé que supondrán un problema para Hitler. ¿Y a quién de su círculo íntimo encargará que solucione el problema? ¡Seguro que a Heydrich!

—¿Y por qué Hitler no elegiría a Heinrich Himmler, por ejemplo?

—Usted lo sabe tanto como yo. Heydrich es el director de la *Oficina Central de Seguridad del Reich* y, orgánicamente, le correspondería ese encargo. Pero Hitler tiene otro motivo de mayor peso. Heydrich fue el fundador del *Sicherheitsdienst*, el servicio secreto de las SS, cuyo funcionamiento ha sido todo un éxito, hasta el punto que ha dejado a la *Abwehr*, los servicios de inteligencia militares de toda la vida, casi fuera de juego.

—¿Se lo ha dicho Wilhelm Canaris?

—¿Cómo sabe que lo conozco?

—Porque ese es mi trabajo.

—No, él no me ha contado nada de todo eso. Por otra parte, ¿por qué me da la impresión de que me está haciendo perder el tiempo? Con todo lo que ya le he contado, debe haberse hecho una idea muy aproximada de mi plan.

—Es usted una mujer formidable —dijo Robert Leiber—. Si no me equivoco, quiere que otro país, bien la futura resistencia francesa que se está organizando, o los servicios secretos de cualquier otro Estado, sean los que se encarguen de mancharse las manos con la ejecución de Reinhard Heydrich, aunque seamos nosotros los que proporcionemos la información de inteligencia. A Heydrich le gusta viajar en un *Mercedes-Benz* descapotable y demostrar que no le tiene miedo a nada, pero fuera de Alemania, sería vulnerable. Su plan consiste en averiguar con antelación cualquier ruta que deba recorrer en su vehículo y encargar a dos pistoleros extranjeros, sin ninguna vinculación con nosotros, que maten a Heydrich.

Zita sonrió.

—Lo sabía desde casi el principio de la conversación y me ha dejado que hable y que hable. ¿Por qué?

—Ya le he respondido a esa pregunta hace un momento. Porque es mi trabajo. Ahora, si me disculpa, tengo que ir a informar de todo esto. Ha sido un placer conocerla. Le aseguro que no se puede ni imaginar cuánto — dijo Robert Leiber de un modo enigmático, mientras saludaba con la mano a Zita y abandonaba la estancia a través de la puerta camuflada por la que había entrado.

«Supongo que esto significa que ha terminado la reunión», se dijo Zita, mientras se dirigía a la puerta principal de la estancia.

De inmediato, vio la figura del general Hans Ebner, que estaba esperando pacientemente que terminara su entrevista.

—¿Cómo ha ido? —le preguntó, cuando tuvo a Zita a tu lado.

—Pues no sabría decirte, pero he conocido a tu jefe.

—¿A qué se refiere?

—¡Venga, déjate de jueguecitos absurdos! Él mismo lo ha reconocido de forma implícita.

—¿De qué me está hablando, señora? Tenía una audiencia privada concertada con Su Santidad, Pío XII. ¿Ese es el jefe al que se refiere?

Zita se quedó mirando a su ayuda de cámara.

—¡Por supuesto que no! El Papa no se ha presentado. En su lugar lo ha hecho Robert Leiber, el jefe de *La Santa Alianza*, ya sabes.

—¡No, no sé! —exclamó Hans, que se levantó de la silla de un salto, con una expresión de auténtico terror reflejada en su rostro.

—¿Qué te sucede? Parece que hayas visto a un fantasma y...

—Algo parecido —le interrumpió Hans—. Resulta que Robert Leiber no está en Italia. Lo sé porque contacté con él antes del viaje —dijo, mientras dejaba a Zita con la palabra en la boca y salía corriendo hacia el interior del despacho papal.

Zita intentó seguirle, pero era mucho más veloz que ella. Le dio el tiempo justo para ver que salía por la entrada camuflada del fondo del despacho.

Cuando regreso, el rostro de Hans ya no reflejaba terror, sino algo mucho más allá. Casi no podía respirar.

—¿Qué sucede? —preguntó Zita, alarmada.

—Me ha dado tiempo a ver por la espalda a la persona que le ha atendido. Ya sabía que no podía tratarse de Robert

Leiber, pero jamás me pude imaginar que hubiera sido Joachim Birkner.

—¿De qué me suena ese nombre?

—¿Se acuerda que le conté que había un topo nazi trabajando en los *Archivos Secretos Vaticanos*? Pues ese es el padre Joachim Birkner.

—¡Dios mío!

—¿Qué le ha contado?

—Todo.

Hans se quedó mirando a Zita, ahora con una expresión de profundo dolor.

—En estos momentos irá camino de su equipo de comunicaciones. Informará a la *«Unidad II/B»* nazi, creada por el mismísimo Reinhard Heydrich, acerca de que ha urdido un plan para que la Iglesia Católica acabe con su vida.

En este preciso instante, Zita fue plenamente consciente de lo que acababa de hacer.

—No saldremos de Roma, ¿verdad? —le preguntó a Hans.

—Me temo que no.

25 ESTADOS PONTIFICIOS, 27 DE JUNIO DE 1535

—Señor, tiene una visita esperándole en sus aposentos —le advirtió Mario Delpini, el propietario de la posada.

—¿No me digas que...?

—Creo que debería subir cuanto antes —le interrumpió Mario, que desapareció de la vista de Michelangelo como alma que lleva el diablo.

Cuando abrió la puerta esperándose encontrar otro Guardia Suizo o algo peor, se llevó una agradable sorpresa.

—¡Gismondo! —exclamó—¡Ya has regresado!

—Disculpa por entrar en tu habitación. Como insististe tanto en que nadie me viera, no consideré oportuno permanecer en el exterior.

—No te preocupes, has hecho bien. ¿Lo has conseguido?

—Te dije que sabía cómo salir y entrar de Roma sin ser visto. Ya lo había hecho en numerosas ocasiones en el pasado. Eso no fue ningún problema.

Michelangelo respiró aliviado. El Papa Pablo III debía pensar que Gismondo había permanecido en Roma durante su mes de ausencia.

—Cuéntame —dijo Michelangelo, mientras se sentaba en una silla e invitaba a su hermano a hacerlo en otra.

—Tal y como me ordenaste, partí la misma noche de nuestro reencuentro hacia Nápoles. Me alojé en una posada discreta a las afueras de la ciudad y mandé una misiva a Juan de Valdés, utilizando a un niño callejero, que por dos ducados habría hecho lo que fuera. Esperé durante unos días y no recibí ninguna respuesta.

—Te dije que no te alojaras en el mismo lugar durante más de una semana. No debías dejar ningún rastro.

—Tranquilo por eso. Al cuarto día sucedió. Esperaba recibir la respuesta a mi carta, pero se presentó Juan de Valdés en persona.

—¿Qué? ¡Eso fue una imprudencia!

—No, no lo creo. Vino de noche con una capa negra que hacía imposible reconocerlo. Hasta yo mismo me llevé un gran susto cuando lo vi entrar en mi pequeño cuarto. Estuvimos conversando durante un buen rato y luego se marchó.

—¿Lo conseguiste?

—Como tú habías previsto, al principio casi se rio de mí. No quería creer que uno de sus discípulos fuera un traidor. Decía que los conocía a todos desde hace años y que su fama era intachable. Además, también me recordó que todos ellos eran amigos personales de él... y también tuyos.

—Es cierto, pero también Jesucristo pensó que sus doce apóstoles lo eran, y mira cómo lo traicionó Judas. Me temo que, en esta vida, todo el mundo tiene un precio. Tan solo hay que encontrarlo. ¿Qué le contaste a continuación?

—Lo previsto. Que Pablo III sabía que estaba en Nápoles. Juan me respondió que eso no probaba nada, ya que esa información era pública. Se empezó a preocupar un poco cuando le dije más concretamente que no solo sabía que estaba en la ciudad, sino que me alojaba en su casa.

—¿Te creyó entonces?

—Tampoco, pero su actitud cambió. Me comenzó a prestar más atención.

—Entonces, tuviste que recurrir al último argumento.

—Ya sé que no querías que llegara hasta allí, pero te aseguro que fue necesario. No te preocupes, no sospechó nada. Le dije que, durante el periodo en el que me alojé en su residencia, me robaron una reliquia familiar de gran valor. Me preguntó que por qué no lo había denunciado en ese momento y, como teníamos previsto, le dije que esa reliquia te pertenecía a ti y que no deseaba hacerlo público. El ladrón debía ser uno de los moradores en su residencia, ya que siempre había estado oculta en mi cuarto y no había salido de allí. Le dije que era una situación muy comprometida.

—¿Seguro que no sospechó nada?

—Piensa que Juan de Valdés no creo que conozca ni siquiera la existencia del *Diamante Florentino*, así que no tenía motivos para sospechar nada extraño.

—¿Y cuál fue su reacción?

—Se preocupó, pero dijo que un ladrón no tenía por qué ser un traidor. Sus muros se vinieron abajo cuando le dije que Pablo III te había devuelto la reliquia familiar en Roma.

Entonces fue cuando comprendió que quizá la persona que había robado esa joya pudiera estar en contacto con el Papa.

—¿Y cómo reaccionó?

—Se quedó en silencio durante un buen rato, supongo que sopesando uno por uno quién podía ser el autor. Cuando volvió a dirigirme la palabra, de nuevo negó que ladrón y traidor significaran lo mismo. Me dijo que la persona que sustrajo la reliquia podría habérsela vendido a cualquier joyero de Nápoles y que, por cualquier transacción comercial legítima, esta acabara en manos de Pablo III. Que el simple hecho del robo no probaba la relación directa entre el ladrón y el Papa.

—¿Le diste la estocada definitiva?

—Tal y como me dijiste. Le informé de la fecha exacta en que se había producido el robo y le pregunté si alguno de sus seguidores se había ausentado durante la semana siguiente. Yo no me di cuenta, pero seguro que él estaba al tanto de esas cosas. De repente, su cara pareció trasmutarse. Volvió a quedarse en silencio durante un par de minutos. Me dijo que tenía que hacer unas comprobaciones antes de volver a vernos. Le cité en otra pensión de la ciudad y se marchó. Al cabo de tres días volvió a buscarme. Parecía otra persona. Se notaba que había estado llorado, tenía profundas ojeras de dormir mal y me pidió disculpas. Reconoció que tenía razón.

—¿Te dijo el nombre del traidor?

—No, tan solo que ya había tomado las medidas oportunas.

—Bueno, no importa. Juan de Valdés nunca lloraría por un arzobispo, un filósofo, un poeta, un diplomático o un predicador, por muy sabios y amigos que sean. En cambio, por una mujer, la cosa cambia.

—¿Cuál de las dos? —preguntó Gismondo, sorprendido.

—Supongo que para una persona como Valdés, cualquiera de las dos merecía un buen llanto. Ambas son formidables, pero si lo piensas bien, nuestro amigo Juan parece que fue doblemente traicionado.

Gismondo comprendió a su hermano.

—¿No me digas? —preguntó, un paso más allá de la sorpresa—. Pero, ¿cómo puedes saber eso si tú jamás has estado en ninguna de esas reuniones?

—Pero las conozco a ellas y con eso me basta. De todas maneras, eso no importa. Lo fundamental es que hemos cortado los lazos de Pablo III con ese grupo de pensadores.

Probablemente les hayamos salvado la vida, que era lo que me importaba. Ahora, hemos de preocuparnos por salvar las nuestras —dijo Michelangelo, mientras se levantaba de la silla y hacía gestos a su hermano para que le siguiera.

—¿Dónde vamos? —dijo Gismondo, siguiendo a Michelangelo y abandonando la habitación.

—Al lugar más seguro para nosotros —le respondió Michelangelo, mientras bajaba a toda prisa las escaleras.

En menos de diez minutos habían llegado a su destino.

—¿Tienes llaves? —preguntó Gismondo.

—Fue una de las condiciones que le puse a Pablo III. No podía depender de que ese tarado de Biagio da Cesena me abriera la puerta. Ya sabes que me gusta pintar de noche, y al maestro de ceremonias le gusta dormir.

Cuando ambos penetraron en la *Capilla Sixtina*, Gismondo se llevó una gran sorpresa.

—¡Has terminado los trabajos arquitectónicos! —exclamó.

—Anteayer.

—Tengo que reconocer que has hecho una gran labor. Hasta has quitado el blasón de la familia Della Rovere que se encontraba justo debajo de la figura de Jonás. No me cabe ninguna duda de que el altar parece otro.

—Es que es otro. Sin ventanas parece más amplio y solemne. Además, no estás observando el mismo muro de antaño. He construido uno sobre el antiguo. No veas ninguna connotación ocultista tras esta decisión. Se trata de un tema puramente técnico. El muro original presentaba grietas y humedades muy similares a las que me encontré en la bóveda. Recuerdo los quebraderos de cabeza que me causó al principio. Los pigmentos no se fijaban y desfiguraban las pinturas al fresco. Me costó seis meses encontrar la mezcla perfecta, y recuerdo que tú tuviste mucho que ver en aquella solución. Me indicaste que quizá debería eliminar algo de agua a la mezcla, debido a la diferencia de humedades. Como no quería pasar otra vez por aquel tormento, he decidido aplicar la técnica del fresco sobre un muro recién construido, sin fisuras ni hongos. Además, en esta ocasión no voy a emplear los materiales baratos que usé en la bóveda. Aquella vez tuve que prescindir del azul, ya que el pigmento para los frescos de ese color se hace a partir polvo de lapislázuli, lo que le da esa coloración tan especial y grandiosa. Ya sabrás que el lapislázuli es una piedra semipreciosa de gran valor, importada de Persia y molida a mano. En la bóveda no me lo quise permitir, ya que el contrato estipulaba que yo pagaba los materiales. Ahora, en el contrato de *El Juicio Final,* ya hice especificar que los costes corrían a cargo del Vaticano y que mis emolumentos eran una partida aparte. Creo que voy a pintar al fresco la obra más cara del mundo.

—¡Vaya! —exclamó Gismondo—. Vas a ser una persona rica.

—Tengo todo lo que necesito y no soy una persona de lujos. No pinto este altar por dinero, ya lo sabes.

—¿Por vanidad? Ya conoces que el hecho de que aceptaras este encargo fue el motivo de que me marchara de Roma. Prometiste no trabajar otra vez en la *Capilla Sixtina,* después de que casi perdieras la vista y la salud.

Michelangelo se quedó mirando a su hermano.

—No te niego que con Clemente VII, al ser un Medici, pudo existir algo de vanidad, pero murió. Ahora mis tratos son con la familia Farnese, que son enemigos declarados de la familia del anterior Papa. Si en algún momento existió esa vanidad de burlar a un Medici, ahora ha desaparecido. Mi motivo es otro.

—¿Cuál?

—Vivir —dijo Michelangelo, apartado la mirada de su hermano—. ¿Quién sabe qué será de nosotros cuando acabe este encargo?

En realidad, sí que lo sabía.

26 EN LA ACTUALIDAD, FLORENCIA, ITALIA, 20 DE ENERO

—¡Tote! —reaccionó por fin Patricia Cullen—. ¿Qué haces aquí?

—Me parece que yo he empezado preguntando primero.

—Estamos buscando a tu sobrina. Ryan Clarke es un buen amigo mío y me pidió ayuda. Tengo entendido que se escapó de su apartamento en Dublín y está muy preocupado por ella.

Ryan se sorprendió con la capacidad de improvisación de Patricia y su rapidez mental. «Supongo que por eso ocupa el puesto que ocupa», pensó.

—¿En Florencia? —preguntó Tote—. ¿Creéis que mi sobrina Rebeca se escapó de Dublín para venir en secreto a visitar el *David* de Michelangelo? Mira que he escuchado estupideces en mi vida, pero tengo que reconocer que esta la supera a todas.

—¿Sabes que la busca toda la policía italiana?

—Claro que lo sé, por eso estoy aquí. Lo que me extraña es que una persona de tu posición actual —Tote se estaba dirigiendo a Patricia— se preocupe por Rebeca, abandonando su puesto en Roma. Que lo haga yo, que soy su tía, tiene un pase, pero tú...

—He sido yo —le interrumpió Ryan—. Yo fui quien involucré a la embajadora en este asunto. Aunque no lo crea, me preocupo por su sobrina.

Tote miro de forma despectiva a Ryan Clarke.

—¿Y cómo sabéis que está en Florencia precisamente? El mundo es un lugar muy grande para escaparse. Además, os aseguro que si Rebeca no quiere que la encuentren, nadie sería capaz de hacerlo, probablemente ni siquiera yo.

Tanto Patricia como Ryan permanecieron en silencio. No podían responder a esa pregunta.

—¡Vaya, parece que se os ha comido la lengua el gato! — exclamó Tote—. ¿No será que visionasteis las grabaciones de cierto avión saliendo de la terminal de vuelos privados del aeropuerto de Dublín hace unos días? Resulta que ese *Falcon* es el que utilizo habitualmente yo en mis desplazamientos. ¿Acaso iba mi sobrina en ese vuelo?

Ryan se quedó mirando a Patricia, que le hizo un gesto afirmativo con la cabeza.

—No —respondió Ryan—. Era un vuelo medicalizado. Tan solo vimos a un doctor subir acompañando a una persona en camilla. La paciente la identificamos como una ciudadana estadounidense llamada Allison Adelman, que no sabemos qué relación puede tener con su sobrina.

Tote sonrió ligeramente.

—Entonces, si no visteis a Rebeca salir de Dublín, ¿qué os hace pensar que esté en Italia? Os recuerdo que Irlanda es una isla y no creo que penséis que haya nadado hasta aquí.

Tote era muy hábil manejando las conversaciones. Ya llevaba muchos interrogatorios a sus espaldas y sabía cómo acorralar a las personas.

—Rebeca Mercader está siendo buscada en Florencia porque se registró en un hotel de la ciudad con un pasaporte diplomático ruso —respondió Patricia, con contundencia. No se pensaba amedrentar por aquella señora—. Junto con ella viajaba la tal Allison Adelman, que también utilizó un pasaporte ruso. Ambos eran auténticos, lo que hizo saltar todas las alarmas de la AISI, ya sabes, el servicio de inteligencia interior italiano.

—¿Y cómo puedes disponer tú de esa información? —continuó Tote, que no había perdido aquella sonrisa incómoda para Patricia—. Que yo sepa, los irlandeses no disponéis de un servicio de escuchas ni en Roma ni en Florencia y los italianos jamás os revelarían esos datos ni aunque les preguntarais. Rebeca y Allison no son ni irlandesas ni italianas. Entonces, ¿qué pintan en todo este asunto los servicios de información irlandeses? Esa es la pregunta que se harían ellos... y que me hago yo. Y no, no cuela eso de que el señor Clarke esté preocupado por mi sobrina. En ese caso, hubiera acudido a mí, no a ti.

A Patricia se le acababan los recursos. Una vez más, no sabía cómo responder.

—Usted me desprecia —intervino Ryan—. Me insultó cuando se enteró que su sobrina se había escapado de mi apartamento, a pesar de que yo no era su guardián.

—Ni tú ni tu jefe Drew Harris os quedasteis cortos tampoco conmigo —le respondió Tote—. Me negasteis toda colaboración, y no solo a mí, sino al CNI español. Siempre hemos mantenido unas relaciones cordiales con vosotros y hemos intercambiado información de interés para nuestros respectivos gobiernos. ¿Qué tiene este caso de especial para que hayáis dejado de hacerlo? ¿Sois conscientes de que esto traerá consecuencias más allá del tema de mi sobrina?

—La CIA —respondió Patricia.

—¿Qué sucede con nuestros comunes amigos estadounidenses?

—Que nos enteramos que ya vigilaban a la tal Allison Adelman antes de que fuera trasportada por un avión de tu CNI a Florencia, acompañado por un militar español disfrazado de médico, simulando estar enferma cuando no lo estaba —Patricia había cambiado de actitud—. Resulta que era una «persona de interés» en otra investigación en curso. ¿Sabes a quién? A tu querida sobrina Rebeca Mercader. ¿Por qué? Y en cuanto a por qué estamos interesados los irlandeses, recuerda que tanto Rebeca como Allison son residentes legales en la República de Irlanda.

—Vaya, veo que has hecho los deberes.

—Escucha, Tote. Me parece que todos nos estamos ocultando información. ¿Qué te parece si nos sinceramos de una vez? Creo que sería más productivo que colaboráramos en lugar de parecer enfrentados.

Tote sonrió.

—¿Y se puede saber cómo sabes que la CIA vigilaba a la tal Allison Adelman en una operación cuyo objetivo principal era mi sobrina? Ni aunque me lo jures voy a creer que los americanos han compartido esa información contigo.

—No, no lo hicieron, pero tengo mis recursos.

—¿Martina? —rio Tote.

Ahora sí que Patricia se asustó de verdad. Martina era una joven y brillante estudiante de informática en Roma. La CIA la utilizaba para temas relacionados con la seguridad en las comunicaciones. En otras palabras, era una especie de «*hacker externa*» que usaban cuando querían entrar en algún sistema y, en caso de ser descubiertos, poder negar que ellos estuvieran detrás. En una ocasión, Patricia la había sacado de un lio relacionado con el consumo de drogas y, a cambio, ella le debía un favor, que se había cobrado. Toda la información acerca de Rebeca y Allison se la había facilitado Martina. Pero eso no lo podía reconocer abiertamente.

—¿Qué Martina? —preguntó de forma automática Patricia, para ganar algo de tiempo.

—¡Qué Martina va a ser! —exclamó Tote, que seguía divertida—. Martina Rossi, estudiante de informática de tercer año en *«La Sapienza»*, la mejor universidad de Roma.

Patricia estaba paralizada.

—¡Venga, Patty! —exclamó Tote—. ¿Te tragaste ese rollo del consumo de hierba? Tengo que reconocer que es una agente de primera. ¿Sacó su portátil para mostraros toda la información sobre Rebeca y Allison?

—Sí —se escuchó responder Patricia.

—Pues entonces os recomiendo que os deshagáis de vuestros móviles cuanto antes. Es lo que suele hacer para *hackearlos*. Y si os dio algún abrazo, quemad la ropa que llevabais el día que quedasteis con ella.

Ryan recordó que Martina había abrazado a Patricia, pero también a él, y que en aquel momento le sorprendió porque no se conocían de nada.

—¿Cómo demonios puedes saber todo eso? —Patricia no salía de su asombro.

—Martina es encantadora, ¿verdad? Pues ese es su trabajo en la CIA. No te sorprendas, no eres a la única persona a la que ha engañado con ese aspecto de inocente joven que necesita que la saquen de un apuro.

Patricia, una vez más, no sabía qué responder.

—Bueno, me parece que ya he empezado a compartir algo de información con vosotros —dijo Tote—. ¿Qué me dais a cambio?

—Está claro que vas varios pasos por delante de nosotros —comenzó Patricia—. ¿Qué podemos saber que tú no conozcas ya?

Patricia no quería compartir con Tote que había seguido al grupo formado por Rebeca, Allison, una resucitada Carlota y un miembro del CNI hasta la *Biblioteca de la Academia de Bellas Artes.* Incluso sospechaba que no andarían muy lejos en estos momentos. «Esta cabrona no me va a obligar a decir lo que no quiero», pensó.

—Quizá no podáis decirme nada que no sepa ya —dijo Tote—, pero sí que podáis hacer algo por mí.

—¿Qué?

—Dejad en paz a mis dos sobrinas.

Patricia se sorprendió.

—Sí, no pongas esa cara de idiota —continuó Tote, dirigiéndose a Patricia—. Sé que sabes que Carlota está viva e incluso juraría que vuestra presencia en este lugar tan peculiar no es casual. Os quiero dejar una cosa muy clara. Este asunto es cosa mía y no deseo *moscones aficionados* a mi alrededor. En cuanto a ti, Ryan —dijo ahora, dirigiendo su mirada hacia él—, quizá te preguntes a qué viene ese interés tan fuera de lugar en este asunto menor de una persona de la posición e importancia de Patricia Cullen. Si crees que te intenta ayudar a encontrar a Rebeca, creo que deberías mantener una seria conversación con ella más en profundidad. Quizá hasta te sorprendas.

Ya no había ni pizca de humor en el tono de Tote, que ahora estaba señalando a ambos con su dedo índice.

—Además, si me entero de que les sucede algo a mis sobrinas por vuestra culpa, no me temblará el pulso.

Esa última frase la dijo como queriendo decir «os mataré con mis propias manos».

Ryan la creyó.

Patricia no, pero se preocupó.

Y no por la amenaza de Tote precisamente.

27 EAST HARLEM, NUEVA YORK, ESTADOS UNIDOS, 10 DE OCTUBRE DE 1948

—Tengo que darte una noticia que no te vas a creer.

Charlotte de Bar se quedó mirando a su amiga Evelyn. Por supuesto que se la iba a creer. Hasta la sabía.

—¿Qué noticia? —preguntó, fingiendo inocencia.

—¡William me ha pedido matrimonio! —exclamó, con una sonrisa inmensa de alegría.

De inmediato, Charlotte de Bar se echó en brazos de su amiga y la estrujó como jamás había hecho antes. Si alguien se merecía ser feliz en esta vida esa era Evelyn.

—¡Cuánto me alegro, mi mulata!

Evelyn estaba llorando.

—¿Quieres ser la madrina de mi boda? —le preguntó, entre sollozos.

Charlotte de Bar se sintió halagada, pero pensó que quizá no fuera una buena idea.

—Escucha, Evelyn. Te agradezco de corazón tu ofrecimiento, pero no creo que sea la persona adecuada. Tienes una hermana y tres hermanos fantásticos que estarán deseando acompañarte en el altar. Por otra parte, recuerda como me llamas. Blanquita. No sé si eso le hará gracia a la familia de William, orgullosos del color de su piel.

—¡Que le den pepinos a la familia del *negrata* ese!

—¡Oye, muestra algo de respeto hacia tu futuro esposo! —fingió reñirle Charlotte de Bar, que no pudo evitar reírse ante la ocurrencia de su amiga.

—Lo digo en serio, blanquita. Sé de dónde vengo y por la mierda que he pasado. Durante todos estos años nunca he conocido a ninguna persona con el corazón tan grande como el tuyo. En una ocasión te dije que eras un ángel y quiero que ese ángel esté a mi lado en el momento más feliz de mi vida.

Ahora, la que lloró fue Charlotte de Bar.

—Pues claro, culo gordo —le respondió.

—¡Joder, si no fueras mujer y blanca, hasta te habría pedido que te casaras conmigo! ¡Eres la puta leche, y no lo digo por el color de tu piel! —exclamó Evelyn, que no había parado de llorar.

Se volvieron a abrazar. Estuvieron así durante un par de minutos, sin pronunciar palabra alguna.

—¿Se lo has dicho al padre Brown? —le preguntó Charlotte de Bar.

—¡Pues claro! ¿Quién crees que nos va a casar?

—No, no me refería a eso. Quería decirte si le has dicho que quieres que yo sea tu madrina. Soy mujer, no creyente, no pertenezco a su Iglesia y soy blanca. No sé, con todos esos ingredientes mezclados, igual te pone alguna pega.

—La que no me has entendido has sido tú —le respondió Evelyn, luciendo ahora una tímida sonrisa—. No solo le he informado de la boda, sino también de los padrinos y madrinas. Está encantado que tú seas una de ellas. Aunque no lo creas, te tiene en muy alta estima, a pesar de rechazar su ofrecimiento para que te unieras a nuestra Iglesia. Sabe mirar en el corazón de las personas, y el corazón no tiene ni color ni religión.

—En ese caso, será todo un honor, aunque te tengo que confesar una cosa. Mi corazón no es tan puro como crees. También me gustaba Liam y resulta que tú te has acabado llevando el chico guapo de la oficina. ¿No te importa que te guarde un poquito de rencor?

—¿En serio? —le preguntó Evelyn.

—¡Pues claro que no, mulata culo gordo! —exclamó Charlotte de Bar, riéndose—. Tenías que haberte visto la cara que acabas de poner.

—¡Oye, blanquita, ten cuidado conmigo! Porque ahora me pillas con las defensas bajas, pero te pienso azotar ese culo escuchimizado que tienes en cuanto se me pase esta tontería.

—La tontería es permanente.

Por tercera vez se volvieron a abrazar, pero esta vez riéndose.

De felicidad.

—¿Cuándo? —le preguntó Charlotte de Bar.

—En un par de semanas.

—¿Tan pronto? ¿Habéis pensado en la familia?

—Ya sabes que mi única familia son mis cuatro hermanos y tú. En cuanto a la familia de Liam, todos viven en el barrio. En realidad, los dos nos queríamos casar antes, pero el padre Brown quiere darnos unas charlas por separado antes de la ceremonia.

—¿Ya tienes el traje de boda?

—¡Qué va! No he tenido tiempo de eso, pero con cualquier cosa me apañaré.

—De eso nada. Si pretendes que sea tu madrina, hemos de ir arregladas para la ocasión. Me parece que nos iremos de compras.

—¿Ahora?

—¿Sucede algo?

—¿Te olvidas que tenemos un trabajo? En diez minutos debemos regresar.

—Sí, para decirles que nos tomamos la tarde libre por asuntos familiares. ¡Venga! ¡Este mes hemos echado más horas que un reloj! No creo que nos extrañen por una tarde.

—¡Joder, blanquita! ¡Tú sí que sabes buscarme el punto! —exclamó Evelyn, con una sonrisa de oreja a oreja.

—Además, nos vamos al centro.

—¿Te has vuelto loca? Los precios de esas tiendas no los puedo pagar.

—Lo haré yo —afirmó Charlotte de Bar—. Llevo cuatro años trabajando en el barrio y he sido capaz de ahorrar. No tengo familia como tú, así que todos los meses me sobra algo de dinero. Llevo guardándolo todo este tiempo para gastarlo en una ocasión especial. ¿Qué mejor momento para hacerlo que en el día más feliz de la vida de mi mejor amiga? Vas a ser la novia más guapa que el *East Harlem* haya visto jamás.

—¿Te había dicho que te quiero? —dijo Evelyn, saltando de nuevo sobre su amiga.

—Venga, comencemos a andar, que tenemos primero que pasar por la oficina y después nos espera hora y media de caminata desde aquí en dirección al sur de la isla de Manhattan.

Con la ilusión de ambas, en menos de ese tiempo ya se encontraban en las selectas tiendas de la Quinta Avenida. Sin haber entrado en ninguna de ellas, Evelyn tenía la boca abierta tan solo disfrutando de sus escaparates.

—No sabía que era todo tan bonito —dijo.

—¿Nunca habías paseado por el centro y el sur de Manhattan? —le preguntó Charlotte de Bar.

—Jamás he salido del *East Harlem*. ¿Para qué? Esta mierda no es para nosotras. Quizá estemos separados por tan solo cuatro millas, pero, en realidad, es como si fuera otro mundo.

—No te estoy hablando de vivir en esta zona, tan solo de pasear.

—Tú lo dices porque eres blanca y no te miran con esa cara de desprecio con el que lo hacen con nosotros. Te dan ganas de soltarles una buena hostia a los soberbios estos. Para pasarlo mal entre tanto imbécil, mejor quedarme en el barrio. Allí tengo todo lo que necesito.

—No es que lo justifique en absoluto, pero a mí, en ocasiones, también me miran mal en el *East Harlem* por ser blanca y nunca les he hecho caso.

—No es lo mismo. A ti jamás te agredirían en el barrio, pero estoy segura de que alguno de estos desgraciados lo está pensando.

Charlotte no quería que la conversación girara en torno a la segregación racial, y menos en un día como hoy, que se suponía que iba a ser especial.

—Anda, mira que vestido tan bonito —dijo, para intentar sacar esos pensamientos de la cabeza de Evelyn—. Más que bonito, es precioso.

—Sí que lo es, pero su precio también debe ser precioso.

—Venga, entremos —dijo Charlotte de Bar, abriendo la puerta de la tienda.

Nada más verlas entrar, la encargada de la tienda se acercó a ellas.

—¿Qué desean ustedes? —les preguntó.

«¡Qué mierda va a ser!», pensó Evelyn. «¡Pues comprarnos un vestido!».

—He visto que tienen modelos franceses en el escaparate.

—Tiene buen ojo, señorita. Son traídos directamente desde París. Los del escaparate son de la *Maison Dior*.

—Sí, los he reconocido —dijo Charlotte de Bar—. Tengo entendido que la colección *"New Look"*, de Christian Dior, triunfó en año pasado en la ciudad.

—Fue una auténtica locura —respondió la encargada—. ¿Se cree que vendimos todos los que compramos en apenas unas semanas? Por suerte, este año hemos podido traer más.

«¿De qué mierda están hablando estas dos?», volvió a pensar Evelyn.

—Estupendo. ¿Tienen algún vestido de novia?

—¡Por supuesto, señorita! Tengo el ideal para usted. Dada su estilizada figura y altura, le sentará de maravilla, pero si no fuera así, y hubiera que hacerle algún arreglo, dispongo de magníficas costureras que son capaces de adaptarlo a cualquier talla.

—En realidad no es para mí, sino para ella —dijo, señalando a Evelyn.

—¿Para su criada? —preguntó sorprendida la encargada.

—No es mi criada. Es mi amiga y se llama Evelyn.

La actitud de la encargada cambió por completo. Todo rastro de amabilidad había desaparecido de su rostro.

—Me temo que para ella no tenemos nada.

—¿Cómo qué no? —preguntó extrañada Charlotte de Bar—. Me acaba de decir que tiene un taller de composturas propio. Seguro que sus empleadas son tan buenas como dice y serán capaces de adaptar ese vestido para ella.

—Ese no es el problema, señorita. Tenemos una reputación que mantener. ¿Qué dirían nuestras clientas si se enteraran que vestimos a gente como ella?

—¿Me está intentando decir que no le quiere vender el vestido porque no es blanca como yo?

—No hace falta expresarlo en esos términos, pero… —la encargada estaba claramente incómoda con la situación.

—Sí, sí que lo ha hecho —dijo Charlotte de Bar, en un tono que Evelyn jamás la había escuchado. Era claramente autoritario—. Escúcheme bien porque no se lo repetiré dos veces. Mi amiga se casa en dos semanas y llevará ese vestido de novia.

—No me puede obligar a hacerlo.

—Créame que sí —insistió Charlotte de Bar, que ahora parecía amenazar a aquella encargada tan estirada.

—Déjalo —le dijo Evelyn—. Creo que no ha sido una buena idea venir hasta aquí.

—De eso nada —insistió Charlotte de Bar, que parecía otra persona. Se giró hacia la encargada—. ¿Me permite que mantengamos una conversación en privado?

—Señorita, aprecio sus buenas intenciones, pero la política de esta tienda es…

—¡Ahora! —exclamó Charlotte de Bar. Ya no era una amenaza. Ahora era directamente una orden.

La encargada pareció dudar.

—Está bien, pero luego se marcharán las dos sin montar ningún escándalo.

Evelyn estaba pasmada. Si por ella hubiera sido ya se habrían largado hace tiempo de aquella tienda, antes de que apareciera la policía y las desalojara.

Esperó un par de minutos hasta que la encargada y Charlotte de Bar volvieron a salir.

—Disculpe, señorita —dijo la encargada, dirigiéndose a Evelyn—. Todo ha sido un desgraciado malentendido.

«¿Señorita?», pensó Evelyn. «Nadie me había llamado así en mi vida».

—Evelyn, ahora te mostrarán tu vestido de novia y saldrán a tomarte las medidas, para que te quede como un guante.

—¿A mí? —preguntó.

—No, también a mí —respondió Charlotte de Bar, luciendo una sonrisa en los labios—. ¿Acaso te has olvidado que soy tu madrina?

Cuando Evelyn vio el vestido, casi se pone a llorar. Era lo más hermoso que había visto en su vida.

—¿De verdad que es para mí? —acertó a preguntar.

—Como te había dicho antes, es para la novia más guapa que el *East Harlem* haya visto jamás.

—Después de tomarles medidas a ambas, la encargada le dijo a Charlotte de Bar que se podía pasar a recoger ambos vestidos la semana que viene.

Cuando salieron de la tienda, Evelyn aún estaba en una nube.

—¿Cómo has convencido a la estirada esa para que me vendiera el vestido?

Charlotte de Bar sonrió.

—En esta vida, casi todo el mundo tiene un precio. El truco es saber encontrarlo.

—¿Qué quieres decir?

—Que le he enseñado todo el dinero que había ahorrado durante estos cuatro años y se lo he ofrecido. Era casi el triple de lo que valían esos vestidos. La codicia de los estirados blancos siempre ha sido su punto débil.

—Te recuerdo que tú también eres blanca.

—Por eso los conozco bien —le replicó Charlotte de Bar, mientras tomaba a su amiga Evelyn por un hombro, en señal de cariño.

Evelyn sabía que su amiga le estaba mintiendo. No estaba acostumbrada y lo hacía fatal, pero no le importó. Mientras volvían andando al barrio, no paraba de pensar que iba a ser la novia más guapa que el *East Harlem* hubiera visto jamás.

Y eso era lo único que le importaba ahora mismo.

28 EN LA ACTUALIDAD, FLORENCIA, ITALIA, 20 DE ENERO

—No sabes cómo odio tener que decirlo, pero tenías razón.

—¿Dónde?

—Justo donde nos indicaste. Por su orientación, juraría que comunica con la *Galleria dell'Accademia.*

Rebeca sonrió. Sabía que a Carlota le costaba reconocer que ella tuviera razón, pero no había sido una deducción tan complicada.

—¿Y ahora qué propone Su Majestad que hagamos? ¿Seguimos esperando en esta biblioteca a que encuentre los *Evangelios Apócrifos* o salimos de una vez?

—¿Están aquí? —preguntó Allison con interés.

—No, claro que no —sonrió Rebeca—. Los originales perdidos los tendrán guardados bajo diez llaves en lo más profundo de los *Archivos Secretos Vaticanos.* Solo lo ha dicho porque no soporta que le lleve la delantera.

—Es cierto que no lo soporto, pero no me llevas la delantera —le respondió Carlota, enfurruñada.

—Bueno, en cualquier caso ha pasado más de una hora. Supongo que la tal Patty y Ryan Clarke ya se habrán largado de esta zona. Creo que ha llegado el momento de marcharnos y salir de aquí.

—Sus palabras son órdenes para mí —dijo Carlota, mientras se giraba y se dirigía a la puerta de salida.

Cuando Rojas y Carlota les dieron la espalda, Rebeca le hizo un gesto a Allison para que guardara en su bolso aquel sorprendente objeto que habían encontrado por verdadera casualidad.

Allison obedeció en silencio. Aunque Rebeca no se lo hubiese pedido, de todas maneras se lo hubiera llevado. Ella era la principal interesada en comprender su significado.

Los cuatro se aproximaron a la puerta. Era de madera y se camuflaba con el resto de la decoración de la biblioteca. Si no te fijabas en sus bordes, no la veías.

El comandante Rojas la abrió y salió primero. Tras unos breves segundos, les hizo un gesto con la mano para que lo siguieran.

Parecía un túnel excavado entre rocas, salvo porque se filtraban algunos rayos de luz.

—Estamos cambiando de edificio —apuntó Rebeca—. Caminamos dentro de unos falsos contrafuertes.

—El problema no es donde estamos ahora, sino donde desemboca este pasaje. Como sea a la sala principal de la *Galleria dell'Accademia,* nos vamos a echar unas risas. A estas horas estará a reventar de gente viendo el *David* —dijo Carlota.

De repente, el pasaje se convirtió en unas empinadas escaleras descendentes. La poca luz que se colaba por las rendijas no era suficiente para ver con claridad los escalones irregulares. Corrían el riesgo de tropezar y caer con estrépito. Rojas seguía siendo el primero del grupo e intentaba marcar con su mano cuando advertía algún saliente o piedra suelta. Su marcha se ralentizó, hasta que las escaleras terminaron y anduvieron unos metros por un terreno llano. De repente, Rojas levantó la mano con el puño cerrado. Era la señal para que se detuvieran.

Algo no marchaba bien.

—El pasaje se ha terminado —dijo.

—¿Y la salida? —preguntó Rebeca.

—No hay salida.

Rebeca se situó junto a Rojas y tocó con sus propias manos el muro en el que terminaba el pasaje. Parecía roca.

—Estamos por debajo del nivel del suelo —dijo.

—¿Qué quieres decir? —preguntó Carlota.

—Que Rojas tenía razón. Estamos en un túnel subterráneo que termina en una pared de roca. Por aquí no hay salida.

Carlota fue la única que captó el pequeño matiz en las palabras de Rebeca. Era su hermana y se conocían muchos años.

—¿Por aquí? —le preguntó, con toda la intención.

—Tenemos que volver hacia atrás —dijo Rebeca, que comprendió que su hermana conocía el motivo.

—¿A la biblioteca? —preguntó Allison.

—¡No, mujer! —respondió Rebeca—. No sé si os habéis dado cuenta, pero ha habido un momento en que los pocos rayos de luz que se filtraban han desaparecido.

—Sí —dijo Allison—, pero ha sido en la última parte de las escaleras.

—Exacto. ¿Y qué había allí?

Carlota no quiso decir nada. Ella también lo había advertido, pero no quería entrar en el juego de su hermana, para mayor lucimiento de su ego. Rojas tampoco abrió la boca, aunque en su caso era porque no tenía ni idea a qué se refería Rebeca.

—Los escalones eran estrechos y empinados, salvo uno de ellos, casi al final. Era más ancho. Lo recuerdo porque esperaba que viniera otro a continuación y casi me caigo. Diría que, por lo menos, era el doble de grande que el resto.

—Muy bien, Allison —dijo Rebeca—. Ya me llamó la atención cuando descendíamos, pero entonces no le di importancia. Luego advertí que todo parecía más oscuro. Supongo que, justo en ese escalón, nos encontrábamos a nivel del suelo. Dado que este túnel no tiene salida y asumiendo que alguna debe de existir, lo más lógico es que sea en ese escalón.

—¿Has terminado de pavonearte? —le preguntó Carlota—. Si es así, vayamos a ese maldito escalón. Ya me estoy empezando a cansar.

Los cuatro retrocedieron y alcanzaron el escalón que decía Rebeca. Empujaron con sus manos las dos paredes.

—Aquí —dijo Rojas—. Esto no es un muro.

Entre todos consiguieron que aquella superficie plana se moviera. Después de tanto tiempo en penumbras, la luz les cegó.

—No estamos en la *Galleria dell'Accademia* —dijo Rojas, que fue el primero en recuperar la visión.

Carlota no pudo evitar reírse.

—Hermanita —dijo—, no solo no has acertado el destino del túnel que partía desde la biblioteca, sino que observa por donde hemos salido.

Rebeca se giró sin comprender a su hermana.

Pronto lo hizo.

Para sorpresa de todos, también se echó a reír.

—Si me lo explicáis, yo también puedo participar de la juerga —dijo Allison.

—Hemos salido a través de la estatua de una diosa griega —dijo Carlota, que ya había conseguido parar de reírse.

—Sí, ya me he dado cuenta. Es la diosa griega Atenea, Minerva para los romanos. Representa la sabiduría, la inteligencia y el conocimiento —dijo Allison—. Supongo que los miembros de *La Santa Alianza* también tenían su punto de sentido del humor. ¡Qué mejor estatua para camuflar la entrada a su biblioteca del conocimiento que la diosa que lo representa!

Rebeca y Carlota se volvieron a reír.

—No te lo tomes a mal, Allison —acertó a decir Rebeca—. Todo lo que has dicho es cierto, pero nos reímos por otra cosa. Cuando yo era pequeña, mis padres me llamaban «La pequeña Atenea» y cuando, recién cumplidos los dieciocho años, empecé a trabajar en el periódico *La Crónica* de Valencia, firmaba mis artículos bajo el seudónimo de «La gran Atenea». Se trata de una vieja broma familiar y mi hermana me la ha recordado porque no he acertado con el destino del pasaje.

—Sí que lo has hecho —dijo Carlota, de cuyo rostro había desaparecido cualquier vestigio de sonrisa.

—No, estamos en un jardín —insistió Rebeca.

—Mira a tu derecha.

Ahora, todos comprendieron donde estaban.

Cuando se entraba a la *Galleria dell'Accademia* por la puerta de autoridades, el camino atravesaba un pequeño jardín decorado con antiguas estatuas. Estaban justo ahí, al final de ese camino. La puerta de entrada a la *Galleria dell'Accademia* se encontraba justo enfrente de ellos.

—¡Joder! —dijo Rojas—. Estamos muy expuestos en esta zona. Si Patricia y Ryan han dado la voz de alarma, es muy posible que manden guardias. Tenemos que salir de este jardín cuanto antes.

—Pues la única manera de hacerlo es a través de esta puerta —dijo Rebeca, que parecía divertida—. Nos mezclaremos con toda la marabunta de turistas.

—Es muy importante que permanezcamos unidos —dijo Carlota.

—Lo mejor es no acercarse al *David* y aprovechar los laterales de la sala —apuntó Rebeca.

—¡Vamos! —dijo Rojas, que parecía el más nervioso de los cuatro.

Abrieron la puerta y entraron.

Tal y como se imaginaban, la multitud de gente se agolpaba por todas partes.

—Hacia allí —indicó Rebeca—. Tomémonos todos de las manos para no separarnos y crucemos la sala.

Carlota asintió.

Como pudieron, comenzaron a andar atravesando la abarrotada estancia. Cuando estaban a punto de llegar a su destino, Rebeca se detuvo en seco.

—¿Qué pasa? —preguntó Carlota.

Cuando su hermana se giró, supo de inmediato que algo muy grave sucedía.

—Mira hacia aquel extremo de la sala —le dijo.

Carlota lo intentó, pero no observó nada fuera de lo común.

—Al lado de la segunda estatua, junto a la entrada —insistió Rebeca.

Ahora lo comprendió. Aquello no tenía ningún sentido.

—¿Qué hace la tía Tote con Patricia y Ryan? —le preguntó.

—Yo iría más lejos —dijo Rebeca—. ¿De qué narices se conocen los tres? ¿Y qué hacen hablando en el interior de la *Galleria dell'Accademia?*

—Esto no puede significar nada bueno —dijo Carlota, que sí sabía de qué se conocían—. ¿Qué hacemos ahora?

—No podemos quedarnos aquí dentro. Hemos de ocultarnos cuanto antes en otro lugar.

—¿Qué lugar?

—¿Por qué no intentamos escondernos donde ya estuvimos? —aventuró Rebeca—. No creo que nos crean tan estúpidas como para volver a ese sitio.

—¡Vámonos ya! —le respondió Carlota sin pensarlo.

El problema es que quizá no las consideraran estúpidas, pero sí desesperadas.

Y el resultado era el mismo.

29 CASTILLO DE BUSSET, FRANCIA, 16 DE MAYO DE 1940

—¿Qué es lo que has hecho, Hans?

Silencio.

—No has querido hablar ni en Roma ni en todo el trayecto en avión. Ahora estamos en Francia y sigues mudo —insistió Zita.

—Lo que ha sucedido en El Vaticano con ese miserable espía de Joachim Birkner ha sido muy inoportuno y desagradable.

—¿Cómo pudimos salir de Roma con el avión de la *Luftwaffe*? Se supone que los jerarcas nazis ya estaban enterados de nuestros planes. ¿Acaso lo permitieron?

Hans hizo un gesto de indiferencia con sus hombros.

—¿Qué más da ahora? —preguntó a Zita, mirándola a los ojos por primera vez desde ayer—. En cuanto a su primera pregunta, en el Vaticano hice lo único que podía hacer. Impedir que Joachim Birkner trasmitiera toda la información que usted le había facilitado. Sabía dónde buscar esa radio clandestina que ocultaba. No podía ser en otro lugar que en los *Archivos Secretos Vaticanos*. Él trabajaba allí y es un lugar discreto y poco concurrido.

—¿Y la inutilizaste?

Hans, que había bajado su mirada, volvió fijarla en los ojos de Zita.

—Al que inutilicé es a Joachim Birkner. Él llegó primero a la radio y no tuve opción de elegir.

—¿Lo detuviste?

—Es una manera de decirlo. Me vi obligado a matarlo.

Zita comprendió ahora el rostro taciturno del general y el motivo por el que llevaba casi un día en silencio.

—Lo siento, Hans —dijo, posando su mano derecha sobre su hombro en señal de cariño.

—No lo haga, señora —le respondió—. Esa rata merecía morir, pero hacía bastante tiempo que no le quitaba la vida a nadie y no me ha gustado volver a hacerlo.

—Has actuado como debías. Estoy segura de que fue la única opción.

—Quizá, pero eso no me quita esa desagradable sensación.

—Me protegiste —insistió Zita, que no quería que Hans se deprimiera.

—Se equivoca. Tan solo hemos ganado un día o dos. La muerte de Joachim Birkner ya habrá sido descubierta y le aseguro que esa información estará en poder tanto de Reinhard Heydrich como de Adolf Hitler.

—¿Por qué cree eso? Quizá no se hayan enterado todavía. No han pasado ni 24 horas de aquello.

—Le aseguro que sí. Birkner no es el único espía nazi en El Vaticano. El agregado de prensa en la Embajada de Alemania, Harold Friedrich Leith-Jasper, y el agregado comercial, Carl von Clemm-Hohenberg, trabajan para el *Sicherheitsdienst.*

—¿Pero cuántos espías nazis hay en El Vaticano? —se sorprendió Zita—. Tenéis más agujeros que un queso *Gruyère.*

—*Emmental.*

—¿Qué?

—Qué el de los agujeros no es el *Gruyère*, aunque conozca ese dicho. Es el queso *Emmental.*

—¡Me da igual el queso! —exclamó Zita—. Ya sabes lo que quería decir con esa expresión.

Hans se permitió una tímida sonrisa, la primera desde que habían regresado de Roma.

—No lo crea. Lo que sucede es que conocemos esos agujeros en el queso. *La Santa Alianza* descubre a los espías, pero no los destapa. Si lo hiciera, los alemanes mandarían otros de sustitución, que tendríamos que volver a descubrir. Es preferible permanecer callados y mantenerlos vigilados. Por eso no me cabe ninguna duda de que Hitler intentará deshacerse de nosotros.

—Creía que eso ya lo había intentado —le respondió Zita, tratando de animar general Hans Ebner—. ¿Acaso has olvidado el ataque de la *Luftwaffe* sobre el *Castillo de Steenokkerzeel?* Creo que sabemos anticiparnos a sus movimientos.

—No lo entiende, señora. Esto es mucho más grave.

—Sí que lo entiendo. Los nazis ya quisieron matarnos hace menos de una semana y soy perfectamente consciente que lo volverán a intentar, cuando completen la invasión de Francia.

—No, está claro que no lo entiende. En apenas un par de días, este castillo será ocupado por el ejército alemán. ¿Me quiere decir dónde nos refugiaremos ahora? Estamos solos en este castillo. Toda la familia de su hermano lo evacuó ayer mismo.

—Sí, ya me di cuenta cuando llegamos de Roma.

—¿Y no se imagina el motivo?

—Me resulta extraño que mi hermano Xavier dejara en el castillo a mis hijos sin ninguna protección.

—Señora, sus hijos son todos mayores. Ya no son «sus pequeños». Otto tiene 28 años y, excepto Charlotte y Elisabeth, el resto supera los 20. Además, han demostrado su valor, pero sí que tengo que reconocerle una cosa. Pensaba que su hermano nos buscaría un nuevo refugio. Antes de volar a Roma ya le dije que había puesto una diana sobre este castillo. No podemos permanecer aquí, pero tampoco sabemos a dónde ir. ¿Comprende por qué le digo que la situación en la que nos encontramos no es la misma que en *Steenokkerzeel?* Entonces supusimos que nos iban a atacar desde el aire. Ahora sabemos con certeza que la *Wehrmacht* va a ocupar este castillo. Ya no se trata de un aviador solitario como en Bélgica, sino de varias divisiones del ejército alemán.

—¿Por qué mi hermano se habrá ido? —parecía que Zita estaba pensando en voz alta.

—¿No presta atención a la conversación? Lo acabamos de comentar hace un momento. Vamos a ser invadidos. ¿Cree que su hermano y su familia se iban a quedar para recibir a los nazis con los brazos abiertos?

—Desde luego que no, pero hay algo extraño en su actuación. Ya me avisó de que se había alistado en el ejército belga y que dejaría el castillo, pero, ¿sin avisar? ¿Sin dejarme un plan para nuestra huida?

—Aunque la comunicación entre ustedes fuera buena, ¿por qué cree que debería haber hecho eso? Quizá pensó que usted tendría la respuesta.

—¡Claro, la tengo! —exclamó Zita—. ¡Muchas gracias por recordármelo, Hans!

—Por recordar, ¿qué exactamente?

—La comunicación, por supuesto. Mi hermano no tenía manera de saber cuándo íbamos a regresar de Roma. No se podía arriesgar a dejar nada por escrito. Pero ambos sabemos que, en este salón, hay un aparato de comunicaciones. Nada nos impide contactar con él, ya que estoy segura de que lleva otro aparato con él, dadas sus actividades diplomáticas.

—¿Acaso está insinuando que volvamos a utilizar el radiotelégrafo?

—Sí, pero esta vez no para mandar un mensaje a Alemania, sino a Xavier.

—Me parece que está haciendo suposiciones un tanto aventuradas. Creo que es una idea muy enrevesada.

—Así somos los Borbón y Parma. Las cosas fáciles no van con nosotros —sonrió Zita, que se dirigió al extremo del salón de la chimenea donde se encontraba la máquina de coser, que ocultaba el radiotelégrafo.

Hans la siguió.

Cuando miraron la máquina de coser, se les vino el mundo encima.

—¡Está destruida! —exclamó Zita—. ¿Por qué haría mi hermano una cosa así?

—Quizá por lo mismo que no le dejó ninguna nota escrita. Para evitar que los nazis se hicieran con ella.

—Eso no tiene ningún sentido. Los nazis tienen tecnología mucho más avanzada que este radiotelégrafo. A no ser que lo quisieran como pieza de museo, no veo qué utilidad le podrían encontrar. ¿No ha escuchado hablar de sus famosas máquinas *Enigma*? Trasmiten y codifican mensajes imposibles de descifrar.

—¡Eso! —exclamó ahora Hans—. Imposible de descifrar.

—¿Qué quieres decir?

—Que su hermano ha debido dejarle algún mensaje, pero no hemos de buscar notas escritas ni nada de eso. Debe ser algo que los nazis no sean capaces de descifrar, pero usted sí.

—¿A qué te refieres exactamente?

—No lo sé. ¿Observa algo fuera de lugar en este castillo? ¿Tenían su hermano y usted alguna forma de comunicarse de niños?

—No y no —respondió Zita—. En cuanto a este castillo, te recuerdo que no pertenece a mi hermano, sino a la familia de su esposa. Además, nos criamos y educamos separados. Mi padre tuvo diecisiete hijos, seis con su primera esposa y doce con mi madre, la duquesa de Parma, Maria Antonia de Braganza. Mis hermanas Maria Adelaida, Francisca, Maria Antonia e Isabel tomaron los hábitos religiosos. La única mujer de la familia que no lo hice fui yo, porque quería estudiar y conocer el mundo. Mi madre me mando a los mejores internados para señoritas de Europa. Todos mis hermanos se formaron en academias militares. La única noticia que tengo es que Maria Adelaida es la priora de la *Abadía benedictina de Solesmes*, pero, al menos, con mis hermanos coincidía en Bohemia durante los meses de descanso estival. A pesar de mi numerosa familia, con los que siempre he mantenido un trato más cercano era con Sixto y Xavier, ya que me trataban como una igual, sin distinciones de sexo. Sin embargo, mis otros hermanos Felix, Renato y Cayetano me miraban como un bicho raro por no ser monja. Creo que en secreto me despreciaban, aunque nunca se atrevieron a decírmelo a la cara. Supongo que no querían enfrentarse a mi madre, así que se limitaban a ignorarme, como si no existiera.

—Vaya, y yo que creía que mi familia era complicada por ser nueve hermanos nacidos en diferentes países.

Zita hizo un gesto de indiferencia con la mano. Hans pensó que quizá la familia fuera un tema tabú para Zita y sintió la necesidad de disculparse. No sabía si había sacado un tema sensible.

—Lo siento, señora. No sabía nada de todo esto. Lamento haberle recordado sucesos desagradables.

—No, tranquilo, no lo son. A pesar de todo, en Bohemia fui feliz y, gracias a pasar los veranos allí conocí a mi esposo Karl.

Hans se quedó un momento en silencio, pensativo.

—Pues si su único punto de conexión es ese, la clave debe de estar en Bohemia —dijo, por fin.

—¿Qué quieres decir con eso? ¿Qué debemos marcharnos a Bohemia? —preguntó Zita.

—No, eso es una idea disparatada. Desde el año pasado, Bohemia es un protectorado bajo el control de los nazis. ¿Cómo nos vamos a ocultar de ellos en su propio territorio?

—Entonces, ¿qué quieres decir?

—Yo tampoco me creo que su hermano Xavier se haya marchado del castillo sin más. Conozco bien a las personas y está claro que su hermano le tiene en gran estima y se lleva muy bien con sus hijos. Una vez dejado esto claro, la siguiente pista creo que debe estar relacionada con Bohemia, pero dentro de este castillo. Puede ser que Xavier no supiera cuándo íbamos a regresar de Roma con exactitud, pero sí que lo daba por hecho, aunque al final fuera de milagro.

—¡De milagro! —exclamó Zita.

—Sí, ya le he contado lo que tuve que hacer ayer para escapar de Roma —dijo Hans.

—No, no me refería a eso. Al oír la palabra «milagro» he recordado que en la capilla del castillo hay una imagen de Santa Ludmila de Bohemia, una santa católica. No sé si tendrá algo que ver con lo que intentas deducir.

—¿Qué hacemos aquí parados? —preguntó Hans—. ¡Vayamos a la capilla ya!

Entraron en ella a toda velocidad y Zita se dirigió a un pequeño altar lateral. Allí, enfrente de ellos, tenían la talla en madera de una santa.

—Nunca pensé que diría esto de una imagen de una santa católica, pero la talla es espantosa —comentó Hans, que estaba impresionado.

—Sí, le representación de Santa Ludmila de Bohemia no es como la mayoría de santas católicas. Esta talla refleja un profundo dolor, ya que fue estrangulada por su nuera con su propio velo. Por eso lo ves alrededor de su cuello y su gesto indica que la vida se le está escapando. Reconozco que también me impresionó la primera vez que la vi, por eso la he recordado.

—¿Ve algo que le llame la atención?

Zita se aproximó a la talla.

—No.

—¿Significa algo para usted la imagen de esta santa? ¿Qué podría haber querido decirle su hermano?

—¿Qué vamos a morir estrangulados?

Hans hizo un gesto de desaprobación.

—Señora, si no conseguimos salir de este castillo en dirección a algún lugar seguro en las próximas 24 horas, es posible que eso sea lo que nos suceda, pero creo que deberíamos centrarnos en reflexionar acerca de ello y no frivolizar.

«¿Me acaba de reñir?», pensó Zita, que a pesar de la situación desesperada en la que se encontraban, no perdía su sentido del humor. «Bueno, por si acaso, me voy a fijar en la talla con más detenimiento».

Se acercó de nuevo y está vez la observó de cerca durante un par de minutos.

Nada.

—Lo siento, Hans. Si mi hermano pretendía comunicarme algo a través de esta talla, no soy capaz de deducirlo. No veo más que dolor.

El general también se acercó a la imagen. Aunque no dijo nada, su expresión lo decía todo. Tampoco comprendía qué relación podría existir entre ella y Xavier de Borbón y Parma.

Zita seguía observando la talla. Ahora comenzó una inspección visual de cerca, empezando por la cabeza agonizante y terminado en sus desnudos pies. Hans la imitó. Cuatro ojos ven más que dos.

—¿Qué es esto? —dijo Hans, señalando la peana que sujetaba la talla de madera.

Zita se aproximó.

—Parece un nombre tallado sobre la madera. Pone «Tetin». Lo extraño es que no recuerdo haberlo visto antes.

—¡Pues ya tenemos el mensaje que buscábamos! —exclamó exultante Hans—. Ahora hay que deducir su significado.

—Conozco perfectamente su significado —le respondió Zita.

—¿Y por qué no parece alegre?

—Porque la santa Ludmila fue asesinada en el *Castillo de Tetin*, en Bohemia. Supongo que esa inscripción será de la época de la talla.

Hans bajó la cabeza. Cada vez que parecían progresar, volvían a retroceder.

—Tetin no es ese castillo que dices y esa inscripción es reciente.

Hans y Zita se llevaron el susto de su vida. Esa voz procedía de la misma entrada de la capilla.

—¿Quién está ahí? —preguntó Hans, con voz amenazante.

Zita lo sujetó por un hombro antes de que se abalanzara sobre la persona que acababa de entrar en la capilla. La escasa luz de esa zona dificultaba su reconocimiento, pero su voz era inconfundible, al menos para Zita.

—¡Charlotte! —exclamó, al reconocer el tono de su hija—. ¿Qué haces aquí?

—Os llevo escuchando desde que os habéis puesto a hablar en el salón de la chimenea.

—¿Escuchando? ¡Dirás espiándonos! —exclamó Hans, que ahora estaba enfadado.

—Tranquilo —le dijo Zita al general, mientras le preguntaba a su hija—. ¿Qué sabes tú de Santa Ludmila de Bohemia?

—Absolutamente nada —respondió Charlotte—. No recuerdo haber escuchado ese nombre jamás, pero sí sé qué significa «Tetin».

Zita se acercó a su hija y le dio un pequeño abrazo para que se tranquilizara. El grito de Hans había sonado amenazante. La tomó por una mano y la acercó hasta la talla de la santa.

—Lo siento, no te había reconocido —se disculpó el general—, aunque no está bien que espíes a las personas mayores cuando mantienen conversaciones privadas.

Zita hizo un gesto hacia Hans, como queriendo decir que la dejara actuar a ella.

—¿Qué es «Tetin»? —le preguntó a su hija Charlotte.

—Es más adecuado preguntar, «¿quién es Tetin?».

—¿Es una persona?

—¡Madre! —exclamó Charlotte, haciéndose la ofendida—. Ya sé que has pasado poco tiempo en el castillo, pero no es propio de ti no conocer los nombres del servicio doméstico. Siempre te diriges a ellos por sus nombres.

Zita se quedó pensativa.

—Tengo buena memoria y no recuerdo a ninguna doncella con ese nombre —dijo, aparentando seguridad.

—¡Porque Tetin es un hombre! Es el jefe de los jardineros del castillo, el que se aloja en la casa al lado del estanque.

—¡A ese no lo conocía! —exclamó Zita, girándose hacia Hans—. Anda, vayamos a su casa, a ver si no ha huido con el resto del personal del castillo.

—No lo ha hecho —dijo Charlotte—. Aún sale humo de su chimenea.

—¡Pues a qué esperamos! —exclamó Hans, dirigiéndose a la salida de la capilla. Zita y Charlotte le siguieron.

—Espera, espera —se detuvo Zita—. Tú no puedes venir.

—¿Y eso quién lo dice? —preguntó Charlotte, haciéndose la ofendida—. Si no llega a ser por mí aún estaríais a oscuras.

Zita se giró y observó que Hans no se había detenido y ya marchaba a gran velocidad hacia la casa del jardinero.

—Está bien, pero no quiero que abras la boca —dijo Zita, mientras echaba a correr detrás de Hans, seguida por su hija.

Tuvieron que cruzar todo el jardín frontal del castillo y ascender por una pequeña cuesta. Llegaron en unos cinco minutos. Hans las estaba esperando en la puerta de la casa.

Cuando vio a Charlotte se dispuso a protestar, pero Zita le hizo un gesto con la mano, en señal de silencio.

Llamaron a la puerta.

—Creo que sería una buena idea que me dejarais hablar a mí —se atrevió Charlotte.

—¡Ni hablar! —exclamó Zita.

La puerta se abrió.

Vieron la figura de un hombre de unos cuarenta años de edad, con la tez morena por el efecto del sol y barba bien poblada.

—¡Señora Zita! —dijo, cuando reconoció a la persona que tenía delante—. ¿Qué hace todavía en el castillo?

—¿No sabes por qué estoy aquí?

—No, y si me permite un consejo, deberían marcharse cuanto antes. El ejército alemán no tardará en llegar.

—Sí, eso tengo entendido, pero me asalta una duda. ¿Por qué tú y tu familia no habéis huido, como lo ha hecho el resto del personal del castillo?

—Porque, a pesar de llevar en Francia veinte años, nací en Alemania, dispongo de esa nacionalidad y no soy judío. No creo que tenga nada que temer por parte de mis compatriotas. Además, este es mi hogar familiar. No pienso escaparme.

Zita estaba desconcertada.

—Entonces, ¿no sabes qué hago aquí?

—Le acabo de decir que no debería —insistió el jardinero.

—Hola, Tetin —Charlotte intervino por sorpresa. Zita le lanzó una mirada asesina, pero ya había hablado y no lo podía evitar.

—Hola, Charlotte. No te había visto — le respondió Tetin—. ¿Cómo estás?

—Muy bien, gracias. ¿Está tu hijo en casa?

El jardinero se puso colorado.

—¿Te parece que es el momento apropiado? —le preguntó.

Zita empezó a comprender aquella extraña conversación. Le quedó claro que su hija había hecho amistad con el hijo del jardinero. A pesar de su educación elitista y de pertenecer a la aristocracia europea, siempre había sido una adelantada a su tiempo y no le importaba mantener ese tipo de amistades. Pero ella era ella y su hija era su hija.

—¿Qué está pasando aquí? —intervino Zita.

—Madre, el hijo mayor de Tetin se llama como su padre — se explicó Charlotte.

Ahora Zita terminó de comprender lo que se le estaba escapando.

—¿Podríamos ver a su hijo? —preguntó a un desconcertado jardinero.

—Sí, supongo que sí —respondió, algo confuso. Que Charlotte lo pidiera le parecía normal, ya que lo había hecho con anterioridad, pero Zita no.

—¿Podría decirle que acuda a la puerta? Nos gustaría hablar con él.

Tetin cayó en la cuenta que estaban manteniendo la conversación en el exterior de su casa.

—Claro, señora, pero pasen al interior —les dijo, mientras se apartaba de la puerta y desaparecía de su vista.

Los tres entraron en la casa del jardinero del castillo. Afortunadamente no vieron a nadie en el pequeño salón. Apenas un minuto después apareció un joven de edad parecida a Charlotte. También era fornido y tenía la tez morena como su padre, pero acompañada de una frondosa cabellera morena y unos impresionantes ojos verdes.

«¡Caramba con el hijo del jardinero!», se dijo Zita, mientras se giraba hacia su hija, que no pudo evitar ponerse colorada.

—Supongo que te llamas como tu padre —comenzó Zita.

—Sí, señora —contestó, cuyo rostro estaba igual de rojo que el de Charlotte.

—¿Sabes por qué estamos aquí?

—Sí, señora —volvió a responder con la misma expresión.

—¿Y a qué esperas? —le preguntó Zita, en un tono apremiante. Aunque no lo pensaba reconocer, no le había hecho ninguna gracia enterarse de esa manera que su hija Charlotte frecuentaba a ese chico.

El joven echó mano a uno de los bolsillos de su pantalón y extrajo un sobre.

—¿Lo llevabas encima? —le preguntó Zita, mientras lo tomaba entre sus manos.

—No, señora, pero ya sé a qué habían venido hasta aquí, así que antes de bajar de mi habitación al salón, me ha parecido oportuno cogerlo, para no hacerles perder más tiempo.

«Además de guapo, parece educado y espabilado», se dijo Zita. «Sin duda Charlotte tiene buen gusto».

—¿Te lo entregó mi hermano?

—Sí, señora. Me dijo que vendrían los tres y que aprovechara para despedirme de su hija Charlotte, ya que no nos volveríamos a ver.

«¡Maldito Xavier!», pensó Zita. «¡Aquí todo el mundo parece saber las cosas menos yo!».

—Bueno, pues os dejamos despediros —dijo Zita, tomando por la mano a un Hans que no había abierto la boca en toda la conversación—. Vayamos al exterior de la casa a leer el contenido del sobre.

Hans no opuso ninguna resistencia, pero cuando estuvieron en el exterior de la casa, no pudo evitar intervenir.

—¿Va a dejar a Charlotte ahí dentro con el chico ese?

—Tan solo será un minuto, lo que nos cueste leer el mensaje que nos ha dejado mi hermano —le respondió, mientras rasgaba el sobre y extraía una serie de papeles.

En un principio, Zita no sabía qué significaba todo aquello. Los extendió en la mesa de la terraza.

Hans se puso blanco.

—¿Qué te pasa? —le preguntó Zita.

—¿No comprende el significado de estos documentos?

—Pues no.

Hans se lo explicó.

La tez de Zita palideció como la del general.

—¡Es imposible que mi hermano nos haya hecho esto! —exclamó, al cabo de un instante. Su cara reflejaba un cóctel de incredulidad, indignación y un profundo miedo.

—Pues parece que es así. Nos conduce a la muerte, y me temo que ya hemos gastado nuestras siete vidas, como los antiguos egipcios creían que tenían sus gatos sagrados —dijo Hans, que se había sentado en uno de los taburetes, cubriéndose la cara con sus manos.

«Nada dura: ni la noche estrellada, ni las desgracias, ni la riqueza; todo esto de pronto un día ha huido».
Sófocles, Atenas, año 420 a. C.

—Hoy es el gran día —dijo Michelangelo, observando la pared del altar de la *Capilla Sixtina*.

—Siendo sincero, te tengo que confesar una cosa. La primera vez que entré contigo en la capilla, allá por 1508, sentí muchos nervios y emoción. Hasta se me encogió el estómago. Ahora no.

—Pues deberías sentir algo parecido, aunque quizá la pintura de la bóveda representó un reto diferente a este. Recuerda el andamio flotante que tuve que diseñar para poder acceder a todas las esquinas. ¿Te crees que otros compañeros me han pedido los planos porque no han sido capaces de replicar algo así?

—¿Se los diste?

—¡Pero si ya sabes que quemamos todos los bocetos y los planos relacionados con la pintura de la bóveda! —exclamó Michelangelo.

—Pero una cosa así no se olvida —sonrió Gismondo, tocándose la cabeza.

—No, tienes razón —sonrió también Michelangelo—, pero no quise compartir esa idea loca que se me ocurrió. Al final funcionó, pero pudo no hacerlo.

—Hace casi treinta años construiste el andamio más avanzado de la historia y todavía nadie ha sido capaz de replicarlo. ¡Qué se fastidien y piensen un poco! —exclamó Gismondo.

Eso era exactamente el motivo por el que el artista no quería compartir su idea.

—Pero ahora estás observando un andamio tradicional —observó Michelangelo—. Para pintar esta pared vertical no necesito de ingenios flotantes. Quizá eso le quite algo de magia a una pared lisa tapada por unas maderas vulgares, en comparación con la complicada estructura que cubría esta capilla, allá por 1508.

—Quizá algo tenga que ver —reconoció Gismondo.

De repente, oyeron el sonido inconfundible de la apertura de la puerta lateral de la capilla.

—Buenos días.

Michelangelo y su hermano se miraron. Quizá lo había sido hasta ahora, pero la presencia de Biagio da Cesena estropeaba un momento como aquel. En realidad, estropeaba cualquier momento.

—Buenos días —le respondió Michelangelo, por cortesía.

Ayer, cuando le comunicó a aquel insoportable sacerdote que iba a comenzar los trabajos al día siguiente, lo primero que hizo fue pedirle los bocetos para su aprobación inicial. Michelangelo le dijo que no tenía bocetos. Por supuesto, Biagio da Cesena no lo creyó y Michelangelo le retó a que encontrara un solo boceto de cualquier obra suya, incluida la pintura de la bóveda de la Capilla Sixtina.

—Porque los destruye cuando termina sus obras —le dijo.

—No, todo lo guardo en mi cabeza —le mintió a medias Michelangelo. Era cierto que tenía toda la composición del altar y de *El Juicio Final*, tal y como lo quería representar, almacenado en su mente, pero también necesitaba bocetos, como todos los artistas.

Biagio da Cesena tenía muy claro que Michelangelo le estaba mintiendo, pero como no disponía de ninguna prueba, tuvo que callarse y ceder. Eso sí, de muy mala gana.

Ese fue el primer rifirrafe entre ellos.

Michelangelo pensó que mejor empezar así, marcando el territorio. No quería dejar que aquel mamarracho le perturbara en su trabajo, aunque sabía que lo iba a intentar por todos los medios.

—Ahora que veo la pared y el andamio juntos, me doy cuenta del primer fallo grave que ha cometido —observó Biagio.

—¿Qué fallo? —le preguntó Michelangelo, que no esperaba tener el segundo rifirrafe justo al siguiente día.

—El muro nuevo que construyó está torcido. El andamio está levantado de forma completamente vertical y no guarda la misma distancia con la pared desde el techo hasta el suelo. Es algo tan evidente que me cuesta creer que no lo haya observado.

Michelangelo hizo un gesto de disgusto.

—No lo he hecho porque eso no es un fallo.

—¿Qué la pared del altar este inclinada y no perfectamente recta no es un error de construcción? —Biagio no daba crédito.

—No. Ya le he dicho que no lo es y le voy a explicar el motivo. La parte superior tiene un grosor de exactamente treinta centímetros más que la parte inferior. Así, la pared está inclinada ligeramente hacia adelante desde el techo. Eso tiene una sencilla explicación. Esta obra va a ser mucho más luminosa que los frescos de la bóveda. Voy a utilizar con profusión pigmentos azules y oro, que ya saben que son materiales muy costosos. No quiero que se adhieran sobre la superficie de la pintura cualquier tipo de suciedad o polvo. Por eso, al trabajar con esa mínima inclinación, conseguiré un resultado mucho más satisfactorio. Además, usted mismo lo ha dicho. Se ha dado cuenta de ese detalle porque el andamio está recto y se nota. En cuanto lo retire, nadie lo observará, como tampoco lo había hecho usted hasta ahora. Le recuerdo que el muro se terminó hace más de un mes y no me había dicho nada al respecto.

Biagio se quedó mirando a Michelangelo, como valorando si creerlo o no. El Papa le había advertido que intentaría burlarlo en todo momento, pero aceptó la explicación de Michelangelo. Lo que le había dicho era cierto.

—De acuerdo —dijo—, pero me gustaría que me informara con anterioridad de esta clase de detalles.

—No lo hice porque me pareció un tema puramente técnico que no afecta para nada a la composición artística de la pintura ni a su temática, que creo que es lo que debe supervisar. Usted no es arquitecto ni pintor y, en consecuencia, no entiende nada de sus cuestiones técnicas. ¿Para qué le voy a consultar cosas que no comprende?

Biagio sabía que la explicación de Michelangelo sonaba coherente, pero se quedó con la sensación opuesta. Fingiendo estar disgustado, volvió a abandonar la capilla.

Gismondo había observado toda la conversación en silencio.

—A ver, ¿por dónde se la has colado? —le preguntó a su hermano.

—La explicación que le he dado al pedante ese es una estupidez, ¿verdad? —le respondió Michelangelo, que ahora sonreía.

—Pues sí. Inclinando la pared de esa manera, lo que conseguirás es justo el efecto contrario. Sabes perfectamente que en la *Capilla Sixtina* se celebran multitud de actos, litúrgicos, la mayoría de ellos con cirios y velas. El humo que desprenden afectará más a la pintura que si la pared estuviera recta. Como la has construido, el humo la oscurecerá más rápidamente con el paso del tiempo.

Michelangelo sonrió.

—Muy bien, hermanito, pero tan solo has acertado en lo evidente, no en el verdadero motivo.

—¿Hay otro?

—¡Claro! —exclamó Michelangelo—. ¿Cuál es la temática de la pintura que me dispongo a comenzar? ¡*El Juicio Final*! ¿Aún no lo entiendes? Los cardenales y el resto de la curia romana, cuando celebren cualquier acto en esta capilla, las escenas de *El Juicio Final* se cernirán sobre ellos, como juzgando su comportamiento. La composición pictórica, como has podido ver en los bocetos, simula lo que en hebreo se llaman las *luchot*, las tablas de la ley, más conocidas como los *Diez Mandamientos*.

—¡Eres terrible! —rio Gismondo—. No has dado ni una sola pincelada en el muro y ya les has colado la primera.

—Me parece que nos vamos a divertir con Biagio da Cesena —Michelangelo acompañó en las risas a su hermano—, pero ahora ha llegado el momento.

—¿Serás capaz de manejarte con este andamio? —le preguntó Gismondo, genuinamente preocupado—. Cuando pintaste la bóveda apenas subías y bajabas, ya que la construcción del andamio flotante era horizontal y yo te hacía llegar lo que necesitaras. Incluso no era infrecuente que durmieras en todo lo alto, por no bajar. Ahora, el andamio para *El Juicio Final*, aunque más pequeño, es de construcción vertical y calculo que tendrá unos trece metros de altura. Allí arriba no podrás dormir porque la estructura no lo permite. Eso significa que tendrás que subir y bajar todos los días durante dos años.

—Cinco —respondió Michelangelo, lacónicamente.

—¿Cinco años? —preguntó escandalizado Gismondo—. Escucha, hermano. Hace poco que has cumplido 61 años. Eso significa que piensas terminar *El Juicio Final* con 66. No te lo tomes a mal, pero ¿no te parece que ya estás mayor para esta clase de trabajos?

—Dios me dará las fuerzas necesarias —dijo con seguridad Michelangelo—. Además, te aseguro que esos intentos de llamarme anciano no funcionarán. El amor siempre me da el vigor que preciso.

—¿No me digas que estás enamorado?

—Se llama Tommaso.

—¡Tomasso de Cavalieri! —exclamó Gismondo—. ¡Lo conocimos en Florencia hace cuatro años! Recuerdo que me contó que abandonaba la república para ser cortesano del Papa Clemente VII.

Michelangelo no pronunció palabra alguna.

—¡Espera, espera! —siguió Gismondo—. ¿No me digas que dejaste Florencia por Roma por Tomasso y que me arrastraste a mí contigo?

—Ya sabes que no —le respondió Michelangelo—. La revuelta florentina había terminado y si Clemente VII, el patriarca de los Medici contra los que nos sublevamos, no nos hubiera perdonado, ahora estaríamos muertos.

—¿Ni un poquito? —insistió Gismondo.

Michelangelo pareció relajarse. Ahora sonreía.

—Bueno, te cuento la historia a cambio de algo.

—¿Qué quieres?

—En algún momento de estos años te pediré enviar alguna carta secreta que quiero que salga de Roma y llegue a su destino sin que nadie la intercepte. ¿Puedes hacerlo?

Gismondo, a pesar de no comprender esa extraña petición, también sonrió.

—Por supuesto, hermano. La correspondencia que quieras mantener en secreto no puede ser trasportada por ningún mensajero, ni siquiera los de confianza. El Papa tiene un férreo control sobre todo lo que entra y sale de Roma. Pero siempre se puede recurrir al método tradicional.

—¿Qué método es ese?

—No mandar las cartas con mensajero, ¿Cómo crees que entro y salgo de Roma sin que nadie sepa que lo hago? Con la ayuda de las personas a las que la gente desprecia, salvo cuando precisan de sus servicios. Me refiero a las prostitutas. Nadie se fija en ellas. Son el mejor correo.

Michelangelo estaba sorprendido.

—¿Y son de fiar?

—Mientras les pagues por sus servicios, son las mejores. Eso sí, será la correspondencia más cara que hayas enviado en toda tu vida, así que tampoco abuses de este sistema porque te podría arruinar.

Michelangelo volvió a sonreír. No le gustaba hablar de ello, pero era una persona rica, a pesar de su vida extremadamente austera... o quizá esa fuera la causa si lo pensaba mejor.

—Eso no sucederá —se limitó a responder.

—Ahora, te toca a ti.

—Está bien. Tienes razón. Conocí a Tomasso de Cavalieri en nuestro último año en Florencia. Entonces él tenía 23 años.

—¡Cómo el revolucionario de Dante! Recuerdo que también le prestaste una atención excesiva.

—De Dante me atrajo su valentía e inocencia, pero tenía la cabeza llena de serrín. De haberle hecho caso, hubiésemos muerto todos en aquel último año agónico de la guerra. Sin embargo, Tommaso es otra cosa. Si tuviera que definir el canon de belleza masculino, sin duda sería él. Además, no solo es un rostro bonito y un cuerpo atlético. Se trata de un joven noble procedente de una antigua familia romana patricia y un verdadero amante del mundo de las artes. Le enseñé algo de arquitectura y me demostró una sensibilidad apasionada.

—¿No serías tú el apasionado? —preguntó Gismondo, con un amago de sonrisa pícara en sus labios.

—Es un amor platónico, Gismondo. A pesar de que nos hemos intercambiado poemas estos últimos años, como tú decías antes, yo soy un anciano de 61 y Tommaso tiene 27. Eso no implica que pensar en él me dé ganas de seguir viviendo.

—Bueno, si es así, me parece una buena influencia, porque vas a necesitar la fuerza de cada músculo de tu cuerpo para pintar *El Juicio Final*. Y eso incluye el corazón.

—¡La pintura! —exclamó Michelangelo, que corrió en dirección al andamio.

Para sorpresa de Gismondo, se encaramó hasta lo más alto con una agilidad impropia de su edad. Se quedó pasmado.

—Ahora —le gritó Michelangelo desde la cima del andamio—, no deseo ser molestado por nadie. Tú te encargarás de prepararme los pigmentos y quiero que busques a un cocinero y a un vigilante. No deseo que el Papa me asigne a nadie, ya que seguro que son informantes como ya sucedió cuando pinté la bóveda. Y en cuanto a Biagio da Cesena, ya me encargo yo.

En ese momento, Gismondo fue consciente de que comenzaba otra colosal hazaña, pero la diferencia con la primera, la pintura de la bóveda de la Capilla Sixtina, era sustancial. Entonces tenían 25 años menos y una vida por delante para batallar.

Ahora la batalla les perseguía y la vida iba por detrás.

A pesar de todos los malos augurios, los dos primeros años de trabajo fueron tranquilos. Michelangelo decidió comenzar la pintura por la parte superior. Cuando Gismondo le preguntó el motivo de ello, se limitó a señalar su sombra en la capilla, el insoportable maestro de ceremonias papal, Biagio da Cesena.

—Es un pedante y un engreído —Michelangelo le comentó a su hermano—. No osará poner un pie en el andamio. Si empiezo por la parte superior no será capaz de distinguir los pequeños detalles. Ya sabes, las grandes obras no destacan por su tamaño. Son los detalles las que las hacen grandes.

Y así fue.

Pero llegó el tercer año y Michelangelo ya había terminado la parte superior y estaba en el centro. Las figuras de Cristo y María ya estaban concluidas e iba descendiendo.

—¿Por qué hay tantos desnudos? —no dejaba de preguntar Biagio—. Se supone que es la representación de *El Juicio Final*, no una orgía de obscenidades paganas y herejías.

Gismondo tuvo que reconocer que la respuesta de su hermano había sido muy florentina.

—¿Qué espíritu es tan vacío y ciego, que no puede reconocer el hecho de que el pie es más noble que el zapato, y la piel más hermosa que el vestido que la cubre?».

Era una manera elegante de explicarle a aquel fanático de la moral que mostrar la anatomía humana en todo su esplendor no iba contra Dios, sino que realzaba su grandeza y belleza.

Biagio da Cesena protestaba incansablemente ante Pablo III, pero Alessandro Farnese tan solo quería ver la obra terminada. Deseaba pasar a la posteridad como lo había hecho Julio II con la bóveda de la *Capilla Sixtina*. Eso era su único objetivo, por ello acabó harto de las quejas de su *cerimoniere.*

—¿Has enviado todas las cartas que te di?

—Sí, hermano. Además, las «mensajeras de Dios» han vuelto a Roma y me han confirmado que todas fueron entregadas a sus respectivos destinatarios.

—¿Mensajeras de Dios? —sonrió Michelangelo—. Supongo que, a su manera, se han ganado entrar en el Reino de los Cielos.

—¿Con quién te querías comunicar?

—Llevo tres años encerrado en esta capilla, pintando sin parar. También deseo conocer qué sucede a mi alrededor.

—No me lo piensas contar, ¿verdad?

—No hará falta porque lo averiguarás por ti mismo —le respondió de forma enigmática.

Al cuarto año se produjo un hecho sorprendente. Michelangelo abandonaba la Capilla Sixtina determinados días, aunque obligaba a que su hermano permaneciera en su interior. El pretexto que le puso para no permitirle que le acompañara fue que no se fiaba de Biagio da Cesena, aunque Gismondo sabía que había algo más. Michelangelo jamás abandonaba una obra casi ni para dormir, ya que se entregaba en cuerpo y alma. Aquello era inaudito, pero siempre terminaba regresando y retomando la pintura.

Y al quinto año terminó.

Michelangelo descendió de la parte inferior del andamio y se quedó mirando la obra completa.

—No sé qué miras si no se ve nada —se quejó Gismondo—. Entre el andamio y esas telas tan extrañas que has puesto colgando de las maderas apenas se pueden observar pequeños fragmentos de la pintura.

—Eso es lo que pretendo —dijo, sonriendo—. Además, es la hora perfecta.

—¿Para qué?

—Es medianoche. Nuestro amigo Biagio da Cesena estará dormido, así que es hora de nuestra reunión.

—Michelangelo, llevamos cinco años reunidos aquí dentro, aislados del mundo —Gismondo no comprendía nada—. ¿Qué puedes querer contarme esta noche que no hayas podido hacer cualquier otra?

—Es cierto que llevamos cinco años dentro de la *Capilla Sixtina*, pero lo de aislado del mundo serás tú. Yo he estado preparándome para este día desde hace tiempo.

—Sí, has terminado *El Juicio Final*. ¿Y por qué nos tenemos que reunir hoy los dos?

—Los tres.

En ese justo instante, oyeron unos golpes en la puerta de la *Capilla Sixtina* que daba al patio ajardinado. Michelangelo dejó a su hermano y la abrió. Cuando Gismondo vio la persona que entraba, le dio un vuelco el corazón. Ni en el más loco de sus sueños se lo pudo imaginar.

—Bueno —prosiguió Michelangelo—, como ya nos conocemos los tres, huelgan las presentaciones. Voy a ir al grano, que no nos sobra el tiempo.

—¿Qué haces tú aquí? —acertó a preguntar Gismondo.

—Presta atención a tu hermano —respondió aquella persona.

—Escucha, Gismondo. Sé que lo que te voy a pedir te va a sorprender, pero tienes que abandonar Roma ahora mismo. Os marcharéis los dos juntos.

Gismondo empezó a atar cabos.

—¿Por eso hiciste que te mandara esas cartas secretas? ¿Y por eso te ausentaste de la *Capilla Sixtina* durante varios días? ¿Para darme una patada en el culo?

—No. Para salvarte la vida.

Ahora, Gismondo estaba asustado.

—¿Y tú? —le preguntó.

—Mi suerte se decidió hace cinco años —respondió Michelangelo, bajando la cabeza—, pero moriré matando. Cuando mañana dé a conocer que he terminado *El Juicio Final*, será mi puntilla. Por eso te quiero lejos de mí.

—No te pienso abandonar.

—No me abandonas. No hay esperanza en las cosas que fallecen.

«Para regresar allí de donde vino,
llega el alma a tu cuerpo
como un ángel de piedad tan lleno
que al intelecto sana y al mundo honra.
Ese sol me arde y me rapta,
que el amor no tiene esperanza en las cosas que fallecen».

Michelangelo Buonarroti, 1541.

31 EN LA ACTUALIDAD, FLORENCIA, ITALIA, 20 DE ENERO

—Y ahora, ¿qué hacemos?

Patricia Cullen se quedó mirando a su compañero Ryan Clarke con una expresión de clara determinación.

—¿Acaso te crees las bravuconadas de Tote? ¿Te has dejado amedrentar?

—No sabría qué decirte. Está claro que ella mantiene mejores relaciones con la CIA y maneja más información que nosotros.

—¿Mejores relaciones con la CIA? —le preguntó Patricia, sonriendo—. Eso lo dudo mucho.

—¿Y cómo demonios sabía lo de Martina y que fue ella la que nos facilitó la información?

—Hay una posibilidad que no hemos contemplado y que explicaría muchas cosas.

—¿Cuál?

—Ha ordenado vigilarnos —dijo, sin inmutarse—. Los españoles poseen muchos más recursos que nosotros en Italia. No te extrañe que tengamos alguna «sombra». Así se explicaría que supiera lo de Martina y que nos haya encontrado con tanta facilidad en el interior de la *Galleria dell'Accademia*. ¿Cómo podía saber qué estábamos aquí? Ha venido directamente a nuestro encuentro y no se ha sorprendido por nuestra presencia. Ya sabía dónde encontrarnos. Incluso se ha permitido un tono de burla, que ha sonado a aires de superioridad, como es habitual en la señora Margarita Rivera. Nada nuevo bajo el sol.

Ryan tuvo que reconocer que quizá Patricia tuviera razón. Además, conociendo un poco a Tote, le parecía hasta lógico. Sabía que haría cualquier cosa por la seguridad de Rebeca, sin reparar en los medios que necesitara emplear.

—Si tu teoría es cierta —comenzó a razonar Ryan en voz alta—, cualquier cosa que hagamos en Florencia la sabrá Tote.

—No necesariamente —le respondió Patricia, que seguía sonriendo a pesar de la situación.

—Si ni siquiera hemos advertido quién nos está vigilando, ¿cómo quieres que nos deshagamos de él o de ella?

—Gracias al general Giuseppe Garibaldi.

Ryan se quedó mirando a Patricia como si hubiera perdido la razón.

—Garibaldi murió en el siglo XIX. ¿No me digas que crees en los espíritus? Ya es lo último que me faltaba por oír hoy.

—Claro que no, pero ahora nos va a echar una mano. *Villa Spada,* que, como sabes, es el lugar donde se encuentra la Embajada de Irlanda en Roma, es un edificio histórico construido en el siglo XVII. Si conoces algo de la historia de este país, supongo que sabrás que en 1849, después de la huida del Papa Pio IX, fue instaurada la llamada *República Romana*, gobernada por un triunvirato liderado por Giuseppe Mazzini. Fue una aventura breve, ya que Napoleón III mandó un ejército a sitiar Roma. El general que defendió la ciudad frente al ataque francés fue Giuseppe Garibaldi y estableció su cuartel general precisamente en *Villa Spada*. Cinco meses después de instaurada la república, Garibaldi rindió Roma, tras un mes de cruentos combates. El líder de la revuelta contra los Estados Pontificios, Giuseppe Mazzini, y su general, Giuseppe Garibaldi, de forma sorprendente, lograron huir de una Roma tomada por los franceses. Nadie fue capaz de localizarlos. Mazzini apareció meses después en su refugio de Londres, mientras Garibaldi hizo lo propio en Tánger. ¿Cómo consiguieron salir de la ciudad sin ser capturados? Además, no solo ellos dos, sino gran parte de los líderes de aquel movimiento revolucionario. Los historiadores, aún hoy en día, no tienen ni la más remota idea de cómo lo lograron. Aventuran, por decir algo, que llegaron a un pacto con Napoleón III a cambio de rendir la ciudad, pero eso no se lo creen ni ellos. El emperador francés deseaba cortarles la cabeza. El emperador tenía sitiada la ciudad y sabía que iba a ser suya en muy poco tiempo. ¿Para qué necesitaba hacer concesiones a los perdedores? Esa no era la manera de ser del orgulloso Napoleón III.

—Muy instructiva tu clase de historia, pero, ¿qué tiene que ver con nosotros?

—En 1949, el gobierno irlandés compró el edificio para que fuera su legación frente a la Santa Sede. Desde 2012 el edificio es ocupado por la embajada irlandesa ante Italia. Ayer volaste desde Dublín a Roma y pudiste ver con tus propios ojos el estado de conservación de *Villa Spada*.

Ryan lo recordaba.

—Me dio la impresión de que, en cualquier momento, la villa se podría haber venido abajo.

—Y eso que fue reconstruida en 1900 y posteriormente restaurada por el arquitecto Tullio Rossi. Y aquí es donde comienza lo interesante de esta historia. Resulta que, en esta última restauración, al comprobar la solidez de los cimientos, el arquitecto Rossi descubrió una serie de túneles que no aparecían en los planos originales de *Villa Spada*. En su opinión, debieron ser construidos a mitad del siglo XIX. ¿Y quién era, en aquella época, el principal candidato para mandar horadar semejantes túneles? ¡El general Giuseppe Garibaldi! Todos los centros de mando militares de la época disponían de vías de escape secretas, para ser utilizadas en caso de que la campaña militar fracasara. Los túneles conducían al exterior de la ciudad. ¡Misterio histórico resuelto! Ya sabemos cómo escaparon Mazzini, Garibaldi y compañía de las garras francesas.

—Muy interesante, pero insisto con mi pregunta. ¿Qué tiene que ver todo esto con nosotros?

Patricia sonrió y puso una mano en el hombro de Ryan.

—¿Qué espera Margarita Rivera que hagamos, después de su clara amenaza?

—¿Qué nos vayamos de Florencia? —respondió Ryan con una pregunta.

—Exacto. Pues eso es precisamente lo que vamos a hacer. Nos marcharemos a Roma, más concretamente a *Villa Spada*. El dispositivo de vigilancia que esté siguiendo nuestros pasos informará a Tote que hemos regresado a la embajada de donde salimos. Todo resuelto.

En este instante de la conversación, Ryan comprendió el plan de Patricia.

—Supongo que Tote apostará a algún vigilante en el exterior de la embajada, para asegurarse de que no entramos y salimos de nuevo hacia Florencia. Y tú estás pensando en utilizar esos viejos túneles para burlarla.

—Muy bien, Ryan. Esta noche dormiremos en la embajada. Hay una zona habilitada en el primer piso con unas literas. Mañana por la mañana, aseados y descansados, regresaremos a Florencia.

—¿Cómo? Supongo que Tote también tendrá controlados los nombres de los pasajeros de los vuelos y del tren de alta velocidad.

—¡Pues como toda la vida nos hemos desplazado! ¡Con coche! —exclamó Patricia—. Cuando lleguemos a Roma, enviaré a mi secretaria a que nos deje un vehículo en la salida principal de uno de los túneles, el único que es accesible. El vigilante español de la puerta de la embajada creerá que aún estamos en su interior, mientras nosotros estaremos yendo camino de Florencia de nuevo.

Ryan sonrió.

—Parece que lo tienes todo controlado.

—Tote se cree muy lista, pero no es la única que piensa.

—Hablando de Tote —comenzó Ryan—. ¿A qué se refería cuando me dijo que tu interés real no era encontrar a Rebeca?

Patricia temía esa pregunta desde que Tote les había abordado, pero había tenido tiempo de prepararse.

—Porque no lo es —le reconoció—. Quiero que comprendas bien mi respuesta. No es que no me interese encontrar a Rebeca, pero lo hago porque estoy seguro de que si lo consigo, también encontraré a su hermana Carlota.

—¿Por qué te interesa tanto Carlota?

—Tenemos alguna deuda pendiente del pasado —dijo Patricia, con un tono de voz que reflejaba una evidente amargura.

—Entonces, ¿es un tema personal tuyo con Carlota?

—¿Y no lo es también un tema personal lo tuyo con Rebeca?

Ryan se puso colorado.

Patricia tenía razón. Quizá no quisieran encontrar a la misma persona e incluso sus motivaciones fueran diferentes, pero, si lo hacían con una, también lo harían con la otra. Ryan pensó que le valía.

—Tienes razón —reconoció—, pero tan solo te pongo una condición para seguir con esto.

—¿Condición? ¿En serio?

—No sé qué te traes entre manos con Carlota, pero no quiero nada de violencia. Si no me das tu palabra, seguiré solo.

Patricia se rio.

—¿Violencia? —repitió—. En absoluto. Jamás se me ocurriría.

Ryan no supo si creerla, pero decidió seguir adelante, a pesar de sus dudas.

En realidad, a Patricia Cullen tampoco le importaba un pimiento Carlota.

Tenía otros motivos.

32 EAST HARLEM, NUEVA YORK, ESTADOS UNIDOS, 24 DE OCTUBRE DE 1948

—Estás preciosa.

—¿Tú crees?

—¿Qué si yo creo? —le preguntó Charlotte de Bar a su amiga Evelyn—. Lo que yo creo es que eres la novia más guapa que he visto en mi vida. Cuando te vea Liam se va a quedar sin palabras.

—Lo dices por el vestido que llevo.

Charlotte de Bar la tomó por sus manos.

—Eres bella por fuera, pero aún lo eres más por dentro. Jamás en toda mi existencia he conocido a nadie ni remotamente parecida a ti. Bueno, y el modelo exclusivo de Christian Dior también ayuda un poco, no te voy a engañar— dijo, con una sonrisa malvada en su rostro.

—¡Oye! ¡Qué aunque vaya enfundada en este vestido, aún te puedo pegar una patada en tu culo escuchimizado de blanquita remilgada, eso si lo encuentro!

Charlotte la tomó por los hombros.

—Vamos a salir ahí fuera y vas a dejar a todos con la boca abierta, ¿vale? Hoy es tu gran día. Quiero que seas la reina del *East Harlem* y que se lo demuestres.

—Soy la reina del barrio —repitió Evelyn.

—Eso es. Ahora vamos a por ellos.

Dicho y hecho.

Charlotte salió de un desvencijado cuarto que supuso que sería el equivalente a una sacristía en un templo católico. Acudió a sentarse en las sillas que rodeaban el altar.

—Estás guapísima —le dijo Liam, cuando pasó por su lado.

—Pues espérate a lo que viene —le respondió, sonriendo.

Charlotte se sentó y miró a su alrededor. La verdad es que la iglesia estaba preciosa, engalanada para celebrar un acontecimiento muy especial. No cabía ni una sola persona más. Nadie en todo el barrio se había querido perder la boda de Evelyn Ramos. Era una persona muy querida por todos sus vecinos y ahora se lo estaban demostrando.

Cuando comenzaron los dos órganos del templo a sonar, la Iglesia se vino abajo.

Charlotte de Bar se sorprendió por los gritos y aplausos del público. La gente parecía enloquecida de felicidad y se acercaban a tomar por una mano a Evelyn, que se detenía para agradecerles su presencia. La llegada hasta el altar se demoró por lo menos cinco minutos. En las ceremonias católicas aquello era impensable. «Aún tendrá razón el padre Brown y he hecho mal en no asistir a ninguna de sus misas. Aquí no solo se respira felicidad, sino que se demuestra y se comparte», pensó.

De repente, un coro de voces empezó a cantar al ritmo de la música de los órganos. Charlotte de Bar observó como el padre Brown salía de detrás de su atril y se colocaba en el centro del pasillo, elevando sus manos hacia el cielo. «¿Qué hace?», se preguntó. Pues eso no era nada. Se giró y vio que todo el mundo hacía lo mismo, mientras bailaban y cantaban. Se sintió algo cohibida porque no sabía qué hacer, pero entendió que aquello era una manifestación de alegría en su estado más puro. A pesar de que no conocía esa canción, el estribillo era pegadizo, así que terminó cantando como todos, mientras elevaba sus brazos hacia el cielo.

Sin duda, aquello era contagioso.

Cuando Evelyn llegó al altar, fue recibida por el padre Brown con gran júbilo, mientras todos seguían cantando y bailando. Escuchó el sonido de una batería e incluso de un saxo. «¿Esto qué es? Parece que ya se hayan casado y estemos celebrando el convite», pensó, divertida.

Por fin, Evelyn se sentó en su lugar y la música cesó.

El padre Brown abrió la ceremonia con un emotivo discurso mezclando religión y pasajes de la vida de Evelyn y William. A Charlotte de Bar le resultó pintoresco, pero debía reconocer que fue emotivo. No pasaba un minuto sin que fuera interrumpido con gritos de «gloria a Dios» y palabras de cariño hacia su amiga, coreadas de forma inmediata por todos los asistentes.

Cuando terminó de hablar, el padre se retiró a un lateral del altar y salió otra persona al atril. Charlotte de Bar no la conocía de nada. Empezó a ensalzar las virtudes de Evelyn y

William, pero no como si fuera un ministro del Señor, sino al estilo de un vendedor ambulante. La cuestión es que su potente voz caló entre los asistentes, que parecían enfervorizados y aplaudían a rabiar.

Al cabo de veinte minutos se retiró y apareció otra persona más. Se trataba de una mujer de unos cincuenta años. Charlotte de Bar no sabía cómo se llamaba, pero la reconoció del barrio.

No habló.

Cantó como los ángeles.

Un piano, un saxo y algo de percusión se escuchaban de fondo, pero la potente voz de aquella señora se comía la ligera instrumentación.

Charlotte de Bar nunca había entrado en ninguno de los locales musicales que proliferaban en Harlem. Sabía que eran famosos por la calidad de sus músicos y por las extraordinarias voces femeninas, pero la mayoría operaban en la semiclandestinidad y siempre pensó que no eran sitios para una chica blanca. El famoso *Cotton Club* había cerrado cuatro años antes de su llegada a Harlem por las protestas contra la segregación racial, ya que tan solo permitían la entrada a personas de raza blanca, a pesar de que habían actuado celebridades como Duke Ellington, director de orquesta y pianista de *jazz*, Jimmie Lunceford, un gran saxofonista o el propio Louis Armstrong, un joven trompetista talentoso. Todos ellos eran negros, que no podían asistir como clientes pero sí actuar para los blancos. Ese era el reflejo del barrio en aquella época.

Charlotte de Bar disfrutó de aquellos momentos como jamás se hubiese imaginado. No supo cuánto tiempo estuvo cantando aquella señora y tan solo advirtió que había terminado cuando la sacaron del trance los aplausos y gritos del público.

La ceremonia ya superaba los sesenta minutos y a Charlotte de Bar se le había pasado el tiempo volando. Debía reconocer que estaba disfrutando. «Quizá ahora comprenda cómo una misa pueda durar tres horas», pensó. «Incluso se te hará corta».

Cuando la magnífica cantante se retiró del escenario, el padre Brown no hizo ademán de levantarse para recuperar su lugar en el atril. En su lugar salió un hombre, que Charlotte de Bar tampoco conocía, y se puso a dar gracias a Dios por la unión entre William y Evelyn. Lo hacía con frases cortas inspiradoras, que siempre terminaban con «gloria a Dios», que el público asistente repetía de forma atronadora. «Hasta hablando tienen ritmo», pensó.

Cuando terminó, volvió a escuchar notas musicales y toda la iglesia comenzó a cantar de nuevo. La música era pegadiza y, como en la vez anterior, Charlotte de Bar se sorprendió cantando los estribillos de las canciones.

Al cabo de dos horas, por fin pareció que el padre Brown se levantaba de su silla y se situó detrás del atril. Abrió un libro, que Charlotte de Bar supuso que sería una Biblia, y leyó algunos de sus pasajes. Hasta eso le resultó emocionante. No era una simple lectura mecánica como solía suceder en las ceremonias católicas, sino que parecían palabras que salían de su corazón.

Cuando el padre Brown terminó la lectura de las escrituras sagradas, se dirigió hacia William y Evelyn. Los tomó por las manos, mirándolos a los ojos. Primero le habló a él acerca de sus responsabilidades como futuro padre de familia, y luego le dedicó unas hermosas palabras a Evelyn. Ahora la iglesia estaba en completo silencio. Charlotte de Bar supuso que se estaban acercando al momento clave de la ceremonia.

Así fue.

Pero no era lo que Charlotte de Bar se esperaba.

—Ahora, los padrinos y las madrinas dirigirán unas palabras a los novios —dijo el padre Brown.

Horror.

Eso no se lo había advertido Evelyn.

Charlotte de Bar se quedó mirando a su amiga y se sorprendió al observar que ella lo estaba haciendo también. Le regaló una sonrisa que la desmontó. «Menuda encerrona, pero al menos ha sido con estilo», pensó.

Menos mal que no fue la primera en hablar. De hecho, lo hizo la última. Pronto se dio cuenta de que quizá eso fuera peor, porque los discursos que había escuchado habían sido emocionantes. Ya estaba todo dicho y ella no llevaba nada preparado.

De repente, vio como el padre Brown le hacía un gesto con la mano, como indicándole que se acercara al altar.

Había llegado su turno.

Como no sabía qué decir, decidió improvisar sin tener una idea muy clara del hilo de su discurso.

—Muchas gracias a todos por asistir a esta ceremonia tan maravillosa de una persona todavía más maravillosa, mi gran amiga Evelyn. Disculpa, William, pero me voy a centrar en ella.

El público rio por primera vez.

—Antes de comenzar, no sé si yo soy la persona más adecuada para merecer este honor. Me he dado cuenta de que soy lo más blanco que hay en esta iglesia, incluyendo el atril.

Los asistentes volvieron a reírse, ya que el atril era de mármol blanco.

—¡Tú siempre has sido negra! —escuchó gritar a una voz entre el público.

—¡Tu corazón late como el nuestro! —exclamó otra.

Todos prorrumpieron en un sonoro aplauso y pusieron en un apuro a Charlotte de Bar, que se había prometido no llorar.

En este momento, incumplió su promesa.

—Me lo pones muy difícil, Evelyn —continuó a duras penas—. Cuando hace ocho años llegué a este barrio, me di cuenta de que los ángeles también podían ser mulatos o negros. Me encontré con una persona que era capaz de ver la luz entre la oscuridad, que a pesar de perder a sus padres antes de tiempo, se echó a sus cuatro hermanos menores a sus espaldas y los sacó adelante con una determinación impropia de su edad. Y aquí los tenéis hoy en día, una señorita y tres caballeros viendo cómo se casa su princesa.

Para sorpresa de Charlotte de Bar, los cuatro hermanos de Evelyn se levantaron de sus sillas y corrieron a abrazarla. Había convivido en la misma casa con ellos durante unos años y el cariño que se tenían entre ellos era inmenso.

Ahora sí que no podía continuar hablando, ya que los cinco, en medio del altar, estaban llorando como nunca lo habían hecho antes.

El público pareció volverse loco cuando Evelyn se les unió.

—¡Es mi hermana! —gritó—. ¡Quiero que todos lo sepáis!

—Siento no poder decir nada más —intentó continuar Charlotte de Bar, entre lágrimas—, tan solo os pido que bendigáis esta unión entre Evelyn y William y recéis al Señor por su eterna felicidad.

Ahora, hasta el padre Brown estaba llorando.

Los asistentes parecieron volverse locos con gritos de gloria a Dios y un atronador aplauso que hizo inútil cualquier intento de seguir hablando, aunque ya no pensaba continuar.

Despúés de unos interminables cinco minutos, cada uno volvió a sentarse en su lugar.

El padre Brown, ya recompuesto, se acercó a los novios.

«Después de casi tres horas, ahora parece que empieza lo importante», se dijo Charlotte de Bar.

El padre Brown pronunció unas palabras muy parecidas a la liturgia católica, preguntando a los novios si se aceptaban mutuamente como esposos. Al fin y al cabo, el rito evangélico, aunque mucho más alegre y participativo, también era cristiano.

Se intercambiaron las alianzas.

Cuando se besaron, el extraordinario coro de voces volvió a cantar, acompañado por los órganos.

El silencio en la iglesia se acabó.

Todos acompañaron al coro en sus cánticos.

Ahora, Charlotte de Bar no cantó, como en las ocasiones anteriores. No sabía si estaba rompiendo algún protocolo, pero tampoco le importó. Se acercó a su amiga Evelyn y se fundieron en el abrazo más hermoso de toda la ceremonia.

—Es el día más feliz de mi vida —le dijo al oído Evelyn.

Charlotte de Bar pensó que también era el más feliz para ella.

33 EN LA ACTUALIDAD, FLORENCIA, ITALIA, 21 DE ENERO

—¡Venga, dormilonas! Creo que ya habéis descansado lo suficiente.

Allison abrió un ojo. Rebeca ni eso.

—¿Qué hora es? —preguntó Allison.

—Hora de despertarse. Rojas y yo acabamos de reconocer el lugar. Parece seguro.

—¿Ha amanecido? —preguntó ahora Rebeca, que continuaba con los dos ojos cerrados.

—¿Y eso qué más da? Llevas durmiendo ocho horas y es justo lo que necesita el cuerpo humano.

—Lo será para el tuyo. Mi cuerpo me pide diez, al menos.

Rebeca siempre había sido una perezosa compulsiva. Cuando trabajaba en el periódico *La Crónica* y en la radio, se tenía que poner varias alarmas en su móvil. Aun así, como decía su tía Tote, salía a desayunar con «ojos de china».

—No sé si sois conscientes de que la policía italiana os busca —dijo Carlota, señalándolas a las dos—. Además, ahora también sabemos que Tote, Patty y Ryan están en el ajo, y eso es lo que más me preocupa. ¿Qué pintan ellos en toda esta historia?

—Bueno —comenzó a decir Rebeca, sentándose en aquel incómodo camastro improvisado—, supongo que Tote me buscará a mí, al igual que Ryan. No olvidéis que me escapé de su apartamento de Dublín con Allison. Lo que desconozco es qué pinta tu amiga Patty de la mano de Tote y Ryan. Me parece una unión de lo más extraña.

—¡Y tanto! —exclamó Carlota—. Ya sabéis que Ryan dirige una pequeña unidad de élite de contraespionaje dentro del ejército irlandés. Es posible que, en cuanto se enterara que el destino del vuelo secreto era Florencia, pidiera ayuda a sus compañeros de la embajada de Irlanda en Roma. Tienen pocos efectivos, pero, que yo sepa, al menos cuentan con cuatro personas. Pero lo sorprendente es lo de Patricia Cullen. Muy pocas personas saben que, aparte de embajadora, es la coordinadora en secreto de todos los servicios de inteligencia irlandeses. Me extraña incluso que Ryan Clarke manejara esa información.

—Pues es un hecho que están juntos —apuntó Allison.

—Sí, pero tiendo a pensar que fue Patricia la que se quiso involucrar. La pregunta clave es, ¿por qué? Desde luego que no destaparía su cobertura diplomática para ayudar a Ryan a buscar a Rebeca, una persona que ni siquiera conocía. Eso lo tengo muy claro.

—Entonces, ¿qué crees que persigue?

Carlota se quedó un instante en silencio antes de responder.

—¿Por qué estamos en Florencia?

—¡Cómo te atreves a preguntar eso! —saltó Rebeca—. ¡Porque tú nos secuestraste y...!

—¡Vale, vale! —le interrumpió Carlota—. Eso ya lo sabemos todos. Reformularé la pregunta. ¿Por qué os traje a Florencia?

—Para salvarnos de no sé qué peligro, que aún no nos has aclarado —le respondió Rebeca.

—Sí que lo he hecho. Se trata del *Diamante Florentino*. Es tan valioso como peligroso. En esta historia, todo gira alrededor de él. Supongo que si Patricia Cullen ha salido de su anonimato, algo tendrá que ver con el diamante.

—¿Te estás escuchando? —Rebeca no se pudo aguantar—. No tenemos ni la más remota idea del paradero de ese diamante, más allá de tu afirmación de que se encuentra actualmente en Florencia. Ahora dices que puede que tu amiga Patty vaya tras él, pero no nos has mostrado ni una sola prueba que sustente esa alocada hipótesis. Además, ¿qué nos importa a nosotras ese maldito diamante?

Carlota bajó la cabeza. Había cierta información que no podía revelar, ya que pondría en peligro sus fuentes.

—Está en Florencia y os aseguro que es vital que lo encuentre. Tan solo pido que confiéis en mí. Me he tomado muchas molestias para que estemos todas juntas en esta ciudad. No lo hubiera hecho si no estuviera segura.

—Y ahora que estamos todas reunidas, ¿qué propones que hagamos? —siguió Rebeca.

—Pensar.

Rebeca le lanzó lo primero que tuvo a mano a la cabeza de su hermana.

—¿Para eso me has despertado? ¿Para pensar? —le preguntó, indignada—. ¡Eso lo puedo hacer hasta dormida!

Carlota apenas pudo parar el golpe. Aquel objeto que le había arrojado su hermana pesaba lo suyo. Seguro que le salía un buen moratón en el lugar del golpe.

—Me has hecho daño —dijo, mientras se agachaba a recoger aquella peligrosa arma arrojadiza.

De repente, se quedó pálida.

Parecía que había dejado de respirar.

—¿Qué demonios significa esto? —gritó como una histérica, mientras sujetaba con su mano derecha el objeto que le había arrojado Rebeca.

—Es un libro que hemos tomado prestado de la biblioteca de *La Santa Alianza* —respondió Allison, con timidez.

Carlota parecía fuera de sus casillas.

—Y, entre los miles que había, ¿por qué habéis elegido este precisamente?

Allison se quedó mirando a Rebeca, sin comprender aquella explosión de Carlota. Rebeca le hizo un gesto negativo con la cabeza. Estaba claro que no deseaba compartir esa información con Carlota, al menos hasta que no se hubiera tranquilizado un poco.

—No sé, fue el primero que vimos enfrente de nosotras —respondió Allison, aún nerviosa—. Mientras Rojas y tú buscabais la salida de la biblioteca, nosotras nos entretuvimos mirando algunos volúmenes y...

—¡Déjate de chorradas! —exclamó Carlota, que no parecía calmarse—. ¡Quiero una respuesta ya!

Rebeca consideró que era el momento de intervenir. Allison estaba a punto de sufrir un ataque de nervios.

—¿Se puede saber qué te pasa? —le preguntó, mientras se levantaba y se encaraba con su hermana—. Me parece que Allison ya te ha contestado y te ha dicho la verdad.

Carlota, ante la presencia de su hermana, pareció calmarse un poco. Pero solo un poco.

—¿Habéis abierto este libro?

La verdad es que no lo habían hecho. Tan solo les había llamado la atención su portada.

—No —respondieron Rebeca y Allison a la vez.

—¿Conocéis su significado?

De nuevo, Allison se quedó mirando a Rebeca.

—Ni idea —se adelantó Rebeca.

Carlota había advertido las extrañas miradas entre ambas.

—No me estaréis ocultando algo, ¿verdad?

—No —volvió a responder Rebeca.

—No quiero que me contestes tú, sino Allison —dijo Carlota, que estaba muy seria—. Te volveré a formular la pregunta. ¿Conoces el significado de la portada?

—No —respondió esta vez Allison, aunque con un ligero titubeo.

—¿Qué me ocultas? ¡Quiero que seas sincera conmigo!

Allison se derrumbó y se lo dijo.

En cuanto escuchó la explicación de Allison, de forma incomprensible y repentina, se abalanzó sobre ella, como si fuera una pantera dispuesta a devorar a su presa.

Rebeca estaba esperando esa reacción, así que se interpuso entre ellas y le lanzó una patada a su hermana, que terminó maltrecha en el suelo.

—Ni se te ocurra intervenir, Rojas —dijo Rebeca, con un tono de voz claramente amenazante—. Si te echas la mano a cualquiera de tus bolsillos, no seré tan delicada como he sido con mi hermana.

«¿Delicada?», pensó Carlota, que comenzó a incorporarse lentamente del suelo, claramente dolorida.

—Y en cuanto a ti —Rebeca señaló a su hermana—, ni se te ocurra volverte a acercar a Allison. Quiero una explicación de lo que está sucediendo. Y la quiero ahora.

—¿No lo entendéis? —preguntó Carlota, que ya se había puesto en pie.

—No, no lo hacemos —respondió Rebeca, que seguía en tensión—. Espero que tengas una buena razón para haber tratado de atacar a Allison. En caso contrario, nuestros caminos se separarán aquí.

Y tanto que tenía una buena razón.

El problema era explicarla.

34 CASTILLO DE BUSSET, FRANCIA, 16 DE MAYO DE 1940

—Me temo que tendremos que intentar la octava.

—¿Qué dice, señora?

—Que acabas de decir que los gatos tienen siete vidas y que ya las habíamos gastado todas. Quizá los antiguos egipcios pensaran eso de sus mascotas sagradas, pero no conocían a los Habsburgo ni a los Borbón y Parma. Nosotros tenemos ocho vidas, por lo menos.

Hans levantó la vista y se quedó mirando a Zita. Si pretendía darle ánimos, estaba claro que había fracasado.

—No, señora. Su hermano nos ha condenado y cuanto antes nos hagamos a la idea, mejor para todos.

Zita se acercó al general y puso su mano sobre su hombro. Siempre lo hacía cuando tenía algo importante que decirle.

—No te reconozco, Hans. Tanto tú como yo hemos llevado una vida adulta de peligros y amenazas constantes. Tú eres un gran militar que participó en la carnicería en la que se convirtió la Gran Guerra. ¿No me digas que no te levantabas cada mañana pensando que podía ser el último día de tu vida? Pero te acababas alzando y te enfrentabas a lo que fuera, con valor y coraje. Porque tú eres así y, a mi manera, yo también.

—Vamos a morir —dijo el general, que seguía abatido, a pesar de las palabras de Zita.

—Sí, en eso tienes razón. Acabaremos muriendo, como todos pero no será ni hoy ni en las próximas semanas.

Hans seguía cabizbajo.

—Anda, entremos en la casa del jardinero a por Charlotte y regresemos cuanto antes al castillo. Tenemos muchas cosas que hacer —continuó Zita.

Hans ya se había olvidado de la hija de Zita.

—¿Qué le piensa contar? —le preguntó.

—Toda la verdad —le respondió—. Creo que Charlotte se lo merece. Con 19 años ha demostrado una perspicacia que no me imaginaba. Parece que he estado viendo a mis hijos como polluelos en el nido y no me he dado cuenta de que se han convertido en verdaderas águilas. Ya es hora que alcen el vuelo a nuestro lado.

Hans no parecía convencido.

—¿Cree que es lo más adecuado, justo en este momento?

—Esta mañana mismo me has dicho que todos mis hijos eran ya adultos. Pues me parece que ha llegado el momento en que se involucren en serio en los asuntos de la familia.

Hans bajó de nuevo la cabeza. «Quizá ya sea demasiado tarde para eso», pensó, pero no tuvo más remedio que ponerse en pie y estar dispuesto a lo imposible.

Una vez más.

Se despidieron del jardinero y de su hijo, agradeciéndoles su ayuda y deseándoles suerte para el día que el ejército nazi llegara hasta Busset.

Zita notó que Charlotte estaba a punto de llorar. «Ahora no», pensó Zita, que la abrazó mientras caminaban de regreso al castillo, en completo silencio.

—Avisa a todos tus hermanos —le dijo Zita a su hija, nada más entrar—. Nos reuniremos en quince minutos en el salón de la chimenea.

—¿Les vais a contar lo que está pasando? —preguntó Charlotte.

—¿No te incluyes tú?

—Yo ya sé lo que pasa —respondió—. Es cierto que voy a echar de menos a Tetin, el hijo del jardinero. En muy poco tiempo habíamos conectado, pero, ¿te crees que el motivo de mis lágrimas era él? Bueno, sí, quizá en parte, pero desde luego no era la causa principal.

—¿Qué puedes saber tú? —Zita no se esperaba esa respuesta de su hija.

—Te sorprenderías. Cuando se lo cuentes a todos, me gustaría mantener una pequeña conversación privada contigo —le contestó Charlotte, mientras le daba la espalda a su madre para ir a buscar a sus hermanos.

«¿Qué es lo que está pasando con Charlotte? ¿Tendría que preocuparme?», se dijo Zita, que aún estaba desconcertada por la actitud de su hija.

Decidió dejar esos pensamientos para más tarde, ya que ahora se iba a enfrentar a un gran problema. Había tratado de mantener a sus hijos al margen de todos los peligros que acechaban a la familia, pero ya no era posible hacerlo por más tiempo.

—¿Qué pasa, madre? —Zita escuchó como su primogénito, Otto, le lanzaba esa pregunta mientras descendía por las escaleras.

No le respondió. En su lugar le hizo un gesto con la mano para que tomara asiento en uno de los butacones alrededor de la chimenea apagada.

Poco a poco, Adelheid, Robert, Félix, Karl Ludwig y Elisabeth acudieron al salón. Los últimos fueron Hans, que llevaba en brazos al lesionado Rudolf, y la propia Charlotte.

—Estoy asustada —rompió el hielo Elisabeth—. Este tipo de reuniones nunca son para nada bueno.

—Tranquila —le respondió su hermano Otto, que no lo estaba en absoluto. Conocía de sobra a su madre y lo que veía en sus ojos tampoco le gustaba nada.

Zita se levantó y se puso de espaldas a la chimenea, mirando a toda su familia.

—Lo primero que debo hacer es pediros mis más sinceras disculpas. Quizá esta conversación debimos mantenerla durante nuestra estancia en Bélgica, pero no me di cuenta de que ya estabais preparados hasta que Charlotte me lo ha demostrado hace un momento.

—¿Qué ha hecho Charlotte? —preguntó Robert.

—Abrirme los ojos, pero eso no es de lo que os quiero hablar —le respondió Zita—. Ahora os voy a contar un pequeño relato. Por favor, os ruego que no me interrumpáis. Si queréis, cuando termine de hablar, responderé a todas vuestras preguntas.

La expectación era máxima, pero todos permanecieron en silencio. Zita buscó con la mirada a Hans, que le hizo un gesto afirmativo con la cabeza.

Zita comenzó a hablar. Lo hizo durante diez minutos y, salvo su voz, no se escuchaba ni el leve aleteo de una mariposa. Eso sí, las bocas abiertas de la sorpresa eran generalizadas.

Menos una.

Charlotte.

—¡Eso no puede ser, madre! —exclamó Otto, cuando Zita dio por concluida su pequeña explicación—. Supone nuestra muerte y lo sabes.

—Quizá sea así, pero si a alguien se le ocurre otra alternativa, estaré dispuesta a escucharla. Durante demasiado tiempo he cargado con una gran responsabilidad sobre mis hombros sin tener en cuenta vuestra opinión, pero ahora eso se ha terminado. Todos sois adultos.

—¡Es horrible! —exclamó Elisabeth

—A mí no se me ocurre nada —dijo Felix—, pero debe existir otra solución.

—No, no existe otra solución, Felix —intervino Rudolf—. En caso contrario, no estaríamos reunidos en este salón. Nuestra madre no busca otra alternativa. En realidad, busca nuestra aprobación. ¿Acaso me equivoco?

—¿Nuestra aprobación para morir? —preguntó Adelheid—. Casi lo hacemos hace seis días en el *Castillo de Steenokkerzeel*. ¿De qué han servido nuestros esfuerzos y la ayuda del tío Xavier?

—El tío Xavier conoce todos los detalles y lo ha aprobado.

—¿Qué? —saltó Otto—. Cuando se despidió de mí no me dijo nada de todo esto.

—Aún tuviste suerte de que pudieras despedirte de él. De mí no lo hizo en persona. Tan solo me dejó esta carta —le replicó, mientras le acercaba el sobre que habían recogido de la casa del jardinero.

Otto lo abrió y se tomó su tiempo para examinar todo su contenido.

—¡Esto es una encerrona y lo sabes! —exclamó, cuando comprendió qué significaba todo aquello.

—Pásale la carta a todos tus hermanos, por favor.

Uno a uno se fueron poniendo colorados cuando comprobaron en qué consistía en contenido del maldito sobre.

 Por supuesto, todos menos una.

A Zita no se le pasó ese detalle inadvertido, pero tampoco le sorprendió.

—No lo entiendo, madre —dijo Elisabeth, que estaba haciendo verdaderos esfuerzos por no llorar—. Nos acoge en el castillo de su esposa, nos salva la vida, y ahora esto.

—Yo tampoco lo entiendo, hija —le respondió Zita, rodeándola con sus brazos. Quizá sus hermanos ya no fueran polluelos en el nido, pero Elisabeth aún no había aprendido a volar sola. Era la más vulnerable de todos.

—¿Y qué se supone que debemos hacer ahora? —preguntó Otto, que se había levantado del sillón— ¿Correr alegremente al encuentro de la muerte?

—No. Me da igual si lo hacéis alegremente o no, pero desde luego debéis correr a preparar todas vuestras pertenencias. Abandonaremos este castillo cuando todos estéis listos.

—¿Ya? —preguntó Adelheid.

—Si por mí hubiera sido, nos habríamos marchado ayer —le respondió Zita—. Cada hora que pasa complica más las cosas.

—¿Más? —intervino Karl Ludvig, que era el más retraído y sensible de los ocho hermanos.

—Haz caso a nuestra madre, hermanito —le dijo Charlotte. Nadie había advertido que también se había levantado de su sillón y se había situado detrás de Karl.

«Sabía con antelación que le iba a afectar», pensó Zita, cuando vio como Charlotte tomaba por los hombros a su hermano, de forma cariñosa. Era cierto que siempre se habían llevado muy bien, pero comprendió que había dos eslabones débiles en la familia. Uno era la joven Elisabeth y el otro era Karl. Charlotte había supuesto que ella arroparía a Elisabeth y Charlotte acudió al rescate emocional de Karl. «No reconozco a esta Charlotte», volvió a pensar. «Es verdad que siempre ha sido cariñosa y responsable, pero sin duda hay algo más en ella».

Desde luego que lo había, y lo iba a averiguar muy pronto.

—Bueno, todos a vuestras habitaciones a preparar lo mínimo imprescindible para el viaje. No quiero que carguéis trastos innecesarios. No nos vamos de vacaciones.

En apenas un instante, el salón se quedó vacío.

Bueno, no del todo.

Charlotte no se había movido de tu posición.

—¿No piensas prepararte?

—Eso ya lo hice ayer.

Zita estaba completamente descolocada con la actitud de Charlotte, así que, como había hecho toda su vida, fue directa al grano.

—¿Me vas a contar qué pasa de una vez? —le preguntó, mirándola fijamente a los ojos.

—Pasa que lo que nos acabas de contar no sucederá.

Zita iba de sobresalto en sobresalto.

—¿Por qué dices esa tontería? ¡Claro que lo hará!

Charlotte, que había evitado devolverle la mirada a su madre, ahora no la rehuyó.

—No entiendes nada, ¿verdad?

—¿Qué tengo que entender?

—Todo.

Zita se comenzaba a impacientar.

—Si quieres que esta conversación sea entre tú y yo, debes apresurarte. Una vez que Hans haya ayudado a Rudolf, bajará al salón.

Charlotte no parecía tener ninguna prisa.

—Ya sé que han pasado muchas cosas esta última semana —comenzó a explicarse—, y que vuestro viaje a Roma no salió como lo teníais previsto, pero creo que, en una situación extrema como en la que nos encontramos, merece la pena bajarse de la noria y mirar a los caballitos dar vueltas.

—¿Qué tonterías dices?

—Que debemos mantener la calma como un lago tranquilo. Quizá entonces veamos nuestras almas reflejadas en el agua.

—¡Charlotte! —Zita ya no estaba tan solo impaciente. Comenzaba a enfadarse de verdad con su hija.

—Madre, lo que te quiero decir es que quizá nada sea lo que parece, y menos si nos empeñamos en no mirar a nuestro alrededor.

Esta última frase sí que pareció comprenderla.

—Con todas estas palabras, ¿estás insinuando que hay otro punto de vista diferente a todo lo que os acabo de contar?

—No insinúo nada, lo afirmo —le respondió Charlotte, que no había perdido la calma ni por un instante—. Nadie debe morir.

—¿Y a qué esperas a ponerme al corriente?

—Quizá lo que creas sea mentira y debas esperar lo inesperado.

Zita intentó mantener esa calma de la que hacía gala su hija, pero le estaba costando mucho. Sonrió de una manera incierta.

—Perdona, pero yo lo veo todo muy oscuro.

—Porque no has sido capaz de desentrañar el enigma final que tienes delante de tus narices. Lo mismo que sabes tú lo sé yo, pero tienes que encajar todas las piezas del rompecabezas.

En ese momento, Charlotte se lo contó todo a su madre. Cuando Zita lo comprendió, se sintió como la reina del mar.

EN LA ACTUALIDAD, FLORENCIA, ITALIA, 21 DE ENERO

—¿Eres de la CIA?

—Yo no he dicho eso, Ryan. Soy el enlace de los servicios de información irlandeses con los americanos. No soy ninguna espía de la CIA —le respondió Patricia Cullen.

—Yo no sabía nada de todo eso.

—¿Sabes el significado de la palabra «secreto»? Consiste en que tan solo Drew Harris, de la *Garda*, y el coronel James Walsh, del *Directorate of Military Intelligence,* conocen esa información. Bueno, y ahora tú.

—¿Y por qué me lo has contado?

—Porque necesitarás comprender ciertas cosas que quizá sucedan en Florencia, y no quiero que desconfíes de mí.

—¿Vas a pedir ayuda a la CIA? —Ryan aún estaba sorprendido por esa revelación.

—Si lo podemos evitar, no.

—¿No crees que, si lo haces, Tote se acabará enterando? Mira lo que pasó con Martina.

—Por eso he dicho lo que he dicho. Tan solo recurriré a ellos si es necesario.

En ese justo momento entraban en la ciudad de Florencia. El viaje no se había hecho pesado, a pesar de sus tres horas de duración. Estacionaron el coche en una calle a las afueras de la ciudad.

—¿No sería más discreto dejarlo en algún aparcamiento que en plena vía pública? —preguntó Ryan.

—Los aparcamientos privados tienen lectores de matrículas. Este coche está a nombre de la embajada. No creo que los tentáculos de Tote lleguen tan lejos, pero no cuesta nada tomar alguna precaución extra.

Ryan asintió con la cabeza.

—Y ahora, ¿qué hacemos? —preguntó—. Supongo que no pensarás que se ocultan en la *Galleria dell'Accademia.*

—No, eso fue ayer. Supongo que habrán buscado algún lugar seguro donde ocultarse, una vez se nos quitaron de encima. Si no llega a aparecer Tote, estoy segura de que los hubiésemos encontrado. Ahora será más difícil.

—¿Y si ya han sido detenidos por la policía? En ese caso, no creo que lo hayan hecho público hasta no tener más información. Piensa que Rebeca es una diplomática rusa. Se andarán con pies de plomo.

—De Rebeca sé bien poco, pero conozco de sobra a Carlota. A esa no la detienen con tanta facilidad —afirmó con rotundidad Patricia, al mismo tiempo que torcía el gesto.

—¿Qué te ha hecho para que tengas tan mala opinión de ella?

—No te confundas. Tengo una magnífica opinión de Carlota en el plano profesional. En cuanto a lo personal, es mejor que dejemos el tema estar. No me apetece recordar tiempos pasados. Prefiero centrarme en el presente.

Ryan tenía curiosidad por conocer ese detalle, pero estaba claro que Patricia se lo diría cuando le diera la gana.

—Ya que Carlota y tú parece que os conocéis desde algunos años atrás, ¿qué crees que haría en una situación tan desesperada como en la que se encuentra?

—Tú lo deberías saber —respondió Patricia—. ¿Qué haces en una operación de infiltración en terreno hostil, cuando tu piso franco ha sido descubierto y no tienes donde refugiarte?

—Dejar que pase el tiempo para que la situación operativa no sea tan crítica.

—Pues eso es exactamente lo que estará haciendo Carlota. El problema es que no sabemos dónde estará «dejando pasar el tiempo».

—¿Carlota suele operar sola? —preguntó Ryan.

—¡Joder, no! —exclamó Patricia—. Su equipo de confianza lo forman cuatro personas y hemos visto tan solo a una de ellas. ¡Cómo se me ha podido pasar ese detalle por alto! Aún hay tres personas más que no han hecho acto de presencia. Quizá les estén proporcionando algún tipo de cobertura.

—No lo creo —respondió Ryan, rascándose la cabeza.

—¿Por qué dices eso?

—¿En serio crees que Carlota está trabajando en alguna operación del CNI español? Me parece que se trata de otra clase de asunto, diría incluso que es algo personal. Carlota jamás expondría a su hermana Rebeca, a la que me consta que adora, a cualquier clase de peligro, y menos la involucraría en una operación de inteligencia. No sé, conozco menos a Carlota que tú, pero no me la imagino actuando así.

Patricia estaba pensativa.

—¿Sabes que puedes tener razón? Eso podría cambiar las cosas. Además, es coherente con el hecho de que se valga tan solo de un operativo de apoyo de su máxima confianza y no de su equipo habitual. Eso la convierte en vulnerable. Como tú bien has apuntado, estará más preocupada de proteger a Rebeca que de otra cosa. Por cierto, hablando de Rebeca, quizá yo conozca más a Carlota, pero tú has pasado mucho tiempo con su hermana. Te devuelvo la pregunta. ¿Qué crees que haría Rebeca en una situación tan desesperada como esta?

Ryan se quedó pensativo por un pequeño instante.

—Rebeca es brillante e imprevisible —respondió al fin—. Creo que haría justo lo contrario a lo que cualquiera esperaría que hiciera.

Ahora fue Patricia la que permaneció en silencio, como valorando la respuesta de Ryan.

—¡Claro! —exclamó, pegando un grito.

—Claro, ¿qué?

—Une las palabras «refugio seguro» e «imprevisible». ¿Qué conclusión sacas? —preguntó Patricia, que parecía emocionada.

Ryan pareció comprenderla.

—¿No creerás que han vuelto al mismo lugar?

—¿No me negarás que es brillante e imprevisible?

—No, es simplemente estúpido. Ese lugar ya habrá sido descubierto por la policía italiana. Seguro que lo tienen vigilado.

—¿Crees que eso es un problema para Rebeca? Desconozco esa respuesta porque apenas sé quién es, pero te aseguro que no supone ningún problema para Carlota. Es una profesional y sabe zafarse de vigilancias.

—Pero no nos podemos colar así como así —Ryan no estaba del todo convencido—. ¿Qué crees que pensará la policía italiana si ve entrar a hurtadillas en un lugar vigilado a la embajadora de Irlanda en Italia?

—Ahora no soy la embajadora. Soy Patricia Cullen —dijo, con una determinación que asustó hasta a Ryan Clarke— Vamos a sacar a esas sucias ratas de su madriguera.

Ryan seguía sin estar convencido.

36 ESTADOS PONTIFICIOS, 21 DE ABRIL DE 1541

—No te pienso hacer caso.

—¿No lo entiendes? —Michelangelo se echó las manos a la cabeza—. Aunque ya tengas sesenta años, sigo siendo tu hermano mayor, el que, desde la muerte de nuestro padre, siempre se ha preocupado por ti.

—No cuela. Ya sé que crees que tu vida corre peligro y que si me quedo contigo unimos nuestros destinos, pero tendrás que convencerme de ello, porque yo no lo veo así. Hoy mismo has terminado de pintar el altar de la *Capilla Sixtina* con escenas de *El Juicio Final* y, a pesar de las constantes intromisiones del insoportable Biagio da Cesena y sus críticas ante el Papa acerca de lo escandaloso de tu obra, aquí estas. Pablo III se ha puesto siempre de tu parte durante estos cinco años. ¿Por qué debería cambiar de opinión mañana?

—Por lo que tengo detrás de mí —dijo, señalando su pintura.

—¿Qué le pasa a *El Juicio Final*? Sí, ya sé que habrás colado tus simbolismos judíos, la cábala y todas esas cosas que te gusta tanto ocultar, pero ya lo hiciste con la bóveda hace casi treinta años y ahí siguen tus frescos, admirados por todo el mundo.

—Esto es diferente.

—¿Por qué?

—Creo que entre los tres lo podremos descubrir —le respondió—. Anda, ayudadme a desplazar el andamio un poco, para que podáis ver la composición de *El Juicio Final* en su plenitud. Vais a ser los primeros.

—¿Podremos moverlo? —dudó Gismondo.

—Cuando descendí por primera vez le quité todas las sujeciones laterales y las maderas que lo fijaban al suelo. Total, ya no iba a subir más.

—Entonces, si lo empujamos corremos el riesgo de que se rompa.

—Mejor —respondió Michelangelo—. Así, mañana por la mañana tendrán menos trabajo los dos ayudantes que tienen que deshacerse de todas esas maderas. Además, así evitaré la tentación de que nadie quiera subir por él para tocar ni una sola de mis pinceladas.

—¿Quién iba a querer hacer eso?

La sonrisa de Michelangelo lo delató.

—¿No me digas que te has atrevido a pintarlo? —le preguntó, sonriendo.

—¿Quieres verlo?

—¡Claro! —exclamó Gismondo, que se unió a su hermano y la otra persona para empujar ese andamio suelto. Tal y como había predicho Gismondo, las maderas empezaron a crujir, amenazando la solidez de la estructura. Cuando casi lo habían apartado lo suficiente, el andamio dijo basta. Los tres se apartaron y observaron como la estructura caía hacia el interior de la capilla.

Ahora, se podía observar en todo su esplendor la pintura al fresco de *El Juicio Final*.

Los tres se quedaron mirando aquella grandiosa obra. Así permanecieron al menos durante cinco minutos.

—Es lo mejor que has hecho en tu vida —dijo Gismondo, con lágrimas en los ojos—. Mira que era difícil superar las pinturas de la bóveda, pero es el altar más bello que he visto jamás.

—No sé si es el más bello, pero desde luego es la representación de *El Juicio Final* más grande del mundo... y probablemente la pintura más cara de la historia. La aplicación de pigmentos a base de oro y lapislázuli le ha costado al Papa una pequeña fortuna.

—Aquí sí has colocado en el centro de la pintura la figura de Jesucristo y la Virgen María, no como en la bóveda, que justo en el centro está representado el profeta judío Zacarías.

—Sí, ya sé que da esa sensación porque ese halo dorado que les rodea destaca sobre el resto, pero ese no es el centro exacto de la pintura. Fíjate debajo de la figura de María y Jesucristo. Ahí lo encontrarás.

Gismondo se fijó mejor.

—María está pintada sobre una representación de San Lorenzo y su parrilla, y Jesucristo se encuentra por encima de San Bartolomé. Pero son santos católicos, no veo nada extraño.

—Es cierto que los elegí por motivos que nada tienen que ver ni con el judaísmo ni con el neoplatonismo, que tanto denuesta la Iglesia Católica. El motivo por el que están representados justo en el centro de la pintura es mucho más mundano. San Lorenzo en honor de Lorenzo de Medici, Lorenzo el Magnífico, en cuyo palacio residí durante mi juventud y donde aprendí a desarrollarme no solo como artista sino como persona. Además, San Lorenzo predicaba que la verdadera riqueza de la Iglesia no está en su oro, sino en la gente de fe. En cuanto a San Bartolomé, se trata del patrón y protector de los yeseros, entre otros. Después de todas las penurias que tuve que soportar pintando la bóveda, que casi me dejan ciego, me encomendé a él para no sufrir otra vez las mismas calamidades. Ya ves que mis plegarias han funcionado. Esta pintura al fresco es la más grande del mundo realizada por un solo artista y, después de cinco años, lo único que le ha pasado a mi cuerpo son esos cinco años. No estoy ni ciego ni he perdido la salud.

—Bueno, eso no va contra la Iglesia Católica.

Michelangelo se rio.

—No te has fijado bien. Observa por ejemplo la figura de Jesucristo.

—Sí, ya me había dado cuenta de que has roto con las representaciones tradicionales. No lleva barba y es demasiado musculoso, severo y algo sensual, si me permites decirlo. Pero no me cabe ninguna duda de que todas las personas que lo miren verán a Jesucristo junto a la Virgen María, a pesar de ello.

—Eso es obvio, pero lo que jamás sabrán es el motivo por el que lo he pintado así. Me he inspirado en dos esculturas griegas. La cabeza es *Apolo*, el rubio Dios del sol. En cuanto a su musculoso torso, es exacto al *Hércules Belvedere*.

—Tampoco me parece ninguna trasgresión digna de mención. Los artistas son libres de inspirarse en las fuentes que quieran.

—Hay más —continuó Michelangelo—. Fíjate en la piel que sujeta San Bartolomé con su mano izquierda.

—¿Qué le sucede? —preguntó intrigando Gismondo.

—¿De verdad que no lo ves?

—No.

—Para una obra que me atrevo a firmar, nadie se da cuenta —protestó Michelangelo, fingiendo estar ofendido.

Gismondo cayó en la cuenta.

—¡Te has atrevido a pintarte a ti mismo en esa piel! —exclamó, asombrado por aquella osadía.

—Así es.

—Vale, reconozco que eso no me lo esperaba. Me has contado que el Vaticano prohíbe a los artistas que contrata firmar sus obras, pero no eres el primero que lo hace. Por ejemplo, mientras tú pintabas la bóveda de la *Capilla Sixtina* y Rafael Sanzio algunas estancias del *Palacio Apostólico*, por encargo del Papa Julio II, él ya se atrevió. En concreto, en su fresco llamado *La Escuela de Atenas*. Si te fijas en la parte inferior derecha, verás la única figura que dirige su mirada directamente al frente. Es Rafael. Se pintó a sí mismo.

—Pero yo no solo me ha atrevido a pintar mi cara en *El Juicio Final*. También lo he hecho con la cara de otros.

—¿De quién?

Michelangelo volvió a sonreír.

—Dirás más bien de quiénes. Voy a empezar por un pequeño homenaje al amor.

—¿No me digas que has pintado el rostro de Tomasso de Cavalieri?

—Es la única persona que se atreve a mirar a los ojos a Jesucristo. Lo he pintado con el pelo canoso y entradas para que no fuera muy evidente, pero la cara es de una persona joven de poco más de treinta años. Al fin y al cabo, Tommaso tiene actualmente 32.

—¡Qué descaro! —exclamó Gismondo—. Pero, una vez más, no eres original. Ya sabes que otros artistas han representado en sus obras a sus seres amados.

—Sí, pero no de esta manera —le replicó Michelangelo, que aún seguía sonriendo—. ¿Por qué te crees que Jesucristo le da la espalda a la Virgen María y mira a la representación de Tommaso?

Ahora sí que Gismondo pareció alarmarse.

—¿No me digas que te crees Jesucristo? —preguntó, boquiabierto.

—Es simbólico —le respondió Michelangelo—. Hace algunos años que me aparté de la fe católica y abracé las ideas protestantes y reformistas de Lutero y sus seguidores. Es algo que llevo en secreto, ya que si se descubriera, no podría pintar en el Vaticano. Ya sabes que solo lo pueden hacer artistas católicos. En cuanto al gesto, lo digo todo. Dando la espalda a la Virgen Maria es como dar la espalda al catolicismo.

—Pero eso está en tu cabeza —objetó Gismondo—. Es imposible que nadie que mire *El Juicio final* pueda apreciar todos esos sentimientos. Por cierto, ¿cuándo has abandonado el catolicismo de manera formal? Ya sé que desde que pintaste la bóveda de la capilla has demostrado el desprecio que sientes ante la curia romana, pero te creía aún devoto.

—Cuando me contaste lo del grupo ese al que perteneciste en Nápoles, liderado por Juan de Valdés, me interesé por sus ideas. Conocía a todos sus miembros y los respetaba, así que mantuve correspondencia con alguno de ellos.

—¡Esas eran las cartas que me hiciste enviar en secreto, utilizando a «las mensajeras de Dios»!

—Aunque no todas, algunas sí —admitió Michelangelo—. Por eso estoy informado de lo que sucede fuera de estos muros. Ya sabes que el Papa Pablo III estaba infiltrado. Utilizó a la bella Giulia Gonzaga, viuda del acaudalado romano Vespasiano Coloma, para obtener toda la información que necesitó. Cuando se dispuso a dar el golpe definitivo contra ellos, se encontró con que habían desaparecido.

—Porque los avisaste —apuntó su hermano.

—Quizá —dijo Michelangelo, en un tono un tanto misterioso que Gismondo no llegó a comprender—. En cualquier caso, ese movimiento de contrarreforma eclesial no podía perderse. Era fundamental que esa chispa no se apagara, ya que su verdadero objetivo era acabar con el fundamentalismo católico y que la actual Iglesia convergiera con las ideas de Lutero y de Valdés. No deseamos un cisma, sino una unión.

—Por lo visto estás mucho más informado que yo, que pertenecí a ese grupo.

—Tenía que ser muy discreto. Es posible que no lo sepas, pero Juan de Valdés ha fallecido recientemente.

—Vaya, lo siento mucho —dijo Gismondo—. Fue un gran líder.

—Fue una gran persona y un hombre sabio, con ideas adelantadas a su tiempo, pero desde luego no un líder. Aunque todo el mundo lo creyera, ya que así se convino, Juan nunca fue el cabecilla de nada, y menos de ese supuesto movimiento «iluminista».

—¡Pero si yo participé de él! ¿Cómo lo puedes negar? —protestó Gismondo.

—Tú estabas hospedado en la residencia de Juan de Valdés, que fue el germen de lo que ahora es algo mucho más grande, «Gli Spitituali», o sea «Los Espirituales». Hemos de actuar con mucha cautela, ya que el Papa Pablo III ha encargado a ese demente del cardenal Gian Pietro Carafa, fanático de la Inquisición, que localice a cada uno de sus miembros y que los queme públicamente.

Gismondo se quedó un momento en silencio.

—¿Por qué me estás contando todas estas cosas? ¿Qué tiene que ver El Juicio Final con esta historia? Y, sobre todo, ¿por qué quieres que huya de Roma esta misma noche? Nada de lo que me has contado hasta ahora parece tener ninguna relación con estas preguntas.

Michelangelo volvió a sonreír. Se giró de nuevo hacia el gran fresco del altar.

—Antes de que nos pongamos serios de verdad, vamos a la parte cómica. ¿Te había dicho que he tenido a Biagio da Cesena como un demonio encaramado en mi hombro desde el primer día que comencé esta pintura?

—He sido testigo de ello, hermano —le respondió Gismondo, aunque suponía que se trataba de una pregunta retórica.

—Pues lo he mandado al infierno.

—¿Cómo se hace eso?

—La última figura que pinté en El Juicio Final fue la del rey Minos, en la parte inferior derecha, justo encima de la puerta de entrada a la Capilla Sixtina, donde represento el infierno. El rey Minos, de la mitología griega, amaba el oro y las riquezas y odiaba con toda su alma a los seres humanos, lo que le garantizó la condena eterna. Lo he representado rodeado de una gran serpiente que lo aplasta y le muerde los genitales.

—Sí, y también con orejas de burro —apuntó Gismondo.

—Bien. Pues ahora, fíjate bien en sus rasgos faciales.

De repente, Gismondo no pudo evitar una sonora carcajada, amplificada por el eco de la *Capilla Sixtina*.

—¡Es su cara! —exclamó, cuando consiguió terminar de reírse— ¡Se dará cuenta!

—Precisamente por eso lo he pintado, para que se vea de esa guisa en el infierno de *El Juicio Final*. Y no solo él, toda Roma le reconocerá. Lo tiene bien merecido, por lo soberbio y vanidoso que es.

—¿Sabes que se va a organizar un buen revuelo? Seguro que acude al Papa para que le cambies la cara al rey Minos.

—Ya lo supongo, pero no lo pienso hacer. De todas maneras, eso es lo que menos me preocupa. Hasta yo tengo que reconocer que mi pintura va a causar una fuerte polémica en Roma. Si la bóveda ya fue considerada pagana, *El Juicio Final* no sé cómo será recibido. Bueno, en realidad sí que me puedo hacer una idea.

—Bromas aparte con las pinturas de algunas caras, no veo ningún elemento cabalístico ni judío en tu obra.

Ahora fue Michelangelo el que se rio.

—En *El Juicio Final* he representado mi respeto hacia el pueblo judío, mi indignación por la corrupción y la inmoralidad en la actual Iglesia y mi abandono de la fe católica para abrazar mis ideales reformistas, que el Vaticano considera subversivos, todo ello rodeado de hombres y mujeres con sus cuerpos desnudos, algunos en actitudes claramente obscenas.

—Lo de la abundancia de torsos masculinos y femeninos desnudos soy capaz de verlo, pero, ¿qué elementos judíos hay en esta pintura?

Michelangelo continuaba sonriendo.

—Desde su propia concepción. Ya viste mis bocetos y hablamos de ello. Su diseño está basado en las dos tablas judías de Moisés, a derecha e izquierda del altar, pero si quieres que te dé algún detalle más concreto, lo haré con mucho gusto. Dejando de lado los símbolos de *Hessed* y *Gevurah*, dos *sefirot* del árbol cabalístico judío que se encuentran claramente representadas en la parte superior de la pintura, vayamos al punto más importante. Ya habíamos establecido que el centro de *El Juicio Final* no son Jesucristo ni la Virgen, sino lo que hay debajo de ellos. En concreto, San Bartolomé, a nuestra derecha, con la piel con el dibujo de mi cara, y San Lorenzo al otro lado. ¿Qué sujeta San Lorenzo?

—También lo había dicho antes. Su parrilla.

—¿De verdad?

Gismondo se fijó mejor.

—No tiene patas —observó.

—Porque simula ser su parrilla, que todo el mundo conoce. Si no te llego a insistir no te das cuenta.

—Todavía no sé qué quieres decir.

—Que no es una parrilla, sino una escalera, más concretamente la escalera de Jacob. En el libro del Génesis, Jacob sueña con una escalera divina a través de la cual los ángeles descienden hasta la tierra y ascienden hasta el cielo. Se podría decir que esa escalera es el nexo entre la humanidad y los ángeles, entre el mundo espiritual y el material. La cábala judía siempre ha considerado que toda la creación gira alrededor de esa escalera. Ahora, con lo que te acabo de contar, observa de muevo con otros ojos *El Juicio Final.*

Gismondo se quedó mirando el altar durante un instante, en completo silencio.

—¡Tu pintura parece pivotar alrededor de esa escalera! —exclamó, cuando cayó en la cuenta.

—Exacto. La escalera marca el movimiento dinámico de todas las figuras que componen *El Juicio Final.* Además, la cábala judía nos enseña que para alcanzar el equilibrio del universo, es necesario que exista un punto central. Si te fijas bien, el centro exacto de mi pintura se encuentra en el último peldaño de la escalera de Jacob.

—¿Y por qué exactamente en ese lugar?

Michelangelo sonrió de nuevo, pero esta vez de satisfacción.

Ahí quería llegar.

—Porque oculta parcialmente el rostro más importante de toda la pintura.

Gismondo se fijó todo lo que pudo, pero no le recordaba a nadie. El hecho de que ese último peldaño cruzara por delante de su rostro lo hacía parcialmente irreconocible.

—Quizá no haga falta que mires la pintura —continuó Michelangelo.

—¿Qué quieres decir? —le preguntó Gismondo, descolocado.

De repente, sin ser consciente, un grito se le escapó de su garganta.

—¡Eres tú! —dijo a la persona que les estaba acompañando toda la noche, en completo silencio—. ¿Por qué está tu cara en el centro de *El Juicio Final*?

—No te negaré que también me ha sorprendido. No sabía que Michelangelo me honraría con semejante osadía, pero es cierto que me he reconocido nada más ver la pintura.

—¿Quién eres en realidad?

—Bueno, tú me conocías por otro nombre durante nuestra estancia en la residencia de Juan de Valdés en Nápoles. En realidad me llamo Vittoria Coloma y soy monja en un convento de Viterbo.

Gismondo no comprendía nada.

—¿Y qué hace tu rostro en el mismísimo centro de *El Juicio Final*?

—Supongo que porque siempre he sido la líder en la sombra del movimiento de «*Los Espirituales*».

—¿Tú? —se sorprendió Gismondo—. ¿Una mujer?

—Sí, ya sé que en una época en la que la propia Iglesia Católica se cuestiona si las mujeres tienen alma o no, pueda resultar algo sorprendente, pero llevo años en la clandestinidad y ningún informador del Papa me ha descubierto. Supongo que ni siquiera me consideran capaz de liderar nada. Por cierto, disculpas de parte de mi cuñada, Giulia Gonzaga. Te robó el *Diamante Florentino* para ganarse la confianza del Papa Clemente VII. Jamás ha sido una traidora.

Gismondo no daba crédito a lo que acababa de escuchar.

—Hermano, ¿tú sabías todo esto?

—¿A quién creías que iba a ver cuando me ausentaba de la *Capilla Sixtina*? Vittoria Coloma es una mujer del renacimiento, ilustrada y, además, una gran poetisa. Que no te engañen sus hábitos religiosos. Es la más inteligente de todo el grupo, incluyendo al mismísimo cardenal Reginald Pole. Si hasta él ha reconocido su liderato, no la mires con esa cara de idiota.

—No, no es eso —se disculpó Gismondo—. Es que ha sido toda una sorpresa.

—Bien, pues ahora ya tienes las respuestas a todas tus preguntas. Te marcharás de Roma con Vittoria y te unirás a su grupo, como antaño. Tenéis una gran labor por delante —dijo, mientras le entregaba un pequeño paño con un objeto en su interior.

—¿Qué es esto? —le preguntó, aunque ya conocía la respuesta.

—Quiero que conserves el *Diamante Florentino*. Cuanto más alejado del Vaticano se encuentre, mejor. Ojalá seas capaz de utilizarlo para hacer el bien.

Gismondo comprendió que se trataba de una despedida definitiva.

—¿Y tú? ¿Por qué no te vienes?

—¿Y perderme la cara de Biagio da Cesena cuando se vea en el infierno de *El Juicio Final*? ¡Eso no me lo perdería por nada del mundo!

—Has tirado la toalla, ¿verdad?

Michelangelo se acercó a su hermano y le dio un fuerte abrazo.

—Creo que ya he cumplido mi misión en este mundo. Ahora os toca a vosotros completar la vuestra.

Curiosamente, Michelangelo no estaba triste.

Lucía la mismísima sonrisa de los ángeles.

37 EN LA ACTUALIDAD, ROMA, ITALIA, 21 DE ENERO

—¿Cómo sabía que sucedería?

—Porque conozco a las ratas mejor que ellas mismas. ¿Cómo lo ha hecho Patricia Cullen para burlar la vigilancia ordinaria? —preguntó Tote a Lorena.

—Evitando tomar un avión o el tren de alta velocidad. Tanto ella como Ryan Clarke han vuelto a Florencia en coche, pensando que así no serían rastreables. Han aparcado en una calle de las afueras de Florencia. A partir de aquí, ya les he perdido el rastro —le respondió.

El CNI español se ocupaba de la protección ante las amenazas tanto internas como externas. De hecho, casi tres cuartas partes de su plantilla operaban en España, lo que daba a entender que otorgaban más importancia a la seguridad interior que a la exterior. Sin embargo, otros países como Estados Unidos, la Federación Rusa o Italia, por ejemplo, disponían de diferentes agencias para velar por su protección interior y exterior. En concreto, Italia disponía de la *Agenzia Informazioni e Sicurezza Interna*, conocida por AISI, y la *Agenzia Informazioni e Sicurezza Esterna*, conocida por la AISE. Aunque compartieran ubicación en el *Palazzo Dante*, antes conocido como *Palazzo delle Casse di Risparmio Postali*, sus estructuras eran diferentes. El CNI mantenía magníficas relaciones con ambas, y más en concreto Lorena Mendoza, jefa en Italia de la oficina de *La Casa*.

No le había sido complicado pedirles un favor.

Irlanda no disponía de consulado en Florencia, ni siquiera honorario. Fuera de Roma, tan solo disponían de una pequeña legación honoraria en la ciudad de Milán. Por ello, Tote estaba segura de que utilizarían los medios de su embajada en Roma. No tenían otra opción. El CNI disponía de todos los números de matrícula de vehículos pertenecientes a la embajada. Todos sabían que Patricia no tenía coche propio, así que era una apuesta segura.

El favor que Lorena Mendoza había pedido al AISI era rastrear una serie de matrículas en el trayecto entre Roma y Florencia, a través de las cámaras de las que disponían.

La información que Lorena había facilitado a Tote era casi en tiempo real. Los italianos se la acababan de dar.

—Me voy hacia allí, pero como yo no soy una rata como ellos, utilizaré mi avión —dijo Tote, sonriente—. Esta vez igual necesito algo de apoyo. Y no lo digo porque no pueda con esa *petarda* de Patricia Cullen, con esos taconazos que no se los quita ni para dormir, sino porque ellos son dos y Ryan es un militar entrenado.

—No hay problema —le respondió Lorena, mientras escribía un número en un papel.

—¿Qué es?

—Es un número de teléfono italiano. Memorícelo.

Cuando Tote apartó la mirada de aquel papel, Lorena lo echó a la trituradora.

—Ya le dije ayer que mandé a un operativo a la zona, no por Carlota sino por Rebeca —continuó Lorena—. Es la única persona que disponemos en la ciudad y es de absoluta confianza. Si lo necesita, llame a ese número y diga su clave de identificación interna, ni una palabra más. Él ya sabrá quién tiene al otro lado de la línea. Espere su respuesta. No creo que necesite recordárselo, pero ya sabe que es mi obligación. Los italianos no disponen de esa tecnología, pero la CIA escuchará y grabará su conversación. Traten de ser discretos.

Tote se quedó mirando a Lorena. Desde luego parecía una persona muy eficiente y resolutiva. «Lástima que sea íntima amiga de Carlota y que le deba su puesto», pensó. «Eso hace que tenga que tener cuatro ojos sobre ella».

—Quiero que le pidas a los de la AISI que sigan con su sistema de cámaras de reconocimiento biométrico a Patricia Cullen y a Ryan Clarke por las calles de Florencia.

—Señora —objetó Lorena—, Patricia Cullen es la embajadora de Irlanda en Italia. Ya me han puesto ciertas objeciones para seguir a su vehículo por la autopista. Si les pido lo que dice, quizá tense la cuerda demasiado.

—Diles que los irlandeses no se enterarán jamás. Nunca lo hacen.

Aunque no dejaba de ser cierto, Lorena no estaba convencida del todo. Tote se acabaría marchando a España y sería ella la que se quedaría al cargo en Italia. En secreto, decidió no hacerlo, a no ser que la situación se complicara.

—Como usted ordene —le respondió.

Tote era cualquier cosa menos estúpida, y había observado las reticencias en el rostro de Lorena.

—Escucha, Lorena —le dijo—. Quizá lo que te vaya a contar te sorprenda, pero Carlota no murió en ese accidente de tráfico del año pasado. De hecho, sospecho que se encuentra junto a su hermana Rebeca en Florencia.

—¡Dios mío! —exclamó Lorena, echándose las manos a la boca.

—Y si mi sobrina Rebeca está en peligro, como supondrás también lo estará tu íntima amiga Carlota. Este no es un tema más del CNI. Se trata de algo personal, ¿lo entiendes?

—Perfectamente —le respondió Lorena.

—Pues espero que actúes en consecuencia.

Esa fue su última frase. Tote salió del edificio de la embajada en uno de sus vehículos, en dirección al aeropuerto. El tráfico en Roma era casi peor que en Dublín, lo que ya era decir mucho.

En treinta minutos estaba a bordo de su *Falcon*, a punto de despegar rumbo a Florencia. La duración del vuelo entre ambas ciudades era algo inferior a una hora, así que Tote era consciente de que Patricia y Ryan le llevarían dos horas de ventaja cuando ella aterrizara en Florencia.

El vuelo llegó sin ningún imprevisto y Tote se dirigió hacia la *Galleria dell'Accademia,* no porque esperara encontrarse allí a Patricia y Ryan, sino porque era el lugar donde los había visto por última vez y lo consideró un buen punto de partida.

Como siempre, la zona estaba abarrotada de gente.

Tote decidió echar mano de las técnicas tradicionales de toda la vida. Sacar sus fotos y preguntar al personal de vigilancia si los habían visto. No obtuvo ningún resultado. El personal de la *Galleria dell'Accademia* no recordaba haberlos visto hoy. Tampoco es que le sorprendiera, pero había que intentarlo.

Mientras tanto, en Roma, Lorena estaba muy preocupada. Había tenido que fingir que desconocía el hecho de que su amiga Carlota estuviera viva. Por supuesto que lo sabía. Lo que no conocía era que estuviera junto con Rebeca en Florencia.

Eso lo complicaba todo.

Estuvo dudando durante un momento, pero decidió anteponer la seguridad de su amiga a que Tote se pudiera enterar de ciertas cuestiones que desconocía.

Lorena disponía de un método para localizar a Carlota. Entre ellas, lo utilizaban como medio de protección. No lo había usado hasta ahora porque no había sido necesario.

¿Lo era ahora?

Decidió que sí.

Se marchó a «la jaula», la caja que Michael Faraday inventó en el siglo XIX y que se utilizaba hoy en día para mantener conversaciones sin temor a ser escuchados por medios electrónicos del exterior.

Una vez en su interior, activó el dispositivo.

Cuando observó el resultado que obtuvo, casi pega un grito.

Aquello lo cambiaba todo.

Lo primero que hizo fue enviar un mensaje, pero, ahora, debía tomar una decisión muy importante, quizá vital.

No lo dudó.

Sin salir de la jaula, marcó un número de teléfono. Se identificó con un código y, a continuación, dijo tan solo dos palabras. Colgó de inmediato.

No sabía si había actuado correctamente, pero, por lo menos, la conciencia había dejado de gritarle. Recordó las últimas palabras de Tote, antes de salir de la embajada. *«Espero que actúes en consecuencia».*

Eso era precisamente lo que había hecho.

Al menos, eso creía.

De vuelta en Florencia, al mismo tiempo que Lorena efectuaba esa llamada, una persona abordaba a Tote. Sin darle tiempo a reaccionar, le clavaba una pequeña aguja en su brazo izquierdo. Entre semejante multitud, Tote ni siquiera lo vio venir.

Tan solo perdió el conocimiento.

38 CASCAIS, PORTUGAL, 12 DE JUNIO DE 1940

—Os quiero a las dos en mis aposentos ya.

Charlotte no comentó nada, pero la madre de Zita, la infanta Maria Antonia de Braganza, sí que se extrañó.

—¿Ese es tu recibimiento?

—No, madre. Ya sabes que te he abrazado y he llorado en tu hombro, pero necesito comprender lo que ha sucedido este último mes.

—¿Comprender? —la infanta Maria Antonia tenía un carácter muy parecido a su hija y no se dejaba avasallar con facilidad. Aunque tuviera 72 años de edad, no los aparentaba en absoluto—. ¿Qué quieres comprender? Estáis a salvo gracias a la idea de tu hermano Xavier. Ya está.

—Eso es lo que quiero comprender y no, desde luego que no está —se reafirmó Zita—. Por favor, no discutamos estos asuntos delante del resto de la familia. Durante este tiempo he aparentado una fortaleza que no tenía. Todos piensan que les he salvado la vida y ni siquiera sé lo que ha sucedido.

—Bueno, eso lo podemos hablar en privado —concedió Maria Antonia , pero, ¿por qué quieres que asista a esa charla mi nieta Charlotte? Creía que el primogénito era Otto, príncipe heredero de los Habsburgo.

—Por eso no quiero que nos vean —insistió Zita—. Entenderás enseguida el motivo de la presencia de Charlotte.

—Pero...

—Ni una palabra más, madre —la interrumpió Zita—. Vayamos a mi estancia privada a salvo de miradas indiscretas.

La infanta Maria Antonia asintió con la cabeza y se quedó mirando a su nieta. Aún le desconcertó más la actitud de Charlotte que la de Zita. No solo no estaba sorprendida por aquella extraña reunión, sino que parecía divertida.

«¿Qué está pasando aquí?», pensó. «Supongo que me enteraré en un momento».

251

Zita se dirigió a un extremo de la habitación, donde había una pequeña mesa y cuatro sillas.

—Por favor, tomad asiento —dijo.

Ambas la obedecieron en silencio.

Antes de comenzar a hablar, Zita se permitió observar sus expresiones. «Esto ya me lo imaginaba», pensó.

—Para que comprendáis mejor mi zozobra —empezó su explicación—, voy a relatar los hechos desde que partimos del *Castillo de Busset* hace casi un mes. Después de que Hans y yo regresáramos de nuestro viaje relámpago a Roma, me encontré con que mi hermano y toda su familia se habían marchado. Ya me había advertido de que lo haría, pero me sorprendió la manera. Se despidió de todos mis hijos, pero a mí no me dejó ni una mísera nota de adiós. El general Hans Ebner dedujo que quizá no se arriesgara a dejar nada por escrito, por miedo a que los nazis lo pudieran descubrir. También supuso que debía tratarse de algo que solo yo comprendiera. Nuestros años más felices los pasamos en Bohemia, en nuestra infancia y primera juventud. Así que buscamos algo relacionado con Bohemia en el castillo. No se me ocurría nada, pero recordé la presencia de una talla de madera de una santa católica en la capilla del castillo. Era Santa Ludmila de Bohemia. Hans y yo abandonamos el salón de la chimenea y nos fuimos casi corriendo hasta llegar a la capilla. Observando la talla de madera con detenimiento, nos dimos cuenta de que había una pequeña inscripción que no había recordado haberla visto antes, «Tetin». No le di importancia porque la santa había sido asesinada en el *Castillo de Tetin*, en Bohemia. Aquello parecía un callejón sin salida... hasta que Charlotte entró a hurtadillas en la capilla.

—¿Charlotte? —preguntó sorprendida la infanta Maria Antonia—. ¿Y qué hacías tú allí? —ahora se giró hacia su nieta.

—Eso mismo me pregunté yo entonces y aún lo hago ahora —respondió Zita, mirando también a su hija—. Lo más curioso del tema es que nos dijo que el hijo del jardinero, con el que supuestamente se había estado viendo, aunque apenas lleváramos allí una semana, también se llamaba Tetin.

—¡Charlotte! —exclamó Maria Antonia—. Eres una Habsburgo y una Borbón-Parma. Además, una cosa es llevarse bien con el servicio doméstico y otra muy diferente es intimar con ellos. Eso no está bien visto. Hay que mantener las formas pero también las distancias.

—Tengo 19 años —respondió orgullosa Charlotte, aunque la pequeña expresión de diversión no había desaparecido de su rostro—. Me parece que ya no soy la niñita que aún veis en mí. Además, no me importa en absoluto esas tonterías vuestras acerca de la posición social. Yo distingo entre buenas y malas personas y no miro el monto de su fortuna o los títulos nobiliarios que pueda acumular.

—Pues deberías, porque...

—¡Basta! —interrumpió Zita a su madre—. Ese no es el tema de conversación. Además, Charlotte tiene razón.

—No, si aún la desposarás con un carbonero —protestó la infanta Maria Antonia, haciendo un gesto de evidente desprecio.

—No me refiero a eso, madre. En lo que tiene razón es en que ya no es una niña y me lo ha demostrado sobradamente estas últimas semanas. Siempre ha sido discreta y no se ha metido en líos. Quizá por eso haya pasado desapercibida para la familia, no como Otto o Robert, por ejemplo, que han sido un verdadero quebradero de cabeza casi desde que nacieron. Pero resulta que acabo de descubrir que Charlotte es la más inteligente de todos mis hijos. Lo ha disimulado muy bien durante estos años, pero la máscara que llevaba puesta se la ha acabado quitado. Ya no puede disimular más.

—¿Sabes que dices cosas muy extrañas? —intervino Maria Antonia.

—Ahora viene lo extraño de verdad —dijo Zita, mirando a su madre—. ¿Cómo pudisteis comunicaros entre vosotras? Charlotte estaba en Francia y tú en Portugal.

—¿Te ocurre algo? —preguntó Maria Antonia, que se estaba empezando a preocupar—. Dices y preguntas cosas muy raras. No he visto ni hablado con mi nieta desde que os marchasteis a vivir a Bélgica, y de eso ya hace más de dos años.

—Charlotte —dijo Zita, dirigiéndose a su hija—. ¿Es cierto lo que dice la abuela?

—Sí —se limitó a responder.

—Entonces, hay una cuestión fundamental que no comprendo. Resulta que mi hermano Xavier nos había dejado unos pasaportes españoles y unos billetes de tren para viajar hasta Biarritz, con la intención de que cruzáramos la frontera con España. Eso era una locura. Mi hermano Xavier mantiene unas relaciones pésimas con el general Franco, que lo expulsó de ese país y le advirtió que lo mataría si intentaba regresar.

¿Y Xavier nos pide que nos refugiemos en España? ¡Eso era nuestra muerte segura! Hace un año que ha terminado la Guerra Civil española y Franco no se anda con chiquitas. Tiene que afianzar su poder en un país devastado y no le tiembla el pulso si tiene que fusilar a quién sea. Lo que mi hermano nos proponía es que huyéramos del loco nazi de Hitler para acabar atrapados por su enemigo, el dictador Franco, que tiene un profundo odio a toda la familia Habsburgo por sus conexiones con el movimiento carlista. Muerte o muerte. ¿Ese era el brillante plan de mi hermano?

—Pero no lo era —le respondió Maria Antonia.

—No, no lo era, pero de eso nos enteramos cuando llegamos a la frontera española. Ya conoces el resto de la historia. Tan solo nos permitieron el paso en tránsito hacia Portugal, que era nuestro destino definitivo. La cuestión es que, ¿cómo podía saberlo Charlotte antes de partir de Busset si no habíais hablado entre vosotras?

—¿Lo sabías? —le preguntó Maria Antonia a su nieta, sorprendida.

—Lo suponía —respondió.

—¿Y cómo se puede suponer una cosa así? —le preguntó Zita, incrédula.

Charlotte le dirigió una mirada difícil de interpretar.

—Madre, no es tan complicado. El tío Xavier siempre se ha preocupado por ti y por todos nosotros. ¿En serio crees que nos enviaría a España para protegernos? Estaba claro que ese no podía ser nuestro destino definitivo. ¿Y qué sentido tenía que nos mandara hacia allí? Deduce conmigo, ¿qué país hay que atravesar hasta llegar a la residencia de la abuela? Quizá Franco le tenga odio al tío Xavier, pero es muy querido en Navarra, principal feudo de los carlistas, que son un movimiento monárquico legitimista. No olvides que, para ellos, el tío Xavier es el verdadero rey de España y Franco es un usurpador aprovechado, aunque lo apoyaran en la Guerra Civil. ¿Lo comprendes ahora? Tu hermano echó mano de sus contactos entre los carlistas y aquí estamos. ¿A qué una vez que explicas las cosas ya no parecen tan difíciles de entender?

Zita estaba pasmada. Ella no se consideraba tonta ni mucho menos, pero no se le había ocurrido esa posibilidad. Se giró hacia su madre.

—Supongo que Xavier sí que contactaría contigo.

—Claro —respondió Maria Antonia—. Reconozco que veía su plan muy arriesgado, pero tampoco es que os sobraran las opciones. Si Franco se llega a enterar de que cruzasteis España sin su autorización y con pasaportes falsos, os hubiera fusilado. Pero Xavier lo tenía muy claro y ahora estáis a salvo en Portugal.

—¿De verdad lo estamos? —preguntó Zita—. Ya nos expulsaron de este país en el pasado, en concreto de la isla de Madeira, y las cosas no han cambiado demasiado, si acaso a peor.

La infanta Maria Antonia hizo un gesto de desdén con su mano.

—No te olvides que yo dispongo de la nacionalidad portuguesa. Estáis en mi casa como mi familia. El presidente Salazar no se atreverá conmigo.

—Contigo quizá no, pero, ¿y con nosotros?

—Tampoco. Ahora Europa está en guerra y Antonio Salazar intenta mantener a Portugal fuera de ella, como Estado neutral. No le convienen los líos, ¿me entiendes?

—¿Y si los líos, como tú dices, somos los Habsburgo?

—No olvides que también sois Borbón y Parma. Salazar está informado de vuestra presencia en Portugal y no me puso ningún problema cuando se lo comuniqué. Aunque ahora sea un título meramente honorífico y sin ningún poder real, no olvides que soy la infanta de Braganza. El presidente me lo reconoce en privado, incluso se dirige a mí como «infanta», en señal de respeto.

—¿Y Franco? —siguió Zita—. No me extrañaría que ya estuviera informado de que hemos cruzado España sin su autorización, y lo que es peor, sin que se enterara. Tengo entendido que es un hombrecillo que se toma esas cosas como una afrenta personal. ¿No crees que le pedirá al presidente portugués que nos entregue a España?

—No me cabe ninguna duda —respondió Maria Antonia—. En cuanto le surja la ocasión lo hará, pero Salazar no os entregará a Franco. Antes de que me preguntes por qué estoy tan segura, te diré que los portugueses ven con recelo a los españoles. Piensan que Franco, aunque no haya entrado en la guerra, está muy próximo a Hitler. Salazar intenta afianzar a Portugal como un país con su agenda propia. Me confesó que llegó a pensar que Franco podría estar pensando en invadirlos.

—Eso es una tontería —le respondió Zita—. Hemos cruzado España y hemos visto la situación en la que se encuentra el pueblo. No tienen ni para comer. ¿Crees que recién salidos de una guerra civil que ha dividido y destrozado el país, Franco se va a meter en otra?

—Con lo que queda de su mermado ejército desde luego que no, pero, a los ojos de los portugueses, con la ayuda de Hitler, no les pareció una idea tan descabellada.

Charlotte ya no se pudo aguantar más. Se había prometido intervenir lo menos posible en la conversación, pero todo tenía un límite.

—Con todos los respetos, madre y abuela, no os enteráis de nada —dijo, como si les estuviera dando los buenos días.

Las dos se giraron hacia Charlotte. Incluso se habían olvidado de que estaba presente en la conversación.

Lo que vieron las sorprendió.

Charlotte ya no parecía divertida como al principio de la charla. Ahora estaba enfadada, aunque no supieran el motivo.

—¿Qué dices? —preguntó Maria Antonia.

Zita aún estaba observando a su hija. Había aprendido a la fuerza a no minusvalorarla e intentaba comprender a qué se refería antes de hablar, pero fue inútil.

—Charlotte, ¿qué te pasa? —le preguntó.

—Os tendríais que mirar. Dos personas adultas intentando razonar con cuestiones que precisamente se escapan a la razón. ¿En serio creéis que Franco y Hitler son personas racionales? O mejor aún, ¿creéis que son personas? El español aún justificó su alzamiento por los cruentos e injustificados ataques comunistas y anarquistas sobre monjas y curas, pero luego libró una guerra donde murieron miles y miles de personas de ambos bandos, dejando un país destrozado. Ahora supongo que se dispondrá a gobernar el país como un dictador hasta que se muera, porque controla el ejército. Del alemán prefiero no hablar. Seguro que las palabras más horribles que se me pudieran ocurrir aún se quedarían cortas.

—¿Qué quieres decir exactamente? —preguntó Zita, que, por un instante, le pareció ver un pequeño rayo de luz en la explicación de su hija.

—¿De verdad creéis que el plan del tío Xavier era este? ¿En serio pensáis que estamos seguras en Portugal? Ya respondo yo a mis propias preguntas, no y no.

—¡Charlotte! —exclamó Maria Antonia, indignada—. Me parece que tus modales son manifiestamente mejorables. Además, la que hablé con Xavier de todo este plan fui yo. Tú tan solo llegaste a afortunadas deducciones.

—¿Afortunadas dices, abuela? —el enfado de Charlotte iba en aumento—. No me hace falta hablar con el tío Xavier para deducir su plan. ¿Os tengo que recordar que ya lo hice con su principio? Pues ahora lo he hecho con su final y os aseguro que no es lo que creéis.

Zita, aunque lentamente, empezaba a comprender lo que su hija quería decirles. Antes de que su madre volviera a reprender a Charlotte por el tono de voz que estaba empleando, prefirió anticiparse e intervenir.

—Hija, ¿cuál crees que es el plan auténtico de mi hermano Xavier?

Charlotte se lo contó.

Cuando terminó, su madre y su abuela estaban blancas. Supieron de inmediato que Charlotte estaba en lo cierto. Portugal no era un refugio seguro, sino una cárcel de la que debían escapar antes de que fuera demasiado tarde.

El plan de Xavier era otro.

Además, comprendieron que sus vidas estaban en peligro inminente.

Una vez más.

39 EN LA ACTUALIDAD, FLORENCIA, ITALIA, 21 DE ENERO

—Mira lo que me has tirado a la cara —le dijo Carlota a su hermana.

—Sí, ya lo sé —respondió Rebeca—. Ya te hemos dicho que es un libro antiguo que hemos tomado de la biblioteca secreta de *La Santa Alianza*.

—Y resulta que Allison me acaba de confesar que tiene un peluche muy antiguo que le regaló su padre que, curiosamente, tiene el mismo símbolo —dijo Carlota.

—Sí, por eso lo cogimos de la biblioteca —intervino Allison—. Nos pareció una coincidencia muy curiosa. Pensábamos leerlo cuando tuviéramos un rato.

Carlota se echó las manos a la cabeza.

—¿De verdad que no sabéis qué simboliza ese dibujo?

—Yo no —contestó Rebeca.

—Yo tan solo sé que está en mi peluche —dijo Allison.

—Pues ese triángulo que aparece en el centro de la portada del libro representa al *Diamante Florentino*. Si os fijáis, no solo es un simple triángulo. Por la parte exterior aparecen trazos que simbolizan el arcoíris. Cuando la luz traspasa el diamante, esos son los colores que refleja. ¿Lo comprendéis?

—Lo del reflejo sí —respondió Rebeca, que aún no había bajado la guardia—, pero, ¿por qué te has arrojado contra Allison?

Carlota se dio cuenta de que quizá se había dejado llevar por el inesperado descubrimiento y había sido un tanto brusca.

—Lo siento, Allison. No pretendía asustarte, ni mucho menos hacerte daño, pero, como le sucede a mi hermana, no creemos en casualidades. ¿Por qué tienes un peluche con ese dibujo? Es muy extraño, por eso quería verlo de cerca y me he abalanzado sobre ti. No pretendía hacerte ningún daño. Mis emociones me han podido. Disculpas una vez más. Tan solo quería comprobar si lo que me habías contado era cierto.

—¿Para qué te iba a mentir con algo así? Además, si querías que te lo dejara, haberlo pedido como hacen las personas educadas —le respondió Allison, que había pasado de estar asustada a estar enfadada—. Si lo hubieras hecho, no me hubiera importando enseñártelo.

—Por favor, Allison, ¿me podrías dejar tu peluche?

—¿No irás a romperlo o algo así?

—No. Tan solo quiero hacer una comprobación básica que solo me llevará unos segundos. Luego te lo devolveré intacto.

Allison dio por buenas las explicaciones de Carlota. Abrió su bolso y se lo entrego.

—Parece muy antiguo —apreció Carlota, cuando lo tuvo entre sus manos.

—No sé si será antiguo, pero desde luego está muy usado. Me lo dio mi padre de pequeña y nunca me he separado de él.

Carlota extrajo el dibujo del triángulo de la panza del oso.

—¿Veis? Es idéntico al que aparece en la portada de ese libro antiguo.

—Sí, de eso ya nos habíamos dado cuenta —respondió Rebeca.

Para sorpresa de todos, Carlota lo estrujó con todas sus fuerzas.

—¡Oye! —protestó Allison—. Has dicho que no lo estropearías.

—Ya está —dijo Carlota, devolviéndoselo—. Tan solo quería comprobar que no tuviera nada en su interior. Había que intentarlo.

—¿Creías que el *Diamante Florentino* podía estar oculto dentro del oso? —preguntó Rebeca.

—Era una posibilidad —le respondió su hermana—. No me negaréis que esconda en su panza el mismo dibujo que simboliza el diamante no deja de ser algo bastante extraño.

—Nunca he entendido su significado —dijo Allison—. Ya sabéis que no llegué a conocer a mi madre. Mi padre me dio ese peluche cuando era muy pequeña.

—¿Te dijo si era de tu madre?

—No. Lo único que recuerdo es que mi padre me dijo que pertenecía a mi abuelo, por eso supongo que está tan estropeado.

Carlota hizo un gesto negativo con la cabeza.

—A mediados del siglo XX, los niños y las niñas recibían diferentes educaciones. Ahora quizá pueda resultar hasta cómico, pero las mujeres tenían asignaturas como cocina o costura. Se las preparaba para ser amas de casa, al contrario que a los niños, que se les educaba para ser los señores de la casa. ¿Captas la «pequeña» diferencia? Es lo que muchos llaman hoy en día el patriarcado, pero no me voy a meter en esos temas, porque ese tipo de expresiones se han politizado y ya sabes, cuando la política entra por la puerta, la razón salta por la ventana.

—¿Qué me quieres decir con todo ese rollo?

—Que en la época que vivió tu abuelo, los niños no jugaban con muñecas ni con peluches. En aquellos días era algo inconcebible. Jugaban con coches y cosas de esas.

—¿Crees entonces que el peluche podría ser de mi madre? —dijo Allisson, bajando la mirada.

—¿Podría? —le preguntó Carlota.

—No lo sé. Te acabo de decir que nunca conocí a mi madre.

Carlota notó el tono de tristeza. Se acercó a Allison para rodearle con sus brazos, bajo la atenta vigilancia de Rebeca.

—¿Tu padre jamás te contó nada de ella?

—Al principio, cuando apenas era una niña, no comprendía demasiado las cosas. Cuando crecí, vi que los demás niños iban al parque acompañados de su padre y de su madre. Uno de esos días, recuerdo que le pregunté a mi padre acerca de ella. Me dijo que murió cuando apenas yo era un bebé. Más adelante me confesó que murió por complicaciones durante mi parto, por eso no me lo quería decir ni le gustaba sacar ese tema, que era muy doloroso para él y suponía que lo debía ser también para mí.

—Vaya, lo siento mucho, Allison —dijo Carlota.

—No te preocupes. En su día me dolió, pero ya ha pasado mucho tiempo y aquellas heridas ya cicatrizaron —mintió Allison.

En ese preciso instante, Carlota notó una vibración en uno de los bolsillos de su pantalón.

—Disculpadme —dijo—. Ya sabéis que estos trastos siempre te interrumpen en el momento más inoportuno.

Era un mensaje. Leyó su contenido y volvió a guardar el móvil en su bolsillo.

—Nada importante —dijo—. ¿Continuamos?

Rebeca se dio cuenta de que, fuera lo que fuese que hubiera leído su hermana, le había causado un pequeño trastorno. Aunque había fingido indiferencia, eso no es lo que Rebeca había visto en sus ojos. «De todas maneras, aunque le pregunte, no me va a contar nada», pensó, así que decidió seguir adelante.

—Bueno, una vez dejado este tema claro, ¿por qué no abrimos el libro y vemos su contenido? —dijo Rebeca, que se había dado cuenta de que Allison no había pasado esa página de su vida y que aún le dolía el recuerdo de su madre.

Carlota pareció volver en sí.

—¡Claro! —exclamó—. No me puedo ni imaginar por qué *La Santa Alianza* guardaría en una de sus bibliotecas secretas un libro acerca del *Diamante Florentino*. Si lo pensáis bien, no tiene demasiado sentido.

Dicho y hecho.

La propia Carlota lo abrió por la primera página.

No pudo evitar sorprenderse por lo primero que vio.

—¿Lo reconoces? —le preguntó Carlota a su hermana.

—Y tú también —le respondió—. Es el escudo papal de Giuliano della Rovere, más conocido como Julio II.

—Exacto. Ya os conté que es un hecho conocido que fue uno de los poseedores del *Diamante Florentino*. Se cree que fue extraído de una mina en la India. La primera noticia que se tuvo de su existencia fue a finales del siglo XV. Se dice que pasó por las manos de Ludovico Sforza y que, a través de él, llegó a formar parte del tesoro de los primeros Medici de Florencia. Cosimo de Medici, el fundador de la famosa dinastía florentina, fue su primer propietario conocido. Y digo conocido porque, a pesar de que jamás lo expuso al público en ninguno de sus palacios, se tiene constancia de su propiedad porque su familia lo utilizó como aval en operaciones comerciales, dado su gran valor. Se conservan documentos mercantiles de la época que así lo atestiguan. Os preguntaréis cómo pasó el diamante de la poderosa familia Medici de Florencia a la no menos opulenta familia Della Rovere de Roma. Bueno, aquello sucedió a principios del siglo XVI. No corrían buenos tiempos para la familia Medici. Lorenzo el Magnífico, uno de sus más ilustres miembros, falleció en 1492 y heredó su puesto como gobernador de la República Florentina su hijo, Piero de Medici. Era un *cabezaloca* y tan solo gobernó dos años. Huyó como una rata tras rendir la ciudad al rey francés Carlos VIII, dejando Florencia en manos de un fraile medio loco llamado Girolamo Savonarola. No recuperaron el control de la República Florentina hasta 1512, con Giovanni de Medici, que más tarde se convertiría en el Papa León X.

—¡Caramba! —exclamó Rebeca—. Para no gustarte la historia parece que la conoces muy bien.

—Tan solo las partes que me interesan. Del resto no tengo ni idea —le replicó Carlota—. De todas maneras, no me interrumpáis que pierdo el hilo.

—Adelante —le animó Rebeca—. Estoy disfrutando de verdad viendo como mi hermana me da clases de historia.

Carlota hizo un gesto de disgusto con su cabeza.

—Bueno, como os iba contando, habréis observado que los Medici perdieron el control de la República Florentina entre 1494 y 1512. Y aquí entra en acción el clan Della Rovere. El Diamante Florentino figuraba como garantía de pago en una operación comercial entre ambas familias, que vencía a principios de 1505. Los Medici no atendieron el pago y Giovanni della Rovere, que en aquella fecha era el Papa Julio II, ejecutó la garantía y se hizo con la propiedad del Diamante Florentino. Quizá os preguntéis cómo puedo estar tan segura y dar las fechas con tanta exactitud. Es muy sencillo. Nada de todo esto es un secreto, ya que se conservan los documentos comerciales de toda esta operación. También se sabe que el depositario del diamante fue el joyero Giovanni Cellini, padre del famoso Benvenuto Cellini.

—¡Bravo! —dijo Rebeca, simulando aplaudir con las manos.

—Hasta aquí conocemos quiénes fueron los propietarios del *Diamante Florentino*, pero, a partir de Julio II, se produce un salto temporal que no se ha sabido rellenar. Me consta que en algún escrito de la época se comentó que Julio II afirmó que le habían robado la gema, pero poco más se supo de aquel incidente.

—Quizá nosotras no lo sepamos, pero seguro que *La Santa Alianza* sí —dijo Rebeca, señalando el libro abierto.

Carlota, con su explicación histórica, se había olvidado de aquel extraño volumen. Inmediatamente pasó la primera página, que tan solo contenía el escudo papal de Julio II.

—¡Atiza! —exclamó, sorprendida—. Esto sí que no me lo esperaba.

—¿De qué se trata? —Allison también estaba interesada.

—Del testamento del Papa Julio II —dijo, mientras abría la página para que todos pudieran leerlo—. Parece una añadidura posterior, pero es el original.

«Adenda a mi primer testamento.
En el nombre de la Santísima Trinidad. Amén.

Rezad por mí, ya que siento que mis días en este mundo llegan a su fin. Estoy preparado para abandonar mi vida terrenal y abrazar a mi Señor Dios.

Esta adenda a mi primer testamento tiene como único objeto las disposiciones para mi funeral. En el anterior, dado que mi sepulcro apenas se ha iniciado, establecía que mi sarcófago descansara donde el Colegio Cardenalicio decidiera. No obstante, no deseo que esa sea mi morada perpetua. Mi última voluntad es que Michelangelo Buonarroti concluya mi mausoleo, tal y como se lo encargué en el año del Señor 1505. Una vez terminado, Dios mediante, deseo que mis restos descansen eternamente en él, dentro de la nueva Basílica de San Pedro. Para ello, dispongo que Michelangelo Buonarroti sea retribuido con la propiedad del diamante llamado Toscano o Medici.

No dejo tras de mí ninguna propiedad de la que sea necesario tomar disposiciones. Por lo que se refiere a las cosas de uso cotidiano que me servían, pido que se distribuyan como se considere oportuno. Que los apuntes personales sean quemados. Todos los demás agradecimientos los dejo en el corazón ante Dios mismo, pues es difícil expresarlos.

"Apud Dominum misericordia
et copiosa apud Eum redemptio"

Julius pp. II».

—Michelangelo no robó el *Diamante Florentino*, como erróneamente se llegó a pensar. Lo recibió por los servicios prestados —exclamó Carlota.

—Eso no puede ser —le replicó Rebeca.

—¿Por qué dices eso?

—No me extraña que tú no sepas la respuesta, pero, al menos Allison sí que podría tener alguna pista.

—¿Yo? ¿Por qué? —preguntó—. No tengo ni idea.

—Porque has estudiado el grado de historia como yo. Supongo que la semana que os enseñaron la vida de Michelangelo Buonarroti te la saltaste.

—¿Por qué dices eso?

—¿El Papa le entregó el diamante a Michelangelo por sus servicios prestados? ¿En serio? Pasa a la siguiente página, a ver si salimos de dudas.

Así hizo Carlota.

—Lo suponía —dijo Rebeca de nuevo—. Ese es el proyecto que diseñó Michelangelo para la tumba del Papa Julio II. Estamos contemplando algo histórico, ya que se conservan muy pocos bocetos de los trabajos de Michelangelo. Como Julio II, ordenó quemar todos sus papeles antes de morir.

—¿Por qué no te crees que Michelangelo recibiera el *Diamante Florentino* a cambio de este colosal trabajo? —le preguntó Carlota.

—Ya veo que tus conocimientos de historia terminan con la muerte de Julio II. Lo que sucede es que ese mausoleo jamás fue esculpido. Bueno, matizo mis palabras. Fue esculpido con otro proyecto, otras figuras y no enteramente por Michelangelo. El gran artista florentino esculpió su famoso *Moisés* y algunas figuras menores, como las de *Lea* y *Raquel*. El resto fue concluido por discípulos suyos y terminado en 1545.

—¿Quieres decir que dudas que Michelangelo poseyera el *Diamante Florentino*? —le preguntó con curiosidad Carlota.

—No, no lo hago, pero me resulta extraño que Julio II le pagara tan generosamente por un trabajo que llevaba parado ocho años y que sabía que no iba a concluir.

—Supongo que habrá detalles que desconozcamos, pero que Michelangelo estuviera en poder del *Diamante Florentino* explica ciertos hechos históricos sorprendentes.

—¿Cómo cuál?

—El diamante se encontraba en Roma, como ya hemos comprobado, pero, ¿cómo acabó de nuevo en Florencia? La historia que nos han contado hasta ahora resultaba inverosímil. Históricamente se sabe que, a principios del siglo XVII, la propiedad del diamante volvió a la familia Medici, en concreto a Ferdinando I de Medici, Gran Duque de Toscana. Pretenden que creamos que se lo compró a una familia portuguesa. ¡De eso nada! Tuvo que ser a Michelangelo Buonarroti —dijo Carlota.

—Tu teoría presenta algunos problemas. Para empezar, Michelangelo murió en Roma en 1564 y se conserva su testamento. Nada dice del *Diamante Florentino*. Lo único que indicó fue que deseaba ser enterrado en su Florencia natal y que sus bienes materiales fueran repartidos entre sus familiares más cercanos. Su sobrino Leonardo fue el encargado de ejecutar sus últimas voluntades y tampoco menciona el *Diamante Florentino*. Todo lo anterior está convenientemente documentado y son hechos históricos que nadie cuestiona —explicó Rebeca.

—¿Y si os dejáis de discusiones históricas y continuamos leyendo el libro de *La Santa Alianza*? —intervino Allison, aportando sentido común.

Otra vez se habían olvidado de él.

Dirigieron su mirada a aquel antiguo volumen. Carlota pasó de página.

Todos se sorprendieron al leer su contenido.

—Ahí tienes la explicación que buscabas —dijo Carlota, dirigiéndose a su hermana—. Michelangelo robó el diamante que ya le había sido otorgado en testamento por Julio II y, a su vez, su hermano menor Sigismondo se lo sustrajo al propio Michelangelo. Así regresó a Florencia. Creo que su hermano menor tenía fama de gustarle el vino y las juergas nocturnas en exceso, ¿no?

—Sí, eso parece deducirse de escritos de la época —reconoció Rebeca, que aún estaba impresionada por lo que acababa de leer.

—Pues el tal Sigismondo se lo vendería a Ferdinando I de Medici.

—Eso es imposible —afirmó Rebeca—. Gismondo, como se conocía coloquialmente al hermano menor de Michelangelo, falleció cuando Ferdinando I de Medici tenía apenas seis años. No pudo vendérselo.

—¿Seguimos leyendo el libro y dejamos las discusiones? —apuntó de nuevo Allison.

En ese justo instante, escucharon un ruido.

—Alguien acaba de entrar —dijo Rojas—. Me parece que tendremos que dejar este asunto del libro y buscar un escondite seguro antes de que sea demasiado tarde.

Distraídos por el libro, no habían prestado la suficiente atención a su entorno.

Quizá hubieran sido descubiertos.

40 EAST HARLEM, NUEVA YORK, ESTADOS UNIDOS, 3 DE ABRIL DE 1951

—¿Por qué no ha venido Evelyn a trabajar esta mañana?

—Me ha dicho que no se encontraba bien.

Charlotte de Bar se puso en guardia. Conocía de sobra a su amiga y sabía que no se ponía enferma. Bueno, sí lo hacía, pero eso jamás había sido una excusa para no acudir al trabajo. Debía tratarse de algo importante. Decidió que esa respuesta no le valía y continuó preguntándole a Liam.

—¿Qué le pasa exactamente?

—No lo sé, pero la verdad es que no tenía buen aspecto.

—¿Y no habéis llamado a un médico o, al menos, acudido a la consulta?

—Ya la conoces. Dice que jamás ha pisado una y que no lo piensa hacer ahora.

—¿Y por qué no te has quedado a su lado? —Charlotte de Bar estaba preocupada de verdad.

—¿De verdad me preguntas eso? —le respondió Liam—. Parece mentira que hayas vivido con ella cuatro años. Cuando está así no quiere ver a nadie a su alrededor.

Charlotte de Bar, desde que Evelyn se casó con William, había abandonado el piso que compartía con su amiga y se había trasladado a un modesto apartamento. El matrimonio necesitaba su espacio.

—Avisa al jefe que me voy a verla —le dijo a Liam, que intentó protestar pero no tuvo tiempo. Charlotte de Bar ya había salido.

En apenas unos minutos ya estaba en la puerta del apartamento de Evelyn. Ni siquiera se molestó en llamar. Aún conservaba la llave de los viejos tiempos.

Entró como un vendaval.

No vio a nadie.

—¡Evelyn! —gritó.

Nadie le respondió.

Se dirigió a su habitación.

Tampoco estaba.

Su alarma inicial se había trasformado en verdadera angustia.

Decidió llamar a la puerta de los vecinos. Era una encantadora pareja de jubilados que, siempre que tenían ocasión, compartían su comida. La mujer era una excelente cocinera que había trabajado en un conocido restaurante de la ciudad. Toda la familia le agradecía cuando preparaba comida para compartir, ya que ni Charlotte de Bar ni Evelyn Ramos destacaban en la cocina. Más bien todo lo contrario.

—¡Señorita De Bar! —exclamó la simpática señora Jackson, abrazándola—. ¡Qué alegría! Hace mucho tiempo que no te veía. ¿Quieres pasar y saludar a mi esposo? Seguro que le hace ilusión verte de nuevo.

—No, gracias —le respondió un tanto seca. Inmediatamente se dio cuenta e intentó enmendarlo, pero tenía una prioridad en la mente—. Disculpe, señora Jackson, no pretendía que sonara así, pero estoy muy preocupada por Evelyn. Hoy no ha venido al trabajo y tampoco está en su casa.

—¡Qué raro!

—¿Por qué dice eso?

—Porque he escuchado como salía de su casa hace una media hora. Ahora que lo pienso mejor, no era su hora habitual de irse al trabajo. Siempre sale de casa bastante antes. Quizá hoy tuviera otras cosas que hacer.

Charlotte de Bar sabía que Evelyn jamás «tenía otras cosas que hacer» en horario de trabajo. Siempre había sido una persona muy responsable.

—¿No sabrá dónde se ha podido marchar?

—Lo siento. Tan solo la he oído, no la he visto.

Charlotte de Bar se despidió de aquella amable señora, disculpándose de nuevo por sus modales y prometiendo que les haría una visita lo antes posible, pero que ahora tenía que encontrar a Evelyn.

Se sentó en las escaleras a pensar qué podía hacer.

Lo tuvo claro en apenas un minuto.

—Si tan mal se encontraba, igual se ha ido por sus propios medios al médico —dijo en voz alta—. ¡Claro, qué idiota!

En el *East Harlem* había dos consultorios, pero uno de ellos estaba en la otra punta del barrio, casi en *Central Harlem*. Lo lógico es que se hubiera marchado al más próximo. Descartó que se hubiera atrevido a ir a uno de los hospitales más lujosos de la ciudad, el *Monte Sinaí*, que también se encontraba en el barrio. Originalmente fue fundado hace más de cien años por la comunidad judía, a la que le negaban tratamiento en otros hospitales de la ciudad. Actualmente había evolucionado mucho y se había convertido en un centro médico de lujo para pacientes muy ricos, aunque, intentando ser fieles a sus orígenes, también tuviera una pequeña zona para atender a gente sin recursos. Pero Evelyn no era blanca y no la creyó capaz de cruzar sus puertas. Así, Charlotte de Bar salió del edificio y se dirigió hacia el consultorio más próximo. Ahora ya no andaba. Estaba corriendo.

Entró a toda velocidad y se dirigió a una persona que estaba detrás de una desvencijada mesa.

—Disculpe, ¿ha entrado una paciente llamada Evelyn Ramos?

—¿Evelyn Ramos? —repitió aquella persona.

—Sí. ¿Lo podría consultar con sus registros?

—No me hace falta —le respondió aquella joven—. Conozco perfectamente a Evelyn. Sí, ha venido hace una media hora más o menos.

—¿Qué le pasa? Soy Charlotte de Bar y es mi mejor amiga.

—Yo no soy más que una enfermera. Sé que el doctor Johnson la ha atendido de inmediato. Ahora mismo se encuentra con ella.

—¿Puedo pasar?

—Me temo que tendrá que esperar.

—¡Por favor! —suplicó Charlotte de Bar—. Es la persona que más aprecio en este mundo.

Aquella enfermera se le quedó mirando. No era común ver blancos por este barrio de Nueva York, y todavía menos que su mejor amiga fuera mulata.

—Está bien. Voy a entrar a hablar con el doctor a ver si le permite pasar. Yo no tengo autoridad para eso. Mientras tanto, tome asiento en esas sillas —le respondió, señalándole una pequeña sala de espera.

—¡Muchas gracias! —exclamó agradecida Charlotte de Bar, que no se sentó. Sus nervios no se lo permitieron.

Pasaron cinco minutos que se le hicieron eternos.

—El doctor Johnson saldrá en un momento a hablar con usted —le dijo la enfermera.

—De nuevo, muchas gracias —le respondió Charlotte de Bar.

Su nerviosismo fue en aumento. Pensó que si el médico iba a salir a hablar con ella era porque Evelyn no estaba en condiciones de ser visitada. Eso no era bueno.

No paraba de darle vueltas a la cabeza.

A pesar de que Evelyn y ella eran grandes amigas desde hacía siete años, Charlotte de Bar estaba pensando que no valoras de verdad la amistad hasta que temes perderla.

Tan ensimismada estaba entre sus pensamientos que no advirtió la presencia de una persona justo a su lado.

—¿Charlotte de Bar? —le preguntó.

—Sí, ¿cómo está Evelyn? —le soltó, así de sopetón.

—Soy el doctor Johnson —se presentó de forma educada—. Su amiga está descansando.

—¿Qué le sucede? ¿La puedo ver?

El doctor sonrió.

—Me parece que la conozco —dijo, con una tranquilidad impropia de la situación. Estaba claro que los médicos estaban acostumbrados a lidiar con este tipo de situaciones, pero Charlotte de Bar no—. ¿No fue usted la madrina de Evelyn en su boda? La recuerdo porque la escena final fue muy emotiva.

A Charlotte no le sonaba de nada la cara de ese doctor.

—No quiero sonar descortés, doctor Johnson —aunque era precisamente como sonaba—, pero lo que ahora me interesa es el estado de mi amiga.

El médico se permitió una pequeña sonrisa.

—Si lo desea, puede pasar a verla.

Charlotte de Bar salió tan deprisa que ni se despidió del doctor ni le preguntó dónde estaba Evelyn.

—Sala uno —le gritó el doctor Johnson—. Procure no alterarla demasiado.

Charlotte de Bar abrió la puerta y vio a su amiga postrada en una cama. William tenía razón. No tenía buen aspecto.

—Ni una sola palabra —le dijo Evelyn, nada más verla entrar—. Nunca he ido en barco, pero ahora ya sé lo que se siente y no me gusta.

—¿Cómo quieres que no me preocupe por ti? ¿Qué te pasa?

Evelyn intentó enfocar la mirada en el rostro de su amiga, pero apenas lo consiguió.

—Se llamará Charlotte.

Ahora lo comprendió todo.

—¿No me digas que...? —empezó a preguntar.

—Sí, estoy preñada y estos mareos no me gustan una mierda. Esta mañana ya me lo imaginaba, pero no le he querido decir nada a Liam hasta no estar segura.

Charlotte de Bar se puso a llorar. Toda la tensión que había acumulado en la última hora le estaba brotando por los ojos.

Se acercó a la cama y abrazó a su amiga.

—¿Cómo sabes que será una niña?

—Porque ya te he dicho que la voy a llamar Charlotte. Más le vale que lo sea.

41 EN LA ACTUALIDAD, FLORENCIA, ITALIA, 21 DE ENERO

—Hay que ser muy discretos. Hemos de suponer que el palacio estará vigilado.

—Todo lo discretos que quieras, pero hemos de entrar ahí dentro.

—La última vez ni siquiera pudimos abrir la puerta, ¿no lo recuerdas? —insistió Ryan, que no terminaba de convencerle la idea de Patricia Cullen de entrar al *Piazzale degli Uffizi*—. Si no llegan a salir ellos, no hubiéramos podido hacer nada.

—¿Y por qué no hacemos lo mismo?

—¡Golpear la puerta para que salgan! —exclamó Ryan, escandalizado—. ¡Nos detendrían!

—No me refiero a eso, sino a entrar nosotros por donde ellos salieron.

Ryan no hacía más que mirar a su alrededor, buscando a posibles agentes de paisano que estuvieran vigilando el palacio.

—La situación es diferente —dijo Ryan—. Ayer nadie buscaba en este lugar a unas fugitivas. Ahora es casi seguro que lo están haciendo. Levantar una de esas pesadas rejillas de ventilación llamaría la atención.

—¿De quién? Me he dado cuenta de que has reconocido el lugar. ¿Has detectado algo extraño?

—No —tuvo que reconocer Ryan—, pero eso no significa que no haya nadie vigilando discretamente. Hay demasiada gente.

—Me temo que nos tendremos que arriesgar —decidió Patricia—. Cambiaremos los papeles. Tú, que tienes más fuerza que yo, intenta levantar la misma rejilla. Yo me quedaré observando si se produce alguna reacción. No me pierdas de vista. Si me echo la mano al bolso, deja lo que estés haciendo y, disimuladamente, aléjate. En caso contrario, continúa con la labor y yo me acercaré a ti.

—¿Estás segura de lo que estamos haciendo?

—Por supuesto que no, pero no nos queda otra alternativa.

Ryan se dio cuenta de que su superiora ya había tomado una decisión y que no iba a cambiar de opinión. «Cuanto antes, mejor», pensó Ryan, que se dirigió hacia la rejilla de hierro.

Patricia, por su parte, se situó de espaldas al palacio, viendo a la multitud de turistas que paseaba por la calle, por si alguno de ellos no fuera lo que parecía.

Nada extraño parecía suceder a su alrededor.

A los veinte segundos escasos, con todo el disimulo que pudo, miró hacia la rejilla para ver si Ryan había hecho progresos.

Para su absoluto espanto, la rejilla estaba en su lugar... pero Ryan Clarke no.

Patricia había estado vigilando la calle y tan solo lo había perdido de vista durante un instante. Era imposible que, en ese corto espacio de tiempo, hubiera levantado la rejilla, entrado en el palacio y vuelto a ponerla en su lugar.

Durante un instante entró en pánico, pero su mente racional se acabó imponiendo. Existían tan solo dos opciones. La primera ya la había descartado y la segunda tampoco le pareció racional. Si hubieran detenido a Ryan estaba segura de que habría simulado oponer una mínima resistencia, simplemente con el objeto de avisarla, y eso no había sucedido.

No sabía qué pensar.

De repente, se le ocurrió que quizá hubiese una tercera posibilidad. En tan solo veinte segundos pocas cosas se podían hacer. Una de ellas era la más sencilla de todas.

Sin dejar de vigilar a su alrededor, se acercó a la puerta del ala este del *Piazzale degli Uffizi*. Sin hacer caso a las indicaciones de prohibido el paso a todas las personas ajenas a la obra, accionó el pomo. Tal y como había supuesto, la puerta se abrió. Aunque lo esperaba, no dejó de sorprenderle. «¿Y si es una trampa?», pensó, aunque ya era tarde para echarse atrás.

Así que entró.

Miró a su alrededor.

Se llevó una gran sorpresa.

Vio a Ryan Clarke sentado, junto a tres sillas vacías alrededor de una pequeña mesa. En el centro, había una lámpara desvencijada encendida.

—¿Qué diablos haces ahí?

—Antes de que continúes, te diré que yo no he encendido la luz. Cuando he entrado, ya estaba así. La silla en la que me acabo de sentar estaba caliente. Todo parece indicar que los hemos encontrado.

—¿Por qué no has salido para decírmelo? Me he llevado un susto de muerte al ver que habías desaparecido.

—Ahora mismo iba a hacerlo. Tan solo ha pasado un minuto desde que nos separamos y quería asegurarme que este era el lugar.

—Será el lugar, pero, ¿dónde están? Porque yo no veo a nadie.

—Supongo que habrán oído ruidos en la puerta de entrada y habrán huido en estampida para buscar un escondite. Pero no pueden haber ido muy lejos.

—¡Joder! —exclamó Patricia—. Si saben que estamos aquí dentro intentarán escaparse del palacio. ¡Y ya sabemos por dónde se marcharon ayer!

—¡Los sótanos! —exclamó también Ryan, que se levantó de la silla y salió de la primera sala de los tapices.

—Aquello parece la entrada al subsuelo del palacio —señaló Patricia con su dedo hacia lo que parecía el comienzo de unas escaleras.

—Tiene luz eléctrica y está encendida —apuntó Ryan—. No nos pueden llevar mucha ventaja.

Descendieron lo más rápido que pudieron, hasta que llegaron a una sala más grande. De ella partían varios pasillos. El problema era que la iluminación eléctrica llegaba hasta esa zona. A partir de ahí era todo oscuridad.

—Nos dividiremos —dijo Patricia—. Saca tu móvil y enciende la linterna. En caso de que cualquiera de los dos los encuentre, nos llamamos.

—Aquí abajo no hay cobertura. Supongo que estos muros renacentistas son muy gruesos.

—Bueno, pues grita. Supongo que habrá eco y quizá nos escuchemos. De todas maneras, si han tenido que huir de forma tan apresurada, algún rastro habrán dejado. Por ejemplo, el suelo está lleno de excrementos de rata. Sus pisadas recientes los delatarán.

Ambos se separaron y partieron a toda velocidad, cada uno por un pasillo diferente.

Al cabo de diez minutos, se volvieron a reunir en la sala central.

—Aquí abajo no hay nadie —dijo Ryan.

—Yo tampoco he visto ningún rastro de ellos, pero uno de los pasillos que he recorrido terminaba de forma abrupta. He mirado hacia arriba y he encontrado la explicación. Allí estaba la rejilla de ventilación por donde se escaparon ayer. Se encuentra lo menos a seis metros del suelo. Es cierto que hay unos peldaños metálicos incrustados en las piedras de la pared, pero calculo que para subir, quitar la rejilla y salir los cuatro, les hubiera llevado un tiempo del que no disponían. Es imposible que hayan huido por ahí.

—Nos han burlado —reconoció Ryan—. Era todo demasiado perfecto y previsible. La mesa con las sillas, la luz de las escaleras del sótano encendida... así no actuaría Rebeca. Ya te dije que era imprevisible. ¿Crees que si me escucharon entrar buscarían refugio en el lugar más obvio del palacio y dejarían la luz encendida? Rebeca supondría que esa sería nuestra primera opción y nos dirigió hacia aquí.

—Es posible —reconoció Patricia—, pero es un hecho que apenas dispusieron de tiempo. Si no se escondieron en los sótanos, ¿dónde crees que lo harían con tanta premura?

Ryan levantó la mano como si estuviera en la escuela.

—¿Y si no se escondieron? —preguntó.

—¿Qué quieres decir? —Patricia no se esperaba esa pregunta tan extraña.

—Desde que me escucharon manipular la puerta hasta que entré, no pasaron ni quince segundos. Si lo piensas bien, apenas les hubiera dado tiempo de alcanzar las escaleras.

—Sigo sin entenderte.

—Lo que te quiero decir es que no dispusieron de tiempo material para esconderse. Estoy seguro de que están en el mismo sitio.

—Ryan, venimos de allí. No había nadie —Patricia intentó poner un toque de cordura.

—No había nadie sentado en las sillas, pero no nos fijamos en el resto de la estancia, que es enorme. Supusimos que se habrían escapado a toda velocidad y no hicimos más comprobaciones.

—¡Me cago en todo! —exclamó Patricia—. Desde luego que tu amiga Rebeca es imprevisible. No intentaron huir por el sótano. ¿Para qué si la puerta principal estaba abierta? Tan solo tenían que distraernos y apartarnos de ella para poder escaparse con total tranquilidad. ¡Qué imbéciles hemos sido! Esa amiguita tuya es un demonio.

—Quizá sí o quizá no —respondió Ryan, sonriendo por primera vez en bastante tiempo.

—¡Salgamos de aquí ya! —exclamó Patricia.

Subieron las escaleras a la misma velocidad que las habían bajado y se dirigieron hacia el primer salón de tapices, donde estaba la mesita con las cuatro sillas.

Su sorpresa fue monumental.

—¡Vaya, mira a quién hemos encontrado!

42 CASCAIS, PORTUGAL, 8 DE JULIO DE 1940

—¡A mis aposentos ya!

Esta vez no era Zita la que pronunció esa frase. Era su madre, la infanta Maria Antonia de Braganza.

—¡No me asustes! ¿Qué ha pasado?

—Ahora te lo contaré. Voy a por Charlotte.

Al oír el nombre de su hija, Zita sí que se asustó. Eso tan solo podía significar una cosa, y no era nada buena. Que Charlotte había tenido razón desde el principio. En su fuero interno ya lo sabía, pero siempre quedaba la esperanza de que sucediera un milagro. A pesar de ser una devota católica, tampoco es que lo esperara.

Entró en la estancia de su madre. A pesar de vivir en el mismo palacio, era la primera vez que lo hacía. Conociendo a su madre, Zita se hacía una idea de lo que le esperaba, pero aquello le abrumó. No tenía nada que ver con su habitación, y eso que ya la consideraba lujosa. «Podría pasar por una de las estancias del palacio vienés de Schönbrunn».

—Te presento a mi hija Zita de Borbón y Parma —escuchó.

Sumida en sus pensamientos, Zita no había advertido que su madre había entrado en sus aposentos. Además, no iba acompañada de su hija, como se esperaba. Aquel caballero de aspecto intelectual, impecable peinado y refinado traje no era Charlotte.

—Disculpe, estaba despistada y no he escuchado su nombre —respondió Zita, avergonzándose.

Aquella persona sonrió.

—Es un placer conocerla por fin. Sus hazañas vitales le persiguen. Soy Antonio Salazar.

«¡El primer ministro de Portugal!», pensó Zita, abrumada de nuevo.

—El placer es mío, primer ministro. Mi familia y yo les estamos muy agradecidos por acogernos en su país.

—Es todo un honor —respondió, mientras le besaba la mano.

«Todo un caballero con su negro vestido, pero más que de primer ministro me temo que vaya con la indumentaria propia de un enterrador», pensó.

Justo en ese instante, Charlotte entró en la enorme estancia.

—Es un placer volver a verlo, señor —dijo, dirigiéndose a Salazar.

«¿Volver a verlo?», se dijo Zita, desconcertada. «¿De qué se conocen estos dos?».

—Siempre es un placer tratar con una señorita tan educada e inteligente como usted. Ahora que acabo de conocer a su madre, ya sé de dónde le vienen sus extraordinarios dones. Es su viva imagen.

«¿De qué va todo esto?», Zita estaba descolocada.

—Bueno, ya que estamos todos, podemos sentarnos en mis butacones. Ya he ordenado que nos sirvan té y unas pastas —dijo la infanta Maria Antonia, señalando hacia el lugar indicado.

—Antes de comenzar la conversación formal, tan solo tengo una duda —dijo Salazar, que para espanto de Zita, se estaba dirigiendo a su hija—. ¿Cómo lo adivinó?

—Yo no adivino nada, señor presidente. Tan solo deduzco cosas por lo que veo a mi alrededor. Si presta atención a esas pequeñas cosas que parecen no tener importancia, se le revelará la verdad. Le aseguro que los pequeños detalles lo son todo en esta vida —le respondió Charlotte, demostrando una soltura impropia de su edad.

—¡Vaya con la señorita de 19 años! Pues ha acertado de pleno —le dijo Salazar—, aunque no sean buenas noticias.

—Ni buenas ni malas. Son las esperadas —continuó Charlotte.

Zita estaba verdaderamente incómoda. Por el silencio de su madre, dedujo que la única que no estaba al corriente de lo que estaba sucediendo era ella.

—Si no le importa, primer ministro, ¿me podría informar de qué cuestiones está tratando con mi hija?

—¿No le ha contado nada? —preguntó Salazar, con gesto de sorpresa.

—No ha tenido esa deferencia hacia su madre.

—Vaya, pensaba que venía a una reunión para tomar decisiones, pero veo que no es así.

—Por supuesto que lo es —ahora sí que intervino Maria Antonia de Braganza.

—Por lo menos dígame que usted sí que está al día de mis reuniones con la señorita Charlotte —dijo un sorprendido Antonio Salazar—. Siempre he entendido que venía de parte de la familia por una cuestión de simple discreción. A Charlotte no la conoce nadie y a ustedes dos sí.

—Sí, primer ministro —respondió Maria Antonia—. Charlotte y yo misma consideramos no hacer partícipe de ellas a mi hija Zita, ya que tiende a preocuparse en exceso.

«¿Preocuparme en exceso?», pensó una enfurecida Zita. «Tengo que hacerme cargo de ocho hijos. ¿Cómo no me voy a preocupar?».

—¿Qué noticia viene a compartir con nosotras, señor Salazar? —preguntó Zita, intentando disimular su mal humor.

—Adolf Hitler ha solicitado formalmente al presidente de la República de Portugal, Óscar Carmona, la extradición de toda la familia Habsburgo. Según él, son responsables de conspirar contra su vida, algo que, francamente, me cuesta imaginar.

«No va demasiado desencaminado», pensó Zita, pero ahora no era momento de llenar su mente con esos pensamientos. Tampoco de reconocer que su hija Charlotte la había clavado. Ya compartió sus ideas con su abuela y ella nada más llegar a Cascáis.

—¡Eso es un escándalo! —exclamó, fingiendo sorpresa.

—Bueno, está en su derecho de solicitarlo.

—¿Y qué hará el presidente de la república?

—Lo que yo le diga —respondió con firmeza Salazar—, pero no les voy a negar que la situación es muy delicada y comprometida para Portugal.

—¿No me diga que va a aceptar las órdenes del nazi loco ese? No tiene ninguna autoridad sobre un país soberano como el suyo —Zita ahora sí que parecía escandalizada.

—No, no la tiene, pero ese no es el verdadero problema. Comprenda que Portugal está haciendo auténticos esfuerzos diplomáticos con el *Tercer Reich* alemán, que nos presiona para entrar en la guerra. Y no solo eso, también tenemos que lidiar con el general Franco. Los americanos nos han encomendado la labor de evitar que la península ibérica se sume al eje Hitler-Mussolini. Gran parte de ese trabajo recae sobre mí, y tengo que estar constantemente guardando un incómodo *equilibrio inestable*. Como comprenderán, no me puedo permitir cometer el más mínimo desliz.

—¿Está insinuando que nos entregará a Hitler? Ya sabe que nos matará a todos. Y no solo eso. Lo hará públicamente como muestra de su poder al resto del mundo. ¿No me diga que lo va a permitir?

—No, no he querido decir eso. Tan solo pretendía que comprendieran mi situación.

—Eso no es una respuesta —Zita estaba al borde de un ataque de nervios.

—Está bien. Si quiere que sea más claro, lo seré. No pienso permitir que el presidente de la República de Portugal les entregue a Hitler, pero, como le decía antes, ese no es el principal problema. El régimen nazi tiene agentes que operan en toda Europa, y Portugal no es una excepción. Ahora que Hitler conoce su ubicación exacta, nada le impide matar a toda su familia. No deseo mentirles y quiero que tenga muy claro que tampoco estamos en condiciones de protegerlos. En mi actual situación política, no puedo situar a un batallón del ejército portugués a las puertas de su residencia. Eso sería como pegarle a Hitler una bofetada en toda su cara.

—¿Nos está diciendo que Portugal no es un país seguro para nosotros? —siguió Zita.

—¿Y qué país lo es ahora mismo? —le respondió Salazar con otra pregunta—. Mientras Hitler continúe con su marcha triunfal en el campo de batalla europeo, no hay refugio seguro.

Zita se quedó un instante en silencio, valorando las palabras del primer ministro. «Quizá tenga razón, pero jamás me he rendido en toda mi vida y no pienso empezar a hacerlo ahora», se dijo, para darse ánimos.

—Afortunadamente, tiene una hija extraordinaria —dijo Salazar, sacando a Zita de sus pensamientos, que pareció reaccionar.

—Si me lo permite, y ya que me han estado ocultando sus reuniones, ¿sería tan amable de informarme acerca de qué han estado hablando?

Salazar se agachó. Debido a su sorpresa inicial, Zita no había advertido que el primer ministro había acudido con una especie de maletín. Lo dejó encima de la mesa y lo abrió.

—De esto —le dijo a Zita, mientras le entregaba lo que parecían documentos oficiales.

Zita los tomó en su mano.

—¡Son pasaportes portugueses a nombre de toda mi familia! —exclamó, sorprendida.

—Y esta vez no son falsos, como los que utilizaron para cruzar España y entrar en Portugal. Su hija Charlotte y su madre, durante estas últimas semanas, han solicitado la nacionalidad portuguesa para todos ustedes. Tienen derecho legal a ella, ya que su madre, aquí presente, es la infanta Maria Antonia de Braganza. Al poseer la nacionalidad portuguesa en origen, aunque se viera obligada a nacer en el exilio, ustedes tienen derecho a la naturalización.

Zita no comprendía nada.

—Perdone, primer ministro, pero nos acaba de decir que Portugal no es un país seguro y que no nos puede proteger. Entonces, ¿de qué nos sirve tener un pasaporte de su país?

Antonio Salazar sonrió.

—¿Le había dicho que tiene una hija extraordinaria?

Zita se vio obligada a devolverle la sonrisa, eso sí, de mala gana.

—Sí, lo ha dicho varias veces, pero ¿qué tiene que ver Charlotte con todo esto?

—Que el pasaporte portugués no es un fin en sí mismo —les interrumpió Charlotte, que llevaba tiempo callada—, sino un medio para lograr nuestro objetivo.

—¡Ya hablas como un político! —exclamó Zita—. Me recuerdas a tu difunto padre, aunque no llegaras a conocerlo. Ya sabes que murió cuando tenías poco más de un año.

—Pues algo debió trasmitirle, de eso no me cabe ninguna duda —dijo Salazar, sonriendo.

Zita no comprendía a qué venían esas sonrisas tan fuera de lugar.

—Madre, has hecho grandes cosas en el pasado para sacarnos adelante —comenzó Charlotte—. Quizá incluso cosas para las que no estabas preparada. Has tenido el valor de enfrentarte cara a cara con Hitler y has conseguido burlarlo. ¿Quién puede decir eso hoy en día? Te has jugado la vida en repetidas ocasiones y has estado muy cerca de la muerte. Incluso has matado por nosotros. No sé qué pensarán el resto de tus hijos, mis hermanos, porque aún no he hablado con ellos, pero creo que ha llegado el momento de que demos un paso adelante.

Zita, en lugar de verse reconfortada por las cariñosas palabras de su hija, se puso más nerviosa.

—¿Qué quieres decir exactamente?

—Que siempre has cargado el mundo sobre tus hombros. Ya es hora de que compartas ese enorme peso.

Definitivamente, Zita estaba al borde del ataque. Su hija «invisible», tan inteligente como discreta, siempre en un segundo plano y huyendo de protagonismos, era una crisálida que se estaba convirtiendo en una esplendorosa mariposa. En cualquier otro momento, Zita habría estado encantada de ser testigo de esa trasformación, pero ahora le inquietaba. En realidad, mucho más que eso.

—¿Y cómo pretendes que comparta ese enorme peso que dices? —acertó a preguntarle.

—Dejando que tomemos ciertas decisiones por ti.

—¿Qué decisiones son esas?

Charlotte se levantó de su butacón. Para sorpresa de los presentes, se permitió el atrevimiento de sentarse sobre la mesa, justo enfrente de su madre.

—Estás desbordada y has dejado de prestar atención a los detalles. Ya deberías haber deducido lo que te voy a contar, tan solo escuchando y no simplemente oyendo, las palabras del primer ministro.

—¿De verdad crees que he dejado de prestar atención a los detalles?

—Sí. Lo que el señor Salazar y yo hemos estado haciendo va mucho más allá de la petición de la nacionalidad portuguesa. La abuela estaba al tanto de esa cuestión porque gracias a ella la hemos conseguido. Ahora viene la parte más difícil. ¿Para qué necesitamos esa nacionalidad? ¿Para quedarnos en Portugal? Eso ya lo ha dejado muy claro el primer ministro y no es una opción.

—No te entiendo.

—Los detalles, madre. Para viajar a otro país necesitábamos unos pasaportes auténticos reconocidos hasta por el *Tercer Reich*, cosa que no teníamos y que ahora ya poseemos.

—¿Qué otro país? Repites que he dejado de prestar atención a los detalles, pero he escuchado decir al señor Salazar que, mientras Hitler domine militarmente Europa, no habrá país seguro para nosotros.

Para sorpresa de Zita, Charlotte sonrió.

—Exactamente, el señor Salazar ha dicho que «mientras Hitler continúe con su marcha triunfal en el campo de batalla europeo, no hay refugio seguro». La palabra clave de esta frase es «europeo». Ahora añádele que mantiene excelentes relaciones con los americanos, porque Portugal ha accedido a no unirse al eje Hitler-Mussolini y mediará ante el general Franco para que España tampoco entre en la guerra. ¡Eso son los detalles! ¿No me digas que no sacas ninguna conclusión?

A Zita se le vino el mundo encima cuando comprendió qué quería decir Charlotte.

—¿Abandonamos Europa? —preguntó, con lágrimas en los ojos.

—Buscamos un lugar seguro para vivir, y nuestro refugio, en estos momentos, no está en este continente. Ese es el detalle que no has querido ver desde el principio. No te lo reprocho, madre, ya que siempre has considerado que Europa era tu mundo, pero ya no es ni siquiera nuestro hogar. Tenemos que reconocer que somos una familia de nómadas apátridas escapando de la muerte. Ya es hora de que apostemos por la vida y no estemos constantemente vigilando nuestras espaldas.

Zita ya no intentaba disimular las lágrimas.

—¿Dónde?

—El señor Salazar no ha venido hasta el palacio de la abuela para mostrarnos esos pasaportes. Otro detalle que se te ha escapado son los visados ya concedidos por el gobierno de los Estados Unidos para que una familia de nacionalidad portuguesa se traslade allí. ¿Aún no lo comprendes? Ese era el plan completo del tío Xavier. Él sabía perfectamente que nuestra seguridad pasaba por alejarnos de Europa.

—¿Estados Unidos?

—Solo de paso. Nuestro destino final será Quebec, en la Canadá francófona. Ya sabes que es el idioma que hablamos toda la familia, así que no tendremos problemas para continuar nuestros estudios y establecernos allí.

—¡Eso está muy lejos!

—Madre, solo los que se aventuran a ir lejos pueden encontrar lo lejos que pueden llegar. Tú más que nadie deberías comprender esta frase.

Zita se levantó del butacón y abrazó a su hija. En el fondo, estaba orgullosa de ella.

Y no tan en el fondo.

Sin duda, el mayor riesgo en esta vida es no tomar ningún riesgo.

Eso también lo sabían muy bien.

Pero la gran diferencia con las otras veces es que, en esta ocasión, era un salto sin red.

43 EN LA ACTUALIDAD, FLORENCIA, ITALIA, 21 DE ENERO

—¡Tote! ¿Qué haces tú aquí?

—Creo que quien debería formular esa pregunta soy yo. Pensé que os dejé muy claro ayer que abandonarais Florencia y no me habéis hecho caso.

—Nos marchamos a Roma —dijo Patricia, que estaba todavía impresionada por ver a Tote sentada en esa silla. Era la última persona a la que se podía imaginar encontrarse en aquel lugar.

—Sí, lo hicisteis ayer después de nuestra conversación en la *Galleria dell'Accademia*. Pasasteis la noche en vuestra embajada en Roma y esta mañana os habéis desplazado en coche de nuevo a Florencia. ¿De verdad pensabais que no me iba a enterar?

Patricia así lo creía, pero estaba claro que había minusvalorado a Tote.

—Sí, tienes razón —reconoció, cuando puso su mente en orden—, pero soy libre y no me puedes impedir que viaje donde me dé la gana. Te recuerdo que tú no eres nadie en Italia, y yo soy la embajadora de mi país ante Italia. Si ahora mismo llamo a los *carabinieri*, ¿a quién crees que creerían?

—Anda, si quieres usa mi teléfono —le dijo Tote, haciendo ademán de dárselo—. Estarían encantados si les cuento qué estás haciendo en realidad en Florencia y, sobre todo, quién eres. Porque ese rollo de embajadora puede colar para otras personas, pero ya sabes que yo sé toda la verdad.

Ryan no entendía nada.

—¿De qué verdad estás hablando? —preguntó.

—¿No te lo ha contado? Me temo que tu amiga Patricia te guarda algún que otro secretito.

Lo cierto es que Ryan observó que Patricia no había cumplido su amenaza y no había intentado llamar a la policía. Además, Tote parecía completamente tranquila, al contrario que Patricia, que no podía ocultar su nerviosismo. «¿Qué está sucediendo aquí?», se preguntó. Y tenía que reconocer que no era la primera vez que le asaltaban dudas con respecto a Patricia Cullen.

—No tengo ningún secreto —afirmó—. Si te refieres a que uso mi cobertura diplomática para otras cuestiones, Ryan lo sabe de sobra.

Tote sonrió.

—¿De verdad?

—¡Pues claro! ¿Cómo se lo iba a ocultar si nos dedicamos a lo mismo y también estamos en el mismo bando?

—¿Estás completamente segura de esto último? —preguntó de nuevo Tote, que en ningún momento había perdido su sonrisa.

—¡Tote, eres insoportable! —exclamó Patricia.

—Sí, me lo han dicho más de una vez, pero suele suceder cuando tengo razón.

—¿De qué va todo esto? —intervino Ryan— ¿Os importaría aclarármelo?

—Si no hace Patricia los honores, con mucho gustó seré yo —dijo Tote, dirigiéndose a Ryan—. ¿Sabes para quién trabaja tu amiga? Ya te lo digo yo, para la CIA.

Ahora fue Patricia la que sonrió.

—Eres una listilla. Como sabía que este momento podría llegar, esta misma mañana se lo he contado a Ryan. Está perfectamente informado.

—¿Informado? ¿De qué exactamente?

—Patricia tiene razón —dijo Ryan—. Después del encuentro que mantuvimos ayer en la *Galleria dell'Accademia,* me asaltaron una serie de dudas. Para tu información, conozco que no me está ayudando por Rebeca, sino por encontrar a tu otra sobrina, Carlota. Si quieres que te diga la verdad, me la trae al pairo. Si aún están juntas, a mí me vale.

—¿Y lo de la CIA? —siguió Tote.

—Como te acaba de decir Patricia, también me informó de ese extremo. No quería que me enterara por otras personas y desconfiara de ella.

Nada más terminar de hablar, Ryan fue consciente de que algo no iba bien. Se suponía que Tote tenía que haber acusado el golpe, pero estaba tan sonriente y tranquila como al principio de la conversación.

—Creo que te interesará echarle un vistazo a estos documentos —dijo Tote, mientras se echaba mano a uno de los bolsillos interiores de su abrigo y sacaba un pequeño sobre de color sepia. Lo dejó encima de la mesa.

Ryan no comprendía aquello y no reaccionó.

—¿No lo quieres abrir? —insistió Tote—. Creo que te vas a divertir.

Ahora sí, Ryan se acercó a la mesa y tomó el sobre entre sus manos. Lo abrió con cuidado.

Lo que vio allí dentro le dejó completamente helado.

Se giró hacia Patricia.

—¿Son auténticos?

—No sé con qué te estará intentando embaucar esta trilera, pero no va a colar.

—No me has contestado —Ryan ahora estaba muy serio, mirando a los ojos de Patricia—. ¿Son estos documentos auténticos?

Al mismo tiempo que formulaba la pregunta, los dejaba caer sobre la pequeña mesa.

Allí aparecía la acreditación de Patricia Cullen como miembro de la CIA. Su identificación personal. Un pequeño expediente de su evaluación en Langley e incluso su nombre en clave y su enlace en Roma.

—Ya te he dicho que colaboro con la CIA. Le puedes preguntar a Drew Harris o al coronel James Walsh.

—Esto no es «colaborar con la CIA». Esto demuestra que eres una agente de la CIA, que es muy diferente.

—¿Sabes lo más gracioso? —le preguntó Tote a Ryan—. Que su enlace en Roma es Martina Rossi. Te juro que cuando me he enterado de ese extremo casi me da un ataque de risa.

—¿Es cierto? —Ryan seguía encarado con Patricia.

—Tampoco me parece ningún secreto. Tú la conoces ya que comimos con ella y no tuve ningún problema en presentártela. Tan solo omití ciertos detalles para no destapar su cobertura.

—¡Venga, Patricia! —exclamó Tote, que seguía divertida—. Lo que quizá no sepas es que yo tengo muy buenos contactos en la CIA. De vez en cuando echo mano de ellos. Yo les hago un favor y ellos me hacen otro, ya sabes cómo funcionan las cosas en este mundo. Te consideran «quemada» y no les ha importado compartir esta información conmigo.

—¡No dices nada más que mentiras para intentar dividirnos! —exclamó Patricia, que ahora parecía furiosa.

—¿Quieres que le cuente a Ryan lo del diamante? Porque tan solo he sacado una pequeña parte de los documentos que tengo. Pensaba que serían suficientes, pero como veo que no, voy a mostraros todo lo que tengo.

—¡No! —gritó Patricia.

—¿De qué diamante estás hablando? —le preguntó Ryan a Tote.

—Ya veo que no tienes ni idea del motivo por el que Patricia está en Roma. Y ya te anticipo que no es ni por Rebeca ni por Carlota.

—¿Es eso cierto? —volvió a preguntarle Ryan a Patricia.

De repente, Patricia se arrojó contra Tote. En un principio la pilló desprevenida y cayó hacia atrás, volcándose su silla, pero Tote no tardó en recomponerse. A pesar de su edad, demostró que sabía defenderse, pero Patricia era más joven y estaba muy bien entrenada.

Ryan estaba observando la escena, sin saber muy bien qué hacer. Tote había sembrado la duda en su mente y ya no sabía en quién confiar. No sabía ni siquiera quién era Patricia, su supuesta compañera y superior.

Ryan giró su cabeza para no ver la pelea. De momento, no tenía intención de intervenir, a no ser que la pelea se descontrolara. «Unos buenos golpes les vendrán bien a las dos», pensó, mientras miraba hacia los tapices.

Fue entonces cuando lo vio.

Era una sombra moviéndose entre la pared. Quienquiera que fuese, iba vestido todo de negro y se desplazaba como un fantasma en la penumbra. No había manera de saber si era un hombre o una mujer, pero Ryan se lo pudo imaginar. No le fue difícil comprender lo que iba a suceder a continuación, por eso tomó su decisión.

De forma disimulada, se fue alejando de Tote y Patricia, alcanzó la puerta del palacio, la abrió y, una vez en el exterior, echó a correr calle arriba como si le persiguiera el mismísimo diablo.

Ryan no quería presenciar lo que se imaginaba que iba a suceder. No era de su incumbencia, además no había acudido hasta Florencia para ver eso.

Hizo bien.

44 TRAVESÍA DE PORTUGAL A ESTADOS UNIDOS, AÑO 1940

«Si algo puede fallar, fallará. Si hay la posibilidad de que algunas cosas fallen, la que causará más daño será la primera. Si algo no puede fallar, lo hará a pesar de todo».

Con esa mentalidad habían afrontado su huida hacia América Zita, sus ocho hijos y su madre, Maria Antonia.

E hicieron bien.

Los alemanes habían conocido las intenciones de la familia Habsburgo de abandonar Portugal para establecerse en América. Hitler se sintió burlado por aquella que había sido aprendiz de emperatriz y que ahora no era absolutamente nadie, pero, como sucedía con las cucarachas, no había manera de acabar con ella y de la plaga de su familia. Hitler no podía permitir que abandonaran Europa, ya que una vez en ultramar, ya no podría deshacerse de ellos. Por eso, había enviado a los *Einsatzgruppen* a ocuparse de ese desagradable asunto. Los miembros de los *Einsatzgruppen* eran la élite dentro de la élite, aunque quizá fuera más apropiado llamarlos asesinos profesionales altamente cualificados. Sus componentes eran seleccionados entre los mejores de la *Sicherheitsdienst*, los temibles servicios secretos nazis, y recibían un entrenamiento específico para operar fuera de Alemania. Sus misiones no consistían en recabar información como cualquier espía, sino en matar a los enemigos del *Reich*, estuvieran donde estuviesen. También eran conocidos por el nombre de «la muerte silenciosa», porque antes perdías la vida que los veías venir. Tenían sus propias reglas y no respondían de forma directa ante las SS, aunque orgánicamente formaran parte de ellas. Jamás se consiguió atrapar a ningún miembro de este temible grupo de asesinos. Eran letales y no fallaban en sus operaciones. Tan solo daban un solo golpe, y siempre era el definitivo.

Hitler no solo quería matar de los Habsburgo. Su odio hacia ellos iba mucho más allá, por ello, a pesar de conocer sus planes, dejó que creyeran que su ardid para escapar de Europa les iba a funcionar. Envió a un equipo de los *Einsatzgruppen* justo el día anterior a la fecha de su partida. Quiso que murieran en la orilla del mar y que pudieran oler el aroma del salitre de su salvación mientras perdían sus vidas.

Pero Hitler, aunque se lo creyera, no era Dios. El avión *Junkers Ju-52* que trasportaba al equipo de los *Einsatzgruppen* hasta Lisboa, terminó estrellándose a pocos metros de la cabecera de la pista del aeródromo de Lisboa. Oficialmente el gobierno portugués calificó el accidente de fortuito, al impactar un ala del *Junkers* alemán con una rama de la frondosa vegetación que rodeaba el aeródromo y desplomarse a tierra. Hitler no se creyó ni una sola palabra de las explicaciones del gobernante Antonio Salazar, pero tampoco le interesaba una investigación oficial en profundidad. Así que se limitó a enviar al lugar de los hechos a una célula de la *Sicherheitsdienst* para que se hiciera cargo del avión accidentado, de repatriar los cadáveres a Alemania, y mantener alejado al ejército portugués.

Mientras tanto, por apurar tanto, el barco que trasportaba a los Habsburgo había partido ya del puerto de Lisboa. Pero Hitler tenía un segundo plan, aún más malvado que el anterior. La *Kriegsmarine* alemana contaba con un arma muy poderosa, que eran sus pequeños pero letales submarinos *U-Boot*. Su principal misión era atacar convoyes mercantes para cortar el suministro de productos desde América a Europa y, de vez en cuando, atacar a algún navío militar. Sus limitacioncs operativas no impedían que salieran airosos de la mayoría de sus enfrentamientos. En teoría, sus órdenes eran no atacar barcos de pasajeros, ya que les interesaba más hundir mercantes. Pero ese tabú saltó por los aires el día 3 de septiembre de 1939. Un *U-Boot* hundió el trasatlántico inglés «*SS Athenia*». Trasportaba a más de 1.100 pasajeros desde Inglaterra hasta Canadá. El comandante de aquel submarino alemán, Fritz-Julius Lemp, declaró que torpedeó a aquel buque porque pensaba que era un navío de guerra, ya que navegaba en *zigzag*, como lo hacían los convoyes militares. Pero la cuestión es que advirtió de inmediato que algo no iba bien cuando escuchó los desesperados gritos de ayuda de sus pasajeros. Se aproximó y confirmó su error. Fue consciente que había torpedeado a un trasatlántico repleto de personas inocentes, pero, a pesar de saberlo, huyó de la zona lo más rápido que pudo, sin dar ninguna alerta ni socorrer a nadie.

El escándalo de la comunidad internacional con esta acción injustificada fue abrumador. Alemania había suscrito los *Acuerdos de Ginebra* apenas cuatro años antes, que prohibían expresamente este tipo de acciones. Hitler admitió el error y pidió públicamente disculpas.

Pero ya tenía su precedente, y eso le bastaba.

El 12 de julio de 1940, otro *U-Boot* alemán, torpedeó un pequeño trasatlántico portugués que navegaba discretamente hacia Nueva York. La noticia pasó desapercibida, ya que la guerra en Europa ya había alcanzado proporciones dantescas como para preocuparse por un pequeño barco hundido más.

Pero no era un barco cualquiera.

Todos los Habsburgo formaban parte del pasaje de esa embarcación.

En teoría.

Zita había supuesto que los servicios de inteligencia de Hitler averiguarían qué día y en qué barco pensaban abandonar Lisboa. En consecuencia, con la ayuda del primer ministro portugués, Antonio Salazar, orquestaron un gran engaño. Compraron los billetes para ese trasatlántico de forma pública y prepararon su equipaje para abandonar Cascáis en dirección a Lisboa. Zita suponía que estaban vigilados, así que toda la familia actuó con absoluta normalidad.

Hasta que dejó de hacerlo.

Aprovechando el camión de trasporte que todos los jueves reponía los suministros al palacio de la infanta Maria Antonia de Braganza, toda la familia huyó camuflada en su interior. Dejaron las luces del palacio encendidas y ordenaron al servicio doméstico que actuara con total normalidad, como si aún estuvieran en su interior.

No se dirigieron a Lisboa, un viaje de un día entero, sino al pequeño puerto de Cascáis, donde les estaba esperando una pequeña embarcación capaz de cruzar el océano Atlántico sin llamar la atención. En consecuencia, partieron dos días antes de lo previsto de Lisboa sin que los nazis advirtieran nada extraño. Eso sí, no todo fue de color de rosa. La travesía hasta Nueva York había sido el peor viaje de la vida de Zita, y decir eso no era poco. Aún recordaba aquel traslado en carruaje entre Praga y la frontera checoslovaca, en compañía de su difundo esposo Karl. Fueron emboscados por el ejército de su supuesto amigo Miklós Horthy. Zita tuvo que forzar a su esposo a aceptar la rendición, ya que temió que no salieran vivos de aquella encerrona.

Todos enfermaron a bordo. Zita temió por su vida y la de sus hijos. En el momento más duro del viaje, ya sin reservas de agua ni alimentos, divisaron Nueva York. Eso fue el día 27 de julio de 1940.

Dicen que lo que mal empieza peor acaba, y el dicho popular se cumplió a rajatabla.

Mientras tramitaban su traslado a Quebec con las autoridades canadienses, residieron durante un breve espacio de tiempo en un suburbio cercano a Nueva York.

Y allí comenzaron las cosas a torcerse de forma definitiva.

Otto acusó a sus hermanos de robarle el *Diamante Florentino*, la única joya que conservaba en recuerdo de su padre, y que se había llevado la propia Zita, junto con las suyas propias, de la «Vitrina XIII» del *Palacio de Hofburg* en Viena. En esa vitrina se exponían al público las joyas que habían pertenecido a la casa Habsburgo-Lorena. Esa acción casi le costó la vida a Zita y a sus hijos, y Otto había decidido conservar ese intrigante y extraño diamante en su poder.

La trifulca alcanzó tales proporciones que Otto registró cada palmo de las habitaciones de todos sus hermanos, que casi llegan a las manos con él.

Al final, el diamante no apareció y Otto tuvo que asumir que quizá le fuera robado en algún momento del viaje en barco hasta Nueva York.

Pero lo que Zita observó ahora tenía peor pinta que el incidente del diamante. Levantó la cabeza y vio a Otto, Robert, Felix, Karl Ludvig y Rudolf.

—Tenemos que hablar contigo, madre.

—¿Qué sucede? —les preguntó con cierto temor.

—Llevamos tres meses en Nueva York y no sabemos si los canadienses nos permitirán establecernos en Quebec.

—¡Claro que sí! —exclamó Zita—. Ya tenemos nuestra solicitud aprobada. Ahora tan solo falta que el cónsul nos remita los papeles.

—Hay algo más —dijo Otto.

Zita ya lo suponía.

—¿Qué más?

—Creo que cada uno tiene sus motivos, pero no queremos vivir en Quebec. Entendemos que Charlotte y Elisabeth tengan que completar su educación y Canadá es el país perfecto, pero nosotros eso ya lo hicimos durante nuestra estancia en Bélgica. Nos doctoramos por la Universidad Católica de Lovaina.

Zita se quedó mirando a los cinco.

—Te escucho, Otto —se limitó a decir.

—A pesar de Hitler, sigo siendo el primogénito de la familia. Mi sitio está en Estados Unidos y, cuando la guerra termine y los nazis la pierdan, desde aquí podré defender a mi patria, Austria. En Canadá no se me ha perdido nada.

—¿Y si la guerra dura años? Dices que Hitler la perderá, pero, por ahora, está conquistando media Europa.

—Madre, me lo has contado muchas veces. ¿Qué sucedió en la anterior Gran Guerra? Estados Unidos acudió al auxilio de Europa. ¿No crees que terminará haciendo lo mismo contra Hitler? La historia tiende a repetirse.

—Lo que yo crea poco importa.

—Pues yo creo que lo hará. Entonces, mi lugar estará en Estados Unidos, intentando que su presidente no identifique al pueblo austriaco con los nazis. Desde el *Anschluss*, los alemanes se anexionaron forzosamente Austria, pero debe recuperar su independencia y no recibir el castigo que recaerá sobre Alemania. Todo lo contrario, deben ayudar a su pueblo a que se recupere.

Zita tenía poco que añadir. Su hijo tenía razón.

—De acuerdo, Otto. ¿Y tú, Robert?

—Tampoco deseo ir a Canadá, ni siquiera permanecer en los Estados Unidos. Quiero desarrollar mi labor diplomática en Londres. Comenzaré, si me lo permitís, como representante en el Reino Unido de la casa Habsburgo.

—¡Pero el Reino Unido está en guerra! Churchill no es Chamberlain y le ha plantado cara a Hitler.

—Lo sé, pero es una isla. Eso los hace diferentes a Francia o Rusia, por ejemplo. Podrán bombardear Londres, pero jamás conquistarán el país. Además, opino igual que Otto. Cuando la guerra termine, Austria necesitará interlocutores para que comprendan que no hemos participado de las locuras de Hitler.

Zita, en esta ocasión, dudó un poco más.

—Supongo que es una decisión tomada, ¿no? Eres mayor de edad y no necesitas mi permiso.

—Así es, madre, pero me gustaría contar con tus bendiciones.

—Las tienes —le respondió Zita. ¿Qué otra cosa podía hacer? La familia se estaba separando, pero aún tenía la esperanza que, desde la distancia, permaneciera unida.

—Gracias —dijo Robert—. Has luchado mucho por nosotros y significa mucho que me apoyes en esta aventura.

Zita asintió con la cabeza.

—En cuanto a nosotros —tomó la palabra Felix, señalando a su hermano Karl Ludvig—, hemos decidido alistarnos en el ejército de los Estados Unidos.

—¿Qué? —se sobresaltó Zita, que no se esperaba una cosa así en absoluto—. ¿Por qué?

—Por lo que ya has escuchado —intervino Karl Ludvig—. Estamos convencidos que este país acabará interviniendo en la guerra. Queremos combatir a su lado para expulsar la plaga nazi de Europa.

—¡Pero eso no sabéis si sucederá! —protestó Zita.

—Te decimos lo mismo que Robert, madre. Es una decisión tomada y nos gustaría contar también con tus bendiciones.

Zita, en esta ocasión, se lo pensó dos veces. Había sido testigo de los horrores de la guerra y ahora sus hijos le pedían su bendición para participar como soldados. Aquello era diferente. «¿Lo era realmente?», se dijo. «Otto también va a librar su guerra, al igual que Robert se va a una Europa en llamas». Al final, decidió ser pragmática.

—No me hace ninguna gracia, pero, si esa es vuestra decisión, la apoyaré —respondió, haciendo esfuerzos por no derramar ni una sola lágrima. Ahora se giró hacia el quinto de sus hijos—. ¿Y tú, Rudolf? ¿También me dejas?

—No, madre, pero lo acabaré haciendo cuando me recupere plenamente de mi lesión en la pierna. Ahora, me marcharé contigo a Canadá.

—¿Te alistarás también en el ejército estadounidense?

Rudolf sonrió ligeramente.

—No, yo no valgo para esas cosas. Nunca he sido una persona atlética ni corpulenta. El ejército no está hecho para mí, aunque eso no signifique que no vaya a luchar.

—¿Qué quieres decir con eso?

—Que, cuando esté recuperado, viajaré a Francia para unirme a la resistencia. Sé que el tío Xavier pertenece a ella, así que combatiré, pero desde un plano intelectual.

—¿Quieres convertirte en un espía partisano? —Zita no daba crédito a lo que estaba escuchando.

—Esa es mi intención. Si puedo pienso entrar en Austria y así sabotear a Hitler desde dentro.

Zita ya había escuchado esas mismas palabras de boca de su hermano Xavier. No las comprendió entonces y tampoco lo hacía ahora. Rudolf es más débil de sus hermanos, pero quizá se dispusiera a desempeñar la labor más arriesgada de todos ellos. De todas maneras, Rudolf iba a acompañarla hasta Quebec, así que pensó que tendría tiempo de quitarle esa loca idea de la cabeza. Ahora no era el momento de librar esta batalla con él.

—Bien, como le he dicho a tus hermanos, si esa es tu decisión, la respeto —respondió.

—Gracias por tu comprensión con todos nosotros, madre —dijo Otto—. Sé que siempre has luchado por mantener esta familia unida y no queremos que pienses que eso ha terminado. Seguiremos siendo unos Habsburgo, pero de la persona que más orgullosos estaremos jamás será de ti, una Borbón-Parma y, sobre todo, sabemos que eres la mejor madre del mundo.

Zita ya no pudo aguantarse más.

Los seis se abrazaron, llorando, como si no existiera un mañana.

Y es que, en realidad, no existía.

45 EN LA ACTUALIDAD, FLORENCIA, ITALIA, 21 DE ENERO

—En este rincón no creo que nos localicen. No obstante, no sabemos quién ha entrado, así que me quedaré vigilando. Vosotras podéis seguir discutiendo acerca de ese diamante. A mí no me interesa.

Carlota asintió con la cabeza. Rojas tenía razón. Era tan importante avanzar en la lectura de ese antiguo libro de *La Santa Alianza* como protegerlo. Quizá en sus páginas hallaran alguna prueba del paradero actual del *Diamante Florentino*.

Se apretaron entre ellas un poco más y dejaron el libro en el centro del corro. Apenas estaba iluminado por la linterna del comandante Rojas.

Carlota pasó de página.

Nada de especial interés. Aparecían diversos dibujos del diamante y su descripción. Ya conocían esos datos.

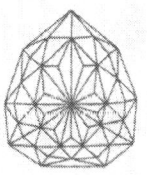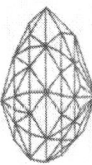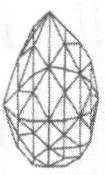

—¿Por qué se tomaría *La Santa Alianza* el trabajo de documentar la historia del *Diamante Florentino*? —preguntó Allison—. Entiendo que lo protegieran mientras fue una propiedad del Papa Julio II, pero una vez se lo legó en su testamento a Michelangelo, ¿para qué continuar?

—Ellos no lo sé, pero nosotras sí vamos a seguir leyendo —dijo Carlota, mientras pasaba páginas sin importancia.

Hasta que se detuvo.

—¡Mira por dónde! —exclamó—. Segundo misterio resuelto.

—Es sorprendente, la verdad —tuvo que reconocer Rebeca.

—Parece que el hermano de Michelangelo no era una oveja descarriada. Donó en vida el Diamante Florentino.

«Detesto la idea católica de que tan solo los hombres ricos puedan alcanzar la Gracia de Dios a través de las buenas obras, escapándose del purgatorio y alcanzando el Reino de los Cielos. Detesto el pecado de la simonía, por el que la Iglesia pone en venta hasta el mismísimo Dios. Detesto que sea la Iglesia Católica quién decida a que enfermos pueden tratar con los restos de ese dinero amasado a través del pecado. Detesto que los pobres tengan que mendigar para ser atendidos y que se tengan que ganar la gracia a través del sufrimiento. Soy un hombre humilde que posee una valiosa propiedad que no necesita. Dono el conocido como Diamante Florentino al Hospital de la ciudad de Florencia, siempre que su control sea secular, como lo es ahora, y que se invierta el dinero de su venta en tratar a todos por igual. SB, AD 1554».

—¡Caramba con Gismondo! —exclamó Allison—. Esas ideas están en la órbita del reformismo de Martín Lutero. Creía que los Buonarroti eran católicos.

—Lo eran —dijo Rebeca—, pero algo tuvo que hacerles abrazar la fe luterana. La Iglesia Católica enterró toda posibilidad de reconciliación en el *Concilio de Trento*. Ya no os digo nada cuando alcanzó el papado el cardenal Gian Pietro Carafa, Pablo IV. Él y su amada Inquisición se dedicaron a quemar a todos a los que él consideraba herejes. Me sorprende que tengamos este libro entre nuestras manos, porque también ordenó a la *Inquisición Romana* la quema o censura generalizada de libros.

—Sigamos —dijo Carlota, pasando la página.

—Aquí está el documento de venta del *Diamante Florentino* a Ferdinando I de Medici —apuntó Allison—. Así llegó a su poder.

Continuaron pasando páginas y comprobando como el diamante se iba heredando. Así, de Ferdinando I de Medici pasó a su hijo Cosimo II de Medici, que, a su vez, se lo dejó en herencia a su primogénito, Ferdinando II de Medici, ya en 1621.

—Mirad qué curioso —dijo Carlota, señalando una página del libro.

Se trataba de un escrito del viajante francés Jean-Baptiste Tavernier, también comerciante de gemas, datado en 1657.

—Lo quiso comprar, como había hecho con otras gemas en sus viajes alrededor del mundo —apuntó Allison, mientras leía el documento—. Lo describe como el más bello diamante que había tenido entre sus manos en toda su vida. Dice que su color le recuerda a una copa de vino mezclada con diez partes de agua. ¡Qué curioso! Nunca se me hubiera imaginado describir así al color amarillo. Debió ser formidable.

—Hoy en día se puede admirar —dijo Carlota.

—¿Qué? —saltó Allison—. ¿No se le supone perdido?

—En 1865 se hizo un molde de yeso del *Diamante Florentino*. Un año más tarde, el joyero Saemann de París hizo una copia exacta a base de rocas de cristal recogidas en el río Rin. Esa copia es lo más parecido al *Diamante Florentino* que se puede contemplar hoy en día. Se expone en el *Museo de Historia Natural* de Viena.

—¿Y por qué se expone en Viena y no en Florencia? —preguntó Allison.

—No quieras correr demasiado. Hasta mi hermana conocerá el motivo, pero hay un salto temporal que igual nos lo aclara el libro si seguimos leyéndolo —respondió Carlota, que pasó a la página siguiente.

—¡Matrimonio! —exclamó Rebeca.

—Sí, era una manera muy común en aquella época para que las grandes fortunas protegieran su patrimonio —respondió Carlota—. Ahora que lo pienso mejor, eso también sucede hoy en día. Es una especie de endogamia. Los ricos tienden a casarse con los ricos.

—Cuando el último de los Medici murió —leyó Rebeca—, la joya pasó a manos del matrimonio formado por Francis I, archiduque de Austria y duque de Lorena, y la emperatriz Maria Teresa de Austria. Así terminó su periplo italiano para pasar a manos austriacas.

—Aunque contestando a tu pregunta inicial —ahora era Carlota la que se dirigía a Allison—, el joyero florentino Paolo Penko hizo una copia en circonio, a pesar de que jamás lo tuvo en sus manos. Le llamó poderosamente la atención cuando lo llevaba puesto la emperatriz. Esa copia se conserva en el *Palazzo Medici Riccardi* de esta ciudad, Florencia. Así que también se puede contemplar en Italia, aunque sea una copia de inferior calidad a la austriaca.

—¿Y qué pasó después? —Allison parecía interesada.

—No creo que este libro nos aporte más datos. Desde esa fecha, su historia es conocida —continuó Carlota—. Pasó a formar parte del tesoro de la *Casa de Habsburgo*, que lo expusieron con el resto de sus joyas familiares en el *Palacio de Hofburg* en Viena, en su famosa «Vitrina XIII». En 1918, en circunstancias poco conocidas, parece que el emperador Karl I de Austria, al verse depuesto de su trono, ordenó que las joyas pertenecientes a su familia fueran sacadas del palacio y llevadas a su destierro en Suiza.

—¿Y ahí termina su historia? —siguió preguntando Allison.

—Ya no hay más registros ni pruebas. Parece que el *Diamante Florentino* desapareció para siempre. Se ha dicho que fue robado por un empleado de los Habsburgo durante su traslado forzoso a Suiza. Otros dicen que acabó en Sudamérica. Incluso hay quién se atreve a afirmar que cayó en poder de Hitler cuando se anexionó Austria, pero nadie aporta ninguna prueba. También se especuló que, cuando concluyó la Segunda Guerra Mundial, les fue arrebatado a los nazis por el general estadounidense Mark Clark y que fue devuelto a Viena. Esta hipótesis se vino abajo cuando los austriacos lo negaron y el general tampoco quiso corroborarlo. Años después, en 1981 se subastó en Ginebra un diamante que se pensó que podría ser el florentino, aunque era de 80 quilates, más pequeño que los 137,27 quilates del florentino. Se investigó la procedencia de esa gema, por si se tratara del famoso diamante que había sido retallado para burlar a la justicia. La propietaria lo negó y dijo que esa joya había pertenecido a su familia desde incontables generaciones. Lo pudo documentar, con lo que se esfumaba otra vez cualquier rastro. Ya veis que parece que el *Diamante Florentino* fue engullido por las brumas de la historia.

Carlota terminó su discurso y se quedó mirando a Allison, que había escuchado sus palabras con interés, y a Rebeca, que no le había hecho el más mínimo caso porque seguía con el libro.

—No me has prestado atención, ¿verdad? —le preguntó, molesta.

—No, no lo he hecho, porque resulta que *La Santa Alianza* siguió su pista —dijo, señalando el libro.

—¡No me digas! —exclamó sorprendida Carlota—. La historia que acabo de contar es del siglo pasado y ese libro parece mucho más antiguo.

—Quizá, pero el diamante no fue robado, al menos no por una persona extraña a los Habsburgo. Quizá fuese algún miembro de su familia o alguna persona muy cercana a ellos.

—¿Qué dices? —preguntó Carlota, volviendo a poner su atención en el libro.

—Según *La Santa Alianza*, cuando la familia Habsburgo tuvo que emigrar a los Estados Unidos, se llevaron el diamante con ellos.

—No me lo creo —le respondió Carlota—. Esa fue la primera opción que se me ocurrió, pero investigué un poco y comprobé que la emperatriz Zita de Borbón y Parma y sus ocho hijos, es decir, la familia Habsburgo al completo, pasaron serios apuros económicos. Incluso vivieron de la caridad de unas religiosas católicas. ¿Crees que si hubieran tenido en ese momento el diamante en su poder no lo hubiesen vendido? Todos sus problemas económicos se habrían esfumado.

—No lo sé, pero creo que tendrías que echarle un vistazo a este documento —dijo Rebeca, señalando de nuevo el libro.

—¿Qué es? —preguntó.

—Es un recibo de compra por un joyero a una mujer de un diamante amarillo, datado a mediados del siglo XX. Junto al recibo, aparece una nota que la vendedora entregó al joyero. Esto es información nueva.

Carlota se fijó mejor en el contenido de ese recibo.

—Falsa alarma —dijo—. No se trata del *Diamante Florentino*. Sí, es verdad que es un diamante amarillo, pero sus características de corte y tamaño no son las mismas que las del florentino. De hecho, son muy diferentes. Te recuerdo que existen otros diamantes con ese color. No es el único ni mucho menos.

—No me refería a ese documento —dijo Rebeca, que tenía esos ojos característicos en ella cuando había descubierto algo importante—. Mi atención se centra en la nota que lo acompaña.

Carlota tomó el libro entre sus manos.

De la impresión que se llevó, se le resbaló de sus manos.

Menos mal que Allison estaba atenta y lo cogió al vuelo.

—¡Joder! —exclamó Carlota—. ¿Qué quiere decir eso?

—Me parece que ya lo sabes —le respondió Rebeca—. Aquí tienes tu misterio resuelto o, por lo menos, una parte de él.

—No puede ser —insistió Carlota—. Os recuerdo que ese no puede ser el diamante que buscamos.

—Piensa una cosa —continuó Rebeca—. Si esta pista no tiene relación con el *Diamante Florentino*, ¿por qué *La Santa Alianza* la incluyó en este libro?

—Se me ocurren multitud de motivos —se revolvió Carlota—. Supongo que harían un seguimiento en las joyerías que adquirían diamantes amarillos, por si acaso sonaba la flauta. Yo hubiera actuado así.

—¿De verdad te crees eso?

Menos mal que ninguna de las dos estaba mirando a Allison, porque la expresión de su rostro las hubiera asustado.

Y no era para menos.

La flauta había sonado.

46 EAST HARLEM, NUEVA YORK, ESTADOS UNIDOS, 9 DE MAYO DE 1956

—¿Por qué hoy?

—Por qué hoy, ¿qué?

—Ya sabes. ¿Por qué hoy precisamente ha sido el primer día que has venido a la Iglesia del padre Brown? ¿Has encontrado a Dios de repente, después de doce años en el *East Harlem*?

—No, no es por eso.

Charlotte de Bar estaba paseando por *Central Park* con su amiga Evelyn y sus dos hijos. Afortunadamente para el primero, había sido una niña preciosa que se llamaba Charlotte. Ya tenía cuatro años y medio y se llevaba muy bien con su tía Charlotte de Bar. El segundo, de poco más de un año, le habían puesto el nombre de su padre, William.

—Porque era la única manera que se me ha ocurrido que las dos podamos pasear solas un rato y así poder hablar.

Te recuerdo que nos vemos de lunes a sábado en la oficina, y muchos domingos por la tarde en el local de la NAACP.

La NAACP eran las siglas en inglés de la *National Association for the Advancement of Colored People,* la principal asociación estadounidense que luchaba contra la segregación racial y la igualdad de todos los estadounidenses, independientemente de sus raíces étnicas. Cuando se fundó, en 1909, se llamó *National Negro Committee,* pero al año siguiente adoptaron su nombre actual.

—Sí, pero en la oficina hablamos de trabajo y en la NAACP de la lucha contra la segregación racial. No es que tengamos mucho tiempo para nosotras. Echo de menos nuestros primeros años en el barrio, unidas.

—Yo también —reconoció Evelyn—, pero la vida se nos acaba complicando. Antes vivíamos juntas y disfrutábamos cada momento, pero ahora tengo marido y dos hijos. No es que no disfrute, pero es una mierda diferente. Si lo piensas bien, durante estos últimos años hemos hecho grandes cosas. No eres la primera mujer que lo consigue, pero sí eres la primera mujer blanca del *East Harlem* que forma parte de la junta directiva de NAACP, la principal organización nacional que lucha por la igualdad de los derechos civiles entre la población blanca y la de color. Estás plenamente integrada en el barrio, no como cuando llegaste, con ese aspecto enfermizo de blanquita escuchimizada.

Charlotte de Bar no pudo evitar sonreír.

—Sí, es cierto que hemos hecho muchas cosas por mejorar la sociedad que nos rodea, pero hemos perdido un poco ese contacto personal. Ya no hablamos de nosotras.

Evelyn se quedó mirando a su amiga.

—¿Qué te pasa? —le preguntó—. Ya nos conocemos muchos años y no me puedes ocultar que algo te preocupa. Si te refieres a lo de la oficina, ya lo sé.

Ahora, Charlotte de Bar se sorprendió.

—¿Cómo puedes saberlo? Yo me enteré el viernes por Mateo, que sabes que tiene acceso directo al jefe.

—William también —le respondió.

—¿Y no te preocupa?

—Bueno, te preocupas por las cosas que puedes remediar. La mierda que está fuera de tu alcance es mejor ni tocarla.

—No puedo creer que estés tan tranquila. ¿Qué pensáis hacer cuando dentro de tres meses cierre la oficina? William y tú perderéis el trabajo al mismo tiempo. A pesar de todos los esfuerzos que hemos hecho por mejorarlo, las cosas no están nada bien en el barrio. La crisis económica es global, pero siempre afecta más a los débiles, ya lo sabes. Los jóvenes tienen que marcharse porque no encuentran empleo y los mayores tienen que dejar sus casas porque, o se caen a pedazos, o los especuladores les obligan a mudarse. No es un buen momento para quedarse sin trabajo.

—Tampoco lo fue perder a mis padres de niña y fui capaz de sacar a mis hermanos adelante. William y yo lo hablamos el viernes por la noche. Ya encontraremos algo.

—¿Tenéis ahorros?

—¿Bromeas? ¿Crees que se puede ahorrar en el *East Harlem* con empleos en los servicios sociales y con dos niños pequeños? Eso es imposible. De hecho, la iglesia del padre Brown nos ayuda, sobre todo con los alimentos de los niños.

—¿Por qué no me lo habías contado?

—¿Qué hubieras podido hacer? Supongo que tu situación no será muy diferente a la nuestra. Es cierto que no tienes hijos, pero tan solo con vivir y pagar la renta mensual de tu apartamento ya te quedarás tiesa.

Charlotte de Bar se quedó mirando a su amiga.

—¿Te das cuenta? —le preguntó—. Por eso te decía que echo de menos que hablemos más de nuestras cosas.

—Sí, quizá, pero tú no has ido hoy a la iglesia del padre Brown para poder hablar conmigo del cierre de la oficina. Eso lo podíamos haber comentado el lunes, en el descanso del mediodía. Si estamos aquí las dos solas es por un tema personal, ¿me equivoco?

—No, no lo haces —reconoció Charlotte de Bar.

—¿Qué te pasa, blanquita?

Charlotte de Bar soltó la bomba.

—Que me voy a casar.

—¿Qué? —saltó Evelyn, que de milagro no tira por los aires a sus dos hijos.

—Lo que has oído.

—¿Cómo es posible que no me haya enterado antes? Pasamos gran parte del tiempo juntas y jamás te he visto tontear con ningún chico. ¿Cómo me lo has podido ocultar?

—Es complicado.

—¿Complicado? Es lo menos complicado que se me ocurre. Una chica y un chico se conocen, empiezan a salir, se gustan y se acaban casando.

—A veces las cosas no son así.

Evelyn cayó en la cuenta.

—¿No me digas que te han dejado preñada? ¿Quién?

—No estoy embarazada.

Evelyn no sabía qué decir. Se suponía que debía ser una buena noticia, pero el rostro de su amiga no mostraba el más mínimo signo de alegría.

—¿Te tengo que felicitar? —preguntó, con cierto temor.

—Como tú decías antes, son etapas en la vida que una debe recorrer. Ya tengo cierta edad y supongo que es lo que toca.

Evelyn no entendía nada.

—Chica, no había escuchado jamás a nadie dar la noticia de su boda con tan poca gracia. Parece que estés anunciando una mierda de funeral. Al menos dime quién es el afortunado.

—No lo conoces.

—Eso es imposible. Ya sabes que conozco a todo el barrio.

—Es que no es del barrio.

Evelyn volvió a sobresaltarse.

—¿Cómo es posible? Te pasas las veinticuatro horas en el *East Harlem*. ¿Cómo lo has conocido, por paloma mensajera?

—Algo así —le respondió Charlotte de Bar, con la misma desgana que al principio.

Evelyn ya no se pudo contener más.

—Sé que no me estás mintiendo, porque sabes que me doy cuenta enseguida de esa clase de mierda. ¿Qué me estás ocultando?

—Mi novio es alemán y nos hemos conocido por correspondencia.

—¿Qué? —preguntó escandalizada Evelyn—. ¿Te vas a casar con un tío al que no has visto jamás?

—Sí.

—¿Por qué? No sales con nadie porque no te da la gana. Sabes que pretendientes no te faltan en el barrio. ¿Y me dices que has decidido compartir tu vida con un alemán al que no conoces?

—Por eso te decía antes que era complicado.

—De complicado nada. Es una puta mierda, y eso que te lo digo yo, que entiendo bastante de esas cosas. ¿Y crees que el alemán ese encajará en el barrio?

—No, no lo hará.

Evelyn, mirando a la cara de su amiga, por fin comprendió el verdadero motivo por el que Charlotte de Bar había acudido a la misa del padre Brown y estaban las dos solas hablando en *Central Park*.

—¡No! —exclamó, con los ojos húmedos—. ¡Eso no puede ser! Tú ya eres una de los nuestros.

Charlotte de Bar también estaba a punto de llorar.

—A veces, la vida te lleva por caminos que no te esperas.

—¡No me jodas, que estás hablando conmigo! —exclamó Evelyn, que ya estaba llorando—. ¡Esa mierda se la cuentas a otros!

—Me temo que ya está decidido. Como tú decías antes, no merece la pena luchar contra lo que no puedes cambiar.

Evelyn dejó a sus dos hijos en el carro y se abrazó a su amiga.

—¿Cuándo?

—La boda está prevista para el mes de julio, pero me tengo que marchar antes a Pöcking, un pueblo de Alemania, por todos los preparativos de la ceremonia.

—¿Cuándo? —volvió a repetir la pregunta Evelyn.

—El lunes ya no iré a la oficina. El viernes me despedí de todo el mundo, excepto de William y de ti. Quería darte la noticia de un modo más personal, por eso estamos aquí y ahora.

Evelyn y Charlotte de Bar eran inconsolables. Se abrazaron más fuerte todavía. Así estuvieron durante más de cinco minutos.

—Me abandonas —acertó a decir Evelyn—, y supongo que será para siempre. Si te marchas a vivir a Europa, no será fácil que vengas a vernos.

—Tienes razón —reconoció Charlotte de Bar—. Te podría decir lo contrario, pero admito que será difícil. Pero difícil no significa lo mismo que imposible.

—¿Sabes, blanquita? La mierda no se puede endulzar, así que no lo intentes —Evelyn estaba dolida en el alma.

—¿Recuerdas lo que te dije el día que me salvaste del cerdo de Héctor, hace ya once años?

—¿Cómo quieres que me acuerde de esa mierda?

—Te dije que jamás olvidaría lo que habías hecho por mí.

Charlotte de Bar abrió el bolso y sacó un juguete. Evelyn lo reconoció de inmediato. Su amiga le había confesado que era el único recuerdo que conservaba de su familia. Siempre lo llevaba con ella a todas partes. Para su sorpresa, Charlotte de Bar le rompió un trozo y se lo entregó.

—Esto es para ti —le dijo, mientras le entregaba el pedazo del juguete.

—¿Para qué? —le preguntó Evelyn, mientras lo tomaba entre sus manos sin hacerle el más mínimo caso—. ¿Es algún rollo tipo que «cuando te acuerdes de mí, cógelo en tus manos y nos conectaremos»? Porque esa mierda no funciona conmigo.

—Haz el favor de mirarlo, junto con la nota que lo acompaña.

Evelyn lo hizo a desgana, pero lo que vio no se lo esperaba.

—¡Por Dios! —exclamó—. ¿Es lo que parece que es?

Charlotte de Bar hizo un gesto afirmativo con la cabeza.

—Un día, cuando llegué al *East Harlem*, me acogiste como una hermana, a pesar de no saber nada de mí. Me abriste las puertas de tu casa. En aquel momento fuiste mi apoyo. Ahora me toca a mí ser el tuyo —le respondió Charlotte de Bar, con la emoción a flor de piel.

Evelyn estaba emocionada.

—Sabes que nunca te lo voy a poder devolver, ¿no?

—No lo necesito. Con saber que a tu familia no le va a faltar de nada el resto de su vida, ya me considero pagada. Además, para eso están las amigas, ¿no?

Se volvieron a abrazar, igual que doce años atrás.

—¿Quién te ha dicho que seamos amigas, blanquita?

47 TUXEDO PARK, NUEVA YORK, EEUU, 9 DE MAYO DE 1956

Zita estaba llorando y, desde luego, no le faltaban los motivos.

Acompañada de sus hijos Adelheid, Rudolf, Charlotte y Elisabeth, habían llegado a Quebec a finales del año 1940.

Adelheid se había doctorado en la Universidad Católica de Lovaina durante su estancia en Bélgica, así que permaneció al lado de su madre. No parecía tener ninguna intención de desposarse, y Zita tampoco la presionó. «Ya llegaría el momento, si llegaba», pensó. A pesar de ser una adelantada a su tiempo, no podía olvidar sus raíces y cuál era su linaje. Había educado a sus hijos para que eligieran a sus esposas entre la realeza europea. Era consciente de que la guerra les había robado mucho tiempo y no habían podido relacionarse en esos círculos sociales, por eso rebajó un tanto su listón y aceptó también a mujeres de la alta sociedad. En cuanto a Charlotte y Elisabeth, en Canadá estaban exiliadas una parte importante de las casas reales europeas, precisamente a causa de la guerra. Por ejemplo, el príncipe Olav y la princesa Martha de Noruega, el rey Pedro II de Yugoslavia, el rey Georgios I de Grecia o la reina Wilhelmina y su hija, la princesa heredera Juliana de Holanda, junto con el resto de sus familias. Siempre pensó que a ninguna de las dos les faltarían pretendientes.

En cuanto a la educación de Charlotte y Elisabeth, se matricularon en la Universidad Católica de Laval, un prestigioso centro francófono. Ese detalle era importante y quizá el verdadero motivo de Zita para residir en Quebec. Charlotte siempre había tenido facilidad para los idiomas, pero no así Elisabeth, cuyo inglés era muy deficiente. El idioma principal en casa siempre había sido el francés y, salvo sus hijos varones mayores y Charlotte, no dominaban otro. Su hija Adelheid tampoco.

Pero las cosas no fueron tan sencillas.

Zita conoció en sus propias carnes lo que significaba la palabra «pobreza». Alejada de Europa, ni siquiera podía acceder a su escaso patrimonio y fuentes de ingreso, así que tuvo que vivir de la caridad de las *Hermanas de Santa Juana de Arco*, que le prestaron una humilde casa llamada *Villa San José*. Zita y sus hijos tuvieron que pintar sus paredes y hacer arreglos menores para que la vivienda fuera habitable. No les faltó comida, pero tuvieron que conformarse con una dieta a base de ensaladas, espinacas y todo lo que pudieran recolectar. Eran tiempos difíciles para todos, incluso para la otrora emperatriz Zita de Borbón y Parma.

Su hijo Rudolf cumplió su palabra y, en cuanto se repuso de su lesión en la pierna, se marchó a Francia para unirse a la resistencia a Hitler. De ahí tenía pensado dar el salto a Austria, para luchar contra los nazis desde la que consideraba su patria.

En ese momento, a Zita se le rompió en corazón, pero no solo por la marcha del único hijo varón que aún permanecía a su lado. A los pocos meses, a través de los contactos de los que disponía la realeza en Quebec, supo que su hermano Xavier había sido apresado por los nazis y que lo habían recluido en el campo de concentración de *Dachau*, a la espera de cumplir su sentencia de muerte. En ese momento, no sabía si su hijo Rudolf había corrido la misma suerte que su hermano. Estaba desesperada.

Los días pasaban y la melancolía y la tristeza se apoderaban de Zita. Siempre había sido una persona de carácter fuerte y no conocía el significado de la palabra «depresión», aunque en esos momentos estuviera muy cerca de ella. Apenas sabía nada de sus hijos. Poco podía hacer por sus hijas Adelheid, Charlotte y Elisabeth, las únicas que permanecían a su lado. Llegó a tocar fondo, incluso planteándose el dilema entre la vida y la muerte. Al final, sus profundas convicciones religiosas le ayudaron a alejar esos fantasmas de su cabeza, por el momento.

Entonces le llegó el golpe que pudo ser definitivo. Su amada hija Charlotte, una vez completados sus estudios en la universidad y graduarse en economía, le anunció que dejaba Quebec. Decía que deseaba vivir su propia vida. Zita quería gritarle que había sido su principal apoyo en estos últimos tiempos, pero comprendió que se había convertido en una brillante joven que quería comerse el mundo. No podía retener en el pasado a Charlotte y entendió que dejarla ir era saber que había un futuro esperándola. No podía negar que su hija había formado parte de su historia, pero desde luego ese no era su destino. Charlotte debía encontrarlo por ella misma.

Se abrazaron y lloraron juntas durante al menos una hora, hasta que se quedaron sin lágrimas. Como dijo San Agustín, *«las lágrimas son la sangre del alma»*. Pues Zita y Charlotte se desangraron de un dolor desgarrador. Charlotte se marchó sin comunicarle a su madre su destino. Simplemente le dejó una escueta nota diciendo: *«No intestes buscarme. Cuando llegue el momento apropiado sabrás de mí»*. Ni siquiera se llevó equipaje alguno. Zita tan solo echó en falta un pequeño regalo que le hizo su padre nada más nacer. «Supongo que, por muy independiente que quiera ser, deseará tener a su lado un pedazo de su familia, sobre todo de un padre que murió cuando ella tenía poco más de un año de edad», se dijo Zita.

Zita sintió lo mismo que cuando murió su esposo. Le habían arrebatado una mitad de su alma y le costaba hasta pensar en vivir. Recordó como combatió el profundo dolor que le causó la repentina muerte de Karl. Ocupando su mente con otra cosa. En aquel momento estaba embarazada de Elisabeth y tenía a siete hijos más que sacar adelante. Ese fue el motor que le permitió no caer en una depresión, pero ahora sus hijos volaban del nido. Ese remedio no iba a funcionar, así que tuvo que buscar otro. «Quizá mis hijos ya no necesiten mi ayuda, pero los hay de otras madres que si la precisan», recordaba que pensó en ese instante.

Eso fue su salvación.

Bueno, eso y dos cosas más. La primera, su genialidad natural, y la segunda, las *Hermanas de Santa Juana de Arco,* que tanto estaban haciendo por ella. Les propuso una idea alocada. Recaudar donativos para la gente más vulnerable, a través de conferencias por todo Canadá. Zita todavía era recordada como la última gran emperatriz de Europa, y pensó que quizá no tuviera apenas para comer, pero podía hacer que otros no pasaran sus penurias. Al principio, la idea fue recibida con recelo por las *Hermanas de Santa Juana de Arco,* ya que sus recursos eran muy limitados y no podían costear los desplazamientos de Zita.

Pero no la conocían.

Su hija Elisabeth, que, en aquellos días también había terminado sus estudios, trabajaba de forma altruista para el movimiento *Scout* de Quebec. Con su ayuda, y viajando en trenes de segunda clase y durmiendo en conventos o instituciones religiosas, consiguió que la alocada idea se convirtiera en todo un éxito. En ese momento, sus esfuerzos fueron reconocidos y la mayoría de asociaciones caritativas católicas de Canadá se pusieron a colaborar con ella, para convertir aquella idea en algo muy grande. A Zita se le unieron en sus viajes su propia madre, la infanta Maria Antonia y su hija Elisabeth, que, en sus inicios, había hecho posible aquella aventura.

La depresión había desaparecido, pero no así su tristeza.

Pero como también dijo Platón, «*cada lágrima enseña a los mortales una verdad*». Y la verdad se abrió camino en Europa.

El 2 de septiembre de 1945, la ya conocida como Segunda Guerra Mundial concluyó. Todo el régimen nazi se desmoronó y Hitler se suicidó en su búnker. No pudo evitar recordar las palabras que pronunció Pío XII, cuando dijo que Hitler iba a acabar muerto sin ningún honor, en algún agujero y abandonado por los suyos. Desde luego acertó de pleno.

Recordando al Papa, Zita no pudo evitar sonreír.

En mayo de 1940 hizo una visita relámpago a Roma para convencer al Papa de que el principio del fin del régimen nazi lo marcaría el asesinato del más peligroso de sus fanáticos seguidores, Reinhard Heydrich. Incluso propuso como ejecutar a aquel malnacido, principal ideólogo de «la solución final» para el exterminio del pueblo judío. Debía de ser fuera de Alemania y cometido aprovechando su extrema vanidad, cuando se desplazara en su *Mercedes-Benz*, blindado pero descubierto. Está claro que plantó la semilla de algo, porque Heydrich fue asesinado mientras circulaba por una carretera entre Dresde y Praga por dos pistoleros de origen checo, tal y como había planeado Zita. No se pudo relacionar al Vaticano con esta muerte, pero Zita tenía claro quién había sido su autor intelectual, Pío XII. Ese había sido el plan que, aunque no se lo había contado a la persona adecuada, seguro que había sido escuchado.

Una vez terminada la guerra, Otto se puso en contacto con su madre para que dejara Quebec, junto con sus hermanas Adelheid y Elisabeth y su abuela Maria Antonia. Necesitaba a todos los Habsburgo residentes en los Estados Unidos para que le ayudaran en su lucha en favor de Austria. En realidad, necesitaba a Su Alteza Imperial, la emperatriz Zita de Borbón y Parma, a las archiduquesas Adelheid y Elisabeth de Austria y a la infanta Maria Antonia, duquesa de Parma e infanta de Portugal. Zita, sus dos hermanas y su abuela se habían ganado el cariño del pueblo canadiense por sus iniciativas en favor de los necesitados, aun perteneciendo a la realeza europea. En el nuevo continente no estaban acostumbrados a los linajes aristocráticos europeos, ya que allí no existía de eso. Todavía impresionó más su labor caritativa, ya que se los imaginaban en sus palacios de *cristal de Bohemia* y no arrimándose a la clase humilde para darles de comer.

Otto, Robert, Felix y Karl, ya establecidos en los Estados Unidos, le compraron una casa a su madre en Tuxedo Park, una pequeña población a 60 kilómetros de Nueva York. La casa, aunque mejor que la *Villa San José* de Quebec, era modesta aunque tenía una historia interesante. Allí había vivido por un corto periodo de tiempo el famoso escritor Mark Twain, autor, entre otros libros, de «*Las aventuras de Tom Sawyer*».

Imbuida en ese espíritu de aventuras, Zita le hizo un último favor a su país de adopción, Austria, ese que primero le había querido matar, después le había expulsado de su territorio, le había retirado su nacionalidad y que no le permitía regresar ni siquiera de visita. El Senado de los Estados Unidos quería excluir a Austria del *Plan Marshall*. Ese plan, iniciado en 1948, pretendía ayudar a la reconstrucción de Europa. Los senadores estadounidenses eran reticentes a ayudar a Austria porque habían recibido con júbilo a Hitler y aplaudido su anexión a la Alemania nazi. La cosa pintaba bastante mal, ya que aquello no dejaba de ser cierto.

Zita tuvo una de sus brillantes ideas.

«Ya que parece que no voy a convencer a los señores senadores, ¿qué tal si lo intento con sus esposas?», se dijo.

Dicho y hecho.

Zita invitó a las cincuenta mujeres de los senadores más influyentes. Se reunió con ellas durante todo un día y les contó que, a pesar de lo que le habían hecho a su familia, los austriacos se merecían una oportunidad. Austria salía de una Primera Guerra Mundial que los había desangrado y por eso no deseaban una segunda. Hitler les engañó diciendo que traería la paz y la prosperidad que les había sido arrebatada por los Habsburgo. La prueba de que la anexión de Austria o *Anschluss*, como se la conocía, fue forzada y no voluntaria, era que unos días antes de que se produjera, el canciller austríaco Kurt Schuschnigg había convocado un referéndum. En él se iba a preguntar al pueblo si deseaban la anexión a Alemania.

Hitler no toleró esa consulta porque sabía que la iba a perder e invadió Austria de inmediato.

Esos detalles eran desconocidos para las esposas de los senadores.

Pero no fue eso lo que las convenció.

Fue la pasión de Zita.

Era arrolladora.

Todas se marcharon a sus respectivas casas y, al día siguiente, el Senado de los Estados Unidos votó a favor de incluir a Austria en el *Plan Marshall*.

Nadie se lo agradeció, ni siquiera los austríacos, que no se enteraron de que su exemperatriz les había salvado de una ruina total y les daba otra oportunidad como nación. Aunque Austria abolió la ley que prohibía la entrada a su país de los Habsburgo, mantuvieron la prohibición de que lo hiciera Zita.

Ahora, ya sobrepasados los sesenta años de edad, ya no le quedaba otra distracción que asistir a las bodas de sus hijos.

En septiembre de 1949 asistió a la boda de su hija menor, Elisabeth, con Enrique, príncipe de Liechtenstein. La ceremonia tuvo lugar en el castillo que su hermano Xavier, liberado del campo de concentración por el ejército estadounidense en 1945, tenía en la localidad francesa de Lignières.

En enero de 1950 asistió a la boda de su hijo Karl Ludvig con la princesa Yolande de Ligne en el *Castillo de Beloeil*, en Bélgica.

En mayo de 1951 asistió a la solemne boda de su primogénito Otto con la princesa Regina de Sajonia-Meiningen en la ciudad francesa de Nancy.

En noviembre de 1952 asistió a la boda de su hijo Felix con la princesa Ana Eugenia de Arenberg en Beaulieu, Francia.

En junio de 1953 tuvo el honor de ser anfitriona de la boda de su hijo Rudolf con la condesa Xénia Tschernychev-Besobrasoff en su casa de Tuxedo Park, en Estados Unidos.

Pero todas esas alegrías en su vida estaban huérfanas de algo más.

Hasta que pasó.

Después de trece años sin saber nada de ella, su hija Charlotte le había enviado una misiva desde Nueva York. Le comunicaba su compromiso formal con el duque Georg Herzog zu Mecklenburg, cabeza de la casa Mecklenburg, cuyos orígenes se remontaban al siglo XI. La boda civil tendría lugar en Pöcking, Alemania, el 21 de julio de 1956. La ceremonia religiosa estaba prevista cuatro días después.

No era una invitación cualquiera. Charlotte le había imprimido ese toque personal que Zita no pudo aguantar.

Acabo el capítulo con la misma frase con lo que lo he empezado.

Sí, era cierto que Zita estaba llorando y, desde luego, no le faltaban los motivos.

Pero esta vez era de alegría.

48 EN LA ACTUALIDAD, FLORENCIA, ITALIA, 21 DE ENERO

—¡Todas calladas! —exclamó Rojas—. Esta vez alguien se acerca y parece próximo.

No hacía falta que el comandante las hubiera advertido. Tanto Allison como Rebeca y Carlota pudieron escuchar claramente sus pasos.

—¿Cuántos son? —le preguntó Carlota a Rojas.

—Es difícil decirlo.

—¿Situación?

—Los sonidos provienen de la única entrada a esta estancia, por lo que no podemos utilizarla para huir hasta que los desconocidos se alejen lo suficiente de ella. Nuestra mejor opción es el camuflaje y la espera.

—Vamos —dijo Carlota con voz de mando—. Allison, toma el libro de *La Santa Alianza* y escóndete al final de la habitación. Cuando oigas ruidos, corre todo lo rápido que puedas hacia la puerta. Rebeca, tú y yo nos situaremos cada una en una pared lateral. Rojas, cubre el centro pero sin quedarte expuesto.

—Estás ordenándonos que nos situemos como si se tratara de una operación de las tuyas —le dijo Rebeca a su hermana.

—Hay dos opciones —le respondió—. La primera que sea la policía italiana. Esa sería la opción buena. Ni a mí ni a Rojas nos buscan. En cuanto a vosotras dos, si lo piensas bien, no habéis cometido ningún delito y tan solo tienen curiosidad por conocer a las diplomáticas rusas que se han registrado en un hotel de la ciudad. Con tus contactos en la embajada, quedaríais libres en veinticuatro horas.

—¿Y la mala?

—Ya la sabes. Que sea cualquier combinación de Tote, Ryan Clarke o Patricia Cullen. A esos no los podemos engañar y tampoco estamos en condiciones de enfrentarnos a ellos.

De repente, escucharon con claridad un sonido muy próximo a ellas.

Carlota hizo un gesto a su hermana para que se desplazara a la pared más lejana.

El sonido de los pasos estaba alcanzando el centro de la habitación. Los desconocidos no llevaban ningún tipo de iluminación y la estancia era oscura. Eso les daba cierta ventaja operativa.

Carlota podía ver a Rojas y, para su espanto, una sombra iba directo hacia su posición. No podía moverse. Supuso que actuaría como estaba entrenado.

Así fue.

En apenas un segundo, vio como la sombra desaparecía. Rojas lo habría inmovilizado en silencio.

—¿Se puede saber qué significa esto? —escucharon gritar a una persona.

Carlota no podía ver ni a Rebeca ni a Allison, pero no le hizo falta. Aquella voz era conocida.

—¡Joder, Ryan! —exclamó Carlota, encendiendo la linterna—. ¿Qué haces aquí?

—¿Tú que crees? ¡Pues buscaros!

—¿Y cómo nos has encontrado aquí?

Carlota estaba enfocando la linterna a la cara de Ryan.

—¿Te importa bajar esa luz? Me estás deslumbrando.

—¿Y a ti te importa contestar a mi pregunta? —dijo Carlota, sin hacer caso a Ryan.

De momento, tan solo había descubierto a Rojas y a ella. Rebeca y Allison no se habían mostrado. Dependiendo de las respuestas de Ryan, quizá aún tuvieran opciones de escapar sin ser vistas.

—Vengo del *Piazzale degli Uffizi*. Allí he dejado a Tote y a Patricia peleándose por no sé qué diamante.

—¿Cómo nos has encontrado aquí?

—Recuerda que, aunque no tenga los recursos del CNI, también sé hacer mis deberes. Antes de venir a Florencia busqué posibles refugios seguros que podríais utilizar. Lo primero que observé es que un ala del *Piazzale degli Uffizi* estaba en obras, pero estaban paralizadas debido a que habían encontrado algunos restos arqueológicos que debían datar e investigar. Sé que esas cuestiones van lentas, así que me pareció un buen lugar como refugio temporal.

—Pero no estamos en el *Piazzale degli Uffizi* —insistió Carlota, que no había apartado el haz de luz de la cara de Ryan.

—También hice otra comprobación. ¿Tenía Rebeca Mercader alguna propiedad en Florencia? Accedí a los datos del registro de la propiedad y no encontré ninguna, pero me apareció una coincidencia donde menos lo esperaba. En el registro mercantil. Resulta que Rebeca es propietaria de un 20% de la cadena de tiendas de ropa *Brandy y Melville*, cuyo único establecimiento en Florencia está casualmente en la misma calle y muy cerca del *Piazzale degli Uffizi*. Era mi segunda opción. Parece que no he encontrado a Rebeca, pero al menos sí a ti.

—¿Has compartido esa información con Patricia Cullen?

—No —respondió Ryan—. No sé por qué, no me terminaba de generar confianza. Me la guardé para mí.

—¿Y qué es lo que pretendes? —Carlota no rebajaba la tensión.

—¡Joder, lo mismo que desde el primer día! —exclamó Ryan, que empezaba a impacientarse—. Ya te he dicho que yo no sé de qué van Tote y Patricia. Me siento engañado, ya que yo no vine a Florencia en busca de ningún diamante del que jamás había oído hablar. A estas alturas, ya sabrás que me dedico a lo mismo que tú. La desaparición de Rebeca de Dublín apestaba a una operación de inteligencia desde el primer momento, pero, ¿quién la había llevado a cabo? Nosotros los irlandeses no habíamos sido. Me consta que la CIA tampoco. Pensé en el CNI español, ya que habían utilizado su avión para trasportar a Allison Adelman de Dublín hasta Florencia, aunque no hubiera ni rastro de Rebeca en ese vuelo. La presencia de Tote en Florencia me llevó a descartar también a los españoles, ya que estaba buscando a su sobrina. Mi preocupación fue en aumento. ¿Qué había sido de Rebeca? ¿Tan difícil es de entender que estuviera preocupado por mi amiga?

Las palabras de Ryan, llenas de rabia, también encerraban algo bonito.

—Pues me has encontrado —se oyó decir a una voz procedente de la pared más alejada.

—¡Rebeca! —exclamó Ryan—. ¿Te encuentras bien? ¿Estás retenida por estos dos?

—Tranquilo —dijo, acercándose a Ryan—. ¿De verdad que has hecho todo esto por mí?

—¡Pues claro! ¿Qué crees que hago en Florencia? ¿Turismo?

—Gracias —le dijo, estampándole un beso en la mejilla—. Aunque no creas que te he perdonado. Me engañaste con ese rollo de exmilitar atormentado por la muerte de su esposa y bebiendo cerveza sin parar para tratar de olvidar que se consideraba un asesino. Era una tapadera para tus actividades clandestinas.

—Todo lo que te conté de mi esposa era cierto —le respondió Ryan, muy serio—. En cuanto a lo otro, me imagino que todos guardamos algún secretito, ¿no es así?

Rebeca se dio por aludida y consideró que Ryan tenía razón. Empate a uno.

—Vale, te perdono —dijo.

—¿Qué me perdonas? —le replicó Ryan—. ¿Tendrás morro? Me he jugado mi empleo por venir a buscarte. De hecho, ahora que lo pienso mejor, quizá ya no tenga trabajo cuando regrese a Dublín y se descubra todo lo que he estado haciendo. ¿Y dices que me perdonas?

—Bueno, y también te guardo un punto de agradecimiento.

Carlota se vio en la necesidad de intervenir.

—¡Vale ya de ñoñadas! —exclamó—. ¿No creéis que si Ryan nos ha encontrado también lo podrían hacer Tote y Patricia? Os aseguro que ellas sí que saben lo que estamos haciendo en Florencia, no como el tonto este.

—¡Oye! —comenzó a protestar Ryan—. No seré tan tonto si he sido capaz de...

—Escuchad todos —ahora la voz provenia del fondo de la habitación, interrumpiendo a Ryan.

Era Allison.

—¿Qué sucede? —intervino Carlota, que ya se había olvidado de su presencia en el almacén de ropa de la tienda *Brandy y Melville*, donde se habían refugiado.

—¿Puedo hablar con libertad? —preguntó Allison, mirando a Ryan.

—¿Es algo relacionado con el *Diamante Florentino*? —preguntó Carlota.

—¡No me jodas! —exclamó Ryan—. ¿Es ese el diamante por el que estaban discutiendo Patricia y Tote? ¡Pero si lleva desaparecido más de cien años!

—¿También conoces su historia? —se sorprendió Carlota—. ¡Otra casualidad!

—De casualidad nada —respondió Ryan—. Hace unos días leí un reportaje en el suplemento del *Irish Times* acerca de los veinte tesoros históricos más enigmáticos que aún siguen en paradero desconocido hoy en día. El primero de la lista era el sarcófago del faraón Menkaure, por eso me llamó la atención el artículo. Lo seguí leyendo hasta encontrarme con ese diamante. El reportaje tan solo decía que su valor era incalculable y que la última pista que se tuvo de él fue en el siglo pasado, cuando fue robado de un palacio austriaco.

—No fue robado —dijo Allison, muy seria.

—Pues eso es lo que ponía el artículo.

—Fue recuperado por la familia Habsburgo, que eran sus legítimos propietarios. Cuando la Primera Guerra Mundial agonizaba y el pueblo austriaco expulsó del poder a sus emperadores, simplemente se llevaron las joyas que les pertenecían. Les echaron de su propio país a patadas y si no llega a intervenir el rey británico Jorge V, hubiesen muerto a manos de su pueblo. Acabaron desterrados en Suiza, y luego aislados del mundo en Madeira, como unos apestados. A consecuencia de todo ello, el emperador Karl murió con tan solo 35 años de edad, dejando a su esposa, la emperatriz Zita, con siete hijos pequeños y embarazada del octavo. ¿De verdad crees que les debían algo? El emperador Karl siempre intentó parar la guerra y terminar con el sufrimiento de su gente. ¿Y cómo se lo devolvieron? Ensañándose con él y su familia, incluso sin tener ninguna piedad de su mujer embarazada, que no intervino en la política del país.

—¡Caramba, Allison! —exclamó Rebeca, sorprendida por la vehemencia de su amiga—. Vaya manera de defender a los Habsburgo. No pongo en cuestión esa parte de la historia que has contado, pero en cuanto a las joyas, el pueblo austriaco siempre las consideró parte de su patrimonio. Eran muy visitadas y las veneraban.

—¡Que les den a los austríacos! Entiendo que identificaran al emperador con las grandes penurias que tuvieron que soportar durante la Primera Guerra Mundial y que no conocieran las gestiones que estaba haciendo en secreto Karl I para pararla, desde el mismo momento que fue coronado, en 1916. Pero después se ha sabido todo y aún hoy en día les guardan rencor a los Habsburgo. ¿Qué coño les deben al pueblo ese que intentó matarlos?

—¡Allison! —Rebeca seguía sorprendida—. Es la primera vez que te escucho pronunciar una palabra malsonante. ¿Qué te pasa?

—Como he preguntado hace un momento, ¿me puedo expresar con total libertad? —seguía mirando a Ryan.

—¿Acaso no lo estás haciendo ya?

—No. ¿Puedo continuar?

—Adelante —dijo Rebeca, mirando a Carlota, que asintió con la cabeza.

Si llegan a saber lo que Allison iba a contar, no lo hubieran permitido.

49 EN LA ACTUALIDAD, ROMA, ITALIA, 21 DE ENERO

—¿Cómo lo hiciste?

—¿A qué se refiere?

—No te hagas la tonta. Sé que tú estuviste detrás de todo.

Lorena, desde el momento que tomó la decisión de intervenir, sabía que terminaría enfrentándose a Tote. No sabía cómo iba a acabar aquello, pero no se arrepentía de lo que hizo.

—Tuve que tomar una decisión y usted ya estaba volando hacia Florencia.

—Sabes que nuestros teléfonos tienen cobertura satelital, ¿verdad? —le preguntó en tono irónico.

—Claro —respondió Lorena Mendoza—, pero también sé que la CIA los escucha. No podía permitirme explicarle lo que estaba sucediendo en Florencia a través del móvil.

—Y decidiste que era mejor dejarme inconsciente para que no me enterara de los manejos que tú y Carlota os traíais entre manos.

—No fue por eso —se defendió Lorena—. Conocí una información muy relevante y peligrosa, tanto para usted como para sus sobrinas. Patricia Cullen y Ryan Clarke iban en dirección al *Piazzale degli Uffizi* y no me fue difícil deducir el motivo. Existía la posibilidad de que sus sobrinas estuvieran escondidas en su interior. Como ya le había dicho, no podía comunicarme con usted sin que la CIA escuchara nuestra conversación, pero tampoco era una opción quedarme de brazos cruzados.

—Y entonces se te ocurrió ponerte en contacto con el operativo que tenías en Florencia.

—Así fue —reconoció Lorena—. Comprenda que era una situación desesperada.

—Una situación se convierte en desesperada cuando empiezas a pensar que es desesperada. ¿Por qué lo hiciste tú?

—Ya lo sabe. Si el objetivo final era que sus sobrinas no sufrieran ningún daño, tiene que comprender mi actuación. Quizá no fuera demasiado ortodoxa, es cierto, pero tampoco creo que esté en este puesto por ser ortodoxa, sino por obtener resultados.

—Eso me suena a frase inspiradora de Carlota.

—Quizá, pero todo salió según lo previsto.

—O sea, que según tú, no importan los medios sino que se cumpla el objetivo.

—En este caso, sí.

Tote se permitió una tímida sonrisa.

—Desde luego, ya sé por qué Carlota insistió tanto en que ocuparas la jefatura de *La Casa* en Italia, pero tú no eres Carlota y no tienes por qué comportarte como ella lo haría. En demasiadas ocasiones mi sobrina cruza esa fina línea delgada que define lo que está bien de lo que no lo está. ¿No crees que has caminado por esa misma línea hoy?

Lorena se permitió también una sonrisa.

—Señora, desde un punto de vista operativo, fue una misión ejecutada con total éxito.

—Sí, pero el objetivo era yo.

—No, usted fue el medio. Quería proteger a sus dos sobrinas y eso fue lo que sucedió. Necesitaba que apareciera en el momento adecuado y no se precipitara. Dígame una cosa, ¿qué cree que hubiera hecho si hubiese sabido lo que yo conocía?

—Ir de cabeza a por esa pareja de traidores.

—¿En serio cree que eso hubiera sido prudente? ¿Cuál hubiera sido el resultado de esa acción? Con toda probabilidad hubiera sido inmovilizada por Ryan Clarke y dejada fuera de juego. Yo no podía permitir que eso sucediera, por eso le encargue a Paolo que la sedara y preparara el escenario para una gran función teatral. Primero había que dejar que Patricia y Ryan se desesperaran también, como lo estábamos nosotros. La única forma de conseguirlo era que creyeran que habían perdido su objetivo. En ese momento exacto era cuando usted debía entrar en escena. Ryan ya albergaba dudas acerca de Patricia, así que usted tan solo tenía que poner fin a la función.

—¿Paolo se llama el bárbaro que me dejo inconsciente?

—No, ese no es su nombre, pero no importa. La cuestión es que la despertó justo a tiempo.

—¿De dónde sacaste los documentos que me encontré en mi bolsillo?

Lorena se permitió la primera sonrisa de toda la conversación.

—Sabe que en la embajada trabaja Julio Martínez, ¿verdad?

—¡No! —exclamó Tote, sorprendida. ¿No me jodas que todo era falso?

—Como un billete de siete euros.

Julio Martínez era uno de los mejores falsificadores de documentos de toda Europa, y trabajaba para el CNI desde que fue arrestado por última vez, hacía ya cuatro años.

—¿Cómo podías saber que colarían por auténticos?

—Porque los auténticos también existen, lo que pasa es que no los tenemos. Usted sabe tan bien como yo que Patricia Cullen es una agente doble de los americanos. Tan solo había que ponerle la zanahoria delante para que la mordiera, aunque en este caso la zanahoria fuera un rábano.

—¿Y eso se te ocurrió a ti sola?

—Le tengo que confesar una cosa. Usted siempre ha sabido la amistad que me une con Carlota, así que no creo que le sorprenda. El otro día fingí que no sabía que estaba viva, pero no era cierto. Tenemos una manera de comunicarnos en caso de situaciones de emergencia. Y antes de que se enfade, no, no supone la utilización de ningún medio del CNI. Es algo más básico y personal.

—¿Quieres decir que Carlota estaba al tanto de lo que estaba sucediendo en el *Piazzale degli Uffizi*?

—¡No, claro que no! —respondió Lorena—, pero consideré que debía conocer qué pensaba hacer. También estaba en juego su seguridad.

—¿Y cómo supusiste que Ryan Clarke no intervendría para ayudar a Patricia?

—Eso fue lo más fácil de todo. A Ryan Clarke tan solo le interesaba localizar a Rebeca y, una vez descartado el *Piazzale degli Uffizi* como su escondite, tan solo le quedaba una opción. En Dublín, Benny se encargó de entrar clandestinamente en el apartamento de Ryan Clarke. Simplemente echando un vistazo al historial de navegación de su ordenador, ya supimos que había accedido a los registros públicos de propiedad de Florencia, pero también al mercantil. Conocía lo de la tienda *Brandy y Melville*.

—¿Por qué tengo que enterarme de estas cosas ahora? Soy la jefa de la unidad de inteligencia y no tengo ni idea qué operaciones llevan a cabo mis subordinados.

—Ya sabe que este tipo de operaciones menores son muy habituales, y más todavía en España que en el extranjero. No pedimos permiso para cada una de ellas.

—Claro, es mejor pedir perdón que permiso.

—No es eso, es que no sería práctico. En ocasiones, tienes que tomar decisiones en el tiempo que dura un parpadeo. ¿Se imagina tener que comunicarlo a través de la cadena de mando?

—Se supone que está para eso, ¿no?

Lorena sonrió.

—Está porque los políticos quieren que esté y así se sienten más tranquilos. ¿No me diga que usted jamás ha ordenado o autorizado algo sin comunicárselo al comité?

A Tote le vino a la mente la vez que Carlota le pidió su autorización para matar a un miembro de *La Santa Alianza* en Cartagena. Cualquier persona con dos dedos de frente se hubiera negado, pero ella lo permitió.

—Es posible que alguna vez, pero eso no viene al caso ahora —se defendió.

—Sí que viene —la contradijo Lorena—. Me había preguntado por qué estaba tan segura de que Ryan Clarke no intervendría. Y le estoy respondiendo. Ryan ya sospechaba algo extraño de las intenciones reales de Patricia Cullen, pero hacía falta clavarle el estoque en el momento oportuno. Y eso fue lo que hicimos. Esos documentos y la reacción visceral de Patricia, con la que ya contaba, terminaron por convencerlo de que esa no era su pelea.

Tote tuvo que reconocer que la operación había estado bien planteada y mejor ejecutada, aunque ella no se hubiera enterado de nada. En el momento en el que Ryan Clarke abandonó el *Piazzale degli Uffizi,* intervino el llamado Paolo y ayudó a Tote a reducir a Patricia Cullen.

—¿Y qué es eso del *Diamante Florentino*? —preguntó.

—La distracción —respondió Lorena—. En los espectáculos teatrales de ilusionismo, siempre tiene que existir algo que capte la atención de los espectadores para que no se fijen en el truco del mago, que lo hace a la vista de todo el público. En las funciones siempre suele ser una bella señorita. En este caso, para distraer a Patricia, nos hemos servido del *Diamante Florentino*.

—¿Quieres decir que no existe ese diamante?

—Sí, claro que existe, pero aún está desaparecido.

—Con Carlota y Rebeca de por medio, no sé por qué me cuesta creerlo —dijo Tote, haciendo un gesto de resignación.

—Pues tiene que hacerlo, porque sus sobrinas son ángeles a punto de obrar un milagro, y eso es magia de verdad.

Tote, al principio, no comprendió lo que Lorena quería decirle con esa frase tan extraña, pero, cuando lo hizo, se levantó de golpe de la silla.

—¡No me jodas! —exclamó.

—No me negará que es muy bonito. Si eso no es magia, ya no sé qué puede ser.

Y tanto que era magia.

«Aquellos que creen en la magia están destinados a encontrarla».

50 EN LA ACTUALIDAD, FLORENCIA, ITALIA, 21 DE ENERO

—¿Estás completamente segura?

—Si no lo estuviera no os lo hubiese contado.

—¿No decías que no conociste a tu madre?

—Y es cierto. Mi padre jamás me contó nada de ella. Ya sabéis que lo único que me dijo era que murió en mi parto. Era un tema tabú entre los dos por lo doloroso de la situación.

Carlota no salía de su asombro.

—No entiendo nada —dijo.

—Yo tampoco —reconoció Allison—, pero está claro que algo tiene que significar.

En el libro en el que *La Santa Alianza* documentó su seguimiento del *Diamante Florentino* a lo largo de los siglos, concluía de una manera sorprendente. En 1956, un joyero neoyorquino había comprado un gran diamante amarillo. La palabra «gran» los había despistado en un principio, pero la gema que compró el joyero era de 18,55 quilates. El quilate es una unidad de medida de peso, no de tamaño, y equivale a 0,20 gramos. Así, el diamante que el joyero había adquirido pesaba 3,71 gramos, algo muy considerable para ser un diamante y lo convertía en una gema de mucho valor, pero no tenía nada que ver con el *Diamante Florentino*. Sus 137,27 quilates le otorgaban un peso de más de 27 gramos, algo extraordinario.

Pero *La Santa Alianza* no se había quedado aquí.

Junto con el recibo de compra del joyero, aparecía una nota de lo más enigmática. Según se desprendía de la lectura del libro, parece ser que la vendedora había entregado esa nota al mismo tiempo que el diamante.

Y eso era lo verdaderamente extraño. Esa nota era profundamente turbadora, más que por su contenido, que era escueto, por los elementos que la rodeaban. Precisamente esos elementos eran los que habían despertado los recuerdos dormidos de Allison, aunque ninguno de los presentes terminara de comprender su alcance.

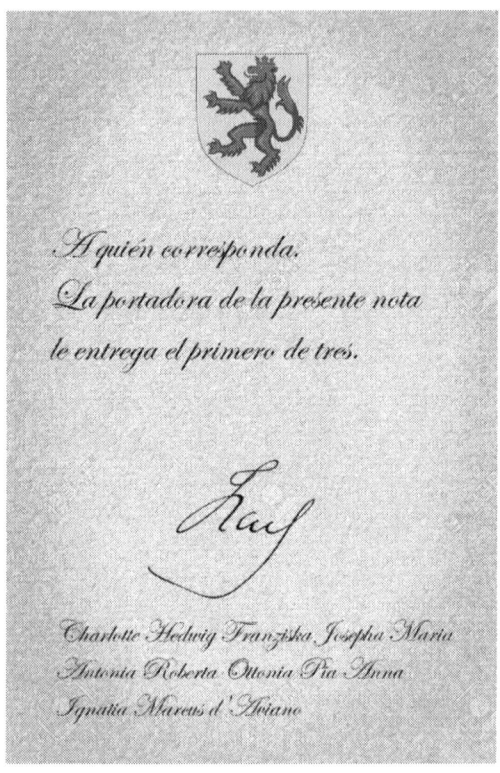

—A quien corresponda, la portadora de la presente nota le entrega el primero de tres. Firmado por una tal Charlotte Hedwig Franziska Josepha Maria Antonia Roberta Ottonia Pia Anna Ignatia Marcus d'Aviano —leyó Rebeca—. Casi nada.

—Eso no sé lo que quiere decir —comenzó Allison a explicarse—, pero de lo otro estoy segura.

—Es el escudo tradicional de la *Casa de Habsburgo* —le respondió Rebeca—. Posteriormente lo modificaron cuando se unieron a la *Casa de Lorena* por matrimonio, añadiendo la bandera austríaca cuando gobernaron como emperadores. Me resulta extraño que una carta de estas características acabara en Nueva York, y todavía me choca más que terminara en las manos de un joyero. Ese escudo, tal y como aparece representado en el membrete de esta vieja carta, tan solo lo usa la *Casa de Habsburgo*. Fue sustituido por este, que a su vez dejó de utilizarse en 1918 —les dijo, mientras manipulaba su teléfono móvil.

Cuando terminó, les mostró el resultado que había obtenido de su búsqueda por internet.

—¿Observáis las diferencias? —les preguntó.

—¿Y por qué recuerdo que la primera manta que me arropó tenía el escudo del león sobre fondo amarillo? —preguntó Allison.

—¿Qué edad tenías entonces? —intervino Carlota.

—¡Y yo qué sé! —respondió Allison—. Supongo que sería un bebé.

—Y aun así, ¿dices que la recuerdas?

—No sé, supongo que la memoria es impredecible. A veces, no me acuerdo de lo que comí ayer y, sin embargo, sí que recuerdo cosas como esta.

—Por cierto, ¿quién es la persona que firma esa carta? —preguntó Ryan.

—Ni idea —dijo Rebeca—. No conozco esa firma, pero, por el nombre tan largo, supongo que se trataría de alguna aristócrata de la época. Acostumbraban a ponerles los nombres de muchos de sus antepasados. Hoy en día también sucede entre la nobleza europea. Tienen unos nombres que, si no haces una pausa para terminar de pronunciarlos, puedes morir en el intento.

Ahora era Ryan el que estaba manipulando su móvil.

—Mirad qué curioso. He puesto en el buscador el nombre completo de la persona que firma esa carta y resulta que se trata de una tal Charlotte de Habsburgo. Al menos, el misterio del escudo está resuelto. Pertenece a su familia.

—¡Claro, qué imbécil! —exclamó Rebeca—. La archiduquesa Charlotte de Habsburgo fue la séptima hija de los emperadores Zita y Karl.

—¿Pudo ella poseer el *Diamante Florentino*? —preguntó Allison.

—Como mera posibilidad, supongo que sí —reconoció Carlota—, pero esa carta no demuestra eso. El diamante que acompañaba a la nota no era el florentino.

—¡Qué acompañaba! —exclamó Rebeca, gritando a pleno pulmón—. ¡Claro!

—¡Joder, qué susto me has dado! —dijo Carlota—. Haz el favor de no pegar esos alaridos. Aún no sabemos si estamos a salvo de Tote o Patricia.

—¿No lo comprendes? —Rebeca parecía fuera de sí.

—No —le respondió su hermana.

—No te preguntaba a ti, sino a Allison. «El primero de tres». ¿No entiendes su significado?

—¿Debería? —le preguntó Allison.

—¿Y si te digo el nombre de María Antonieta?

—¿La que se casó con Luis XVI, fue reina de Francia y acabó guillotinada tras la Revolución Francesa?

—Sí, pero no me refiero a eso. Pertenecía a la *Casa Habsburgo-Lorena* y lució el *Diamante Florentino* en multitud de actos públicos. Hay constancia gráfica de ello.

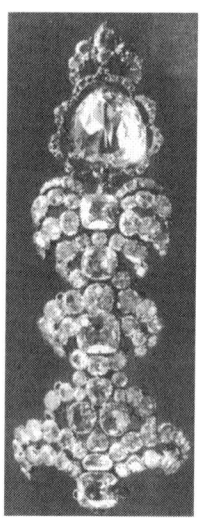

—Sí, todo el mundo sabe que le gustaban mucho las joyas.

—¿Sigues sin entenderlo? María Antonieta siempre lucía el *Diamante Florentino* engarzado en un broche, acompañado de otras piedras preciosas. Creo recordar haber visto una foto de ese mismo broche por algún sitio. En la parte superior estaba engarzado el *Diamante Florentino*, justo debajo había otro diamante amarillo de menor tamaño y el tercero en el centro.

—¡Claro! —ahora Allison pareció entenderlo—. Crees que ese es el significado de la frase que aparece en la carta, «el primero de tres». Nosotros no somos joyeros y no la entendimos, pero un profesional seguro que dedujo que se trataba de uno de los tres diamantes del broche de María Antonieta. No era el florentino, pero quién poseyera uno de ellos, seguramente también lo haría con el gran diamante.

Carlota hizo un gesto con la mano, como indicándoles que dejaran de hablar.

—Entonces, si lo he entendido bien, creéis que la archiduquesa Charlotte de Habsburgo es la que poseía el *Diamante Florentino*, ¿no? —preguntó.

—Desde luego es lo más probable.

—¿Y por qué lo vendió en Nueva York?

—No debió de ser Charlotte de Habsburgo la que lo vendió, ya que entonces no tenía sentido que lo hiciera con una carta firmada por ella misma. Se hubiera limitado a identificarse frente al joyero y este le hubiera creído de inmediato, dado de quién se trataba. Supongo que debió de entregarle el diamante a otra persona, que sí necesitaría alguna prueba de autenticidad para que el joyero le pagara un precio justo por esa gema. Por eso escribió esa nota —razonó Rebeca.

—Y por eso aparece toda esta documentación en el libro secreto de *La Santa Alianza*. Es lo más cerca que estuvieron jamás de localizar el *Diamante Florentino* —apuntó Allison—. Pero tenemos un problema. El libro acaba con estos documentos. No hay nada más.

—De todas maneras, ¿de qué nos sirve todo esta información en la actualidad? —preguntó Ryan—. Estamos en el siglo XXI y esos papeles datan de 1956.

A Rebeca le brillaban los ojos con una intensidad fuera de lo normal, incluso para ella. Su hermana se dio cuenta.

—A ver, listilla. ¿Qué idea alocada te ronda por la cabeza? —le preguntó.

Rebeca ignoró a Carlota y se dirigió a Allison.

—¿Cómo se llamaba tu madre?

—Aunque te resulte difícil creerlo, mi padre jamás pronunció su nombre.

—¿Por qué?

—Supongo que por dolor.

—¿Qué sabes de la vida de tu madre o de tu abuela?

—Nada de nada, ya te lo he dicho.

—O sea, que existe la posibilidad que no seas hija de tu padre.

—¿Qué? —preguntó Allison, que parecía escandalizada—. ¿Cómo has llegado a esa conclusión?

—Primero, porque no os parecéis en nada. Tu supuesto padre, Jeremy Adelman, es el jefe del *Departamento de la Facultad de Historia* de la prestigiosa *Universidad de Princeton*, en Estados Unidos. Pertenece a su *Consejo Rector*. Da conferencias por todo el mundo y es una persona muy sociable. Además, mide poco más de 1,65 metros, tiene los ojos oscuros y es moreno. Tú eres una rubia pelirroja de más de 1,80 de altura. No sé, a mí me da que genéticamente algo falla. Incluso me atrevería a decir que es una combinación casi imposible, aun desconociendo la identidad de tu madre.

Allison se puso colorada.

—Nunca había mirado las cosas desde ese punto de vista —dijo una *mentirijilla* Allison.

Ahora era Carlota la que parecía excitada.

—¿Y si te entregaron en adopción con la manta que recuerdas? —le preguntó, atando cabos.

—¿Qué es lo que insinúas? —respondió Allison con otra pregunta.

Ryan no se pudo contener más.

—¡Eres una descendiente de los Habsburgo! —exclamó, emocionado.

—¡Eso es una majadería! —le respondió Allison—. ¿Qué pruebas hay de ello? ¿Qué mi padre es moreno y bajito y yo pelirroja y rubia?

—Si a eso le unes tu recuerdo del escudo en la manta... —intentó continuar Ryan.

—Ahora, de repente, le dais credibilidad a mi recuerdo —le interrumpió—. Hace nada, Carlota se lo estaba cuestionando.

—¿Conservas esa manta? —siguió preguntando Ryan.

—Sí, claro, y la llevo guardada en la cintura, a modo de refajo —contestó con ironía.

—¿Conservas cualquier otro recuerdo de tu infancia?

—Sí, un oso andrajoso —respondió Carlota, adelantándose a Allison—, pero no te preocupes por él. Cuando me dijo que en su interior había encontrado el triángulo que simboliza al *Diamante Florentino*, ya se me ocurrió esa posibilidad y lo estrujé con todas mis fuerzas. Te aseguro que no esconde nada en su interior más que viejas plumas y relleno. Nada de diamantes.

Ryan se quedó mirando a Allison con cara de sorpresa.

—¿Tienes como recuerdo familiar un oso con el signo del *Diamante Florentino* y no habías dicho nada? —le preguntó.

—A ti no, pero tanto Rebeca como Carlota lo sabían.

—¿Lo puedo ver?

—Siempre que no le hagas nada raro, claro —dijo, mientras extraía de su bolso el oso de peluche y se lo entregaba a Ryan.

—¿Te lo regaló tu padre?

—Sí. Me dijo que era un viejo recuerdo familiar.

—¿Por parte de madre o de padre?

—¡Ryan! —exclamó Allison—. ¿Cómo demonios quieres que lo sepa? Siempre he pensado que sería por parte de padre, ya que mi madre era un tema tabú, como ya sabéis.

Ryan se quedó observándolo. La verdad es que era espantoso y estaba en un estado de conservación lamentable. No quiso estrujarlo, ya que Carlota ya lo había hecho y creía en su palabra de que no escondía nada entre su relleno.

—¿Por qué lo conservas si no sabes de quién procede? —le preguntó.

—Porque siempre he querido pensar que era de mi madre. No sé, llámate idiota, pero era lo único que me unía a ella.

—Pues yo creo que sí que era de tu madre —dijo Ryan, muy convencido.

—¿Por qué?

—Por lo que veo, el oso es muy viejo. Podría tener fácilmente cien años. Es un regalo femenino y, si tengo que apostar, diría que perteneció a tu abuela, por lo menos.

—Podría ser de la abuela o de la bisabuela de mi padre.

—¿Tu abuela paterna sigue viva?

—Que yo sepa, sí.

—Entonces, ¿por qué darte un recuerdo de alguien que aún está vivo? Tiene más sentido que provenga de la rama familiar de tu madre.

—Y si así fuera, ¿qué?

—Podría tener algún significado.

—¿Cuál?

Ryan se quedó mirando el oso de frente.

—¿Le arrancaste el ojo izquierdo tú?

—No, mi padre me lo entregó tal cual. Con lo viejo que está, supongo que se desprendería. Aún sin ojo, lo quiero igual.

Ryan no paraba de mirar la cara desfigurada de aquel oso tan peculiar.

De repente, pareció perder la razón.

—¡Claro! ¡El primero de tres! —comenzó a chillar.

—¿Qué?

—Lo has tenido siempre en tu poder y no te has dado cuenta.

—¿Qué dices, Ryan?

Sin que ninguno de los presentes lo comprendiera, Ryan se giró y les dio la espalda durante un pequeño instante. Cuando se giró, el oso no tenía ni la nariz ni el ojo derecho.

Allison saltó a por Ryan.

—¿Qué le has hecho? ¡Te voy a arrancar los tuyos, animal! ¡Te advertí que no le hicieras nada y te lo has cargado!

A Ryan le costó detener el repentino ataque de Allison. Aunque no tuviera mucha fuerza, no le embistió con su cuerpo sino con su alma.

Rebeca y Carlota observaban toda la escena fascinadas, pero sin mover un solo dedo.

—¡Para, Allison! —exclamó Ryan, mientras se cubría como podía—. Mira lo que tengo en la mano.

—Ya sé lo que tienes en la mano, cerdo.

—No, míralo bien.

Allison no dejaba de darle golpes a Ryan.

Rebeca y Carlota se quedaron mirando entre ellas. Se hicieron un gesto. Había llegado el momento de intervenir.

—¡Vale, vale! —exclamó Carlota, interponiéndose entre ambos—. Vamos a tranquilizarnos un poco.

Allison no se había peleado en su vida. Por un instante, sintió algo de vergüenza y decidió parar.

Rebeca, mientras tanto, se había acercado a Ryan y le había cogido el ojo derecho y la nariz del oso.

—Mirad lo que tenemos aquí —dijo.

—¿Qué? —preguntó Allison, que aún estaba con la adrenalina por las nubes.

—Muy bien, Ryan —continuó Rebeca—. Lo has resuelto de forma muy brillante. Siempre lo tuvimos enfrente de nosotras y no supimos reconocerlo.

—¿De qué habláis? —Allison no estaba nada conforme con todo aquello.

—¿Por qué le faltaba el ojo derecho a tu oso de peluche? ¿No lo comprendes? El primero de tres —le recalcó Rebeca.

Allison pareció calmarse de golpe y se quedó mirando la mano de Rebeca.

—El ojo derecho fue el primero. El otro ojo el segundo y, como te imaginarás, la nariz es el *Diamante Florentino*.

—¡Pero si son negros como el tizón!

—¿No pensarías que ocultarían tres diamantes amarillos dejando ver su color? Tienen una capa de cera por encima que los cubre, pero estoy segura de que si se la quitamos, lucirá el segundo diamante menor, pero, sobre todo, el gran *Diamante Florentino*. Y todo ha sido gracias a la agudeza mental de Ryan Clarke. Nosotras no fuimos capaces de llegar a esa deducción.

Allison estaba en una nube.

—Entonces, ¿eso quiere decir que soy una Habsburgo?

—Lo que quiere decir es que tienes el diamante. Cómo ha llegado hasta ti desde 1956 es todo un misterio.

Ryan estaba con su móvil.

—¿Sabéis que ese mismo año Charlotte de Habsburgo se casó con un noble alemán? Lo pone en internet.

—Entonces, supongo que le arrancaría ese ojo al peluche para dárselo a alguna amiga especial como regalo de despedida. Todo parece encajar.

—¿Y qué se supone que debo de hacer? —preguntó Allison, que empezaba a agobiarse.

Ahora intervino Carlota, que sacó a pasear su grado en Derecho.

—Bueno, tú decides cómo quieres proceder. Desde un punto de vista legal, supongo que lo primero que habría que hacer es dar cuenta a las autoridades italianas del hallazgo. A continuación, tendrías que someterte a análisis de ADN para demostrar que eres su legítima propietaria, como descendiente de los Habsburgo. De todas maneras, la cosa no es tan sencilla. Aunque consiguieras demostrarlo, los Habsburgo fueron muy prolíficos y no serías la única que reclamaría derechos sucesorios sobre el diamante. Creo recordar que leí hace un tiempo en alguna revista del corazón que la actual princesa Charlotte de Borbón-Parma se casó en París con un diplomático guatemalteco. Hazte a la idea que tendrás que pleitear con cada uno de los miembros de la familia que se crean con derechos sobre el diamante. Está en juego una auténtica fortuna y los *royals*, a pesar de su aparente *glamour*, lo que de verdad les pone es la *pasta*, y no me refiero a los espaguetis. Por otra parte, no hace falta que te diga que los italianos también reclaman su propiedad, ya que afirman que la familia Medici donó esa gema a la ciudad de Florencia. Si lo pueden demostrar, todas las transacciones posteriores serían nulas de pleno derecho. Además, también tendrías que pleitear con el gobierno austríaco, que afirma que fue sustraído del *Palacio de Hofburg* en Viena y lo consideran una joya patrimonio de su pueblo, no de los Habsburgo.

—¿Eso qué quiere decir?

—En resumen, que te espera una bonita lucha durante los próximos diez o doce años en los tribunales. Te aseguro que vas a estar muy entretenida. Eso sí, serás portada de revistas y periódicos, y toda una celebridad mundial.

—¡Por Dios! Yo no quiero eso —dijo Allison, que ahora ya estaba completamente agobiada. Aquella situación la superaba.

—¿Y qué es lo que quieres?

—Seguir siendo Allison Adelman. Yo no deseo verme expuesta públicamente a ningún juicio contra ningún gobierno. No quiero ser famosa. Tan solo deseo recuperar mi antigua vida de anónima profesora universitaria. No necesito el dinero y menos si tengo que pagar ese precio.

—Pero no podemos fingir que no ha sucedido nada, porque el tema es muy importante —continuó Carlota—. Acabamos de encontrar el *Diamante Florentino*, una de los veinte tesoros desaparecidos más buscados de la humanidad.

—Pues a mí no me interesa ese tema, como tú lo llamas.

Rebeca se acercó a ambas.

—Bueno, quizá haya una solución que sea buena para todos —apuntó—. Allison, tú no te verías implicada para nada en este asunto y podrías regresar a tu antigua vida. Por otra parte, el *Diamante Florentino* saldría a la luz y podría ser admirado en todo su esplendor en un museo, para el disfrute de la humanidad.

—¿Dónde tengo que firmar?

EPÍLOGO 1   EN LA ACTUALIDAD, DUBLÍN, IRLANDA, 29 DE ENERO

—Chicas, creo que os debo un gran favor.

—Todo lo contrario, Allison. El favor te lo debemos nosotras —le respondió Carlota—. Has demostrado una generosidad de la que muy poca gente puede presumir. Estás tocada por la varita de los ángeles.

—De eso nada —insistió Allison—. Me sacasteis de un apuro con una elegancia que jamás me pude imaginar.

Rebeca, Carlota y Allison volvían a encontrarse en su amado *pub* dublinés *«The Cat & The Horse»*, frente a unas pintas de su legendaria cerveza *India Pale Ale*.

—¿De verdad no quieres saber si eres una Habsburgo? —preguntó Rebeca—. Se cree que Charlotte de Habsburgo no tuvo hijos. ¿Y si realmente sí que tuvo y tú eres una de sus descendientes directas? Desde un punto de vista histórico, obligaría a reescribir libros y a cambiar árboles genealógicos. Sería una auténtica bomba.

—No me gustan las bombas —respondió Allison, con una sonrisa en su rostro que pronto desapareció—. Además, ¿para qué? ¿Para ser portada de la prensa amarilla y que me acosaran con preguntas que no quiero responder? En el fondo, tengo que confesaros que siempre sospeché que fui adoptada. Teníais razón. Mi padre y yo somos demasiado diferentes, y no me estoy refiriendo al carácter, que también, sino a lo físico. Lo de la genética ya se me pasó por la cabeza hace muchos años.

—¿Y no te importa o finges que no te importa?

Allison volvió a sonreír.

—Nos conocemos desde hace poco tiempo, pero han sido unos meses intensos. Creo que ya os habéis hecho una idea de mi carácter. Mi padre me crió, me dio una buena educación y cuando saltó el escándalo de mi tesis doctoral, a su manera, tampoco me abandonó. Me dio dinero más que suficiente para vivir el resto de mi vida cómodamente y, cuando encontré trabajo en Dublín, me compró una casa de lujo para que no echara de menos nuestra residencia americana. Es cierto que nunca recibí las muestras de cariño tradicionales de un padre hacia una hija, aunque fuera adoptada, pero, a su manera, preocupándose porque no me faltara de nada, lo hizo. Al menos, yo lo entendí así. A pesar de ser una persona solitaria e incluso reacia a las relaciones sociales, soy feliz dando clases de historia en la universidad. Ahora he encontrado a dos amigas en vosotras, que de verdad os habéis preocupado por mí. Si me lo permitís, podría decir que ahora os considero mi familia.

—¡No me digas que no es más maja porque no se entrena! —exclamó Carlota, que intentaba no expresar sus emociones, aunque sentía un profundo afecto por Allison.

—Eso que has dicho demuestra la clase de persona que eres —intervino Rebeca—. No me equivoqué contigo desde que nos conocimos hace casi tres meses, aunque me pasara dormida dos. Detrás de esa falsa fachada de persona retraída se esconde un gran corazón. Lo que hiciste por mí no lo olvidaré jamás. Nos conocíamos de tomar cuatro pintas y, cuando te enteraste de mi supuesto intento de suicidio, dejaste hasta tu trabajo para preocuparte por mí. Eso no lo hace una persona asocial, como crees que eres. ¿Te acuerdas lo que te dijo mi hermana el día que nos conocimos?

—¿Qué de todo?

—Tú le dijiste que eras un bicho raro y ella te contestó que terminaríamos siendo amigas tuyas y que tenía algo de adivina. Pues se equivocó, porque hemos acabado siendo más que amigas, hermanas de corazón.

Allison no pudo evitar derramar alguna lágrima, que se secó rápidamente con su pañuelo.

—Lo siento, es que no estoy acostumbrada a…

—No tienes que avergonzarte de nada con nosotras —intervino Carlota—. Nunca más. Ahora somos tres hermanas y cada una con un apellido diferente, ¿no es curioso? Adelman, Mercader y Penella. Creo que eso sí que sería una noticia interesante para un periódico amarillo de esos. ¡Y si uno de ellos fuera Habsburgo ya sería la leche!

Allison le arrojó la servilleta a la cara.

Las tres se echaron a reír.

—Ahora en serio —volvió a intervenir Carlota—. Lo que hiciste con Ryan Clarke fue increíble. Es lo más bonito que he visto hacer a alguien por otra persona en toda mi vida. Y eso que te lo digo yo, que no me dejo impresionar tan fácilmente como la ñoña de mi hermana.

—¡Oye! —protestó Rebeca—. Que yo no tengo la culpa que te fabricaran con medio corazón.

—Hice lo que tenía que hacer, nada más —respondió Allison.

—No, fuiste mucho más allá —siguió Rebeca—. Dejar el mérito del descubrimiento del *Diamante Florentino* a Ryan Clarke fue un acto de generosidad que te define como persona.

—Os recuerdo que fue él el que lo descubrió. El hecho que el oso fuera mío no desvirtúa que fuera a Ryan al que se le ocurrió la idea de que el diamante era la nariz del oso. Hasta a Carlota se le pasó por alto esa posibilidad cuando tomó mi peluche y lo estrujó, buscando algo en su interior, cuando, en realidad, estaba en su exterior.

Rebeca y Carlota sonrieron.

—Quizá no lo sepas, pero puede que le hayas salvado la vida —dijo Rebeca.

—Tampoco creo que sea para tanto. Es un funcionario del gobierno irlandés que se gana bien la vida. Quizá ahora se pueda permitir algún capricho con los millones que el gobierno italiano le dio por la recompensa que ofrecían por el hallazgo del *Diamante Florentino*, pero ya está.

—No, no está —continuó Rebeca—. ¿No te ha extrañado que Ryan no esté sentado en esta mesa con nosotras? Fue un éxito de cuatro, pero ahora tan solo lo estamos celebrando tres.

—Bueno, he pensado que era una reunión de chicas.

—Ryan Clarke no está en Irlanda. Se encuentra en Nueva York.

—¡Caramba! —exclamó Allison—. Sí que ha tardado poco en empezar a gastarse su dinero.

—Sí, pero no en lo que tú te crees. Está ingresado en el *Hospital Monte Sinaí*, en el *East Harlem* de Nueva York.

Allison se quedó mirando a sus amigas. Estaba claro que no bromeaban por la expresión seria de su rostro.

—Tú no lo sabías —siguió Rebeca—, pero a Ryan le diagnosticaron un cáncer para el que no existe cura conocida. Su esperanza de vida era de un par de años como mucho.

Investigué un poco y averigüé que en ese hospital estaban probando un tratamiento experimental contra el tipo de cáncer que padecía Ryan y que los resultados preliminares eran muy prometedores. El problema era que para entrar en ese programa te pedían tres millones de dólares. Evidentemente, por muy buen sueldo que pudiera tener Ryan, estaba fuera de su alcance. Le ofrecí mi dinero y lo rechazó. Me dijo que había asumido su destino y que no le tenía miedo a la muerte.

—No sabía nada de todo esto —dijo Allison, cuyos ojos volvieron a humedecerse.

—No, tan solo me lo confesó a mí y yo se lo dije a mi hermana. Sabíamos perfectamente que el verdadero motivo para no aceptar mi dinero era su orgullo. Aunque lo negara, todo el mundo le tiene miedo a la muerte, al menos cierto respeto.

—Ahora lo comprendo —dijo Allison, que estaba llorando—. No quiso intentar curarse con tu dinero, pero sí con el suyo propio.

—Y tú lo has hecho posible con tu inmensa generosidad. El dinero que el gobierno italiano le dio, lo ha invertido en intentar recuperarse del maldito bicho y seguir viviendo. Quizá le hayas dado otra oportunidad.

Allison las miraba con una expresión difícil de describir.

—¿Por qué habéis tardado tanto en decirme nada? ¿Y si hubiera decidido reclamar la recompensa yo misma a los italianos y quedarme con el dinero?

—Como tú has dicho hace un momento, nos conocemos menos de tres meses, pero han sido intensos. Sabíamos que obrarías así por ti misma. Además, no queríamos condicionar tu decisión. Debía de partir de ti.

Allison se secó de nuevo las lágrimas con su pañuelo.

—Ahora tengo que dejaros —dijo—. Ya sabéis que me esperan en el *University College*. Hoy es el día que retomo las clases. Nunca supuse que mis compañeros me echarían tanto de menos. Siempre pensé que era una aburrida profesora de historia, pero cuando les dije que volvía, se alegraron mucho. Incluso sé que me han preparado una pequeña fiesta de bienvenida.

Allison estaba emocionada de verdad, tanto por la noticia de Ryan Clarke como por el retorno a su trabajo.

—Te lo mereces —dijo Carlota.

—No, sé que no —le respondió Allison—, pero, a pesar de eso, me gustaría pediros un último favor.

—Adelante.

—No me olvidéis.

—¿Por qué dices eso? —le preguntó Rebeca.

—Sé que vais a seguir con esto.

—¿A qué te refieres?

—Quizá no os hayáis dado cuenta, pero sois verdaderos ángeles. Por ejemplo, para Ryan habéis sido sus ángeles de la guarda. Con vuestras acciones, quizá le hayáis salvado la vida. Los ángeles lo son a tiempo completo, por lo que supongo que seguiréis haciendo lo que sea que hagan los ángeles. Me gustaría ser una de vosotras y ayudaros en vuestra labor.

Rebeca se emocionó con las palabras de Allison, mientras Carlota simulaba toser para justificar sus ojos llorosos.

—Tú eres tan ángel como nosotras —le dijo Rebeca.

Allison se levantó de la mesa. Rebeca y Carlota también lo hicieron. Las tres se fundieron en un prolongado abrazo.

Allison se marchó sin decir nada más, porque ya lo había dicho todo.

Tenía razón.

Eran ángeles.

EPÍLOGO 2 EN LA ACTUALIDAD, DUBLÍN, IRLANDA, 29 DE ENERO

—Bueno, ¿qué te ha parecido la reacción de Allison?

—Esperaba que se comportara así, pero te confieso que ha superado mis expectativas —le respondió Carlota.

—Tengo que admitir que ha sido un trabajo brillante y que me he divertido —dijo Rebeca—, aunque no me quito de la cabeza a Almu.

Carlota la tomó por una mano.

—Almu está en el cielo. Lo mejor que podemos hacer por ella es preocuparnos de los vivos, y tenemos que reconocer que eso se nos da muy bien.

—¿Tú también piensas como Allison y crees que somos ángeles?

—No sé si lo seremos, pero conseguimos cosas parecidas a ellos.

—¿No me digas que quieres continuar? —preguntó Rebeca, sorprendida—. Creía que tenías un trabajo.

—Y lo tengo, pero una cosa no es incompatible con la otra.

—Sabes que la tía Tote sospecha de tus actividades clandestinas dentro del CNI, ¿verdad? ¿No te supondrá eso un inconveniente? Voy más allá, ¿estás segura de que tendrás un trabajo a tu regreso?

Carlota sonrió.

—Eso no me preocupa en absoluto. Tote tan solo conoce lo que Lorena Mendoza y yo le hemos permitido que sepa.

—¿Quién es Lorena Mendoza?

—No importa, pero nos ayudó mucho en Florencia, aunque no te enteraras.

—Pues me gustaría conocerla.

—¡No te vayas por las ramas otra vez! —exclamó Carlota, que no quería que la conversación se le fuera de las manos—. Has reconocido que te has divertido con todo este montaje.

Además, quizá hayamos salvado una vida. ¿Acaso tienes algo mejor qué hacer en los próximos años?

Rebeca se quedó mirando a su hermana.

—Lo que tengo es una gran duda. ¿Cómo sospechaste que Allison Adelman pudiera estar emparentada con los Habsburgo?

—Ni lo sospeché y ni siquiera me importaba, pero sí sabía que poseía el *Diamante Florentino*. Con eso me bastó.

—Los americanos.

—Sí, ellos fueron los que lo descubrieron, aunque no se dieron cuenta de su alcance. En su viaje desde los Estados Unidos a Irlanda, pasó por uno de esos escáneres tan avanzados que tienen instalados en todos sus aeropuertos. Detectaron la presencia de dos gemas en su oso de peluche, pero, al no ser objetos peligrosos para la seguridad aérea, no le impidieron el embarque en el vuelo. Eso sí, siguieron el protocolo establecido para estos casos y redactaron el correspondiente informe, al que nadie le prestó la más mínima atención, como también suele ser lo habitual. No había denuncias por robo de diamantes en el último año ni existía ninguna alerta específica. Todas las agencias del mundo disponían de esa información, incluida la *Interpol*, pero si no había un supuesto delito que investigar, ¿para qué malgastar recursos?

—¿Y por qué una funcionaria del CNI español sí que le prestó atención?

Carlota sonrió. Su hermana se refería a ella.

—Después de la aventura que vivimos con el sarcófago del faraón Menkaure, pensé que nos lo habíamos pasado muy bien. Me interesé por otros objetos desaparecidos de forma misteriosa y me tropecé con la historia del *Diamante Florentino*. Me pareció fascinante. Te prometo que fue por verdadera casualidad. Comprobé si había alguna alerta de diamantes en el sistema y, para mi sorpresa, me encontré con la de Allison. Te confieso que, en un primer momento, tendí a rechazar la mera posibilidad de que se pudiera tratar del florentino, ya que trasportaba dos diamantes, no uno, pero aun así no pude evitar echar un vistazo a la vida de aquella desconocida. Y resulta que descubrí que se trataba de una estadounidense que vivía en Dublín, que era la hija única de un profesor de Princeton y que se ganaba la vida dando clases. No tenía ningún sentido que una persona con ese perfil poseyera dos diamantes de semejante tamaño. Así comenzó todo. Luego ya sabes, la invité aquella tarde a tomar unas pintas de cerveza con nosotras en este mismo *pub*, para que la conociéramos en persona.

—Aquella tarde en la que casi me matas —le soltó la pulla Rebeca.

—Ya te dije que no tenías que haber salido del *pub*. Tu presencia no estaba en el guion del teatro que había organizado. El camión tampoco tuvo que golpearte. A partir de ahí tuve que improvisar para salvarte la vida. Afortunadamente, lo conseguí.

—Lo dices como si hubiera sido un inconveniente menor en una de tus operaciones de inteligencia.

—Sabes que no fue así. De hecho, la CIA, a la que engañé con el *teatrillo*, ahora sabe que estoy viva. Supongo que también conocerá esa información *La Santa Alianza*. Vuelvo a tener una diana sobre mi cabeza.

—Por eso no debes de preocuparte nunca más. No intentarán atentar contra tu vida de nuevo —le dijo Rebeca, muy seria.

Carlota se sorprendió.

—¿Y eso cómo lo sabes? ¿Te lo han dicho tus *compis* diplomáticos rusos? —Carlota echó de ironía.

—No vas muy desencaminada. Simplemente utilicé determinados cauces para advertirles que conocíamos la existencia de su biblioteca secreta junto a la *Galleria dell'Accademia* de Florencia. Que seguiría siendo un secreto mientras se olvidaran de ti.

—¿En serio hiciste eso? —le preguntó Carlota, que no se esperaba esa acción de su hermana.

—¡Qué va! —se rio Rebeca—. Pero tenías que haberte visto la cara.

—¡Idiota! —exclamó Carlota—. Me lo había creído.

—He colado un gol a la todopoderosa Carlota Penella. Eso se merece una celebración —dijo Rebeca, mientras le hacía un gesto a *Bubba*, el camarero del *pub*, para que les sirviera otra ronda de pintas de cerveza.

Carlota no tenía muy claro si le había tomado el pelo o no.

—Por cierto, has vuelto a desviar el tema de la conversación de forma muy hábil —le dijo a su hermana—. Estábamos hablando de continuar siendo ángeles.

—Esta vez nos ha salido bien, Carlota, pero reconoce que tuvimos nuestras dudas. No había manera de que Ryan Clarke dedujera que la nariz del oso era el *Diamante Florentino*, a pesar de nuestras reiteradas insinuaciones —dijo Rebeca—. La cosa pudo salir mal.

—Te lo reconozco. Hubo un momento que hasta pensé en señalársela de forma directa y decirle, «¡Imbécil, mira la nariz del puñetero oso andrajoso de Allison!».

Rebeca se rio.

—Te confieso que, solo por la gozada que supone poder viajar entre países burlando a todo el mundo y sin que nadie se entere, hace que me lo piense —dijo.

Carlota se unió a las risas de su hermana.

—¿Cómo pueden haber salido de Irlanda, que es una isla, y no figurar en ninguna lista de pasajeros de vuelos o de barcos? —preguntó Carlota, imitando la voz de Ryan Clarke.

—¿Se han atrevido a utilizar mi propio avión, convirtiéndolo en un falso vuelo medicalizado, para trasportar tan solo a Allison Adelman? ¿Qué sentido tiene eso? —preguntó ahora Rebeca, imitando la voz de su tía Tote.

Seguían riéndose.

—Es lo bueno que tiene disponer de una capa de invisibilidad, como Harry Potter.

—En nuestro caso, en forma de uniforme de piloto —apuntó Rebeca, a duras penas porque las risas casi le impedían hablar.

—Todo el mundo presta atención al pasaje, pero a los pilotos del avión ni les miran la cara. Tan solo verlos uniformados con su gorra bien calada, su impecable uniforme azul con las elegantes insignias doradas y su maletín negro a cuestas, se olvidan que también tienen un rostro. Son como invisibles. No es la primera vez que lo hago, pero sí ha sido la más divertida —dijo Carlota.

Volvieron a reírse.

—Esto merece un cuarto —continuó Carlota, intentando parar de reírse—. ¡Por las pilotos más guapas de la historia a las que nadie presta atención!

Entre ellas, llamaban «un cuarto» a beberse de golpe la mitad de una pinta, que era poco más de medio litro de cerveza.

—¿Te has vuelto loca? Es la tercera que llevamos. Nos vamos a emborrachar, como fingiste la última vez que estuvimos aquí.

—Quizá ahora te haga falta.

Rebeca se quedó mirando a su hermana.

—¿Qué estás tramando? —le preguntó, preocupada. La conocía de sobra y esa mirada le daba miedo.

—Ya lo sabes. Quiero que sigamos siendo ángeles.

—Te recuerdo que los ángeles cuidan de las personas. Nosotras ya lo hemos hecho con el único amigo que teníamos en Irlanda, Ryan Clarke y, de paso, con nuestra nueva hermana, Allison, que parece que por fin ha salido del huevo. Ya no nos queda nadie más de quién cuidar.

—Te equivocas —le contestó Carlota, con una sonrisa difícil de interpretar—. Además, te recomiendo que te bebas el «cuarto». Creo que lo vas a necesitar.

—¿No me digas que has quedado con otra desconocida?

—En este caso no es desconocida del todo —le respondió Carlota, intentando reprimir una sonrisa.

—¡Carlota! —exclamó Rebeca, fingiendo estar enfadada—. ¡Me has preparado otra encerrona!

—¿De qué encerrona habláis? —escucharon una voz por encima de sus cabezas.

No hizo falta que Rebeca levantara la mirada para reconocer a la persona que había invitado Carlota. «¡La mato, la descuartizo y echo sus restos a los perros de *La Santa Alianza*!», pensó en ese instante acerca de su hermana. Sin embargo, se limitó a levantarse de su silla y saludar a su nueva acompañante.

—¡Doctora Shackleton! —exclamó, sorprendida—. ¡Vaya sorpresa verte en este *pub*!

—¿No te había avisado tu hermana de que habíamos quedado hoy?

—Sí, algo me había contado, pero te confieso que nos estábamos riendo tanto que se me había olvidado por completo —mintió Rebeca.

—Por mí podéis seguir riéndoos. Es bueno para la salud —le respondió, mientras se sentaba en la silla que había ocupado Allison y se pedía una pinta.

—¿Bebes cerveza? —le preguntó Rebeca.

—Y hasta fumo de vez en cuando, te lo confieso. ¿Acaso te crees que los médicos, cuando terminan su turno de trabajo, se introducen en una vasija de formol hasta que salen para trabajar al día siguiente?

Rebeca se imaginó a la doctora en ese estado y no pudo evitar soltar una carcajada.

—No, supongo que no —dijo—, pero como siempre que nos habíamos visto llevabas esa impecable bata blanca, que te quedaba tan bien que parecía que hubieses nacido dentro de ella, comprende que me cueste imaginarte fuera de ese ambiente.

—Sí, la mujer maravilla bebe y fuma —le dijo, guiñándole un ojo.

—¿Cómo sabes que te llamaba así? ¿Acaso me lees el pensamiento? —le preguntó, al segundo siguiente de comprender la respuesta. Se quedó mirando a su hermana, que levantó los hombros en señal de indiferencia.

—Ya veo que compartís mucho más que una cerveza —siguió Rebeca.

—No te lo niego. Tu hermana y yo somos viejas amigas. Supongo que ya te habrá contado que me pidió el favor de que cuidara de ti, después de aquel horrible incidente.

—Sí, me lo dijo —confirmó Rebeca, que estaba intentando comprender el sentido de la presencia de la doctora en el *pub*.

—Creo que ahora ayudáis a las personas, al menos eso me ha dicho Carlota.

—Bueno, para ser más exactos, hemos ayudado a una y media.

La doctora Dorah Shackleton se quedó mirando fijamente a los ojos de Rebeca.

—Pues ahora necesito vuestra ayuda.

—¿Tú? ¿*Superwoman*? —le preguntó Rebeca, incrédula—. ¿A qué gatito hay que rescatar?

—No hay gatitos en esta historia. En realidad, necesito que resolváis un misterio histórico. Así me ayudaréis.

Al escuchar las palabras «misterio histórico», Rebeca cambió de actitud.

—¿De qué se trata?

La doctora Shackleton estuvo hablando durante cinco minutos. Hizo un perfecto resumen, casi como si se hubiera preparado y planificado la reunión con Carlota y Rebeca. «Seguro que lo ha hecho», pensó una sorprendida Rebeca.

—Dorah, ese misterio que nos acabas de contar ya ha sido investigado en multitud de ocasiones. No se trata de algo que sucediera hace mil años. Apenas han pasado poco más de cien y está perfectamente documentado.

—¡Es apasionante! —exclamó Carlota—. ¡Venga, Rebeca! No intentes disimular, que he visto en tus ojos el interés.

—No niego que sea un asunto interesante. Lo único que constato es que se han escrito ríos de tinta acerca de este caso en concreto. Además, no entra dentro de mi especialidad histórica. Es reciente y ya existía un cuerpo de policía profesional, no como los misterios que hemos resuelto últimamente, que eran muy antiguos. De hecho, no sé siquiera si se le puede llamar «misterio histórico» o es más adecuado llamarlo «misterio» a secas.

—¿Qué tonterías dices? —continuó Carlota—. Dorah te está proponiendo investigar el robo de las joyas de la corona del único país del mundo que las ha poseído sin tener jamás ningún rey ni reina. ¿Para qué querrían joyas reales si jamás fueron una monarquía? Tan solo por eso ya me parece apasionante.

Rebeca tuvo que reconocer que ese dato era, al menos, curioso.

—Si Carlota te ha contado algo de lo que hemos estado haciendo estos últimos meses, sabrás que nos hemos dedicado a ayudar a amigos —dijo Rebeca—. Esa ha sido nuestra única motivación. Dudo que resolviendo este misterio ayudáramos a alguien que aún esté vivo. Ha pasado mucho tiempo desde que sucedió.

—Te equivocas —dijo Dorah, con un tono de amargura que no se le escapó a Rebeca.

—¿Qué quieres decir? —le preguntó.

—¿Te acuerdas de la primera broma que me gastaste cuando te despertaste del coma en el *St. Patrick's Hospital*?

—Claro. Te llamé *Dora la exploradora*.

—¿Y por qué hiciste ese chiste tan malo con mi nombre?

A Rebeca se le vino el mundo encima.

—¡Joder! —exclamó, y eso que era contraria a emplear ese tipo de expresiones—. ¡No me fastidies que tú eres esa persona!

—La soy.

—Aun así, lo que me pides es imposible.

—Tan solo te pido que lo intentes —dijo la doctora, tomando por una mano a Rebeca—. Escucha, en un momento en el que te debatías entre la vida y la muerte, tu hermana me pidió ayuda. Yo no lo dudé y estuve a tu lado. Ahora, aunque te cueste creerlo, esa persona soy yo y te pido lo mismo.

Rebeca se sintió desarmada.

—¿Sabes que me estás pidiendo que resuelva un robo que sabemos que pasó, pero que, al mismo tiempo, fue imposible que sucediera?

—Eso es lo que te pido y ya sabes por qué lo hago.

—Me lo puedo imaginar.

—No, te aseguro que no lo haces. Creen que fui yo.

—¿Hace más de cien años? ¿En serio? —preguntó Rebeca, mirando a los ojos de la doctora.

Lo que vio en ellos la dejó petrificada.

Decía la verdad.

«Supongo que, en esta ocasión, sí queremos andar por este camino, sí que deberemos convertirnos en ángeles».

Ese fue el último pensamiento de Rebeca.

«He aquí, yo envío un ángel delante de ti, para que te guarde en el camino y te lleve al lugar que yo he preparado».
Éxodo, 23:20.

NOTAS HISTÓRICAS FINALES EL DIAMANTE FLORENTINO

En la actualidad, el *Diamante Florentino* se encuentra «oficialmente» desaparecido.

Es cierto que el gobierno italiano ofrece una gran recompensa por cualquier pista que lleve a su recuperación, pero, desde hace unos años, ya no la publicita como antaño.

Algunos historiadores mantienen que ello es debido a que lo han recuperado, pero no lo hacen público, ya que temen una posible reclamación judicial acerca de su propiedad.

En concreto, temen a la *Casa de Habsburgo-Lorena*.

En 1961, Otto de Habsburgo tuvo que renunciar formalmente a todos sus derechos dinásticos y a sus títulos nobiliarios para que le permitieran regresar a Austria, aunque desde 1919, la llamada *Adelsaufhebungsgesetz* ya había abolido todos los títulos reales, imperiales y nobiliarios en Austria y Hungría. Hasta el final de sus días, Otto mantuvo que le habían robado el *Diamante Florentino* y, en caso de ser recuperado, reclamaba su legítima propiedad para su familia.

Actualmente, el título de jefe de la *Casa de Habsburgo-Lorena* recae en el hijo primogénito de Otto, Karl de Habsburgo.

Hoy en día, todavía es ilegal en Austria y Hungría la utilización de los títulos de la *Casa de Habsburgo-Lorena*, a pesar de que no es infrecuente que medios de comunicación de otros países se refieran al jefe de la Casa como el archiduque Karl de Austria, Príncipe Real de Hungría, Bohemia y Croacia.

Karl tampoco se ha olvidado del *Diamante Florentino* y, en unas recientes declaraciones, ha recordado quién es su legítimo propietario, incluso frente a las autoridades italianas.

Nada se sabe.

¿O quizá sí y se mantenga en secreto?

NOTAS HISTÓRICAS FINALES
MICHELANGELO BUONARROTI

Michelangelo mostró al mundo su grandiosa pintura del altar de la *Capilla Sixtina, El Juicio Final*. Tal y como se esperaba del artista, la obra generó una gran polémica y división. Por lo general, la opinión de los ciudadanos romanos fue favorable. Llegaron a expresar que se trataba de la obra de arte más inspiradora y profundamente religiosa que habían visto en su vida. Sin embargo, entre los miembros de la curia romana, la opinión mayoritaria es que se trataba de una pintura obscena y pagana indigna de estar en la *Capilla Sixtina*. Presionaron a Pablo III para que destruyera el trabajo de Michelangelo, pero Alessandro Farnese estaba más preocupado por pasar a la posteridad que de las discusiones de sus cardenales. Además, Michelangelo se había ganado su respeto. Pablo III no era un Medici y no comprendió la simbología que ocultaba *El Juicio Final*, pero reconoció su genialidad.

En cuanto a Biagio da Cesena, su reacción no tuvo desperdicio al verse retratado de forma tan ridícula en el infierno de *El Juicio Final*. Además, todas las personas que visitaban la capilla lo reconocían y se reían de él. Al día siguiente acudió a ver al Papa y se postró ante él, llorando como un niño. Le suplicó a Pablo III que lo sacara del fresco. El Papa, que estaba harto de las continuas quejas de aquel presuntuoso sacerdote, le respondió: *«Hijo mío, el Señor me ha concedido las llaves para gobernar el cielo y la tierra. Si deseas salir del infierno, habla con Michelangelo»*. Es evidente que jamás hizo las paces con Michelangelo, porque su rostro aún se puede contemplar hoy en día en la *Capilla Sixtina*, además justo encima de la puerta por donde solía acceder a la capilla.

Contrariamente a lo que se imaginó Michelangelo, el Papa le continuó encargando otros trabajos, hasta que la volvió a liar. Pintó dos grandes frescos para la recién construida *Capilla Paulina,* cuyo nombre honraba a Pablo III. Al ser una capilla privada y no accesible al público, Michelangelo se dejó llevar por su imaginación. Hasta tal punto incomodaron sus pinturas al Papa que canceló el contrato que les unía y jamás volvió a pedirle que pintara en el Vaticano.

A partir de entonces, Pablo III decidió encargarle tan solo proyectos arquitectónicos, ya que consideró que en los edificios no había manera de esconder mensajes subversivos o insultantes hacia la Iglesia Católica.

Una vez más, se equivocaba.

Se hizo cargo de la dirección de las obras de la todavía inconclusa *Basílica de San Pedro*, cuando ya sobrepasaba los setenta años de edad. Después de corregir los planos de Bramante y subsanar ciertos errores de cálculo, se dispuso a diseñar la cúpula central de la basílica. Michelangelo le propuso al Papa realizar una copia en tamaño grande del *Panteón de Agripa*. El pontífice se horrorizó, ya que esa cúpula era de origen pagano. Lo que el Papa quería era una cúpula cristiana como, por ejemplo, la que Brunelleschi construyó un siglo antes en la *Catedral de Florencia*.

Michelangelo obedeció al Papa y diseño la cúpula en forma de huevo que podemos observar hoy en día en la *Basílica de San Pedro*, pero se escondió su última gran broma que hasta hoy en día casi todo el mundo desconoce.

La tradición católica manda que las cúpulas de las catedrales deben ser las de mayor diámetro entre las iglesias de la ciudad. Michelangelo diseñó la cúpula con ese dato en la cabeza. Cuando el artista falleció a los 89 años de edad, la obra se vio interrumpida hasta que los arquitectos Domenico Fontana y Giacomo della Porta se hicieron cargo de ella.

Siempre que en un proyecto arquitectónico se produce una parada prolongada en las obras, es necesario recalcular todos los datos, debido a posibles contracciones o dilataciones en las estructuras.

Y aquí salió a la luz su póstuma burla al Vaticano.

Cuando los arquitectos midieron de nuevo la estructura, descubrieron que era 45 centímetros inferior al Panteón de Agripa, pero ya no tenía solución más que terminarla y esperar a que nadie advirtiera ese pequeño detalle.

El hecho es que la cúpula central de la *Basílica de San Pedro*, que podemos disfrutar hoy en día, es tan solo la segunda más grande de Roma, por detrás de una cúpula pagana.

Michelangelo, genio y figura no solo hasta la sepultura, sino eternamente.

En cuanto a Gismondo Buonarroti, Vittoria Coloma y su grupo de los *«Los Espirituales»* llegaron a gozar de gran predicamento, hasta que el *Concilio de Trento* enterró todas sus ideas. Tenían la esperanza de reunirse personalmente con Martín Lutero y llegar a un acuerdo que hubiese permitido a ambas creencias, la católica y la protestante, fusionarse para formar una nueva Iglesia cristiana renovada. Pero los miembros del Vaticano seguidores de la línea dura consiguieron detener el concilio, de manera que Lutero murió poco después de la sesión inaugural. Eso marcó el principio del fin de todas sus esperanzas. Cuando el cardenal Reginald Pole vio que los conservadores se habían apoderado del concilio, simuló estar enfermo y huyó sin asistir a las últimas jornadas del concilio y sin dar su discurso de cierre.

Salvó su vida tan solo por un día, ya que la Inquisición Romana ya tenía previsto capturarlo.

Gismondo Buonarroti, Giulia Gonzaga y Vittoria Colonna, al menos, tuvieron la fortuna de fallecer por causas naturales, antes de que la Inquisición los atrapara y los quemara, como hizo con la gran mayoría de sus seguidores.

Sin ninguna duda, El *Concilio de Trento* fue el equivalente a un toque de campanas a muerte para cualquier esperanza de reconciliación entre protestantes y católicos.

Pero, entre las brumas de la historia, hay algo que todo el mundo olvidó. El concilio también acabó con cualquier esperanza de tolerancia para los judíos en Europa.

Una vez más.

«Cierto de la muerte, no aún de la hora,
la vida es breve y poco ya me resta;
grata a los sentidos, pero no morada
del alma, que me ruega muera.
Es ciego el mundo y aún el triste ejemplo
vence y sumerge toda costumbre buena;
se apagó la luz y en ella la confianza,
triunfa lo falso y la verdad no brota.
Ay, ¿cuándo vendrá, Señor, lo que aguarda
quien en ti cree? pues la mucha tardanza
la fe corta y hace el alma mortal.
¿Qué vale que nos prometas tanta luz,
si antes llega la muerte, y sin refugio
para siempre nos deja donde nos alcanza?»

Poema LXXVI.
Michelangelo Buonarroti, escrito poco antes su muerte.

NOTAS HISTÓRICAS FINALES ZITA DE BORBÓN Y PARMA

Zita de Borbón y Parma terminó abandonando los Estados Unidos para recalar en Europa. Su madre, la infanta Maria Antonia, superaba los noventa años de edad y residía en Luxemburgo. Quiso vivir junto a ella los últimos años de su vida. La infanta falleció en 1959, a la edad de 96 años. Fue enterrada en el *Castillo de Puchheim*, propiedad de la familia Borbón y Parma, en Austria. A pesar de solicitar permiso para asistir al funeral de su madre, las autoridades austríacas se lo denegaron.

Lo había dado todo por Austria y, a cambio, tan solo recibía desprecio y humillación.

La pena le invadió y consideró que no podía quedarse en Luxemburgo. Demasiados recuerdos. Por ello, se trasladó a una amplia residencia, que antes había sido el *Castillo de los Condes de Salis*, en el cantón suizo de los Grisones. Se trababa del lugar perfecto para Zita, ya que era muy amplio para poder recibir a su numerosa familia y, además, disponía de una capilla que Zita usaba diariamente.

Una de las últimas alegrías de su vida fue la celebración de su 62 cumpleaños.

La familia se volvió a reunir al completo, después de que se separaran hacía veintidós años. Aunque Zita había visitado a cada uno de sus hijos, era la primera vez que volvían a estar todos juntos en un mismo lugar. Aunque fuera tan solo por un fin de semana, Zita fue inmensamente feliz.

Pero las alegrías en la vida de Zita duraban poco.

Años después falleció su hija Adelheid, la única que no se había casado. Su entierro también fue en Austria y, una vez más, sus autoridades negaron la entrada de Zita en el país. No pudo asistir al funeral de su madre, y ahora tampoco al de su hija.

A pesar de los injustificados y reiterados desprecios de Austria, Zita no cejó en su empeño en retornar a la que siempre había considerado su patria.

En 1982, los tribunales austríacos dictaron una sentencia histórica. Zita de Borbón y Parma pertenecía a la *Casa de Habsburgo* únicamente por su matrimonio con el emperador Karl, por lo tanto, jamás se le debió aplicar la *Ley Anti-Habsburgo* y nunca debió prohibírsele la entrada en Austria. En consecuencia, le habían impuesto un exilio de 63 años de forma indebida, injusta e ilegal.

En cuanto se lo comunicaron a Zita, no perdió ni un solo instante.

El 13 de noviembre de 1982 regresó triunfalmente a Austria, con la cabeza bien alta. Más de 20.000 personas quisieron asistir a la misa que se celebró en su honor en la *Catedral de San Esteban* en Viena. Para Zita fue un momento muy especial. Ahora estaba rodeada de los suyos y del cariño del pueblo austríaco, porque la última vez que la había pisado fue con Hitler en su interior. A pesar de que se había prometido no llorar, no lo pudo evitar.

Encontrándose en suelo austriaco, cayó mortalmente enferma. Rodeada de su familia, falleció en Viena el día 14 de marzo de 1989, a punto de cumplir los 97 años de edad. A pesar de que sabía que su vida tocaba a su fin, no perdió la sonrisa.

«Estad tranquilos por mí, hijos míos. En este mundo ya no me queda nada por hacer. Ahora, acudo con alegría al encuentro de vuestro padre, al lado de Dios. Desde el Cielo, os bendeciré cada día».

Esas fueron sus últimas palabras.

El día 1 de abril de 1989, justo cuando se cumplían 67 años del fallecimiento de su esposo Karl, se celebró su multitudinario funeral en Viena. El carruaje funerario que se utilizó para trasportar el cuerpo de Zita fue el mismo que se usó para el entierro del emperador Franz Joseph en 1916. Eso ya nos da una idea de que se trataba de un funeral de Estado con honores. En todo momento se refirieron a ella como *«Su Alteza Imperial Zita, emperatriz de Austria por la gracia de Dios».*

Más de 6.000 personalidades asistieron a su entierro, incluyendo miembros de las casas reales europeas, jefes de Estado e incluso un enviado especial del Papa Juan Pablo II.

Su cuerpo descansa en la *Cripta Imperial de la Iglesia de los Capuchinos* de Viena. Su alma está con Dios, pero lo que poca gente conoce es que su corazón reposa junto al de su marido, el emperador Karl, en una urna de cristal en la *Abadía de Muni,* en Suiza. Ambos corazones unidos para siempre.

Fue su último deseo.

Descanse en paz Zita de Borbón y Parma, la última gran emperatriz de Europa.

Y un ángel.

NOTAS HISTÓRICAS FINALES EL PADRE BROWN Y LA LUCHA CONTRA LA SEGREGACIÓN RACIAL

La Decimocuarta Enmienda a la *Constitución de los Estados Unidos*, introducida en 1868, en su *Cláusula de Igual Protección*, establece lo siguiente:

*«Todas las personas nacidas o naturalizadas en los Estados Unidos, y sujetas a su jurisdicción, son ciudadanos de los Estados Unidos y del Estado en el que residen. Ningún Estado dictará ni hará cumplir ninguna ley que restrinja los privilegios o inmunidades de los ciudadanos de los Estados Unidos; ni ningún Estado privará a ninguna persona de la vida, la libertad o la propiedad, sin el debido proceso legal; **ni negar a ninguna persona dentro de su jurisdicción la igual protección de las leyes»**.*

Aunque la esclavitud ya había sido abolida hacía años, hasta la introducción de esta enmienda, las leyes estadounidenses no extendían los derechos constitucionales a los ciudadanos de etnia negra, ya que se les consideraba inferiores a los blancos.

El sentido de esta enmienda era acabar con la resistencia de algunos estados sureños y, por qué no decirlo, de una gran parte de la sociedad estadounidense, a no tratar a los miembros de otras etnias de igual manera que a los blancos.

Nada más lejos de la realidad.

El Tribunal Supremo de los Estados Unidos, en 1896, dictó una sentencia que crearía una doctrina que tergiversaba claramente el espíritu de la enmienda. Se conoció como la «separación separada entre iguales», una frase de difícil comprensión. Estableció que *las leyes de segregación racial no violaban la Constitución de los Estados Unidos siempre que las instalaciones para cada raza fueran iguales en calidad*.

O sea, que se podía continuar segregando a los llamados afroamericanos, siempre que se les dieran algunas migajas.

Por increíble que nos pueda parecer, el espíritu de esta sentencia siguió vivo hasta entrada la segunda mitad del siglo XX.

En 1951, Oliver Brown, hermano del padre Brown de Harlem, intentó matricular a su hija en la escuela más cercana a su residencia, en la ciudad de Topeka, capital del estado de Kansas. Esa petición le fue denegada por la Junta Escolar de la ciudad. En su lugar se le exigió que la escolarizara en una colegio negro segregado lejano. Todos los días, su hija se veía obligada a tomar un autobús para recorrer una gran distancia.

Miembros de la comunidad negra de Topeka presentaron una demanda colectiva contra esta decisión, alegando que incumplía la Decimocuarta Enmienda de la Constitución. El *Tribunal Federal de Kansas* dictó sentencia contra los Brown y su colectivo, basada en la doctrina de la «separación dentro de la igualdad». Si la escuela para negros tenía los suficientes recursos, no se incumplía de *Decimocuarta Enmienda*.

Llegados a este punto, Oliver Brown decidió pedir ayuda a su hermano, el padre Brown. Cuando le explicó su problema, el padre echó mano de sus influencias y le consiguió que el prestigioso abogado Thurgood Marshall, consejero principal de la *National Association for the Advancement of Colored People,* conocida por sus siglas NAACP y con fuertes lazos con la *Asamblea de Dios,* se hiciera cargo de su caso. También logró que Walter Reuther, líder de uno de los sindicatos más progresistas de la época, financiara todos los gastos, aportando 75.000 dólares de su propio bolsillo. En consecuencia, apelaron el fallo del Tribunal Federal de Kansas ante la Corte Suprema de los Estados Unidos. Argumentaron que «*el sistema de separación racial en todas las escuelas, si bien se hacía pasar por proporcionar un trato separado pero igualitario a los estadounidenses blancos y negros, en cambio perpetuaba alojamiento, servicios y trato inferiores para los estadounidenses negros*».

En mayo de 1955, la Corte Suprema hizo historia. Por unanimidad de sus nueve jueces, dictaminó que «*las instalaciones educativas separadas son inherentemente desiguales y, por lo tanto, las leyes que las imponen violan la Cláusula de Igual Protección de la Decimocuarta Enmienda de la Constitución de los Estados Unidos*».

Fue el primer gran paso para desmontar esa estupidez de la «separación entre iguales», aunque aún quedaba mucho camino por recorrer.

El padre Brown no dejó de luchar por la igualdad de derechos y de trato entre todos las personas, independientemente del color de su piel, hasta su muerte, en 1968.

Sin embargo, la primera persona blanca europea en ser condecorada por la NAACP por su lucha incansable por la igualdad de derechos no fue un hombre, sino una mujer.

¿Adivinan quién?

Charlotte de Bar, nombre que adoptó durante su estancia en los Estados Unidos la archiduquesa Charlotte de Habsburgo.

Sirva el presente libro como homenaje a personas adelantadas a su tiempo, como Michelangelo Buonarroti, su hermano Gismondo, Vittoria Coloma, Zita de Borbón y Parma, su hija Charlotte de Habsburgo, Evelyn Ramos, el padre Brown, su hermano Oliver, y tantos otros, que contribuyeron, cada uno desde su posición, a que vivamos en una sociedad más igualitaria.

Como decía, queda mucho camino por recorrer. Vivimos tiempos difíciles. Quizá ahora deberíamos preguntarnos nosotros, ¿qué podemos hacer para seguir avanzando en esa dirección?

Un fuerte abrazo a todos, mis queridos amigos lectores. Espero que me acompañéis en mi próxima aventura, que os aseguro que será apasionante.

Sois ángeles.

Fin
La sonrisa de los ángeles
(Final del misterio florentino)
(Ángeles libro 6)

Continúa en
Las llaves de la corona
(Ángeles libro 7)

El misterio del robo de las joyas de la corona de un país que jamás fue una monarquía. Un robo que es calificado en la actualidad como imposible, pero que sucedió en la realidad.
Sigue siendo hoy en día uno de las veinte desapariciones más misteriosas de la historia de la humanidad, aún sin resolver.
¿Seguro?

CLUB VIP

Si has leído alguna de mis novelas, creo que ya me conoces un poco. **Siempre va a haber sorpresas y gordas.**
Si quieres estar informado de ellas y no perderte ninguna, te recomiendo apuntarte a mi club.

Es gratuito y tan solo tiene ventajas: regalos de novelas y lectores de ebooks, descuentos especiales, tener acceso exclusivo a mis nuevas novelas, leer sus primeros capítulos antes de ser publicados, etc.

Lo puedes hacer a través de mi web y no comparto tu email con nadie:

www.vicenteraga.com/club

REDES SOCIALES

Sígueme para estar al tanto de mis novedades

Facebook
www.facebook.com/vicente.raga.author

Instagram
www.instagram.com/vicente.raga.author

Twitter
www.twitter.com/vicent_raga

BookBub
www.bookbub.com/authors/vicente—raga

Goodreads
www.goodreads.com/vicenteraga

Web del autor
www.vicenteraga.com

RESEÑAS

Para los autores independientes es muy importante que escribas una reseña de nuestras novelas. Tienen más importancia de lo que te puedes imaginar.

Para ti es tan solo un momento, pero con ellas apoyas la cultura.

SI TE HA GUSTADO LA NOVELA, POR FAVOR, ESCRIBE UNA RESEÑA

Si, por el contrario, no te ha gustado o quieres ponerte en contacto conmigo, puedes mandarme tu comentario a:

www.vicenteraga.com/contacto

NUEVA SERIE DE NOVELAS «ÁNGELES»

*Disponibles en Amazon, mi tienda online (**vicenteraga.com/tienda**) y librerías tradicionales, en todos los formatos*

El misterio de nadie (Ángeles libro 1)

El faraón perdido (Ángeles libro 2)

Las puertas del cielo (Ángeles libro 3)

Para vivir hay que morir (Ángeles libro 4)

El final es el principio (Ángeles libro 5)

La sonrisa de los ángeles (Ángeles libro 6)

Las llaves de la corona (Ángeles libro 7)

SERIE DE NOVELAS «LAS DOCE PUERTAS» Y BILOGÍA «MIRA A TU ALREDEDOR»

Todas las novelas pueden ser adquiridas en los siguientes idiomas y formatos

ESPAÑOL

Formato eBook
Formato papel tapa blanda
Formato tapa dura (edición para coleccionistas)
Audiolibro

ENGLISH

eBook
Paperback
Hardcover (Collector's Edition)
Audiobook (coming soon)

Disponibles en Amazon, mi tienda online para ejemplares firmados (**vicenteraga.com/tienda**) *y librerías tradicionales*

Las doce puertas (Libro 1)
The Twelve Doors (Book 1)

Nada es lo que parece (Libro 2)
Nothing Is What It Seems (Book 2)

Todo está muy oscuro (Libro 3)
Everything Is So Dark (Book 3)

Lo que crees es mentira (Libro 4)
All You Beleive Is a Lie (Book 4)

La sonrisa incierta (Libro 5)
The Uncertain Smile (Book 5)

Rebeca debe morir (Libro 6)
Rebecca Must Die (Book 6)

Espera lo inesperado (Libro 7)
Expect the Unexpected (Book 7)

El enigma final (Libro 8)
The Final Mystery (Book 8)

BILOGÍA / DUOLOGY
«MIRA A TU ALREDEDOR»
"LOOK AROUND YOU"

Mira a tu alrededor (Libro 9)
Look Around You (Book 9)

La reina del mar (Libro 10)
The Queen of the Sea (Book 10)

TRILOGÍA EN UN SOLO VOLUMEN DE VICENTE RAGA «JAQUE A NAPOLEÓN» "CHECKMATE NAPOLEÓN"

Jaque a Napoleón, la trilogía: apertura, medio juego y final

ESPAÑOL
Formato eBook
Formato papel tapa blanda
Audiolibro

ENGLISH
eBook
Paperback
Audiobook (coming soon)